© Niθ

나에겐이 **어둠**이 아늑했다

호시자키 콘
Kon Hoshizaki

일러스트 Niθ

절망에서 시작하는 이세계 생활,
신의 변덕으로 강제 방송 중

신이 선발한 이세계 전이 후보자에게는

표식이 나타난다.

날 부르는 목소리에 시선을 돌려보니

나나미의 손에는 만다라 같은

기하학 무늬가 그려져 있었다.

다크니스 포그!!

나에게서 눈을 뗀 맨티스를
한치 앞도 볼 수 없는 칠흑의 어둠이
뒤덮었다.

나를 인식하지 못하는 상대를 배후에서 척추에 일격을 가했다.

맨티스는 비명도 지르지 못한 채 돌로 변했다.

리프레이아
애쉬버드

빛의 정령술을 구사하는 검사.
적극적이고 눈부신 미녀.

Contents

The Darkness
Was Comfortable
For Me

© Niθ

나에겐 이 어둠이 아늑했다

절망에서 시작하는 이세계 생활,
신의 변덕으로 강제 방송 중

호시자키 콘
Kon Hoshizaki

일러스트 **Niθ**

나에겐 이 어둠이 아늑했다.

고요함과 죽음으로 충만한 이 미궁에 숨어들어, 말없는 해골로 변해버린 탐색자로부터 장비를 벗겨내 암시장에 팔아치우면 그럭저럭 먹고 살 수가 있었다.

죽음이 감도는 연도(羨道)#1에서, 현실(玄室)#2에서.

나는 몸에 어둠을 휘감고서 오늘도 그저 숨을 죽이고 웅크렸다.

아무에게도 보이지 않도록.

아무에게도 주목을 끌지 않도록.

그리고 모두가 나를 잊을 수 있도록—.

#1 **연도** 무덤의 입구에서 시체를 안치한 방까지 이르는 길.
#2 **현실** 시체가 안치되어 있는 무덤 속의 방.

「출신」도, 「자라난 환경」도, 「성별」도, 「나이」도 각양각색인 지구인들 중 단 천 명만이 『신』에게 선택받아 검과 마법의 판타지가 구현된, 이곳과는 다른 세계 —『이세계』— 로 여행을 떠난다.

현재도 이어지고 있는, 지구 전체를 끌어들인 그 광란이 시작된 것은 고등학교 생활이 겨우 익숙해진 6월의 어느 아침이었다.

나, 쿠로세 히카루에게도 그것은 인생의 전환점이라 부를 만한 현상— 아니, 더 정확하게 말하자면 「사건」이었다. 전 세계에 있는 「사용되지 않는 모든 디스플레이」에 빛의 실루엣이라고밖에 표현할 수 없는 존재가 느닷없이 투영되더니 이렇게 말했다.

『난 「신」이다』라고.

그때 나는 교실에서 한창 1교시 수업을 듣고 있는 중이었다.

교실에 비치된 대형 TV에 비친 그 존재를 가장 먼저 알아차린 사람은 같은 반 여학생이었다. 갑작스러운 비명에 반 전체가 놀라고서, 이내 「신」의 말이 모니터의 빈약한 스피커를 통해 울렸다.

『이런 형태로 강림해서 필시 놀랐을 테지. 나는 너희들…… 사랑스런 내 아이들이 자라나길 기다렸다. 그리고 마침내 그때가 도래했다.』

마치 마음속에 스르륵 스며들 것만 같은 목소리였다.

남성의 목소리로도, 여성의 목소리로도 들렸다. 목소리만 들고서는 나이를 추정할 수가 없었다.

비명을 내질렀던 여학생조차 어리둥절해하며 굳었다.

수업을 진행하던 교사는 장난이나 기계 고장쯤으로 생각하고서 리모컨을 조작했다. 그러나 옆 반에서도, 그리고 누군가가 꺼낸 스마트폰 화면에도 「신」이 나타나 있었다.

『난 너희들 중 천 명을 선발했다. 전 세계 국가, 민족에서 거의 무작위로 추첨했다. 물론 성별도 따지지 않았다. 사회 경험이 있는 자, 아직 소년티를 벗지 못한 자, 노령자. 각양각색이다.』

전 세계 국가, 민족이라고 말했다. 그 말대로 이 현상은 전 세계에서 벌어졌다는 뜻이리라. 현실성은 없지만, 이런 현상에 현실성을 따질 여지가 있을 턱이 없었다. 지루한 수업 중에 졸다가 꿈이라도 꾸고 있는 게 아닐까 의심했을 정도였다. 실제로 제 뺨을 꼬집으며 확인하는 학생도 있다.

『그 천 명을 여기와는 다른 「또 다른 세계」로 보내도록 하겠다.』

「신」의 그 말에 교실 안이 술렁였다.

『또 다른 세계란 내가 관할하는 이곳과는 별개의 세계— 「이세계」다. 정확히 말하자면 「너희들의 취향을 반영하여 만들어낸 또 다른 세계」라고 할 수 있겠지만.』

그 말에 교실 안 학생들이 더욱 술렁였다.

그러나 나는 마음이 별로 흥하지 않았다. 냉정하게 따져보니 내가 선택받을 가능성도, 이 학교에서 누군가가 선택받을 가능성도, 복권에서 1등에 당첨될 확률만큼 희박하다는 것을 금세 알았기 때문이었다.

갓난아기나 노인은 제외했을 테지만, 지구에는 인류가 78억 명이나 있다.

780만 분의 1. 복권 1등 혹은 2등에 당첨될 만큼 운이 좋아야만 한다. 또한 국가나 인종에 따라 할당도 해놨을 테니 인구 비율이 높을수록 불리하다. 확률은 제로라고 해도 과언이 아니겠지.

일본 고등학생도 두어 명쯤은 선택받을지도 모른다. 나 역시 검이나 마법의 세계에 흥미가 전혀 없는 건 아니지만—.

『여행을 떠나는 자들은 또 다른 세계에서 마음껏 살아도 좋다. 내게는 바람도 없을 뿐더러 강요도 하지 않겠다. 자유다. 다만, 자유의 대가로 당연히 죽을 수도 있다.』

용사로서 마왕을 쓰러뜨린다느니— 그런 이야기를 하는 건 아닌 모양이다. 저「신」의 속셈을 전혀 모르겠지만, 인지를 초월하는 존재의 생각을 짐작해보려 한들 무의미한 행동일 것이다.

『물론 맨몸으로 여행을 보낼 생각은 없다. 생존하기 위해 필요한「기프트」를 주고자 한다.』

문득 정신을 차려보니, 반 전체가「신」의 말에 푹 빠진 듯 조용히 귀를 기울이고 있었다.

대각선 앞에 앉아 있는 내 소꿉친구를 보니 다른 사람들과 마찬가지로 얼이 빠진 표정으로 TV를 보고 있었다.

『남겨진 대다수의 인간들을 위한 즐거움도 마련했다. 여행을 떠난 자들의 모험을 라이브로…… 실시간으로 시청하며 응원할 수 있도록, 단말기로 누구든 접속할 수 있는 특설 사이트를 만들었다. 너희들이 보내는 응원은 그대로 여행자의 힘이 된다. 재밌겠지?』

「신」의 말속에서 처음으로 감정의 흔들림 같은 것이 드러났다.

특설 사이트라면 웹사이트를 말하는 건가? 신이 인터넷 기술을 구사하여 사이트를 만들었다? 처음에는 정말로 신이 맞는지 의심스러웠지만, 의외로 짓궂은 농담일지도 모르겠다.

『주목도가 특히 높은 전이자한테는 특전을 부여하여 보다 편하게 활동할 수 있도록 지원할 예정이다. 상세한 내용은 특설 사이트를 참고해라. ……자, 이제 가장 중요한 부분인데, 선발된 천 명에게는 누구든 알 수 있도록 육체 일부에 표식을 새겨놨다. 그건 너희들의 기술로는 절대로 위조할 수 없으니 가짜 여행자 문제도 막을 수 있겠지.』

「신」이 그렇게 말하자 교실 안이 단숨에 소란스러워졌다.

육체 일부에 표식이라……. 어떻게 생겼는지 모르니 모호한 느낌도 들지만, 아마도 척 보면 알 수 있을 것이다. 일부 남학생은 셔츠를 벗어던지고서 확인하고 있다.

『왜 내가 갑자기 모습을 드러내 이런 기획을 꾸몄는지 궁금하나? 후후, 실은 처음부터 생각했어. 너희들의 문명이 일정 수준에 도달하면 뭔가 재미난 서비스를 제공해주자고 말이지. 너희들 입장에서는 나 같은 존재가 실재하고, 이렇듯 초월적인 힘을 구사했기에 종교관이 엉망이 될지도 모르겠으나……. 어쨌든 내가 너희들한테 내리는 포상이라고 여겨도 무방하다. 마음껏 즐겨다오. 어떤 요청이 있다면 특설 사이트에서 접수해주지. 물론 전이자가 되고 싶다는 바람은 들어줄 수가 없지만 말이야. 전이자를 선별하는 과정에 무슨 부정이 있지 않을까 의심할지도 모르겠으나 신께 맹세코 랜덤이야. 후후…… 방금 조크, 알아들었나?』

「신」이라고 자칭하는 것에 비해 그의 성격은 담백해보였다. 혹은 그렇게 보이도록 가장하고 있을 뿐인가.

「신」이 한창 말하는 중에도 동급생들은 몸 어딘가에 표식이 나타나지 않았는지 정신없이 훑어보고 있었다. 나는 확률적으로 가능성이 거의 없음을 알고 있고, 무엇보다 이 돌발 이벤트에 놀아나는 건 경박스러운 것 같아서 셔츠 소매를 살짝 걷어 올리고 확인만 했다.

나는 반에서 눈에 띄지 않는 사람이다. 이른바 음침 캐릭터다. 그런 내가 「이세계」라는 소리를 듣고서 기뻐서 날뛴다면 너무나도 그럴 듯하게 보이겠지.

『맞다, 맞아. 중요한 말을 깜빡했다. 표식은 「손바닥」에 나타나.』

「신」이 덧붙인 그 말을 듣고서 모두가 마치 반사적으로— 교사조차도 자신의 두 손을 확인했다.

나도 시간을 들여서 찬찬히 확인했다.

'……그야, 그렇겠지.'

내 손바닥에는 아무 것도 떠오르지 않았다. 복권 1등에 당첨된 것에 맞먹는 확률이다. 이 학교 전체에서, 아니 이 동네 전체에서 한 명도 뽑히지 않았을 가능성이 더 높을 것이다.

전 세계에서 천 명 안에 뽑힌다는 건 그런 스케일이다.

'엇……?!'

그래서 한껏 흥분하고 있는 동급생들에게는 미안하지만, 나는 이 교실, 아니 이 학교에서 아무도 선발되지 않으리라 여겼다.

……대각선 앞자리에 앉아 있는 소꿉친구의 옆얼굴을 보기 전까지는.

그 친구— 소우마 나나미는 정면만을 똑바로 쳐다본 채로 두 손바닥을 감추듯 책상 위에 찰싹 붙여뒀다. 고개는 앞을 향하고 있으나 아무 것도 보고 있지 않았다. 예상치 못한 일이 벌어져 머릿속이 새하얘졌을 때 그녀는 저런 표정을 짓곤 했다. 이윽고 그녀가 이쪽으로 고개를 뻣뻣하게 돌렸다. 핏기가 싹 가신 새파란 얼굴로, 눈물을 흘릴 듯 눈동자를 그렁거리면서.

"히카루……. 나—."

아직도 시끌벅적한 교실에서 나와 마찬가지로 존재감이 수수한 나나미를 신경 쓰는 사람은 아무도 없었다. 그래서 그녀가 이쪽으로 살며시 내민 왼쪽 손바닥에 만다라 같은 기하학 무늬가 마치 살아 있는 것처럼 그 형태와 빛깔을 끊임없이 바꾸고 있음을 알아차린 사람은 없었다.

이윽고 모니터에서 「신」의 모습이 사라졌다.

이내 전 세계에서 천지가 뒤집힌 것 같은 소동이 벌어졌다.

형태야 어찌되었건, 「신」이 출현했다. 종교를 중시하는 국가들은 상식 그 자체가 뒤바뀔 정도로 엄청난 충격을 받은 듯했다. 인터넷, TV, 신문 등 대부분의 매스컴은 「신」에 관해 다뤘다. 그것은 무엇이었을까? 정말로 신일까? 애당초 신이란 무엇인가—.

현 단계에서는 답을 내놓을 수 없는 의논이었다. 그러나 금세기 최대 사건임에는 명확했다. 전 세계 모니터에 — 사용 중인 모니터에는 나타나지 않았다고 하지만 — 「신」이 출현했으니까.

당시 이곳은 아침이었지만 시차 관계로 심야나 새벽에 「신」이 나타난 지역도 있다고 했다.

각 나라와 종교단체들은 저마다 「신」에 관한 성명문을 냈다. 성명문에서 딱 하나 공통점이 있다면 어느 종교든 어느 나라든, 진정한 의미에서 그 존재가 신임을 인정하지 않았다는 점이었다.

신에 필적하는 힘을 갖고 있는 것 같다—. 그 사실만은 확실했지만, 그렇다고 해서 그 이유만으로 「신」임을 인정한다면 자신들의 종교관을 근본부터 파괴하는 것이나 마찬가지였던 듯했다.

그 존재를 어느 종교에서는 악마라고 선언했고, 또 어느 나라에서는 국제 사이버 테러로 정의했다.

어느 나라에서는 「표식」이 생긴 소년을 악마에 미혹됐다며 집단으로 살해해버린 참혹한 사건마저 발생한 듯했다. 죽고 나서 「표식」이 사라졌다느니, 「표식」이 살인자에게로 옮겨갔다느니 다소 신빙성이 떨어지는 뉴스이긴 했지만…….

그런 점에서 일본에서는 소란의 방향성이 달랐다. 대부분의 사람들이 그 존재가 신임을 순순히 받아들였다. 그것보다는 사람들의 흥미가 이세계 쪽으로 옮겨갔다.

일본에서 선발된 사람은 43명. 인구수에 비해 숫자가 많다고 하던데 잘 모르겠다.

나에게는 소꿉친구인 나나미가 그 안에 뽑혔다는 것이 문제였다.

"우, 우우우……. 최악이야……. 최악……. 나, 돌아올 수는 있는 거야……?"

"잘 모르겠지만 지금 나온 정보에 따르면 어려울 것 같아."

"인생 설계가……. 왜 하필 내가……. 우우……."

그로부터 한나절이 지났건만, 나나미는 침대에서 계속 흐느꼈다.

성격이 어수룩한 그녀가 인생을 설계했다니 조금 의외였다. 그러나 진학을 꿈꿨든 취직을 꿈꿨든— 이제 소용이 없어진 것만은 확실했다. 설령 저쪽 세계에서 학교에 다니거나 취직하는 게 가능할지라도 말이다.

그 후로 「신」은 단편적인 정보를 꾸준히 올렸다.

그러나 확실히 말하건대, 그녀를 안심케 할 수 있는 정보는 현재 없었다.

그녀에겐 남겨진 시간이 얼마 없었다. 이세계로 가는 게 사실이라면 전이까지 남은 시간은 준비기간으로서 주어진 반년뿐이었다. 그 기간 동안에 온 매스컴과 나라가 「선택받은 자들」을 내버려둘 리가 없었다.

나나미가 등교하면 거의 모든 학생들이 「표식」을 구경하러 왔다.

일본에서 「표식」을 가진 사람이 43명밖에 안 되니 그야 귀한 구경거리가 될 만도 하겠지만, 너무 소란스러워서 수업이 제대로 진행되지 않을 지경이었다.

학교 밖에서도 구경꾼들이 몰려들었다. 기자들은 교문 앞에서 진을 쳤다. 교장이 나나미에게 자택대기라는 이름의 「자숙」을 요청하기까지 사흘도 채 걸리지 않았다.

나는 훌쩍훌쩍 흐느끼는 소꿉친구에게 아무 것도 해줄 수가 없어서 답답하기만 했다.

내가 해줄 수 있는 일이라고는 그녀가 그곳에서 살아갈 수 있도록 사전에 정보를 수집해두는 것밖에 없었다.

◇ ◆ ◆ ◆ ◇

하루하루가 소란과 함께 지나갔다.

내 생활은 크게 바뀌지 않았지만, 나나미의 인생은 이세계로 가기도 전인 지금도 격렬하게 변화하고 있었다. 방송국과 잡지사의 취재를 받아 얼굴이 팔린 바람에 구경꾼들도 더욱 늘어났다. 물론 나나미는 자숙이라는 이름의 휴학 조치를 받고서 학교에는 오지 않았지만.

전이 예정자 43명을 한자리에 모은 특집 방송이 편성되어 나나미가 교복 차림으로 TV에도 나왔다. 원래 학교에서 나나미는 나처럼 존재감이 희박했지만, 지금은 완전히 시대의 주목을 받고 있다.

한편, 「신」이 「이세계」에 관한 정보를 서서히 풀어나감에 따라 세상의 열기는 더욱 뜨거워져 갔다.

나는 그런 정보들을 하나씩 노트에 정리하여 나나미에게 설명했다.

신은 선택받은 천 명에게 「한 손으로 들 수 있는 것을 딱 하나만 이세계로 가져가도 좋다」고 허락했다. 각국은 국가의 위신을 걸고서 자국의 「전이자」가 챙겨갈 지참품을 만들었다.

일본에서는 미국이 개발한 초고성능 보디 아머를 제공한다고 했다. 이세계에는 총기류가 없을 것이라 판단해 「판타지 세계」에 맞춰서 날붙이, 충격, 불꽃, 감전 등에 대한 내성을 끌어올린 명품이며, 일반인이 돈을 주고 구입하려면 천만 엔은 족히 나가는 물건이란다.

그러나 「신」은 전이자 본인의 희망에 반하는 물건을 가져가도록 강요하지 말라고 엄명을 내렸기에 기본적으로는 자유였다. 나나미도 무엇을 지참해갈지 고민하고 있는 듯했다.

"히카루, 가져갈 것 말인데……. 나, 향수병에 걸릴 것 같아서 사진이 좋지 않을까 싶어."

나나미는 그렇게 말하고서 앨범 한 권을 꺼냈다. 소중한 추억이 담긴 사진들을 추렸다고 했다.

"아니, 무조건 보디 아머가 더 낫대도. 그쪽엔 뭐가 있을지 알 수 없잖아? 여기처럼 평화로운 세계라고 꼭 단정할 수는 없으니까."

"음……. 하지만 그거 하나도 안 귀엽고……. 딱딱할 것 같고……."

"내 마음 같아서는 제대로 된 무기를 챙겨갔으면 해. 좀 참으래도."

"하지만 그걸 입으면 오히려 눈에 띌 것 같지 않아?"

"망토 같은 걸로 숨기면 되지."

현 시점에서는 보디 아머만 한 게 없다. 라스트 보스와 느닷없이 전투를 벌이더라도 버틸 수 있을 법한 방어구를 챙겨가는 것이나 마찬가지다. 만약에 내가 선택을 받았다면 그걸 택했을 것이다.

그러자 나나미는 조금 서글픈 표정을 지었다. 그러나 결국에는 나라와 부모님, 외부의 조언도 참고하여 보디 아머를 선택한 듯했다. 사진을 가져가고 싶다는 건 그녀다운 선택이지만, 이세계로 날아가는 건 이미 결정된 일이다. 그녀가 실은 이세계 따위에 가고 싶은 마음이 없으며, 가능하다면 누군가가 대신 가주길 진심으로 바랄지라도 말이다.

이제 도망칠 수는 없었다. 그렇다면 생존할 가능성이 가장 높은 선택을 해줬으면 좋겠다. ……나나미의 처지가 참으로 딱하긴 하지만, 「신」에게 선택받고 말았다. 전이를 막을 방법은 없었다.

내 속내를 말하자면 더 적합한 사람을 선택했어야 했다고 「신」에게 비난을 쏟아 붓고 싶을 정도였다.

반대로 「신」은 나나미 같은 「적성」이 없는 사람을 택하는 편이 더 재밌으리라 판단했을지도 모르겠다. 여하튼 이세계로 간 사람들의 모습을 모두가 시청할 수 있다는 악취미스러운 기획이니까. 이세계 전이자를 선별하면서 그런 의도가 작용하지 않았을 리가 없었다.

어쨌든 이미 결정된 일이다. 아무리 싫든, 예상치 못했든 간에 적극적으로 준비하는 것 말고는 선택지는 없었다.

어학 능력이 우수한 내 두 여동생 덕분에 해외 쪽 정보도 수집할 수 있었다.

신기하게도, 각 나라마다 지참품의 개성이 달랐다. 일본인은 모두가 보디 아머를 선택했지만, 다른 나라의 전이자들은 꼭 그렇지는 않았다. 악기를 챙겨가는 사람이 의외로 많은 걸 보면 음악이 문화를 초월한 언어가 되리라는 기대감을 품은 걸지도 모르겠다.

나는 나나미가 이세계에 내동댕이쳐지는 게 걱정됐다. 그러나 아주 약간은 부럽기도 한지라 내심 기분이 복잡했다.

당사자인 나나미는 처음에는 울면서 불평을 늘어놨다. 그러나 시간이 흐르면서 마음도 정리됐는지, 요즘에는 이세계 여행을 약간이나마 긍정하게 됐다.

그래도 다른 전이자처럼 적극적인 것은 아니었다. TV나 잡지 인터뷰를 통해 그런 인상을 풍겼는지 SNS 등지에서는 놀림을 받으면서도 사랑받는 캐릭터로서 정착된 듯했다.

「신」이 운영하는 공식 사이트에는 전이자마다 전용 게시판과 채팅

룸이 만들어졌다. 전 세계에서 트래픽이 쇄도했고, 동시 번역 기능을 이용하여 제멋대로들 글을 써댔다.

나도 흥미가 생겨서 나나미의 페이지를 살펴봤다. 그런데 나나미의 개인 정보가 하나부터 열까지 적나라하게 까발려져서 도저히 그 내용을 볼 수가 없었다.

사람이라면 마땅히 보호를 받아야할 프라이버시가 상실됐다. 마치 동물원 판다처럼 다루는 것 같아서 부아가 치밀었지만, 이 흐름을 막을 수 있는 수단은 이미 존재하지 않았다.

「신」은 일주일에 한 번꼴로 방송을 했다.

서서히 밝혀지는 이세계의 정보. 조금씩 드러나는 전이자를 위한 「특전」.

전 세계 사람들이 매일 「신」이 만든 특설 공식 사이트에 끊임없이 접속했고, 순식간에 글로벌 최고 인기 콘텐츠라는 명성을 획득했다.

이세계 여행까지 아직 한 달이나 남았는데도 인기투표가 실시됐다. 1등으로는 프랑스 국적의 여자애가 뽑혔다. 나나미도 건투했지만 전체에서는 79위, 일본인 중에서는 8위를 차지했다.

본인은 놀라서 겸손을 떨고 있지만, 현재 전 세계 사람들이 나나미를 알고 있다.

나는 소꿉친구로서 조금 자랑스러웠다.

그리하여 하루하루가 폭발하듯 지나가고 드디어 그날이 찾아왔다.

이세계 전이 종합게시판 [나라별 · JPN-C]
3679th

1: 지구의 무명 씨
지금까지의 상황 정리해봄.
선택받은 사람은 1000명.
아쉽지만 예비 인원은 없는 것
같음.
질병 등 모든 것이 완치된 상태
에서 스타트.
시력도 회복되고, 질병 내성도
현지인 수준으로.
일본인 중 선발된 인원은 43명.
이세계로 떠나기 전에 부여된 스
킬 포인트를 분배하여 스스로를
강화할 수 있음.
전원에게 이세계 언어 자동 번역
능력이 부여됨.
저쪽 세계는 중세 판타지 게임을 거
의 고스란히 옮겨놓은 세계인 듯.
정령력이라는 에너지로 마법을
구사하고, 신체도 강화할 수 있
는 것 모양.

가져갈 수 있는 아이템은 한 손
으로 들 수 있는 것으로 하나뿐.
총기처럼 파츠 복합체도 가능하
지만, 지참할 수 있는 탄창은 총
에 포함된 것뿐.

3: 지구의 무명 씨
신 스스로 전이자 중 하나로 섞
여 들어 자신이 먼치킨임을 증명
하는 전개만은 펼치지 않길 바라
는데.

7: 지구의 무명 씨
나나미, 짱 귀여움.

9: 지구의 무명 씨
검과 마법의 이세계에서 수수한
여고생 나나미가 살아갈 수 있을
지 불안하긴 하지만.

11: 지구의 무명 씨
걔네 부모는 너무 걱정돼서 살아
도 산 것 같지가 않겠지.

14: 지구의 무명 씨
큭! 내가 대신 가줄 수 있다면……!

17: 지구의 무명 씨
너만 가게 놔둘쏘냐……!
내가 대신……!

20: 지구의 무명 씨
근데 올라오는 속도 빠르네.
이거 게시판이라기보다 거의 채
팅이잖아.

24: 지구의 무명 씨
이 정도 속도를 예상했는지 나라
별로 게시판이 준비되어 있어.
거기에 주도면밀하게도 일본은
A, B, C 세 개나 있지.

27: 지구의 무명 씨
그래도 무지 빠른데?
A에서 올라오는 글들은 진짜로
눈으로 쫓을 수가 없어.

31: 지구의 무명 씨
상대를 죽이면 이세계 전이 권리
가 옮겨진다는 도시전설이 한때
나돌았죠…….

33: 지구의 무명 씨
그건 완전히 거짓말이라며? 참
고로 살인을 저지른 범인은 사형
을 받았다던데. 해외 얘기지만.

36: 지구의 무명 씨
그나저나 기대되네. 앞으로 일
주일 남았나.

37: 지구의 무명 씨
순식간에 우리 세상이 이세계 이
야기로 떠뜰썩해졌네.

44: 지구의 무명 씨
캐릭터가 너무 많아서 파악을 다 못
했는데 추천하는 플레이어 있음?

46: 지구의 무명 씨
뭐? 캐릭터? 플레이어?
모두 목숨을 걸고서 여행을 떠나
는 거라고!

48: 지구의 무명 씨
역시 프랑스 대표 잔느 쨩이 최
고지.

50: 지구의 무명 씨
인기 3위인 막시밀리안 마셜 님
을 응원할거야. 뭐든지 힘으로
분쇄해줬으면 좋겠어.

53: 지구의 무명 씨
좋지, 근육. 현역 경호원이라고
하니 지구인의 파워를 이세계 사
람한테 보여줬으면 좋겠어.

55: 지구의 무명 씨
잔느가 귀엽긴 한데, 페인 게이머
라고 하지 않았나……? 괜찮을까?

57: 지구의 무명 씨
신체 능력도 올릴 수 있으니 괜
찮겠지. 그리고 잔느는 프랑스
대표가 아니라 프랑스인 중에서
인기가 가장 많을 뿐이라고.

61: 지구의 무명 씨
야, 근데 이거 잔인한 장면도 방
송돼?

64: 지구의 무명 씨
고블린이 능욕하는 장면 같은 것
도……?

65: 지구의 무명 씨
신이 말하기를 모든 걸 고스란히
전달해줄 거라던데.

70: 지구의 무명 씨
아름다운 여자가 비참한 꼴을 당하는 광경을 기대하는 층이 있다나 뭐라나…….

71: 지구의 무명 씨
그야 전 세계의 사람들이 다 보니 그런 취향을 가진 사람도 있겠지.

74: 지구의 무명 씨
난 평범하게 몬스터랑 싸우는 모습을 보고 싶어.

77: 지구의 무명 씨
몬스터랑 싸운다는 건 살해당할지도 모른다는 뜻이잖아. 그딴 걸 봤다가는 트라우마에 시달릴걸? 영화가 아니란 말이야.

80: 지구의 무명 씨
플레이어가 죽으면 화면이 어둑해지면서 GAME OVER라는 붉은 글자가 화면에 뜬다는 데에 2000소울을 건다!

82: 지구의 무명 씨
해외에서는 이세계행에 대비하여 무술을 익히는 전이자도 많다더라.

85: 지구의 무명 씨
마물을 상대로 그 무술이 통하려나……?

90: 지구의 무명 씨
파쿠르를 배우는 편이 더 도움이 되지 않겠냐?

94: 지구의 무명 씨
총기류도 지참할 수 있다고 하니 어썰트 라이플을 든 사람들끼리 모여서 무쌍할지도 모르지.

100: 지구의 무명 씨
어느 나라에서는 누군가 한 사람

한테 탄창 보급 역할을 맡긴다
네. 한 손으로 들 수 있는 탄창
이 대략 300발 정도라던가?

102: 지구의 무명 씨
이세계인 입장에서는 어엿한 침
략자나 마찬가지네.

104: 지구의 무명 씨
그거 총기 지참자랑 탄창 지참자
가 같은 장소에서 시작하지 않으
면 말짱 꽝이잖아…….

110: 지구의 무명 씨
어디로 전이될지는 고르지 못한
다고 했나?

113: 지구의 무명 씨
못 골라. 「안전」, 「보통」, 「위험」
중 하나를 고를 수는 있지만, 기
본은 랜덤이래.

127: 지구의 무명 씨
설령 그 녀석이 탄창을 갖고서
이세계에서 동료와 무사히 합류
하더라도 총기 담당한테 죽어서
총알만 빼앗기는 미래밖에 보이
질 않아…….

130: 지구의 무명 씨
그나저나 24시간 실시간 방송이
라……. 난 이 방송을 보기 위해
일을 때려치우겠어…….

133: 지구의 무명 씨
그 마음 알아. 나도 그만뒀지롱.

135: 지구의 무명 씨
전이자보다도 더 인생을 건 녀
석ㅋㅋ

143: 지구의 무명 씨
일본인 중 최고로 인기가 많은
이카킨은?

147: 지구의 무명 씨
역시 유튜버는 강해. 시청자를 의식한 방송을 만들어갈 수 있을 테니.

150: 지구의 무명 씨
방송이라니……. 실시간 송출인데도?

156: 지구의 무명 씨
그렇다고는 해도 경험이 있느냐 없느냐의 차이는 커. 요컨대 실시간 스트리밍이나 마찬가지이니까.

170: 지구의 무명 씨
시청 포인트는 어떻게 얻는 거랬지?

173: 지구의 무명 씨
전이자한테 부여된다는 그거? 시작해봐야 알겠지만 유튜브랑 비슷하겠지. 채널 구독자수나 조회수에 비례하는 포인트를 물

주가 지불하는 방식일 듯.

175: 지구의 무명 씨
물주라고 하지 마.

188: 지구의 무명 씨
굳이 따지자면 이세계 실시간 방송이지.

190: 지구의 무명 씨
인기 있는 플레이어가 포인트를 독점해 보다 강해지고, 강해진 덕에 시청자들의 주목을 더욱 끌고…… 그렇게 돌아간다는 거지? 이 시스템이면 리소스가 한정돼있을 테니 약자 구제 조치가 없으면 망하는 거 아니야?

204: 지구의 무명 씨
포인트를 써서 포션 같은 걸 얻을 수 있다고 했나?

218: 지구의 무명 씨
아이템 전반, 무기와 방어구, 매
직 스크롤 등 여러 가지를 받을
수 있고, 포인트로 자신의 능력
도 올릴 수 있대. 상세한 내용은
아직 발표하지 않았지만 말이야.

221: 지구의 무명 씨
역시나 그 문제는 물주도 뭔가
고려하고 있겠지.

225: 지구의 무명 씨
물주라고 하지 마.

때가 되면 선발된 천 명은 이세계로 날아가 버린다.

그 시각은 그리니치 표준시 1월 1일 0시.

일본에서는 시차에 따라 아침 9시에 출발한다.

그날은 공교롭게도 비가 내렸다. 아침 방송에서 신년에 비가 내리는 건 드물다고 했다.

나는 나나미와 마지막 작별 인사를 나누기 위해 우산을 쓰고 집을 나섰다.

현관을 나서니 조금 떨어진 곳에서 방송국 직원이 때맞춰 온 듯 카메라로 이쪽을 찍고 있었다. 나는 가볍게 알은체를 했다.

우리 집은 좁지만 교통량이 많은 골목에 면하고 있는지라 방송국 직원 몇 명이 길을 막으면 정체가 발생한다. 나나미가 선택받았을 때 그 문제로 다툼이 꽤 벌어졌다. 그래서 그들은 조금 떨어진 곳에서 진을 치고 있었다. 뭐, 저들이 나나미를 쫓는 것도 오늘이 마지막일 테지만.

끝내 「신」은 「이세계」에 관한 정보를 필요 이상으로 공개하지 않았다.

우리가 아는 사실이라고는 그곳이 지구와 비슷한 세계라는 것, 검과 마법의 판타지 세계라는 것, 그리고 전이자는 각자 보너스 포인트를 배분하여 스스로를 강화하거나, 아이템으로 교환하여 어느 정도 자기 입맛에 맞춰서 시작할 수 있다는 것— 그 정도였다.

내가 나나미에게 해줄 수 있는 조언은 그다지 없었다.

육체를 다소 강화해본들 나나미가 마물과 싸울 수 있을까? 이미

지가 잘 떠오르지 않았다. 그렇다면 도시에서 무난하게 살아가는 것 말고는 달리 선택지가 있을까?

차라리 스스로를 강화하는 데 포인트를 분배하기보다 아이템이나 돈으로 바꾸는 편이 낫다. 그러나 자기 몸도 지킬 수 없을 정도로 약한데 돈이나 아이템을 갖고 있다가는 강도를 만나 살해당할지도……. 그럼 역시 힘이 필요하나……? 그런 생각들이 꼬리에 꼬리를 물고 반복돼서 답이 나오질 않았다.

여동생들은 강화하는 데 포인트를 많이 필요로 하는 요소는 나중에 얻지 못할 가능성이 높으니, 그것부터 택해야한다고 했다. 그러나 우리는 튼튼한 게임 캐릭터가 아니다. 결국 어떤 힘을 택할 수 있는지 살펴보고서 균형 있게 포인트를 배분하는 게 무난하다는 결론에 이르렀다.

"……좀 늦었나. 그나저나 나나미네 집이 조용한데?"

벌써 아침 8시였다. 오늘 출발하는데 설마 아직도 자고 있나?

원래 전이자들은 도쿄의 행사장에서 대관중의 배웅을 받으며 떠날 예정이었다. 그러나 나나미는 그것을 거부했다. 마지막은 가족과 함께 보내고 싶다며 TV 중계도 거절했다.

뭐, 떠나기 직전이니 눈치도 없는 아까 그 매스컴이 올지도 모르겠지만, 지금은 아무도 없었다. 의외로 전이자의 마지막 소원을 들어줄 생각인지도 모르겠다.

신이 내리는 신벌이 두려워서 억지를 부리지 않는 것일 수도 있겠지만.

"안녕하세요~! 히카루입니다~!"

현관문이 열려 있기에 멋대로 안으로 들어갔는데 아무래도 상황이 이상했다.

불은 켜져 있는데 아무 소리도 들리지 않았다. 나는 어렸을 적부터 나나미네 가족과 교제를 해왔기에 서로에 대해 잘 안다. 딸이 여행을 떠나는 날인데도 아직도 안 일어났다니, 말이 안 됐다.

나는 술렁이는 가슴을 안고서 신발을 벗고 안으로 들어갔다.

거실로 이어지는 문은 닫혀 있었다. 불은 켜져 있건만 고요만이 감돌았다.

"안녕하세요~! ……이상한데."

벌써 전이해버렸나?

나는 어째선지 불길한 예감이 들어서 나나미의 방으로 향했다.

그녀의 방은 2층에 있다.

정적에 휩싸인 집 안에서 빗소리와 내 심장 소리, 이가 떨리는 소리만이 울리는 듯했다.

"나나미……? 있어?"

문을 노크해봤지만 대답이 없었다. 나는 마음을 굳히고서 나나미의 방문을 열었다.

그리고— 그곳에는 그녀가 있었다.

나나미는 눈을 감은 채 침대에 몸을 기대고 있었다.

복부…… 아니, 상반신 전체에서 검붉은 피가 흘러나온 흔적이 보였다. 엄청난 피바다가 카펫을 적신 상태였다.

"나…… 나나미……?"

나는 쓰러질 기세로 그녀 곁으로 달려갔다.

"나나미! 야! 정신 차려! 나나미……!"

어깨를 뒤흔들자 그녀의 머리가 힘없이 덜렁덜렁 흔들렸다.

마치 인형처럼 힘이 쭉 빠진 모습이었다. 나는 순간 온몸에서 핏기가 싹 가시는 느낌이 들었다.

—죽었어?

—나나미가 살해당했어……?

이해할 수가 없었다.

이세계행이 무섭다며 누군가가 대신 가줬으면 좋겠다고 훌쩍거렸던 소꿉친구가.

어제까지만 해도 별일이 없었는데. 여태껏 크게 다친 적도 한 번도 없었는데.

그런 나나미가— 죽었다.

얼마나 넋을 놓았는지 모르겠다.

한순간이었을지도 모르고 한 시간쯤 지났을지도 모르겠다.

나나미의 부모님도 확인해야 한다는 생각조차 머릿속에서 떠오르지 않았다. 온몸이 떨리고 숨조차 제대로 쉴 수가 없었다.

머리가, 심장이, 온몸이 이 현실을 받아들이기를 거부하는 듯했다.

"이…… 일단, 구급차부터 불러야—."

내가 냉정을 조금 되찾고서 핸드폰을 꺼냄과 동시에, 누군가 움직이는 소리와 함께 무언가 뜨거운 것이 내 몸에 꽂혔다.

"……커헉?! 뭐, 뭐야…… 이거……."

눈앞이 새빨갛게 물들었다. 피가 역류한 것처럼 등에서 열이 퍼져

나갔다. 심장 박동에 맞춰서 의식이 명멸했다.

등이…… 타오를 듯이 뜨거웠다. 마치 작열하는 봉이 꽂혀 있는 듯 했다.

"아이 참……, 깜짝 놀랐네. 너…… 쿠로세였나? 너희들 사귀는 사이였냐아? 여친을 죽여버려서 미안해~?"

뒤를 돌아보니 또래로 보이는 남자가 서있었다.

낯이 익었다. 같은 학교에 다니는 녀석이었다. 같은 반은 아니었다. 이름조차 몰랐다.

인싸 그룹에 끼고 싶어서 그 주변에서 어슬렁거리던 녀석 아니었나?

다른 반이지만 우리 반에도 종종 왔기에 얼굴만은 왠지 기억이 났다.

자신이 이세계 전이자로 선택되지 않았음을 큰소리로 호들갑스럽게 한탄했던 녀석이었다.

그런데 왜 이 녀석이 나나미를……? 왜 내 이름을 알고 있지……?

"뭐, 난 이세계로 사라질 예정이니까. 쿠로세는 그냥 운이 나빴다고 받아들여. 사랑하는 나나미랑 함께 죽을 수 있으니 좋지?"

경박스럽게 웃은 그 남자는 얼굴빛이 해쓱했다. 그러나 눈빛만은 이글이글 타올라서 도저히 똑바로 볼 수가 없었다.

"……왜…… 대체 왜…….."

나는 목소리를 쥐어짜냈다. 왜— 왜, 나나미를 죽였어?

"허어~? 너 모르냐? 선발자를 죽이면 이세계에 갈 권리가 죽인 사람한테로 넘어간다고. 난 무슨 수를 쓰든 이세계에 꼭 가고 싶거든요~. 뭐, 걔한테는 몹쓸 짓을 하긴 했지만, 이세계가 무섭다고 항상 투정했잖아? 어차피 저대로 가봐야 금방 죽을 거야. 그럼 대신 내가 가서 활약하면 모두가 행복해질 거 잖아?"

"……멍청한 자식……!"

선발자를 죽이면 권리가 넘어간다.

초창기에 인터넷에서 소문이 나돈 적이 있지만, 어디까지나 도시전설이다.

실제로 선발자가 몇 명이나 살해됐지만 살인자가 그 권리를 넘겨받았다는 이야기는 듣지 못했다.

그저 무작위 선출이 다시 한번 이뤄질 뿐이었다.

저 바보는 그 도시전설을 믿고서 나나미를 죽인 것이다.

"누~굴 보고 멍청이래. 아싸 자식 주제에 건방 떨기는!"

나는 발길질을 맞고서 나나미의 위에 포개지듯 쓰러졌다.

저항할 수 있는 상태가 아니었다. 이미 의식이 몽롱해졌다.

등에서는 열기가 이미 사라졌다. 지금은 허탈감과 한기만이 느껴졌다.

죽음이 명확하게 다가왔음을 본능으로 깨달았다.

"자 그럼, 앞으로 한 시간쯤 남았나? 누가 또 오면 귀찮으니까 현관문은 잠가둘까."

이미 나와 나나미에게 흥미를 잃었는지, 남자는 방에서 나갔다.

"……큭……후우……. 하다못해…… 전……화."

나는 어떻게든 경찰에 신고하려고 시도했다.

그러나 그만 핸드폰을 떨어뜨리고 말았다. 그것을 주울 힘조차 남지 않았다.

"나나……미……."

의식이 뿌옇게 흐려지는 와중에 나나미가 끌어안듯 가슴에 품은 물건이 눈물진 눈동자에 비쳤다.

"나나미…… 이 바보……."

그것은 표지가 파스텔컬러로 된 포켓 앨범이었다.

들고 다니기 불편하지 않도록 고른 듯, 크기는 수첩만 했다. 이세계로 갈 때 가져가려고 준비한 물건임에 틀림없었다.

나나미는 향수병에 걸릴 것 같다며 보디 아머 따위보다 이 세계의 추억을 지참하고 싶다고 했다.

그녀가 소중히 여겼던 것은 지인이 하나도 없는 다른 세계보다도 소중한 사람들이 있는 이 세계였다.

나는 떨리는 손가락을 뻗어 그것을 만졌다.

—결국 나나미는 향수병을 두려워하는 소녀인 채로, 추억이 담긴 앨범을 천국으로 가져갔구나.

그러나 나도 곧 같은 곳으로 가게 되겠지.

함께 이세계에는 가진 못했지만, 나와 나나미의 지긋지긋한 인연은 태어났을 적부터 시작됐다.

바라건대, 신이여.

그쪽 세계에서도 그녀와 또다시 소꿉친구로서 지낼 수 있기를—.

"으……. 응……?"

얼마나 잠들었을까.

몽롱한 의식을 깨우고서 나는 눈을 떴다.

주변은 하얀 방이었다. 문이 없는, 얼룩 한 점 없는 새하얀 방.

나는 환자복 같은 흰 옷을 입고서 바닥에 누워 있었다.

"살아있나……? 여긴, 병원……?"

병실치고는 침대조차 없었다.

책상과 의자는 있는데, 책상 위에는 컴퓨터 같은 물건이 놓여 있었다.

"다친 데는……."

반사적으로 등을 만져봤다. 그러나 상처조차 없었다. 혹시 둔기에 얻어맞았을 뿐 애초부터 칼에 찔리지 않았을지도 모른다.

어쨌든— 살아 있다.

"……아니면, 사후세계……인가?"

그렇게 생각하는 편이 자연스러웠다.

"……죽었어……. 아니, 살해당했지. 나나미와 마찬가지로……. 나나미……."

아까 전 기억이 플래시백처럼 되살아났다.

내가 죽었다는 사실보다 나나미가 살해당했다는 실감이 마음을 무겁게 짓눌렀다.

이런 신기한 방에 있는데도 이상하다는 느낌이 들지 않았다. 소꿉친구가 죽었다는 그 사실만이 슬프고 괴로웠다.

"모두 꿈……이었다? 그럴 리가 없나……."

이렇게 이상한 곳에 있는데도 그 과거가 사실이었다는 것만은 단

언할 수 있었다. 나나미의 방 안을 뒤덮었던 피비린내. 그토록 표정
이 다양했던 나나미가 마치 물건처럼 축 늘어져있던 그 모습.

"큭…… 으흑……."

나도 모르게 눈물이 넘쳐흘렀다.

나나미가 살해당해서 슬픈 걸까? 내가 살해당해서 슬픈 걸까? 아
니면 양쪽 모두일까? 말로 표현할 수 없는 처음 겪는 감정에 지배
되어 한동안 일어날 수 없었다.

왜 살해됐어야만 했을까. 그것도 벌레조차 죽여본 적이 없었을 것
같은 나나미가.

왜, 왜, 왜—?

나나미는 이세계에 가고 싶지 않다고 울었다.

범인은 이름도 모르는 같은 학년 학생이었다.

그리고 나는 왜 이런 데에 있는 거야?

머릿속이 뒤죽박죽이었다.

슬픔, 의문, 분노가 머릿속을 휘돌았다. 나는 한동안 웅크린 채
꼼짝도 하지 않았다.

얼마나 그러고 있었을까. 시간 감각이 없어서 모르겠다.

누가 이 방에 오지도 않았다.

나는 눈물샘이 다 말라버릴 정도로 눈물을 펑펑 흘렸다. 비틀비틀
일어나 방 안에 홀로 놓여 있는 컴퓨터 화면을 쳐다봤다.

그 속에 적힌 글은 내 머리를 차갑게 식히는 데 충분하고도 넘쳤다.

"……거짓말……."

그 글은 이랬다.

『당신은 이세계 전이자로 선발됐습니다. 보너스 포인트 분배를 끝마치고서 이세계로 여행을 떠납시다.』

왜 내가 전이자로 뽑혔는지 모르겠다. 그러나 몇 번을 봐도 화면에는 내가 이세계 전이자로 선발됐음을 보여줬다.

나나미의 권리가 가장 가까이에 있던 나에게로 옮겨졌다, 이 말인가?

아니…… 그 설은 부정됐을 터이다.

어떤 나라에서 전이자가 살해됐을 때, 그 사람을 대신해서 일면식도 없는 다른 나라 사람이 뽑혔었다. 즉, 전이자가 죽으면 추첨을 다시 한번 할뿐이다.

물론 나나미가 죽은 뒤 재추첨이 실시됐고, 내가 우연히 뽑힐 가능성이 아예 없는 건 아니겠지만……. 그 확률은 78억 분의 1 정도. 제로라고 해도 될 만한 숫자다. 애당초 나는 그걸 따지기 이전에 죽었다.

내 등에 무언가가 꽂혀 의식을 잃었던 때는 전이 예정 시간으로부터 한 시간 넘게 남은 시점이었다. 그로부터 한 시간이나 숨이 붙어 있었다는 뜻인가?

나나미와 전혀 관계없는 누군가가 어디서 죽은 바람에 재추첨에 걸렸을 가능성도 있긴 하지만…….

"……어쩌면 지금쯤 나나미도 다른 방에 있을지도……!"

죽은 줄 알았던 내가 여기에 있는 걸 보면, 그럴 가능성도 있었다.

왜냐면 사람들을 이세계로 보내는 존재가 바로 신이니까. 문자 그대로 「신」이다.

그때 죽었던 나나미는 저쪽 세계로 넘어간 뒤 남은 껍질에 불과하고 진짜는 진즉에 이세계에 전생했다—.

어쩌면 나나미도 아직 살아 있을 가능성도 있다. 맥박을 재본 것도 아니니 의외로 죽은 줄 알고 착각했을 뿐인지도. 사람은 의외로 쉽게 죽지 않는다는 글을 읽었던 기억도 있다.

더욱이 의식을 잃기 직전에 신에게 빌었다. 신이 내 바람을 들어줘서 부조리한 죽음으로부터 나와 나나미를 구해준 게 아닐까.

달콤한 희망임을 알면서도 나는 그 가능성에 매달리고 싶었다.

나와 나나미 모두 살해당하지 않은 채 둘이서 이세계를 모험한다—.

그리 된다면 얼마나 즐거울까.

두 뺨을 때리고서 마우스를 잡았다. 결심을 굳혔으니 무슨 수를 쓰든 살아남아 나나미와 재회하고야 말겠다. 그렇게 마음을 다잡고서 화면을 쳐다본 순간—.

퐁, 하고 김이 새는 소리가 울리더니 화면에 메시지가 표시됐다.

『전이까지 5분 남았습니다.』

"뭐—."

자세히 보니 화면 우측 상단에 타이머가 있다. 그 숫자가 천천히 줄어들고 있다.

아마도— 아니, 분명 내가 이곳에 온 순간부터 타이머가 시작됐겠지.

"고작 5분으로는……!"

어쨌든 느긋하게 고르고 있을 시간이 없었다. 우선 직감으로 고르고서 시간이 남으면 조정한다—. 그 정도밖에 못할 것 같았다. 망설이기만 하다가 아무 것도 선택하지 못한 채 전이하는 사태만은 피하고 싶었다.

『스킬 포인트를 배분해주십시오. 당신의 총 보너스 포인트는 73 입니다.』

"73포인트라⋯⋯."

잘 모르겠지만, 많은 듯 느껴졌다.

이 포인트에 관한 사전 정보는 그리 많지 않았다.

아는 것은 24세를 최소치로 하는 V자 형태로 초기 포인트 수치가 결정된다는 점이다.

즉 「신」이 젊음이라는 「가능성」보다도, 현 시점의 「경험」이나 「육체적인 성숙」을 더 중시한다고 바꿔 말할 수 있겠다.

「신」의 설명에 따르면 효과가 높은 능력일수록 많은 포인트를 소비해야 한다던데⋯⋯.

어차피 시간이 없었다. 포인트를 얼른 분배해야만 했다.

● 이름 : 쿠로세 히카루 ▼

● 나이 : 15세 ▼

● 성별 : 남성 ▼

● 특수 능력 ▼

● 신체 능력 ▼

● 내성 ▼

● 정령술 ▼

● 아이템 ▼

● 전이 포인트 ▼

● 불리한 요소 ▼

의외라고 느껴질 정도로 심플했다. 이렇다면 5분밖에 없더라도 제대로 고를 수 있을지도 모르겠다.

각 부분에 커서를 가져가자 설명이 나왔다.

예를 들어, 특수 능력 부분에 커서를 대니 『인지를 초월한 특별한 힘』이라고 나왔다.

내용이 대략적이긴 하지만 그 역시 「신」의 의도일지도 모르겠다.

각 부분을 쭉 훑어봤다.

우선 나이부터. 놀랍게도 변경할 수가 있었다.

▼마크를 클릭하니 창이 떴다. 나이를 더하면 포인트를 더 얻을 수 있고, 또한 포인트를 소비하면 나이를 줄일 수 있는 것 같았다 (즉 젊어질 수 있다는 뜻이다!).

나는 현재 15세. 나이를 조금 더해서 포인트를 버는 것도 괜찮을 듯싶었다.

다음에는 특수 능력 창을 열었다.

"으……! 소비 포인트가 이렇게나 높아?"

●특수 능력

· 용기 - 20p

난관과 공포에 맞서 앞으로 나아갈 수 있는 힘을 얻는다.

· 초집중 - 30p

허기와 졸음을 잊고 집중할 수가 있게 된다.

· 기척 감지 - 15p

　생물의 기척을 눈치챌 수 있게 된다.

· 암시(暗視) - 15p

　빛이 거의 없는 곳에서도 사물을 볼 수 있게 된다.

· 직감 - 20p

　감으로 유리한 선택지를 고를 수가 있다.

· 무호흡 활동 - 10p

　호흡하지 않고 2분 동안 전력으로 행동할 수 있게 된다.

　훈련하면 15분 정도 잠수할 수 있게 된다.

· 광시야 - 10p

　인간으로서는 불가능할 정도로 넓은 시야를 가지게 된다.

· 의사소통 - 30p

　동물과 대화를 주고받을 수 있게 된다.

· 정령의 총애 - 30p

　모든 정령이 당신을 사랑하게 된다.

· 매료 - 50p

　마음이 가는 사람에게서 호감을 살 수 있는 체질이 된다.

· 이세계 언어 - 0p▼

　전이 공간 주변의 공용어를 읽고 쓸 수가 있게 된다.

　확실히 하나같이 유용해보였다. 그러나 표현이 모호해서 잘 와닿
지 않았다.

　예를 들어, 용기나 기척 감지는 어느 정도를 말하는 건지 알기 어

려웠다. 용기인 줄 알았는데 그저 무모함에 불과하다면 웃지 못할 일이다. 기척 감지도 적이 꽤 가까이 다가와야만 알아차릴 수 있는 수준이라면 의미가 없다.

이세계 언어 부분의 ▼를 여니 「선택 중 : 없음을 선택하면 20p 추가」라고 나왔다. 말이 전혀 통하지 않게 되는 것은 그야말로 지뢰다. 이것만은 택할 수가 없었다.

타이머를 힐끔 보니 벌써 1분이 지나있었다.

망설일 시간이 없었다. 나는 잠시 생각한 뒤 「암시」와 「정령의 총애」를 선택했다.

두 가지를 고르려면 45포인트가 필요해서 순식간에 28포인트밖에 남지 않았다. 그러나 저 두 가지 능력은 노력으로 어떻게든 때울 수 있는 요소가 분명 아니라고 생각했다.

무엇보다 내 직감이 유용하리라 판단했다.

원래는 더 신중하게 고르고 싶었지만 지금은 시간이 없었다.

여동생이 『이런 게임에서는 기본적으로 포인트가 높은 능력을 획득하는 게 무난해. 그리고 포인트는 낮아도 꽤 유용한 능력이 몇 개쯤 있을 테니 그것도 빼먹지 말고 선택해야 해』하고 말했던 기억도 선택에 영향을 미쳤다.

근거가 있는지 없는지 모르겠지만, 우리 여동생들은 천재다. 신용해도 되겠지.

다음에는 신체 능력 항목을 열었다.

●신체 능력

정령력에 의한 신체 능력 업.

· 체력 업 레벨 1~5 – 5/7/10/15/20

· 생명력 업 레벨 1~5 – 5/7/10/15/20

· 정령력 업 레벨 1~5 – 5/7/10/15/20

· 시력 업 레벨 1~3 – 3/7/10

· 청력 업 레벨 1~3 – 3/7/10

· 후각 업 레벨 1~3 – 1/3/5

· 미각 업 레벨 1~3 – 1/3/5

나열된 숫자들은 각 레벨마다 소비되는 포인트를 가리키는 듯했다.

즉, 체력 업 레벨 3을 선택하면 10포인트를 소비한다는 뜻이다.

나는 체력 업에 달린 주석을 읽었다.

『레벨 1은 2배, 레벨 3은 5배, 레벨 5는 10배의 힘을 얻는다. 완력이나 체력 등 종합적인 「힘」을 뜻한다. 육탄전으로 싸울 작정이라면 추천. 그렇지 않더라도 인간의 기본이 되는 힘의 하나이므로 이것과 생명력 업은 레벨 1이라도 각각 획득하는 것이 좋다.』

생명력 업에 관한 설명은 이렇다.

『생명력은 숫자로는 표기하기 어려운 죽음을 견뎌내는 힘과 지구력, 정신력을 포함한 강건함을 나타낸다. 게임으로 치자면 HP에 해당한다. 죽고 싶지 않은 사람은 올려두더라도 손해를 보지는 않는다.』

정신력도 포함하고 있으니 낯선 세계에서 활동하는 데 꽤 도움이 될 것 같았다.

그리고 우리 지구인에게는 낯선 힘인 정령력 업은 이랬다.

『정령력은 정령술을 사용할 때 소비되는 힘이다. 레벨이 오르면 체내에 담아둘 수 있는 정령력의 총량이 늘어난다. 저마다 신체에 담아둘 수 있는 정령력이 다르기에 간단하게 정량화할 수는 없지만, 정령술을 사용할 생각이라면 정령력 업은 있는 편이 좋다.』

알기 어렵긴 하지만 개개인마다 정령력이 다르다면 기초 MP가 낮은 사람은 올려봤자 미묘……할지도 모르겠다. 그렇다면 효과가 더 확실한 능력에 포인트를 할애하는 편이 좋을 것 같았다.

설명을 읽는 데 시간이 의외로 걸렸다.

이제 2분 반 정도 남았다.

어차피 신체 능력은 아마도 「추후에 강화할 수 있을 가능성」이 높다. 이세계 특유의 레벨 업을 통해서 말이다. 그렇다면 처음에 고를지 말지 고려해야만 하겠지.

나는 포인트를 할애하기 전에 내성 쪽을 보기로 했다. 내성은 후천적으로 얻지 못할 가능성이 높을 것 같으니까.

● 내성
· 독 내성 레벨 1~3 - 레벨 3이면 독 무효. - 3/7/10
· 질병 내성 레벨 1~3 - 레벨 3이면 질병 무효. - 1/3/5
· 노화 내성 레벨 1~5 - 레벨 5이면 불로(不老), 레벨 3이면
　　　　　　　노화 속도가 2분의 1. - 3/5/7/10/15
· 자연 회복력 업(부상) 레벨 1~5 - 3/5/7/10/15
· 자연 회복력 업(정령력) 레벨 1~5 - 3/5/7/10/15

"불로의 비용이 싸잖아!"

이것이 여동생 카렌이 말했던 『포인트가 낮지만 꽤 유용한 능력』일지도 모르겠다.

여하튼 다른 항목들이 눈앞에 어른거리지 않을 정도로 필요 포인트가 낮았다.

나의 남은 포인트로도 여유롭게 레벨 5를 취득할 수 있다.

질병 내성이 묘하게 낮은 싼 이유는 전이자가 병에 걸려서 죽기라도 하면 시시하다느니 그런 이유겠지. 어쩌면 질병에 걸릴 일이 별로 없는 세계인가?

자연 회복력 업— 특히 부상 쪽은 유용할 것 같았지만, 느낌이 잘오지 않았다. 예를 들어 레벨 5가 치명상을 입더라도 시간이 얼마간 지나면 완치할 정도로 효과가 뛰어나다면 취득할 만한 의미가있다. 그러나 그저 상처가 빨리 낫는 효과에 불과하다면 미묘할지도 모르겠다.

"이건 헤맬 필요가 없지."

나는 노화 내성 레벨 3(7포인트)와 질병 내성 레벨 2(3포인트)를취득했다. 그리고 이내 나이 창을 열어서 나이를 15살에서 17살로끌어올렸다.

2살을 더하니 6포인트를 추가로 얻었다.

노화 내성 3을 찍어두면 수명이 곱절로 늘어나니 이 거래는 꽤 이득이다.

참고로 불로를 취득할 만한 각오는 없었다.

이로써 24포인트가 남았다. 시간이 꽤 촉박하지만 정령술 항목도

봐뒀다.

『정령술은 이 중에서 하나만 취득할 수 있습니다. 제각기 도움이 됩니다. 공격 수단이 없는 것은 회복 마법뿐입니다. 정령술은 한 종류밖에 계약할 수 없는 대신에 성능이 까다롭지는 않습니다.』

● 정령술
· 불의 정령술 – 10p
· 물의 정령술 – 10p
· 바람의 정령술 – 10p
· 땅의 정령술 – 10p
· 빛의 정령술 – 10p
· 어둠의 정령술 – 10p
● 마법
· 회복 마법 50p

"50포인트라고?"

회복 마법만이 「마법」이었다. 무엇이 다른지 모르겠지만, 레어도가 다를지도 모르겠다. 10포인트는 지금껏 봐왔던 능력 중에서 비용이 그리 높은 편은 아니었다. 예를 들어 정령술은 저쪽 세계에서도 취득할 수 있지만, 회복 마법은 꽤 어렵거나 혹은 불가능하겠지.

"아이템은 어떨까……."

● 아이템

· 전이자 추천 기본 아이템 세트 − 10p

《 · 돈(중) · 각 회복 포션 모음 · 초보자용『술(術)』스크롤 팩(「화창」×1, 「풍인」×1, 「토벽」×1, 「수유」×1, 「환광」×1, 「암무」×1, 「치유 (소)」×3, 「치유 (중)」×2, 「치유 (대)」×1, 「해주」×1, 「공포」×1, 「소전이」×1) · 응급처치 세트 · 주변 지도 · 세계지도 · 나침반 · 모험가 장비 세트(셔츠 · 외투 · 바지 · 벨트 · 속옷×3 · 양말×3 · 부츠 · 모자 · 가죽 장갑 · 가죽 가슴보호대 · 숏 소드 · 숏 스피어) · 노트 · 필기도구 세트 · 식량 3일치(도시락통 · 물통) · 장기 보존 휴대식 세트 · 식기 세트 · 수건×5 · 손수건×5 · 휴대용 티슈×10 · 나이프 · 모포 · 랜턴 · 오일 · 성냥 · 손거울 · 휴대용 삽 · 배낭 · 벨트 파우치 · 나일론 로프 · 철사 · 천 테이프 · 반짇고리 세트 · 마대 자루×2 · 각 정령석×1》

※기본 아이템 세트로밖에 입수할 수 없는 아이템도 있으니 신중히 선택할 것.

———————————————————————————

"그렇군. 역시 맨몸으로 헤쳐 나갈 수는 없는 노릇이지. 아니, 근데 기본 아이템 세트가 없으면 지금 입은 이 환자복 차림으로 시작한다는 거야?"

극악한 하드 모드다. 나 지금 맨발인데?

그렇지만 10포인트는 꽤 컸다. 이제 24포인트밖에 남지 않았다.

도시에서 시작한다면 아이템 세트보다는 단순히 옷이나 돈만 있으면 족하다.

아마도 하나씩 교환하는 것보다는 유리하도록 구성품을 준비해놨을 테지만, 그래도 10포인트는 무거웠다.

기본 아이템 세트 아래엔 다양한 아이템들이 나열되어 있다. 원하는 것과 교환할 수 있는 듯했다.

대강 쭉 훑어보니 무기와 방어구, 도구류, 마법의 스크롤, 포션류, 지도와 가방, 그리고 돈까지 포인트로 교환할 수 있다.

무기와 방어구는 종류가 많지는 않지만, 전이자의 신체에 맞는 물건과 교환할 수 있는 듯했다.

마법의 검과 갑옷도 있었지만, 하나같이 십여 포인트를 소비해야 하니 도저히 엄두가 나질 않았다.

어차피 얼마 없는 포인트로 교환할 바에야 추후에 교환하는 편이 낫겠지.

"남은 포인트로 옷과 돈. 그리고 전부를 체력 업과 생명력 업에 쏟아 부으면 끝이구나."

타이머를 보니 남은 시간이 40초밖에 남지 않았다. 그러나 어떻게든 될 것 같았다.

일단 확인해두기 위해 「● 전이 포인트」를 열었다.

● 전이 포인트

· 비교적 안전한 장소로 전이 – 27포인트

사람들이 어느 정도 개척하여 덜 위험한 장소. 바로 근처에 마을이 있다.

· 안전한 장소로 전이 – 30포인트

위험한 야생동물을 거의 몰아낸 장소. 눈앞에 도시가 있다.

· 랜덤 전이 – 0포인트 (랜덤 전이가 기본 설정입니다)

어디로 날아갈지 모르나, 바다 위나 용암, 거대한 숲 한가운데와 같이 바로 죽을 만한 장소로는 전이하지 않는다. 다만, 운이 어지간히도 좋지 않은 한 꽤나 위험하다.

행운이 있다면 마을 근처로 날아갈 가능성도 있다. 초반의 웃음 유발 요소. 비추천.

"뭐어어?!"

순간 무엇이 적혀있는지 이해하지 못했다.

쓸데없이 포인트가 높은 항목이 두 개나 있네? 그렇게 아무 생각 없이 보고 있었다.

그리고 두 번째로 읽고서 이해했다. 기본이 랜덤 전이로 설정되어 있다니.

이런 함정을 쳐뒀을 줄은—.

"남은 포인트는?!"

현재 남은 포인트는 24.

『비교적 안전한 장소로 전이』조차 고를 수가 없었다.

포인트를 다시 배분하지 않는다면 이대로는 무작위로 전이되고 만다.

그러고 보니 전 세계 사람들이 실시간으로 시청한다고 했다.

「신」이 이런 웃음 유발 요소를 준비해놨을 가능성도 염두에 됐어야 했다.

"망했다, 망했다, 망했어! 뭐든 좋으니까 지우고서 다시 포인트를……."

이때 나는 완전히 공황에 빠졌다. 침착하게 조작했다면 제때에 맞출 수 있었을 것이다.

그러나 스스로 어떤 항목에 포인트를 배분했는지조차 까먹고서 「신체 능력」란을 열고 말았다.

"앗?! 어라? 어디에 포인트를 넣었더라? 분명 체력이랑 생명력에—."

그렇게 한순간 착각하고 말았다.

신체 능력에 아직 포인트를 쓰지 않았음을 금방 깨달았다. 5초쯤 손해를 본 듯했다.

—그러나 그 5초가 치명적이었다.

바로 「신체 능력」을 닫고서 「특수 능력」을 다시 열었다.

암시를 지우고서 곧바로 전이 포인트 탭을 연다면—.

시야 한구석에 비친 타이머를 보니 남은 시간은 한 자리 숫자.

능력 하나를 지우고서 하나를 늘린다. 제 시간에 맞추지 못한다면 무의미하게 특수 능력만 잃는다.

머릿속에 그 생각이 스친 순간, 나는 마우스를 움직이던 손을 멈추고 말았다.

타이머 숫자가 냉혹하리만치 날카롭게 제로에 도달했다.

『전이 시간이 됐습니다. 포인트가 남았다면 전이한 후에 배분을 재개할 수 있습니다. 일부 능력은 전이한 후에 선택할 수 없습니다.』

화면이 조금 어둑해지더니 그런 메시지가 무자비하게 표시됐다.

그리고 그대로 창이 얼어붙은 것처럼 아무런 반응도 하지 않았다. 단지 「전이하기까지 30초 남았습니다」라는 글자만이 새겨져 있다.

"……73포인트가 왠지 많은 것 같다고 느꼈던 그 직감을 더 의심했어야만 했네."

무작위로 전이된다는 사실에 온몸에서 핏기가 싹 가시는 듯했다.

"도중에 포인트를 다시 배분하려고 뒤로 돌아갔으니 24포인트는 아직 남아 있다는 소린가……."

전이한 뒤에도 포인트로 교환할 수 있는 건 불행 중 다행이라고 할 수 있을까.

—어차피 주사위는 이미 던져졌다.

『5초 남았습니다.』

『1초.』

『그럼 멋진 인생을 보내시길. 당신의 행운을 기원합니다.』

눈부신 빛이 나를 휘감았다.

● 이름: 쿠로세 히카루

● 나이: 15세 ▽

　　　　나이 추가 2년 +6p

● 성별: 남성

● 특수 능력 ▽

　　암시 15p

　　정령의 총애 30p

● 신체 능력 ▼

●내성 ▽
　질병 내성 : 레벨 2 3p
　노화 내성 : 레벨 3 7p
●정령술 ▼
●아이템 ▼
●전이 포인트 ▽
　랜덤 전이 0p
●불리한 요소 ▼
　남은 보너스 포인트 24p

　카운트다운이 끝나자마나 환한 빛이 주변을 휩쌌다. 나는 눈이 부셔서 순간적으로 눈을 감았다.

　동시에 땅바닥이 꺼진 듯한 부유감이 느껴졌다. 반사적으로 무언가를 잡으려고 두 팔을 허우적거렸지만 손에 닿는 게 없었다. 그저 하염없이 어딘가로 떨어졌다.

　이윽고 나는 키가 큰 나무들이 줄지어 있는 숲속에 서있었다.

　바람에 나무들이 바스락바스락 흔들리는 소리와 농밀한 산림의 향기. 나 말고 다른 사람은 보이지 않았다.

　나는 상황을 이해하고서 숨을 삼켰다.

　운 나쁘게도— 아니, 당연하다고 해야 할까. 나는 깊은 숲속으로 전이된 듯했다.

조금 걸어가면 도시가…… 나올 가능성도 없지는 않겠지만, 지나치게 낙관적인 기대겠지.

『딩동댕! 이세계에 온 것을 환영합니다. 전이자 넘버 1000번, 쿠로세 히카루. 간단하게 스테이터스 보드에 대해 설명할게요! 우선은 스테이터스를 외쳐주세요. 입으로 말해도, 마음속으로 읊어도 OK입니다.』

머릿속에서 난데없이 누군가의 목소리가 울려 퍼졌다.

주변에는 아무도 없었다. 아마도 전이자를 대상으로 간단하게 튜토리얼을 해줄 모양이다.

"스테이터스."

내 말에 반응하여 반투명 화면이 허공에 나타났다.

크기는 그럭저럭 큰 것이 마치 컴퓨터 화면 같았다.

『이 스테이터스 보드를 통해서 각종 정보를 취득하고, 포인트로 아이템이나 스킬, 기프트를 교환할 수 있으며, 실시간 시청자수와 잔여 포인트, 크리스털 소지수를 확인할 수 있습니다.』

화면을 탭하여 전환하면 다양한 정보를 얻을 수 있을 듯했다.

나는 능력을 얻는 도중에 시간이 다 됐으므로 보너스가 24포인트 남아있었다. 아마 이 포인트도 이 곳에선 쓸 수 있는 듯했다.

『크리스털은 그 자체로도 아이템 등과 교환할 수 있지만, 30개를 모으면 1포인트와 교환할 수 있습니다. 크리스털은 시청자들로부터 인기를 끌거나, 각종 이벤트로 획득할 수 있습니다.』

그렇구나. 인기를 끌면 끌수록 포인트를 얻기 쉬워지고, 그에 따라서 이세계 생활 난이도가 하락한다는 뜻이다.

『아이템을 교환하고 싶다면 임의 아이템 페이지에서 교환하기 버튼을 눌러주세요. 포인트에 여유가 있다면 지금 교환해도 무방합니다.』

"……그보다도 지금 이 상황이 안전한가?"

나는 처음부터 느꼈던 것을 물었다.

어쨌든 이곳은 어디인지도 모를 깊은 숲속이다. 마물이 느닷없이 출몰하여 습격해올 가능성도 있었다.

지금 이러는 동안에도 위기가 시시각각으로 엄습하지 말라는 법도 없었다.

『튜토리얼 중에는 안전이 확보됩니다. 주변에 생물체를 물리치는 결계가 전개되어 있습니다.』

그렇구나. 도시에 느닷없이 사람이 전이하면 현지인이 놀랄 수도 있을 테니 배려 차원인가. 그리고 그것은 마물에게도 적용된다는 의미일 것이다.

"그럼 아이템을 천천히 골라 봐도 돼?"

『상관없습니다.』

스테이터스 화면에 남은 포인트가 표시됐다. 24포인트. 이것이 나의 생명줄인 셈이었다.

"옷이랑 신발이 필요한데……."

「신」이 서비스로 준 것인지, 나는 맨발이 아니라 어느샌가 샌들을 신고 있었다. 옷도 하얀 방에서 입었던 환자복이 아니라 위아래로 무명옷을 입고 있었다. 바지 안에는 속옷도 있었다.

최소한이라는 느낌이 들지만 고마웠다. 이 옷과 신발이 있으니 지금은 우선해야만 하는 아이템이 따로 있다.

어쨌든 「랜덤 전이」로 여기에 떨어졌다. 이 땅이 어떤 곳인지 알아야만 뭐라도 시작할 수가 있다.

나는 아이템 페이지를 열어 지도를 선택했다.

「세계 지도 1포인트」, 「고성능 세계 지도 3포인트」

「주변 지도 1포인트」, 「고성능 주변 지도 5포인트」까지 총 네 종류.

설명에 따르면 어느 지도에든 표시 기능이 있다고 하니 1포인트로 교환할 수 있는 평범한 세계 지도로도 충분하겠지. 주변 지도는 반경 10킬로미터 범위를 다룬다고 하니 지금은 교환하지 않겠다.

문제는 평범한 세계 지도로 교환하느냐, 고성능 세계 지도로 교환하느냐. 2포인트의 차이는 크다. 나는 전이자 기본 아이템 세트를 갖고 있지 않으므로 남은 포인트는 문자 그대로 내 목숨에 직결되니까.

포인트를 허투로 쓰면 쓸수록 그만큼 죽음에 가까워진다는 생각으로 경계해야 한다.

"하지만 주변 상황을 확인해본 뒤에라도 늦지 않나……."

랜덤 전이다. 가능성은 낮겠지만 근처에 마을이 있을 수도 있다. 단 1포인트 때문에 눈물을 흘릴 수도 있는 이 시기에 포인트를 섣불리 쓸 수 있을 턱이 없다. 조금 신중해야할 필요가 있겠지.

나는 교환은 관두고 우선 지금 교환할 수 있는 것들을 모조리 확인해두기로 했다. 상황에 맞춰서 적절히 대비하지 않는다면 확실한 죽음이 나를 기다릴 것이다.

"이걸 교환하면 당장 나오는 거야? 허공에서?"

『네. 스테이터스 보드 위에서 순식간에 나옵니다. 이 세계 원주민들한테는 되도록 보여주지 않는 편이 낫겠죠.』

그 목소리가 이세계 생활에 도움이 되는 힌트를 은근히 줬다. 이 세계에서는 아무 것도 없는 곳에서 아이템이 나오는 게 부자연스럽다는 의미였다. 당연한 말이지만 당연하지는 않았다.

이곳은 지구가 아니라 온통 수수께끼로 가득한 이세계이니까.

"그럼 여긴 어디야? 근처에 마을은 있어?"

『대답할 수 없습니다.』

"힌트를 어떻게 얻을 수 있지?"

『크리스털을 사용하여 힌트를 받을 수 있습니다. 다만 이 첫 설명이 끝나고서 모험이 시작된 뒤에 가능합니다.』

"즉, 아직은 시작하지 않은 것으로 간주한다?"

『그런 셈입니다. 이세계 전이에 관한 기초 지식을 갖고 있는 지구인만 있는 게 아니니까요.』

다시 스테이터스 화면을 확인해보니 이곳으로 전이된 지 시간이 나름 흘렀는데도 아직껏 실시간 시청자수가 제로였다. 그렇구나. 아직 볼 수 없는 상태이거나, 보고는 있지만 숫자는 반영하지 않았거나 둘 중 하나인가? 어쩌면 나는 처음부터 전이자로 선택받지 않았으니 아무도 그 존재를 알아차리지 못했을 가능성도 있다.

『아이템 교환은 어떻게 하시겠습니까?』

"지금은 그만둘게."

『그럼 이로써 스테이터스 보드 설명을 마칩니다. 그리고 마지막으로 저희들이 첫 전이 기념 특전으로 신체 능력 강화 계열, 또는 내성 계열에서 무작위로 능력 하나를 부여해드렸습니다.』

의외로 서비스가 좋았다. 확인해보니 신체 능력 중『독 내성』이 레벨 1로 올라갔다.

"독 내성이라. 이건 운이 좋다고 봐야 하나?"

독 내성은 3포인트짜리다. 5포인트가 필요한 능력이 대박이라면 중박쯤 되려나? 후각이나 미각 업은 1포인트짜리이니 실질적으로 2포인트나 이득을 본 셈이다. 생존 확률이 조금은 올라갔을지도 모르겠다.

『이 세계에서 어떻게 살아갈지는 자유입니다. 시청자들은 늘 당신과 함께 있습니다. 그들에게서 협력을 얻어낸다면 이 곳에서 보다 충실하게 살아갈 수 있겠죠. 굿 럭.』

일방적으로 행운을 기원한 목소리는 이내 사라졌다. 동시에 바스락거리는 숲의 기운이 농밀해진 듯했다.

뭔가 정체 모를 것이 내 살갗을 계속 쓰다듬는 것 같은 위화감이 들었다.

그야말로 방금 전까지는「시작 전」이었다. 그리고 바로 이 순간 시작했다.

그렇다면 잠시라도 여유를 부릴 수 없었다.

나는 샌들을 벗고서 조금 전에 점찍어뒀던, 바로 인근에 있는 큰 나무를 오르기 시작했다. 다행히도 그 기묘한 나무에는 나뭇가지들이 복잡하게 뻗어 있었다. 그리고 키도 컸다. 표면은 너도밤나무와 흡사했다. 어떻게든 기어오를 수 있을 것 같았다.

독충이 있을까 걱정도 했지만 아까 전에 받은 독 내성이 제 역할을 해주리라 믿어보자.

여하튼 지금은 속도가 중요했다.

"끙, 영차, 허억."

나는 나무를 타본 적이 거의 없지만, 죽기 아니면 까무러치기로 발악했다. 아래를 내려다보니 하복부가 싸늘해졌지만 어떻게든 꽤 높은 지점까지 올라갔다. 그리고―.

"하하…… 진짜냐……."

주변을 둘러보니 시야에 온통 숲이 펼쳐져 있다. 그리고 산도 보였다.

보이는 범위 안에 마을 따윈 없었다. 사방을 둘러봐도 사람의 손을 탄 흔적 따위 없는 대자연. 물론 어딘가에 마을이 있을 수도 있고, 산을 하나 넘어가면 도시가 나올 가능성도 부정할 수 없었다.

그러나 이 농밀한 숲으로 뒤덮인 산을 하나 넘는다―. 그것만으로도 목숨을 건 여행이 되리라 손쉽게 이해가 됐다.

나는 조금 내려와 굵은 나뭇가지가 두 갈래로 갈라진 지점에 걸터앉았다. 스테이터스를 외쳐 3포인트를 지불하여 「고성능 세계 지도」와 교환했다.

고성능 지도는 「물건」이 손에 들어오는 게 아니라 스테이터스 확장형 능력인 모양이다.

"자…… 이걸 보면 사느냐 죽느냐가 결정되려나."

맵을 탭하려는 손이 떨렸다. 그런데도 마음은 묘하게 침착하니 참 이상했다.

마을까지 얼마나 떨어져 있어야 살아서 갈 수 있을까.

© Niθ

3포인트를 소비하여 21포인트가 남았다. 고작 이 정도 포인트로 활로가 열릴까?

나는 육체적인 버프를 전혀 받지 않은, 「정령의 총애」라는 수수께끼의 힘과 「암시」을 획득한 일반인에 불과했다. 일단 독에 조금 강하고 병에 잘 걸리지 않으며 노화 속도가 느리다는 것도 능력이긴 한가?

서바이벌 기술도 없고, 빨리 달릴 수도 없었다. 당연히 전투력도 없었다.

"제발⋯⋯!"

신에게 빌면서 나는 맵을 열었다.

"⋯⋯후, 후훗⋯⋯. 랜덤 전이는, 초반의 웃음 유발 요소라고 했지. 하핫⋯⋯."

―체념 섞인 메마른 웃음이 새어나왔다.

고성능 지도는 확실히 고성능이었다.

가장 가까운 도시 위치, 그리고 거리까지 알려주니 든든하기 그지없었다.

그러나― 그렇기에 희망을 쳐부수기에 넘치고도 남을 만한 파괴력이 있었다.

현재 내가 있는 곳은 「링그필 대륙 · 동쪽 마경(魔境)」.

주변 인구 밀도는 10단계 중 0. 위험도는 6단계 중 4.

여기서 가장 가까운, 사람이 사는 장소는 「동쪽 요새」. 이곳에서 직선거리로 373킬로미터 떨어져 있다.

나는 깊고도 깊은 숲 한가운데로 전이된 것이다.

◇◆◆◆◇

─숲을 373킬로미터나 걷는다.

그것이 얼마나 가혹할지 상상만 해도 정신이 아찔해졌다.

나에겐 식량은커녕 물조차 없었다.

물론 포인트로 교환할 수는 있겠지만…….

나나미와 재회해야 했다. 그러기 위해서라도 살아나가야만 했다.

아니, 꼭 나나미가 아니더라도 삶을 간단히 포기할 수는 없었다. 얼

마 전에 살해당했던 내가 지금 이렇듯 살아 있다. 「신」이 나에게 보

내는 살아남으라는 메시지겠지.

지금은 생환하는 것 말고 다른 생각을 할 겨를이 없었다. 나는 두

뺨을 찰싹 때렸다.

"걸어가 볼까……!"

지도 덕분에 방위만은 알아냈다. 위험도가 얼마나 높든 간에 마물

과 반드시 맞닥뜨리는 건 아니다. 이 숲에는 달려서 도망칠 수 있는

마물만 서식할지도 모른다.

아직 절망하기에는 일렀다.

나무에서 내려가기 전에 스테이터스 화면을 다시 확인했다.

실시간 시청자수가 187만 6540명이라고 나왔다. 매 초마다 숫자

가 늘어나는 것 같았다.

지구 사람들이 나를 초반의 웃음 유발 요소로서 주목한 결과인 듯

했다.

이 숲에는 키가 큰 나무가 대략 10미터 간격으로 서있다. 지면에는 풀이 별로 나질 않아서 불행 중 다행으로 걷기 어렵지는 않았다. 1포인트를 소비하여 교환한 부츠도 주문 제작한 것처럼 딱 맞았다. 마물들도 그리 많지 않은지 벌써 30분쯤 걸은 것 같은데 이렇다 할 생명체를 아직 보지 못했다. 생명체는커녕 평범한 동물도 보지 못했다.

껌새가 이상했다.

"어쨌든, 긴장의 끈을 놓을 순 없지……."

수수께끼의 감촉이 피부를 스산하게 스쳤다. 평범한 장소가 아닌 듯 느껴졌다.

어쩌면 머지않아 지능이 높은 마물이 쏜 화살에 맞거나, 눈에 보이지 않는 마물 따위한테 머리가 먹힐지도 모른다.

나는 아주 소중한 1포인트를 소비하여 교환한 아이템을 꾹 쥐고서 계속 걸었다.

부츠와 그 아이템을 구하느라 포인트는 19까지 줄어들었다.

이미 죽음은 내 곁에 있었다. 바람이 나무들을 바스락바스락 뒤흔드는 소리가 불안을 더욱 부추겼다. 언제 어디에서 나타날지 모를 마물의 기척에 온 신경이 닳는 듯했다.

나는 그런 불안감을 애써 지우고자 그저 열심히 다리를 움직였다.

그렇게 두 시간 반쯤 걸었을까? 결과만 놓고 보면 놀라울 정도로 순조로웠다.

위험도가 상당하기에 곧 위험한 상황이 닥칠 수도 있으리라 각오도 했던 만큼 맥이 빠졌다.

기온은 춥지도 덥지도 않았다.

이 숲은 산 한가운데가 아닌 비교적 평탄한 지대에 펼쳐져 있다. 순조롭게 걸어가면 열흘쯤이면 빠져나갈 수 있다.

냉정하게 생각해보니 무작위 전이된 장소치고는 의외로 나쁘지 않을지도 모르겠다.

이곳이 겨울 산이었다면 분명 살아남을 수 없었겠지. 숲이 아니라 산이었다면 내려가는 것만으로도 위험 부담을 상당히 감수해야만 했을 것이다. 나는 운이 좋은 편이었다.

―그러나 이때 나는 잘못 생각했다.

아무 이유도 없이 생명체가 없을 리가 없었었다. 마치 사자의 영역에 초식 동물이 다가가지 않듯, 강대한 마물의 영역 안에서는 되레 마물의 농도가 옅어지는 법이었다.

나는 위험도 4가 어느 정도의 환경인지 진지하게 고찰하질 못했다.

―내 귀에 처음 들린 소리는 나무들이 삐걱거리는 소리였다.

그리고 누군가가 나무와 나무 사이를 넘나드는지, 나무들이 바삭바삭 닿는 소리가 들렸다.

나는 발걸음을 멈추고서 주변을 살펴봤다. 이 숲에서 처음으로 들은 「다른 존재가 내는 소리」였다.

새의 울음은 이따금씩 들리긴 했지만, 생명체의 기척을 이토록 명백하게 느낀 것은 처음이었다.

"마물인가……? 아니면 원숭이 같은 동물인가—."

나무를 뒤흔드는 소리가 끊임없이 들렸다. 서서히 여기로 다가오는 듯 했다.

"하다못해…… 하다못해 평범한 동물이기를……."

「그것」이 어느 방향에서 다가오는지 판단할 수 없었다.

내 주변을 빙글빙글 돌면서 거리를 좁히고 있는지도 모르겠다.

마물. 몬스터. 사전에 「신」이 그런 존재가 있음을 안내해줬다.

나는 나나미에게 그 사실을 알려줬고, 싸워야할 필요가 생길지도 모른다고 설명했다. 포인트로 어떻게든 신체를 강화하여 무기를 들고서 싸워야할 수도 있다……고.

그러나 「몬스터」와 대치한다는 게 진정한 의미에서 무엇을 뜻하는지까지는 고찰하지 않았다.

아니, 지구에 사는 그 누구든 자신이 몬스터와 싸운다는 상황을 현실적으로 상상할 수 있을 리가 없었다.

잠시 뒤 소리가 뚝 멎었다. 동시에 무언가가 땅바닥에 쿵 내려앉는 소리가 들렸다.

나는 반사적으로 몸을 그쪽으로 돌렸다.

그리고 「평범한 동물」이길 바랐던 소망이 허무하게 무너졌음을 깨달았다.

"……뭐, 뭐야, 저건……?"

현실감이 없었다.

숲에 자라난 나무들은 지구의 그것과 다소 다를지라도, 생김새 자체는 위화감이 들지 않았다. 토양도 지구의 그것과 별반 다르지 않

69

있다. 구름도, 바람도, 태양도.

누군가가 이곳이 지구라고 말한다면 믿을 수 있을 정도로 이전 세계에도 「있을 법한 광경」이었다.

그런데 「저것」은 지구에는 존재하지 않는 생명체였다.

크기는 4미터 정도였다. 입 밖으로 기다랗고 굵은 어금니가 튀어나와있고, 무엇보다도 저 녀석은 붉게 타오르고 있다. 온몸에서 화염이 솟구치는 거대한 원숭이.

누군가가 몸에 불을 붙여서 타고 있는 게 아니었다.

붉은 털에서 화염을 계속 발하고 있다.

상반신은 우락부락했다. 팔이 옆에 있는 나무만큼이나 굵었다. 한 번 휘두르면 사람 열 명쯤 한꺼번에 죽이는 것도 어렵지 않아보였다.

사람을 통째로 삼킬 수 있을 것 같은 거대한 입에서도 화염이 아지랑이처럼 피어올랐다.

그 모습을 본 순간, 내 심장이 파열될 듯 세차게 뛰었다. 다리가 굳어지고 온몸에서 핏기가 싹 가셨다. 내 몸인데도 내 것이 아닌 것처럼 손가락 하나 꼼짝할 수가 없었다.

절대적 포식자에게 걸려들었으니 이제 절대로 살아남을 수 없다. 마치 본능이 그렇게 말하는 듯했다.

"그갸아아아우!!"

거대 원숭이가 나를 위협하듯 포효했다.

거대 원숭이는 틀림없이 나를 작고 연약해서 먹기 딱 좋은 먹잇감으로 인식했겠지. 그러나 당장은 덮치지 않고 불꽃처럼 타오르는 눈동자로 나를 그저 쳐다보기만 했다. 아니, 관찰했다.

© Niθ

이런 숲에 있을 리가 없는 존재와 맞닥뜨려 경계하는 걸까? 아니면 먹잇감 앞에서 입맛을 다시고 있는 걸까? 감정을 엿볼 수 없는 새빨간 눈동자만이 활활 빛났다.

나는 거대 원숭이와 조우한 후로 거의 정신을 놓았다고 할 수 있는 상태였다.

그러나 원숭이가 상황을 지켜보는 동안에 아주 약간이나마 뇌를 돌리는 데 성공했다.

그래서 원숭이가 포효하면서 덮쳤을 때도 그 아이템을 순간적으로 사용할 수 있었다.

나는 오른손에 든 유리 재질의 결정을 꽉 쥐어서 깼다.

〈결계석을 사용했습니다. 남은 지속 시간은 12시간입니다.〉

그 순간, 나를 중심으로 반경 3미터 범위에 반구형 반투명 막이 생겨났다.

그 막은 얼핏 비실하게 보였지만, 거대 원숭이가 갑자기 표적을 놓친 것처럼 멈춰 섰다. 그러고는 주변을 바삐 두리번거리더니 분노의 포효를 내지르며 발로 땅바닥을 마구 구르면서 우왕좌왕했다.

입에서 이따금씩 화염이 뿜어져 주변 나무를 그을렸다. 화가 단단히 난 듯했다.

나는 불과 10미터쯤 떨어진 땅에 주저앉았다. 하반신에서 힘이 완전히 쭉 빠져서 한동안은 일어설 수 없을 것 같았다. 온몸에서 땀이 어마어마하게 쏟아져 옷이 무거워졌을 정도였다.

약육강식.

학교 수업 때는 완전히 남 일인 줄로만 알았던 그 개념이 느닷없이 피부로 생생히 와 닿는 곳에 다가왔다. 약자로서 잡아먹힐지도 모른다는 현실 속에서 온몸이 타오를 듯 뜨거워졌다.

이것이 이세계. 이것이 앞으로 살아가야만 하는 세계였다.

'제발……. 어디론가 좀 가줘……!'

12시간이 남긴 했지만 거대 원숭이가 저 자리에서 쭉 꼼짝도 하지 않는다면 그야말로 끝장이다.

결계석은 연속으로 사용할 수 있지만, 교환에는 1포인트가 필요하다.

원숭이는 한동안 나를 찾으러 돌아다니다가 — 내 간절한 바람이 통한 것은 아닐 테지만 — 포기했는지 어디론가 가버렸다. 나는 몹시 안도하여 뱃속부터 숨을 쭉 끌어올려 세차게 내뱉었다.

'이게 위험도 4구나…….'

마물과 언젠가는 조우할 줄 알았다. 그러나, 힘이 강하지만 행동이 굼뜬 마물이나 무리를 짓고 있지만 각각의 개체는 약한 마물이 출현한다든지…… 한동안은 어떻게든 대처할 수 있는 마물과 만날 가능성이 높다며 낙관적으로 생각했는지도 모르겠다.

그러나 저 원숭이는 거대하고 강력하고 날렵하며, 지능도 높아보이고 입으로 화염까지 내뿜는다. 설령 내가 장비를 제대로 갖췄더라도 쓰러뜨리기란 불가능하겠지…….

한 시간쯤 지나서야 마침내 진정할 수 있었다.

아직도 뇌리에는 그 원숭이의 폭력적인 모습이 강렬하게 새겨져 있다.

그러나 영원히 이러고 있을 수는 없었다. 앞으로 어찌할지 생각할 수밖에 없었다.

"……남은 포인트로 할 수 있는 게 있으려나?"

19포인트는 결코 적지 않은 숫자였다. 그러나 저 원숭이를 봐서인지 이 숲을 빠져나갈 수 있도록 치밀하게 운용할 필요가 있겠다는 생각이 더욱 강해졌다. 자칫 잘못 생각했다가는 즉시 게임 오버를 맞이할 수도 있다.

산 채로 팔다리가 뜯겨 먹히는 건 절대로 사양한다.

"거대 원숭이…… 돌아오려나? 여기가 그 녀석의 영역이라면 날 찾아 돌아다니고 있을 테고……."

결계가 사라지면 다시 이동해야만 한다. 그랬다가는 그 원숭이와 다시 맞닥뜨릴 가능성이 높았다.

싸워야할까? 아니면 다른 수단이 있을까?

우선 저 거대 원숭이를 죽이기란 불가능하겠지. 이건 단언할 수 있다. 19포인트를 모조리 쏟아 부어 스크롤과 같은 공격 마법 아이템을 사용하면 어쩌면 가능성이 있다— 는 정도일 것이다.

그러나 어디까지나 내 목적은 이 숲에서 탈출하는 것이다. 그것을 잊어서는 안 된다.

보드에는 결계의 지속 시간이 떠있다. 앞으로 9시간.

지속 시간이 끝나기 전에는 어두워지겠지. 밤을 어떻게 보낼지도 포함해서 고민해야만 했다.

"……그나저나 시청자가 단숨에 늘었네. 정말로 이런 걸 보는 사람이 있긴 있네?"

문득 실시간 시청자수가 눈에 들어왔다.

시청자 숫자가 시시각각으로 바뀌었다. 현재 1억 1632만 명이나 됐다.

얼마 전에는 200만 명 정도였건만 이 급등세는 심상치 않았다.

처음에는 쭉 눈여겨봤던 전이자를 구경하는 사람이 많으리라는 것을 고려한다면 이는 랜덤 전이 때문일 것이다. 초반의 웃음 유발 요소라는 그 설명은 단순한 허세가 아니었던 건가?

지구에서 사람들이 과자 같은 걸 느긋하게 먹으면서 TV이나 스마트폰, 컴퓨터로 내 생존 이야기를 관전하고 있겠지. 솔직히 심정이 복잡했다.

그러나 이곳에 오지 않았다면 나 역시 마찬가지였을 터.

이런 함정을 설치해둔 「신」이 잘못했다.

다시 한번 시선을 스테이터스 보드에 옮기자, 여러 이력이 표시되어 있다. 시청자수 이력도 「○○명 달성」과 같은 형식으로 적혀 있다. 그리고 그에 상응하는 특전으로서 크리스털을 배분받았다.

그러나 이 크리스털은 물체가 아니라 일종의 포인트 같은 것이었다. 크리스털을 30개 모으면 1포인트와 교환할 수 있다고 하니 포인트 파편이라고 봐도 되겠지.

어쨌든 지금 수중에는 크리스털이 두 개가 있다.

「데일리 시청자 1억 명 달성」와 「괴물과의 첫 조우 달성」으로 받은 특전이었다.

크리스털을 받을 수 있는 최소 단위가 시청자수 1억 명이라니 꽤나 인색하다는 느낌도 들긴 했지만, 어쨌든 챙길 수 있는 건 뭐든지 챙기고 싶었다.

크리스털 활용법은 여러 가지였다.

우선 다양한 아이템과 교환할 수 있다.

예를 들어, 크리스털 한 개는 초급 포션 한 개로 교환할 수 있다. 그리고 휴대용 티슈, 화장지, 샌드위치, 물, 목도, 면 보자기, 메모지, 연필 등등…… 상당히 자질구레한 물건과 교환할 수도 있다.

지금은 극도로 긴장해서 배가 고프지 않았지만, 머지않아 샌드위치와 물을 먹어야겠지. 그런 의미에서도 크리스털은 귀중하다고 할 수 있다.

크리스털을 세 개 지불하면 체력과 스태미나, 정령력 회복 포션과 교환할 수 있다.

또한 플립 보드 세트 같은 물건도 교환대상에 있었다. 전이자가 시청자들에게 문자로 무언가를 전달하고자 할 때 필요한 물건일까? 크리스털을 다섯 개 지불하면 중급 포션을 비롯한 도구와 장비 등등 꽤 여러 가지와 교환할 수 있다.

하나같이 언젠가는 필요해질 물건들이니 역시나 낭비는 금물이었다.

"지금은 여기에 쓸 수밖에 없겠군."

크리스털은 「물건」이 아닌 것과도 교환할 수 있다.

직전에 만났던 마물 정보를 알 수 있는 「몬스터 감정」.

손에 든 물건 정보를 알 수 있는 「아이템 감정」.

그리고 살아남기 위한 정보를 얻을 수 있는 「생존 힌트」.

당연히 내가 획득해야 할 것은 가장 마지막 녀석이다. 몬스터 감정도 흥미가 있긴 하지만, 생존을 확보할 때까지는 놔두도록 하자.

두 개를 갖고 있을지라도, 크리스털은 하나로도 귀중하다.

30크리스털로 1포인트를 획득할 수 있다는 것은 반대로 크리스털을 쌓아두지 않으면 앞으로 포인트를 늘릴 수가 없다는 뜻이다.

그러나 지금은 조금이라도 좋으니 생존하는 데 필요한 힌트가 간절했다. 나는 「힌트」 버튼을 눌렀다.

〈크리스털 한 개를 소비하여 「생존 힌트」를 듣겠습니까? YES · NO〉

YES를 선택하자 바로 힌트가 표시됐다.

『어둠에 녹아들어라.』

"어……. 고, 고작 이게 다야?"

너무 추상적이었다. 그야말로 힌트였다.

이미 궁지에 몰린 상황이라서 그저 적당히 둘러댄 말일 가능성도 있다.

그러나 달리 매달릴 게 없는 것도 사실이었다.

"어둠이라면…… 밤에 이동하라는 소린가?"

일반적으로 밤이 더 위험할 것 같지만, 나는 「암시」를 취득한 상태였다. 밤이 저물지 않으면 얼마나 잘 보일지 알 수가 없지만, 아마도 걷는 것은 문제가 없겠지.

밤에 안전하게 이동할 수 있다면, 포인트가 있다는 전제 하에 해가 뜬 동안에는 결계에 틀어박혔다가, 밤에 움직인다는 수단을 취할 수 있겠는데…….

"이 숲에는 밤에 주로 활동하는 마물이 별로 없다는 뜻일지도……?"

솔직히 난 이 세계에 대해 아는 것이 전혀 없었다. 어쩌면 야행성 생물이 별로 없을 가능성도 있다. 무엇보다 어둠에 녹아들라고 한트를 줬을 정도다. 적어도 밤이 더 안전하다고 받아들이는 편이 자연스럽다.

"……근데 그렇다면 굳이 빙 두르지 않고, 그냥 밤에 행동하라고 힌트를 줬을 것 같은데."

밤이 아니라 어둠이라고 했다. 그렇게 생각하니 머리에 딱 떠오르는 게 있었다.

스테이터스 보드를 통해 정령술 항목을 열었다. 불, 물, 바람, 땅, 빛, 그리고 어둠.

어느 정령술이든 10포인트로 취득할 수 있다.

남은 19포인트는 나에게 엄청나게 무겁게 다가왔다.

어둠의 정령술을 한 번 누르니 설명이 나왔다.

『직접 공격 기술은 적고, 보조 기술이 많다.』

"으~음……."

어둠의 마법이다.

「어둠에 녹아들 수 있는 방법」……이 있겠지.

보조 기술이 많다고 했으니 상대를 어둠으로 휩싸는 등, 내가 처한 상황에 요긴한 기술이 있을 것도 같았다.

'게다가…… 내게는 정령의 총애가 있어.'

정령의 총애가 어떤 효과인지는 모른다.

그러나 평범하게 생각해보면 정령 마법을 사용할 때 어떤 버프를 부여해주는 능력이 아닐까 싶었다. 언젠가는 마법을 익힐 생각도 했으니 시기가 앞당겨졌을 뿐이라고 긍정적으로 받아들이자.

굳이 취득할 생각이라면 불이나 물 마법이 좋겠다 싶었는데…….

"……뭐, 이제 상황이 이렇게 됐다면 죽기 아니면 까무러치기야. 해볼 수밖에 없겠네."

단연코 말하건대, 이미 나는 상당한 궁지에 몰렸다.

수많은 시청자들이 보고 있기에 나는 종잇장만한 자존심이나마 지킬 수가 있었다. 달랑 나 혼자서 이세계로 내던져졌다면 지금쯤 울며불며 자포자기했겠지.

지금 포인트를 쓰지 않고 위험에 처할 때마다 결계석을 깬다면 포인트가 순식간에 바닥이 날 것이다. 그렇게 되기 전에 지금 이 단계에서 취할 수 있는 수단을 모조리 동원해야만 했다.

〖『10포인트를 소비하여 어둠의 정령술을 취득하겠습니까? YES · NO』〗

나는 각오를 굳히고서 YES 버튼을 눌렀다.

〖『어둠의 정령술을 취득했습니다. 정령술에 관한 정보는 스테이터스 보드를 통해 확인해주세요.』〗

시스템 음성이 머릿속에 울렸다.

이내 내 몸이 원래부터 정령술이 무엇인지 알고 있었던 것처럼 이해해버렸다.

정령술이란 이 세계에 다수 존재하는 정령들을 불러내어 자기 자신을 매개체로 삼아 특정한 성질을 띠게 한 뒤, 술식에 실어서 그 힘을 방출하는 기술이라고 한다.

스테이터스 보드를 열어보니 「계약 정령: 어둠」이라는 항목이 추가됐다.

정령술을 중복하여 취득할 수 없다고 했으니, 계약 파기(가능할지

어떨지 모르겠지만)를 하지 않는 한 어둠의 정령술과 함께 살아가게 된다……는 뜻이겠지.

어둠의 정령술 란이 새로 생겼기에, 탭해보았다.

【어둠의 정령술】

제1위계 술식

· 암현(闇顯)【다크 미스트】숙련도 0

"오! 이건 그야말로 어둠에 녹아들 수 있는 술식 아냐?"

지금 나에게 꼭 필요한 술식이었다. 희망의 빛이 새어든 것 같았다.

어둠의 술식인데 희망의 빛이 새어들었다니 모순적이긴 하지만, 어떻게든 살아서 이 숲을 빠져나갈 수 있는 가능성이 한줄기 보였다.

암현이 무슨 의미인지 잘 모르겠지만, 어쨌든 숲부터 탈출하자.

"써볼까. 으음…… 다크 미스트."

나는 배에 힘을 넣고서 술식을 읊었다.

내 주변에 있는 정령들이, 나라는 반응기(反應器)를 통하여 그 모습이 서서히 「어둠」으로 바뀌어갔다.

"오…….'

느리다. 정말로 꾸물꾸물거린다. 어둠이 꾸물꾸물 주변을 휘감아갔다.

그것도 나를 중심으로 고작 50센티미터 범위.

술자인 나는 바깥 상황을 알 수 있긴 하지만, 고작 해봐야 미스트였다. 이래선 바깥에서도 내 모습이 살짝 보이지 않을까? 심지어 범위도 좁았다. 이것밖에 안 되나?

어둠은 약 1분만에 걷혔다. 이 술식은 어둠에 녹아들어 이 숲을 빠져나가기에는 너무나도 미덥지 못했다.

그럼에도 이것은 내가 손에 넣은 유일한 무기였다.

"그래도 결계 안에서도 술식을 쓸 수 있는 건 행운이야."

결계는 여덟 시간쯤 남았다. 적어도 그 동안에는 「연습」할 수 있다.

스테이터스 보드를 확인하니 숙련도가 딱 하나 올랐다.

"그렇구나. 술식을 한 번 사용하면 1이 오르나?"

마구 써보는 수밖에 없었다. 내 정령력의 바닥이 어디인지도 파악해둘 필요가 있고, 숙련도가 오르면 효과 범위나 효과 시간이 늘어날 수도 있다.

"다크 미스트."

"다크 미스트."

"다크 미스트."

연거푸 시도해봤지만 효과는 약한 듯했다.

술식을 한 번 발동했을 때 효과를 끌어올리는 것을 목표로 삼는 편이 좋을 것 같았다.

정령의 총애가 효과를 발휘하는지는 잘 모르겠다.

정령의 효과 덕분에 어렵지 않게 술식을 발동할 수 있는 걸지도 모르겠다. 총애가 없는 사람은 애당초 술식을 사용하는 것 자체가 어려울 수도 있겠지.

"……정령의 총애가 있으면 술식을 발동하기 위한 에너지 요구량이 줄어드나? 난 전혀 모르겠는데……."

다만 정령술을 쓰면 정령에게서 힘을 빌린다는 감촉 같은 게 느껴지긴 했다.

이 느낌은 사용한 정령력의 양에 비례하는지도 모르겠다.

"어쨌든 횟수를 늘리며 시험해볼까……."

스승이 있는 것도 아니니 어디까지나 여러모로 더듬어가면서 숙달해나갈 수밖에 없었다.

술식 자체는 구사할 수 있고, 현재 정령력이 감소했을 텐데도 피로감이 느껴지지 않았다.

한밤중에 걷기로 하고 앞으로 남은 여덟 시간을 연습에 할애하도록 하자.

결계석을 획득하는 데 1포인트나 썼다. 단 1분이라도 허비할 수 없었다.

남은 포인트, 9.

이세계 전이 종합게시판 [나라별 · JPN—C]
4977th

119: 지구의 무명 씨
이야, 시작해버렸네!
방송 수 1000은 많아! 너무 많다고!

125: 지구의 무명 씨
동시 시청자수가 너무 많아서 눈
이 핑핑 도는데?

133: 지구의 무명 씨
이세계가 너무 이세계다워서 두
근거림이 멈추질 않는걸!

140: 지구의 무명 씨
이종족이 이렇게 평범하게 있을
줄은 예상치 못했어.

145: 지구의 무명 씨
전이자 국적에 따라 반응에 차이
가 있어서 재밌네. 일본인은 이
러니저러니 고상하다고 해야 하

나, 얌전하다고 해야 하나. 잘
해나갈 수 있을지 걱정된다.

147: 지구의 무명 씨
이카킨은 괜찮은 것 같은데 말
이야.

151: 지구의 무명 씨
이카킨, 뜬금없이 「초보자 세트
를 개봉해봤다」 콘텐츠 진행하는
게 너무 익숙해보여서 웃기더라.

155: 지구의 무명 씨
그 후에 무기점, 도구점 길드를
순방할 줄이야. 역시 실황의 신
이네.

167: 지구의 무명 씨
신이라고 하니 카메라 워크도 신
기에 가깝더라. 이거 어떻게 찍

는 거야? 볼일을 볼 때는 먼 곳
으로 화면을 돌리는 연출도 해주
고 말이야. 배려 한번 대단하네.
드론이 전이자 주변을 날아다니
는 거야?

170: 지구의 무명 씨
몰라. 신이 조화를 부렸다고 봐
야겠지.

172: 지구의 무명 씨
나나미는?
전이자 일람에 없던데.

174: 지구의 무명 씨
이 히카루는 어떤 녀석이야? 이
상한 데로 전이한 모양인데, 곧
죽을 것 같더라.

179: 지구의 무명 씨
몰라.

180: 지구의 무명 씨
뭔지 모를 겁나 위험해 보이는
고릴라랑 맞닥뜨렸던데. 그거
몬스터야?

184: 지구의 무명 씨
몰라?
전이자들이 뭐라고 떠들어대는
지도 모르겠어. 모르는 게 너무
많아. 운영자, 일 좀 해!

195: 지구의 무명 씨
모두가 느닷없이 이세계 언어로
떠들어대는 바벨탑 같은 상황이
니 말이야.
바벨탑에 격노한 신, 이번 신이
랑 동일인물?

200: 지구의 무명 씨
통역팀은 아직이야?

207: 지구의 무명 씨
통역 말이지, 이미 해외에서는

꽤 대규모 프로젝트로 시작한 모양이야. 근데 당사자인 전이자들은 자신이 이세계 언어로 말한다는 걸 자각하질 못하니 진척이 없대.
하다못해 여기서 메시지를 보내는 기능이라도 있으면 좋을 텐데.

213: 지구의 무명 씨
뭐, 일방통행이니까.
메시지 건은 운영자한테 요청해봄.

216: 지구의 무명 씨
운영자가 자막을 달아주면 해결될 텐데.

221: 지구의 무명 씨
왜 일부로 말을 알아듣기 어렵게 해놨지?
시청자들을 우롱하는 거잖아, 이거.

229: 지구의 무명 씨
상호가 즐길 수 있는 콘텐츠로 운영하려는 목적인 것 같아.
지구 쪽에서는 번역하는 데 애 좀 쓰라는 뜻이겠지.
중계권 같은 것도 없으니 재빨리 통역하여 하이라이트판을 제작한 곳이 패권을 쥘 게 아니겠어?
오리지널판은 24시간 방송이니까 시간 도둑이라고 할지, 솔직히 전부 보는 건 벅차잖아.

238: 지구의 무명 씨
그럼 기술력이 있는 아마추어한테도 기회가 있다는 뜻이네.
……아니, 하이라이트판을 제작해본들 대형 방송국이 복사해서 틀어버릴 가능성도 있나?

240: 지구의 무명 씨
그쪽은 규칙을 위반하면 「천벌」을 내리겠다고 신이 공지를 했어.

242: 지구의 무명 씨
천벌이라니, 무섭네.

247: 지구의 무명 씨
죄목을 쭉 열거해서 전 세계에
조리돌림을 할 거래…… 인간이
사회적인 동물이라는 걸 신은 아
는 거지. 그러니 어디 욕심이 생
길 수가 있겠어?

253: 지구의 무명 씨
뭐, 인간이 거대한 탑을 만들었
다며 격노해서는 다양한 언어를
내려 서로들 의사소통을 할 수
없도록 방해한 녀석이니까.
이번 이세계 언어도 신이 만들었
겠지.

264: 지구의 무명 씨
인간을 자신과 비슷하게 만들었
으니 인간 중의 인간 같은 녀석
일 게 틀림없어.

270: 지구의 무명 씨
분명 토요일 밤에는 술을 마시면
서 영화 같은 걸 보다가 곯아떨
어질 거야! 〉신

288: 지구의 무명 씨
해외에서는 저딴 건 「신」이 아니
라고 절규하고 있으니깐. 시위
현장에서 사망자도 나왔고…….

299: 지구의 무명 씨
일본에 살아서 다행이야. 아무
도 신을 신경 쓰지 않는 일본인.
일본인 「우와~, 신이다. 실존했
구나」〈 진짜 이런 느낌이잖아.

305: 지구의 무명 씨
원본 동영상을 다운로드 할 수 있
어서 편집에 도전해봤는데 꽤 귀
찮네. 결국 대형 동영상 스트리밍
회사한테 당해낼 수가 없겠어.

310: 지구의 무명 씨
영상 구독 서비스 회사는 신 내
린 콘텐츠랑 경쟁하는 신세이지
만⋯⋯.

312: 지구의 무명 씨
누가 말장난 하라고 했음?ㅋㅋ

320: 지구의 무명 씨
넷플릭스에선 군상극으로 만들
어서 10편을 동시 서비스하겠다
고 선언하던데.

323: 지구의 무명 씨
신이 등장한 이후 동영상 스트리
밍 회사들의 주가가 일제히 하락
했으니⋯⋯.

335: 지구의 무명 씨
숲 같은 곳에서 시작한 전이자는
「랜덤」으로 시작한 건가?

338: 지구의 무명 씨
현재로서는 모르겠지만, 본인이
당황한 모습만 봐도 그럴 가능성
이 높지 않을까?

349: 지구의 무명 씨
야, 벌써 하나 죽었대!

351: 지구의 무명 씨
진짜? 아직 첫날인데.

369 : 지구의 무명 씨
이건가? The first dead from
the otherworldly transferees.
Slaughtered by a large bear
demon. Fire magic was almost
ineffective. (링크)

377: 지구의 무명 씨
무서워서 링크를 못 누르겠어.
라지 베어 데몬은 대체 뭐냐고⋯⋯.

379: 지구의 무명 씨
호걸 곰이겠지…….

381: 지구의 무명 씨
보고 왔어. 죽음을 맞이하는 순
간엔 카메라가 먼발치를 비추도
록 배려를 해놨더라. 근데 머리
가 날아가고 피가 뿜어지니 진심
「열람 주의」야.

385: 지구의 무명 씨
핏빛 글씨로 GAME OVER라고
떴어?

390: 지구의 무명 씨
아니, 화면이 꺼지질 않아…….
계속 먼발치만 비추고 있어…….

396: 지구의 무명 씨
방송 사고겠지. 곰이 식사 중이
거나…….

400: 지구의 무명 씨
혹시 「소생 대기 시간」 아냐?

407: 지구의 무명 씨
무슨 MMORPG냐?

410: 지구의 무명 씨
죽은 자의 소생이라도 있어?
아니, 있으려나? 판타지 세계인걸.

419: 지구의 무명 씨
화면에 역전의 모험가가 등장하
여 곰을 죽인 뒤, 그 뱃속에서
뼈를 꺼내 배치한 뒤 소생! 그건
내가 이세계 전이자로 뽑히는 것
보다 확률이 낮을 것 같아.

430: 지구의 무명 씨
일본어판으로도 나왔어. 『이세
계 전이자들 중 첫 사망자. 곰
마물에게 참살당했다. 불 마법
은 거의 통하지 않았다.(링크)』

438: 지구의 무명 씨
레벨 1짜리 마법이 라지 베어 데
몬한테 통할 리가 없겠지.

445: 지구의 무명 씨
근데 소생 대기 타임은 잔인하
네. 가족이나 지인들더러 어떤
심정으로 지켜보라는 거야…….

450: 지구의 무명 씨
신이 인간의 마음을 아예 모른다
면야 그럴 수도 있겠지만…….

456: 지구의 무명 씨
아마도 전이자들이 더 강해지면
파티를 꾸려 모험하게 될 테고,
그럼 죽더라도 동료 승려가 마법
으로 되살려주지 않겠어? 그러
니 소생 대기 타임은 필수야. 죽
자마자 게임 오버가 아니라고.

461: 지구의 무명 씨
논리로서는 이해되지만…….

475: 지구의 무명 씨
Large bear demon이 트위터
트렌드에 올라갔네. 뭐, 꽤 쇼킹
하긴 했지.

490: 지구의 무명 씨
너희들, 동시에 몇 명 정도 보고
있어?

496: 지구의 무명 씨
TV으로 이카킨을 틀어놓고, 실
시간 정보를 쫓으며 여섯 명 정
도? 더 많이 보고 싶은데 능력에
한계를 느끼는 중.

504: 지구의 무명 씨
나나미도 없고, 말고도 몇 명인
가 교체됐네? 왜지?

510: 지구의 무명 씨
아이나 반려동물을 데려간 전이
자도 있어.
쌍둥이도 있는 것 같고. 둘 다

선발된 건가?
그럴 리가 없나.

511: 지구의 무명 씨
신이 「가엾으니 면제해주마」 하
고 **빼줬**을지도 몰라. 그래서 나
나미가 없는 거야.

516: 지구의 무명 씨
그 애는 이세계랑 전혀 맞지 않
긴 했지.

523: 지구의 무명 씨
이세계가 초반부터 가혹한걸.
도시에서 시작하지 않으면 바로
망겜 루트 탈 것 같은데.

547: 지구의 무명 씨
두 번째 사망자가……

550: 지구의 무명 씨
진짜로?

553: 지구의 무명 씨
Très triste nouvelle. Aujourd'
hui, Eric morrow, 34ans, a été
attaqué et tué par des bandits
à la recherche d' argent et de
biens lorsqu' il a été transféré
dans un autre monde et C'
était le cas. (링크)

562: 지구의 무명 씨
포인트로 아이템이나 금을 교환
했던 모험가인 것 같아. 강도한
테 살해당했대.

564: 지구의 무명 씨
무자비하네……

570: 지구의 무명 씨
어떤 빌드로 시작하느냐보다 어
디에서 시작하느냐가 더 중요하
잖아, 이거.

574: 지구의 무명 씨
「위험」이나 「랜덤」으로 시작한 것
같은 녀석부터 죽는 느낌이야.

583: 지구의 무명 씨
아무리 궁리해본들 결국 초기 빌
드이니까. 먼치킨 소설도 아니
고, 게임에서 직업 정도만 선택
한 거나 마찬가지잖아. 어떻게
살아갈지가 더 중요하다고 신도
말했어.

588: 지구의 무명 씨
얼마나 군침들이 돌았는지 「위
험」으로 시작한 것 같은 녀석이
많지 않아? 그 녀석들, 살아남을
수 있을까???

593: 지구의 무명 씨
솔직히 꽤 어렵다고 봐. 서바이
벌 리얼리티 쇼도 아니고 말이
야. 사람은 쉽게 죽지 않지만, 그
럼에도 쉽게 죽어. 일본의 산에

서 조난을 당하더라도 사람은 죽
을 수 있어. 하물며 어딘지도 모
르는 이세계에 내던져져 살아남
을 수 있는 녀석은 초인뿐이야.

599: 지구의 무명 씨
갈림길에서도 생사가 갈리는 게
바로 서바이벌이니까.

615: 지구의 무명 씨
근데 전이자들의 상세한 빌드 내
용은 나왔어? 전이자들이 어떤
능력을 갖고 있는지는 베일에 감
춰졌고, 뭐라고 말하는지도 모
르겠어서 몰입감이 떨어지는데.

621: 지구의 무명 씨
상세한 내용은 아직 안 나왔어.
각자 포인트를 분배하여 어떤 능
력들을 골랐다는 것뿐. 그리고
마법은 평범한 속성 마법인 것
같아. 신체 강화와 마법이 있는
건 확실한데, 자세한 정보는 아

직이야. 전이자들이 부지런히 떠들고 있으니 번역 작업이 진행되면 알 수 있을 거야.

627: 지구의 무명 씨
직전까지 없었던 전이자는 갑자기 교체된 걸 텐데, 사전 준비도 없이 좀 힘들 것 같네.

640: 지구의 무명 씨
잔느 짱 진짜로 귀여워. 귀여운데도 마물과 과감하게 싸우려고 하는 걸 보고 있자니 미칠 것 같아.

642: 지구의 무명 씨
팬이야? 걔 파워가 엄청나서 보는데 뿜었어.

644: 지구의 무명 씨
무지성 근육파 빌드로 시작한 건 틀림없어. 나 걔 팬 할래.

647: 지구의 무명 씨
상대 공격 따윈 신경 안 쓰고 마구 밀어붙이는 전투 스타일, 찐 전사.

650: 지구의 무명 씨
상처도 금세 낫는 걸 보니 신도 그 아일 특별취급하며 팍팍 밀어주고 있다는 설도 있어.

655: 지구의 무명 씨
신은 규칙에 엄격. 말을 함부로 했다가는 사라져도 모른다?

666: 지구의 무명 씨
야, 야야⋯⋯. 이거 뭐냐⋯⋯.
『츠루미시(市) 주택가에서 일가족 참살. 피해자 중 한 사람은 이세계 전이자로 선발됐던 소우마 나나미 씨인가?』(링크)

667: 지구의 무명 씨
뭐??

"헉……?"

어디선가 알람이 울려서 눈을 떴다.

어느새 잠들었다—. 아니, 정신을 잃었던 모양이다.

소리의 발생원은 스테이터스 보드였다. 결계 지속 시간이 「앞으로 10분」이라고 떴다.

"살았다. 모닝콜 기능도 달려 있나."

정확하게는 알림인가? 뭐, 어느 쪽이든 상관없다. 아무래도 정령술을 연속으로 쓰다가 기절한 것 같다.

정신없이 곯아떨어졌다면 그대로 마물에게 먹혀서 죽었을 가능성이 높았다.

해도 저물었는지 주변은 이미 어둑했다.

일의 전말은 이랬다.

어둠의 정령술을 취득한 뒤 시작한 연습은 한동안 순조로웠다.

예를 들어 롤플레잉 게임에서는 마법의 사용 횟수가 꽤 제한된다. 초기 레벨일 때 열 번이나 쓰면 MP가 고갈돼서 여관에서 자기 전까지는 아무 것도 못하는 경우가 비일비재하겠지.

그래서 나도 눈에 보이지 않는 MP가 고갈될까봐 주의를 기울였다. 설령 이곳은 지구와 다르다고는 해도 게임이 아니라 진짜 세상이다. 리스크가 없을 수가 없다.

그렇게 바짝 긴장했건만 술식을 열 번을 써도, 스무 번을 써도 MP고갈은 찾아오지 않았다.

「다크 미스트」의 숙련도가 한 번 만에 오르는 때가 있는가 하면 여러 번 썼는데도 오르지 않은 때도 있었다. 그러나 순조롭게 올라가긴 했다. 그래서 방심할 생각은 없었지만, 신체에 나타난 변화를 미처 알아차리지 못했다.

현기증이 가볍게 나고, 왠지 느낌이 이상해서 보니 체온이 이상하리만치 상승한 상태였다. 그 사실을 자각한 순간부터 기억이 없었다. 아마 정령력을 과도하게 소비했든가 다른 이유로 몸이 비명을 내지른 거겠지.

"근데 잠을 자서인지 몸 상태가 나쁘지는 않은 것 같아."

체온도 이상이 없는 듯했다.

어쨌든 곧 결계 효과가 사라진다. 주변에서 그 거대 원숭이의 기척이 느껴지지 않지만 바짝 긴장하자.

나는 일어선 뒤 스테이터스 보드를 통해 어둠의 정령술을 확인했다.

【어둠의 정령술】

제1위계 술식

· 암현(闇顯)【다크 미스트】숙련도 24

· 암견(闇見)【나이트 비전】숙련도 0

몇 시간 동안 연습했더니 새로운 술식이 출현했다. 암견이다.

"나이트 비전이라면 어두운 곳에서도 사물을 볼 수 있게 해주는 술식이려나? 암견(闇見)이라고 하니까. 되도록 공격적인 기술이었으면 좋겠는데……."

나는 이미 암시를 갖고 있기에 조금 미묘했다.

애당초 「암시」가 있으면 어두운 곳에서 얼마나 잘 보일지조차 확실치 않건만…….

바깥은 이미 해가 저물어서 컴컴했다. 그나저나 암시 능력을 켜고 끌 수가 있기는 한가?

의문이 들어 하늘을 올려다봤다. 군청색 하늘이 이미 밤이 됐음을 알려줬다.

"……그런가? 스킬 암시가 이미 발휘되고 있구나."

태양은 산 너머로 가라앉았고 하늘은 균일하게 캄캄했다. 이미 밤이었다.

그런데도 나는 달빛이 유일한 광원인 이 숲속에서 어디에 나무가 있는지 보였다. 또한 조금 안쪽까지 훤히 볼 수가 있었다.

대낮처럼 볼 수 있는 것은 아니지만, 활동하는 데 지장은 없을 듯했다. 역시 「암시」, 15포인트나 필요한 특수 능력답다. 밤이나 어두운 곳에서 활동할 때 상당히 유리해질 터였다.

"나이트 비전도 써볼까. ……오오!"

술식을 써보니 다행이라고 해야 할까. 효과가 중첩됐다.

혹시나 효과가 중복되어 포인트를 소비한 보람이 사라지지 않을까 걱정했는데 기우였던 모양이다.

얼마 안 되는 빛을 증폭한 것처럼 더욱 잘 보였다. 이 정도라면 밤에 걷는 데도 지장이 없겠지.

"……후우. 좋아, 가볼까."

시간이 다 되자 얇은 막으로 된 간이 결계가 소실되었다.

벌써 그로부터 한나절이나 지났건만, 거대 원숭이와의 조우를 떠올릴 때마다 다리가 굳어버렸다. 그래도 앞으로 나아갈 수밖에 없었다.

거리로 따져봤을 때 순조롭게 나아가면 열흘쯤 뒤에 숲을 빠져나갈 수 있을 터다. 꽤 낙관적인 기간이지만, 그렇게라도 생각하지 않으면 마음이 꺾여버리고 말 것 같았다.

나는 스테이터스 보드를 통해 1포인트를 소비하여 새로운 「결계석」을 교환했다. 그러고는 숙련도가 올라가서 효과 범위가 조금 넓어진 다크 미스트로 어둠을 두른 채 걸어 나갔다.

현재 나는 RPG로 비유하자면 레벨은 낮은데 고레벨 지역에 있는 상황이었다.

『유일하게 연명할 수 있는 방법은 「현질 아이템」을 깨는 것―.』 그 사례와 가깝겠지.

그러나 당연하지만 포인트에는 한계가 있다. 나에겐 고작 8포인트밖에 없었다. 아무리 무섭든, 아무리 위험하든 절체절명의 순간까지 절약하지 않으면 탈출할 때까지 버텨낼 수가 없었다.

그렇다면 무섭더라도 나아갈 수밖에 없었다. 앞으로 나아가는 것말고 다른 선택지는 없었다.

"난 살아남을 거야……! 기필코 살아서 이 숲을 나가는 거야……!"

거의 더럽혀지지 않은 부츠로 사람이 한 번도 걸어본 적이 없을 것 같은 숲을 한 걸음 한 걸음 꾹꾹 내디디며 나아갔다. 아무리 상황이 절망적일지라도 포기하지 않고 발악하기로 결심했으니까.

스테이터스 보드를 보니 시청자수가 늘어나는 속도가 점점 빨라졌다. 지금도 줄어들 기미가 보이지 않았다.

◇◆◆◆◇

"살아남는다……! 사는 거야……!"

나는 주문처럼 중얼거리면서 다리를 한 걸음 한 걸음 앞으로 옮겼다. 꺾일 것만 같은 내 마음을 떠받쳐주는 것은 나나미가 살아서 이쪽 세계에 와있을지도 모른다는 희망뿐이었다.

나나미는 살아 있다. 그렇게 믿는 것만이 이 가혹한 상황을 극복할 수 있는 유일한 희망이었다.

힌트를 따라 밤에 걷는 작전이 먹혔는지, 아니면 어둠의 정령술이 효과가 있었는지— 둘 다 도움이 됐는지는 모르겠지만 걷기 시작한 지 세 시간째, 지금껏 마물과 맞닥뜨리지 않았다.

그러나 최단거리인 일직선으로 쭉 나아가니 그리 험하지는 않은 산비탈에 접어들었다. 거의 기다시피 오르면서도 어떻게든 나아가는 상황이었다.

내가 3포인트를 소비하고서 교환한 지도는 분명 성능이 좋았다. 그러나 이른바 「세계 지도」이므로 현재 위치의 해발고도 등은 표시되지 않았다. 내가 아는 것이라고는 이곳이 숲이라는 점과, 남쪽에 산맥이 있는 것 같다는 점뿐이었다.

북쪽으로 우회하면 지형이 평탄해질 가능성도 있겠지만, 나는 직진하고 말았다.

그보다는 지도에 의지하여 그저 곧장 나아가는 것 말고는 다른 선택지가 없었다고 할 수 있겠다.

정령술을 지나치게 자주 사용하지 않도록 주의했다. 걷는 동안에 다크 미스트를 줄곧 발동하는 게 이상적이지만, 정령력이 다 떨어져 갑자기 실신하는 사태만은 반드시 피하고 싶었다.

정령력의 자연 회복량이 어느 정도인지 잘 모르겠지만, 감각으로 익혀가는 수밖에 없었다. 술식을 거듭 사용하다보니 왠지 그 감각이 잡힐 것만 같은 수준까지 왔다.

다크 미스트 술식 자체도 숙련도가 올라가서인지, 어느새 지속 시간도 늘어났다. 이대로 숙련도가 올라간다면 연속으로 사용할 수 있게 될지도 모른다는 희망도 보이기 시작했다.

"헉…… 헉……. 지친다……. 하지만 최대한 거리를 벌어둬야만……."

언제 마물이 튀어나올지 모르는 산길은 처음 겪어봤기에 나는 이미 파김치 상태였다.

중학교 때 일단은 운동부 소속이었지만 그렇게까지 열의를 다하지는 않았기에 내 체력은 일반적인 15살 수준에 불과했다.

스테이터스 보드에는 시계 기능이 표준으로 탑재되어 있어서 현재 시각을 알 수 있다. 수수하지만 편리한 기능이다.

이 세계도 자전하고 공전하는지는 모르겠지만 하루는 24시간이었고, 일조 시간도 지구와 거의 다르지 않았다. 「신」이 배려해준 걸까? 아니면 우연일까? 알 도리가 없었다.

"아침 5시구나……. 하늘이 조금 환해졌나……?"

슬슬 해가 뜰 시간인 듯했다.

해가 뜨면 다크 미스트가 부자연스럽게 보일지도 모른다. 숲속에는 햇빛이 잘 들지 않는 지점이 많으니 그렇게까지 노골적으로 눈에 거슬리지는 않겠지만—.

"낮에는 결계석을 쓴다고 치면 유효 시간은 열두 시간. 해가 지는 시간을 역산하면 7시까지는 다크 미스트로 버티고 싶어."

환해지자마자 갑자기 위험이 닥칠 리는 없겠지.

나는 마지막 힘을 쥐어짜내 비탈을 뛰어올랐다. 조금 트인 언덕이 나왔다.

그리고 나는 그곳에 있던 생명체를 보고서 심장이 순간 멎었다.

"키킷!"

작은 — 그래도 마운틴 고릴라쯤은 된다 — 붉은 원숭이가 두 마리 가 있었다.

그 안쪽에는 타오르는 듯한 거대한 원숭이가 벌러덩 누운 채 자고 있었다.

나를 알아차린 새끼 원숭이가 키키, 하고 울어댔다. 안쪽에서 자고 있던 거대 원숭이가 몸을 뒤척였다.

'지…… 진짜냐……? 거대 원숭이의 둥지가 나와버렸잖아……?'

작은 나뭇가지와 풀을 얼기설기 얽어서 만든 침대. 주변에 쌓인 과일과 열매, 동물 뼈.

저 거대 원숭이가 암컷인지 수컷인지 모르겠고, 저 녀석이 어제 만났던 그 개체인지도 모르겠지만 어쨌든 둥지임에는 명확했다.

'도망칠 수 있을까……?'

나는 언제든지 결계석을 깰 수 있도록 꽉 움켜쥐고서 다크 미스트를 읊었다.

그러나 일출이 이미 시작됐다. 사방이 트여서 충분히 밝은 이곳에서 다크 미스트를 써본들 개미 눈물만큼도 눈속임이 되지 않았다.

오히려 원숭이의 호기심만 자극할 뿐이었다.

'젠장, 어쩌지……?! 어쩌면 좋아……?'

나는 반쯤 공황에 빠졌다.

결계석은 「사용한 장소」에 결계를 구축한다. 다시 말해 마물 둥지에서 결계석을 썼다가는 열두 시간이나 이곳에서 움직일 수가 없다는 뜻이다.

그 열두 시간 동안에 마물이 어딘가로 사라질 수도 있겠지만, 새끼 원숭이들은 둥지에서 떠나지 않겠지.

불행 중 다행인지, 거대 원숭이는 성격이 느긋한 모양이었다. 새끼가 소란을 피우는데도 몸만 뒤척일 뿐 일어날 기미가 없었다.

그러나 새끼 원숭이가 곧 여기로 올 것만 같았다.

거대 원숭이만큼 사납게 보이지 않았고, 겉모습만 따져보면 귀여움조차 느껴졌다. 그래도 그 광폭한 거대 원숭이의 새끼다. 내 팔다리를 천진난만하게 뽑아버릴 가능성이 충분했다.

새끼와의 거리는 20미터 정도. 이미 「조우」했다고 해도 과언이 아닌 간격이었다.

나는 조금이라도 거리를 벌리기 위해 달렸다. 어차피 눈에 띄었으니 죽기 아니면 까무러치기였다.

내가 달리자마자 새끼 원숭이들도 네 발로 달려왔다.

도망치는 먹잇감을 보면 쫓고 싶어지는 짐승의 본능을 자극하고 말았다.

'젠장! 빨라!'

새끼 원숭이라도 몸집은 컸다. 그리고 민첩했다. 나는 거리를 거의 벌리지도 못한 채 순식간에 따라잡힐 지경이었다. 팔이 물리기 직전에 결계석을 깼다.

즉시 반투명 돔이 생겨났다. 먹잇감을 놓친 새끼들이 키키 울어대며 넓은 터를 마구 돌아다녔다.

그대로 잡혔다면 어떻게 됐을까. 아마도 반응하는 재미난 인형으로서 소비됐겠지. 「신」이 결계석이라는 구제 조치를 마련해두지 않았다면 어떻게 됐을지 생각하니 소름이 돋았다.

"……하지만 드디어 막혔나……. 하하……."

나는 스테이터스 보드를 열고서 아이템 란을 봤다.

구입할 수 있는 아이템 중에서 딱 하나가 이채로운 빛을 발했다.

· 기브 업용 알약 필요 포인트 – 소지 포인트 전부.

저 원숭이에게 산 채로 먹히기 전에 이걸 쓸 수가 있다.

기브 업이라고 한들 물론 원래 세계로 돌아갈 수 있는 자비로운 아이템이 아니다.

즉 **자결용 독약**이다. 그것도 오직 나에게만 효과가 발휘되는 전용 아이템.

"그나마 달려서 거리를 조금 벌려두긴 했지만…… 완전히 달아날 수는…… 없겠네……."

아직껏 자고 있는 거대 원숭이로부터 50미터쯤 떨어졌다. 설령 깊은 밤일지라도 바로 근처에 출현한 사람을 과연 놓칠까? 아니, 상당히 푹 자고 있으니 의외로 둔감할지도?

그러나 새끼는 민감하게 나를 찾아낼 것도 같았다.

"뭐…… 이제 될 대로 되라지."

솔직히 이제 심신이 너덜너덜해졌다. 아무런 준비도 없이 이세계행에 선발되어 깊은 숲속을 걸어왔다. 햇볕이 잘 들고 부드러운 풀이 자라난 이곳은 오랜만에 맞이한 환한 장소였다. 바로 근처에 마물이 있는데도 나는 그대로 땅바닥에 드러누워서 자고 싶어졌다.

"뭐라도 좀 먹을까……."

결계 안에 있으니 마비됐던 감각이 되살아났는지 맹렬한 배고픔과 갈증이 솟아났다. 죽을 만큼 자고 싶었지만, 자기 전에 수분만이라도 섭취해야만 하겠지.

스테이터스 보드를 열고서 샌드위치와 물을 각각 크리스털 한 개씩 소비하고서 교환했다.

샌드위치는 포장지에 싸인 채로, 물은 묵직한 도자기병에 담겨서 나왔다.

나는 그것들을 정신없이 먹고 마셨다. 뇌에 활력이 조금은 되돌아왔다.

"……그러고 보니 크리스털, 은근히 쌓여 있네."

크리스털 서른 개를 1포인트와 교환할 수 있으니 크리스털은 귀중하다.

전에 봤을 때는 「데일리 시청자 1억 명 달성」과 「괴물과의 첫 조우 달성」으로 크리스털 두 개를 받았다. 힌트를 받고자 한 개를 썼으니 이제 한 개밖에 남지 않은 줄 알았다.

그런데 아까 보니 크리스털을 누적으로 여섯 개 받았다고 나와 있었다.

스테이터스 보드 이력을 확인했다. 가장 오래된 이력은 『【데일리 시청자 1억 명】을 달성』이다. 그리고 그 다음은 『괴물과의 첫 조우】를 달성』. 여기까지는 알고 있다. 그 다음에는 『첫 번째 정령술】을 달성』으로 크리스털 한 개를 얻었다. 그리고 『누계 시청자수 5억 명】을 달성』. 이 업적은 조금 특별한지 한 번에 크리스털을 세 개나 받았다.

누적이란 하루 신규 접속자수 합계를 뜻하는 것 같았다.

그나저나 5억 명이라니. 오늘을 2일차로 치는 것 같다만 5억 명은 무시무시한 숫자다.

숫자가 너무 커서 현실감이 없지만, 지구 인구 중 약 10퍼센트가 나를 봤다는 뜻인가? 지금도 실시간 시청자수가 4억 명쯤 되니— 즉 정말로 내가 널리 주목을 받고 있다는 뜻이겠지. ……초반의 웃음 유발 요소로서.

그렇지 않다면 불쑥 튀어나온 전이자인 내 모습을 이렇게 많이 시청할 리가 없었다.

그리고 두 번째 『데일리 시청자 1억 명】을 달성』. 데일리 업적은 매일 받을 수 있는 듯했다. 살았다.

이로써 지금껏 받은 크리스털 개수가 일곱 개. 힌트를 얻고, 샌드위치와 물을 교환하는 데 세 개를 썼으니 모두 네 개가 남았다.

크리스털 서른 개까지는 갈 길이 멀지만 2일차치고는 순조롭다……고 봐야할까? 아니, 현재 결계석 때문에 포인트를 마구 소비하고 있는 상황이다. 도저히 순조롭다고는 할 수 없겠지.

나는 머리를 식히고자 타이머를 설정해두고서 눈을 잠시 붙이기로 했다.

밤새 걸었다. 잠을 자지 않으면 생환하기 위한 좋은 아이디어가
떠오르지 않겠지.

"그럼 네 시간 뒤에 알람이 울리도록 설정해두고……."

스테이터스 보드에 시계뿐만 아니라 타이머 기능까지 있다. 시간
에 쫓기며 살아온 현대인에게 유용한 기능이겠지.

"……안녕히 주무세요."

나는 허공을 향해 중얼거렸다.

어떤 기분으로 그들은— 시청자들은 나를 지켜보는지 모르겠다.

그러나 분명 이런 숲속에서 홀로 싸우는 나를 응원해주고 있겠지.

……분명 그럴 것이다.

알람 소리에 눈을 떴다.

시간은 딱 12시 정오.

원숭이 가족 쪽을 보니 새끼 두 마리가 넓은 터에서 뛰어놀고 있
다. 그런데 거대 원숭이는 자리를 비웠다. 먹이라도 구하러 나갔는
지 모르겠다.

저 새끼들만 없으면 그 틈에 탈출할 수 있으련만, 아마 가능성은
희박하다.

이제는 밤이 깊은 뒤 어둠을 타고서 탈출하는 수밖에 없다.

저 원숭이와 싸운다는 선택지는 애초에 없었다. 새끼만 있다면 마
법 스크롤을 구사해서 가까스로 쓰러뜨릴 수 있을지도 모르겠지만,

거대 원숭이가 눈에 핏발을 세운 채 범인을 찾아 헤매는 지옥 같은 전개로 발전하겠지.

단순히 동물을 죽이고 싶지 않은 마음도 있었다.

"정령술이나 연습할까……."

결국 그것밖에 없었다. 술식에는 숙련도가 있고, 지금은 이런 느낌이다.

【어둠의 정령술】

제1위계 술식

· 암현(闇顯)【다크 미스트】숙련도 89

· 암견(闇見)【나이트 비전】숙련도 15

· 암화(闇化)【섀도 러너】숙련도 0

어제는 해 뜰 녘까지 술식을 쓰면서 걸었기에 그럭저럭 오른 것 같았다.

훈련도 좋지만, 역시나 실전에서 사용하는 편이 숙련도가 더 빨리 오르나?

또한 새로운 술식도 생겼다.

어둠으로 만들어진 인형……. 즉 그림자를 미끼로 달리게 하는 술식인 듯했다.

"미끼……! 이건 써먹을 수 있겠다……!"

새로운 술식이니 당장 써보고 싶었다. 결계 안에서도 술식을 사용할 수 있는지는 이미 확인했다.

"섀도 러너!"

술식에 호응하여 허공에서 어둠이 출현하더니 사람의 모습으로 모락모락 성장했다.

숙련도가 낮아서인지 러너라고 해봤자 육상선수가 아니라 자그마한 아이만 했다.

인간 형태지만 두께는 없었다.

그것이 일직선으로 달려나갔—지만, 결계 막에 접촉하자마자 흩어져 사라지고 말았다. 정령술을 결계 너머로 침투시키는 것은 불가능하므로 이 결과는 어쩔 수 없다.

눈속임조차 안 될 것 같은, 정말로 그림자가 달리기만 하는 술식.

그러나 미끼로서는 우수할 것 같았다.

"좋아, 어쨌든 연습하자!"

버거운 상황이지만 아직 포기하기에는 이른 듯했다.

결계석 효과가 다하는 시각은 17시 반.

현재 시각은 17시.

그 후로 다섯 시간 동안 술식을 계속 연습했더니 성과가 꽤 나왔다.

【어둠의 정령술】

제1위계 술식

· 암견(闇見)【나이트 비전】숙련도 17

· 암화(闇化)【섀도 러너】숙련도 30

제2위계 술식

다크 미스트의 숙련도가 최대치에 달했는지, 제2위계로 올라갔다.

이 위계란 아마도 술식의 레벨 같은 개념인 듯했다. 숙련도가 100이 될 때마다 다음 레벨로 올라가는 것 같았다.

나이트 비전은 대낮에 써봤자 효과가 없고, 숙련도도 올라가지 않으므로 쓰지 않았다. 우선도가 높지 않다는 이유도 있었다.

"다크 미스트."

내 목소리에 호응하여 허공에서 어둠이 나타나 빛을 침식해갔다. 위계가 올라간 덕분인지 다크 미스트로 상당히 짙은 어둠을 만들 수 있게 됐다. 어둠이 결계 전체에 미칠 정도이니 초기와는 비교조차 되지 않았다. 어둠이 출현하는 속도도 꽤 빨라졌다.

이 정도라면 새끼 원숭이들에게 들키지 않고 밖으로 나갈 수 있을지도 모르겠다.

"……근데 생각보다 캄캄해지진 않네."

계절의 문제인지 이 시간에도 하늘이 아직도 꽤 환했다. 도저히 해 질 녘이라고는 할 수 없는 상황이었다.

원숭이들의 상황을 말하자면 거대 원숭이가 먹이를 대량으로 갖고 돌아와서 저녁 식사를 벌이고 있었다. 먹이에 정신이 팔려서 내 존재를 놓칠 가능성—은 있겠지만, 희박한 바람이리라. 새끼일지라도 나보다 세 배 이상 빠르게 달렸다. 거대 원숭이의 몸뚱이는 새끼의 열 배쯤 될 것 같았다. 탈출할 엄두가 나지 않았다.

"밤까지 기다릴까……."

나는 신중을 기하기로 했다. 여기서 한 번 시도해보는 것도 나쁘지는 않지만, 원숭이들의 경계심을 쓸데없이 끌어올리는 결과만 초래할 수도 있다.

　남은 포인트는 적었다. 그러나 이때 쓰지 않으면 대체 언제 쓰랴.

　나는 1포인트를 결계석으로 교환한 뒤 남은 시간이 1분 남았을 즈음에 다시 깼다. 결계석은 중복하여 사용할 수 있다. 남은 시간이 12시간 1분으로 늘어났다.

　나는 깊은 밤까지 정령술을 계속 연습했다.

　"좋아…… . 구름에 뒤덮여서 달도 보이질 않으니, 이 정도면 빠져나갈 수 있지 않을까……?"

　심야 두 시. 그야말로 초목도 잠든다는 야밤이었다.

　암시를 갖고 있지만, 어둠이 너무 농밀하게 이 일대를 지배해서 음침할 지경이었다.

　그러나 내가 처한 상황에서는 이 모두 요긴한 요소들이었다.

　정령술도 여러 번 구사하여 다음 스텝으로 넘어갔다.

　"다크니스 포그."

　나는 암현 · 「다크 미스트」가 제3위계로 올라가면서 개량된 술식 「다크니스 포그」를 읊었다.

　어둠이 순식간에 출현하여 결계 내부를 꽉꽉 채울 정도로 물들어 갔다.

내 모습이 완전히 가려졌다. 적어도 시각에 의존하는 상대는 나를 인식하지 못할 것이다.

"정령술의 숙련도도 꽤 올라갔네."

【어둠의 정령술】
　제1위계 술식
· 암견(闇見)【나이트 비전】숙련도 38
· 암화(闇化)【섀도 러너】숙련도 64
　제3위계 술식
· 암현(闇顕)【다크니스 포그】숙련도 2

결계 안에 있으니 술식을 구사하는 게 간단하고 부담이 낮은 것 같아서 제법 연속하여 써버렸다. 그래도 기절할 것 같은 징후는 없었다.

위계와 숙련도가 올라가서 술식을 구사하는 데 점점 능숙해지는 거겠지.

"새로운 결계석도 준비했으니…… 가볼까……!"

남은 크리스털 개수는 일곱 개.

크리스털이 점점 줄어드는 와중, 실은 정령술을 연습하다가 하나를 더 받았다. 내가 모든 전이자들 중에서 『정령술 제3위계 달성』 업적을 최초로 따낸 모양이었다.

다른 전이자들도 정령술을 팍팍 연습하고 있을 테지만, 역시나 랜덤으로 전이되어 깊은 숲속에 홀로 떨어진 나보다 더 필사적인 사람은 없겠지. 물론 「정령의 총애」가 제 역할을 해줬을 가능성도 있다. 조금 부자연스러울 정도로 술식을 연속으로 사용할 수 있다는 느낌도 들고.

그러나 뭐, 비교 대상이 없으니 그저 가능성에 불과하겠지만.

어쨌든 「최초」 시리즈는 크리스털과 포인트를 받을 수 있어서 도움이 됐다. 예를 들어 저 원숭이 같은 몬스터를 쓰러뜨리면 마물을 최초로 토벌한 업적을 따낼 수 있겠지. 쓰러뜨리진 못하겠지만.

참고로 원숭이들은 어미와 새끼들이 서로 끌어안은 채 잠든 상태다.

아마도 저 원숭이는 이 숲에서는 천적이 없으리라. 아주 무방비하게 자고 있다.

이런 상황이라면 탈출할 수 있겠다는 자신이 생겼다.

결계 유지 시간은 아직 세 시간 반 남았지만, 깊은 밤을 이용하여 탈출해야만 한다.

"다크니스 포그."

술식을 거듭 중첩했다. 깊은 밤이 드리운 결계 내부에 더더욱 깊은 어둠이 채워져 갔다.

"좋아……."

나는 소리가 나지 않게끔 신중하게 반경 3미터짜리 결계 가장자리까지 이동하고서 결계를 해제했다.

결계의 얇은 막이 녹아내리듯 사라졌다. 내가 일으킨 어둠이 주변을 침식해갔다.

멀리서는 부자연스러운 암흑으로 비칠지도 모르겠으나 원숭이들은 알아차리지 못했다.

다만 스륵스륵, 하는 묘한 기척만이 살갗을 찌르는 듯 느껴졌다.

이 세계에 온 뒤로 줄곧 느꼈던 기척은 달이 보이지 않는 이 밤에도 마치 누군가가 내 곁에 있는 것처럼 짙었다. 그러나 지금의 나는 정체 모를 기척 따위를 신경 쓸 겨를이 없었다.

나는 한 걸음 한 걸음, 소리가 나지 않도록 조심스럽게 발을 내디뎠다. 다행히도 원숭이들이 깨어날 낌새는 없었다.

하늘엔 달이 없어 그저 어둠만이 짙게 깔린 깊은 밤이었다.

—후…… 우후후……. 후후…….

무언가 소리가 들렸다.

원숭이들은 자고 있었다. 그러나 어디선가 소녀의 웃음소리 같은 게 들렸다.

새로운 마물일까? 나는 신중히 나아가면서 주변을 살폈다.

이미 나이트 비전을 사용하고 있는 중이지만, 먼 곳이 잘 보이지 않았다.

50미터 앞에서 자고 있는 원숭이들의 모습조차 아슬아슬하게 보일 정도였다.

—키득키득…….

—우후후…….

'또야……. 뭐지, 이 목소리는……?'

아주 멀리서 들리는 것 같기도, 귀 바로 옆에서 들리는 것 같기도 한 신기한 소리.

아득히 먼 곳에서 아이들이 뛰어노는 소리처럼도, 귓가에 은밀하게 속삭이는 소리처럼도 들렸다.

—후후…… 우후후…….

소리가 점점 또렷해졌다.

종잡을 수 없고, 의미도 통하지 않는 목소리로밖에 느껴지지 않았지만, 가까이 다가올수록 그 소리에 담긴 뜻이 드러나기 시작했다.

그 목소리는 나를 향해 웃고 있다—.

그런 확신만이 들었다. 나는 목소리를 무시하고서 앞길을 재촉했다. 지금은 거리를 벌려야만 했다.

"다크니스 포그."

어둠이 깊은 밤이었다. 달빛이 없어서 어두운 게 아니라, 어둠이 어둠으로서 이 일대에 군림한 것 같은 밤이었다. 검게 칠해진 공간 속에 깊이를 알 수 없는 수면(水面)이 지평선 끝까지 펼쳐져 있는 것 같은 그런 밤이었다.

암시가 없었다면 단 한 발자국도 나아가지 못했겠지.

귓가엔 소리가 끊임없이 들려왔다. 소녀인 듯, 소년인 듯, 노파인 듯, 유아인 듯. 마치 라디오 소리가 공기를 타고서 귀에 닿는 듯했다.

—하지만 신기하게도 두려움은 느껴지지 않았다.

그것이 마물의 으르렁거림이나 포효였다면 바짝 쫄았을지도 모르겠으나, 마치 사람 목소리처럼 들렸기 때문이다. 더욱이 이 외로운 여행 중에 누군가가 곁에 있어준다……. 그런 식으로 느꼈을지도 모르겠다.

원숭이와의 거리도 100미터, 200미터 순조롭게 멀어져갔다.

"다크니스 포그."

정령술을 몇 번짼가 영창했을 때였다.

주변의 어둠이 마치 살아 있는 것처럼 스멀스멀 떨렸다. 대기가 진동하더니 어둠 속에서 더 짙은 어둠이 출현하여 땅바닥에, 나무 줄기에, 가지에, 잎에, 그리고 하늘에까지 척 달라붙어 갔다.

'뭐…… 뭐야……?'

지금껏 들렸던 「목소리」도 어느샌가 들리지 않았다.

목소리는커녕 바람 소리도, 벌레 소리도, 그 어떤 소리도 들리지 않았다.

나는 주머니에서 결계석을 꺼내서 쥐었다.

마물이 근처로 다가왔나……? 아니, 그럴 리가 없다. 그런 발소리는 듣지 못했으니—.

그렇다면, 생명체가 아닌가……?

—그것은 어둠이 모습을 바꾸어 나타났다. 그렇게밖에 표현할 수가 없는 현상이었다.

어둠 속에서 무언가가 나타났다.

주변 상황은 전혀 알 수 없었다. 암시 따윈 무의미할 정도로 내 주변에는 짙게 칠해진 어둠뿐이었다.

눈앞에 있는 것은 유령 같은 모호한 존재가 아니었다. 주변의 어둠이 응축한 「무언가」가 모습을 어디선가 드러냈다—.

아주아주 멀리서, 혹은 어깨가 닿을 만한 거리에서—.

―애. 너, 맛있어 보여.

귓가에 또렷하게 들렸다.

질량을 지닌 어둠의 덩어리가 내 목숨 그 자체를 쓰다듬은 것 같은 감촉.

온몸에 소름이 돋아서 나는 반사적으로 결계석을 깨버렸다.

―흐응, 신기한 힘이네……

―다가가려고 할수록 밀어내는 힘이구나.

그때 나는 비로소 그 「목소리의 주인」을 봤다.

어둡고 스산하고 칠흑 같은 선이 윤곽선을 이뤘다. 어둠 속에서 그보다 더욱 캄캄한 어둠이 그 모습을 또렷하게 드러냈다.

긴 머리카락을 휘날리는 소녀의 실루엣. ……다행히도 결계 안으로는 들어오지 못하지만, 자유분방한 움직임으로 내 주위를 둥실둥실 걸어 다녔다.

"너, 넌 누구야?"

간신히, 그렇게 물어봤다.

누군지 모르겠다. 위험한 존재……인 것 같았다.

그러나 말이 통한다면 어쩌면 서로를 이해할 수 있을 가능성도 있다.

―내가 누군지 모르니?

―그토록 날 필요로 했으면서. 날 사랑하고 있잖아?

―나도 사랑해. 자, 그 술법을 풀고서― 나와 하나가 되자.

……안 될 것 같다.

어둠의 화신이라 해야 할 것 같은 「목소리의 주인」은, 그 몸놀림처럼 둥실둥실 말을 뱉었다. 그 말 자체는 정열적이었지만, 실제로는 열기를 전혀 띠지 않는 평탄한 목소리였다.

다만 그녀가 내 아군이 아니라는 건 알 수 있었다.

그리고 싸워봤자 아무 소용이 없다는 것도 본능적으로 깨닫고 말았다.

그러나 결계 안으로는 들어오지 못하는지 나비처럼 주변만 서성이고 있다.

그리고 원숭이와 달리 저 녀석은 「결계 내부」가 보인다.

내가 보인다는 것은 어디론가 사라지지 않는다는 걸 뜻하겠지.

망했다. 설마 원숭이에게서 겨우 벗어나기 직전에 이런 정체 모를 존재까지 서식할 줄이야. 위험도 4짜리 숲의 위험성을 잘못 짐작했다.

─자, 자. 얼른 이 술법을 풀어 줘. 사랑스러운 사람…….

─아침 해가 뜨기 전에, 하나가 되자.

─그토록 절실하게 나를 불렀잖아? 아아, 이게 바로 사랑받는다는 것이구나……. 그런데도, 이 매정한 사람…….

어둠의 화신이 주변을 둥실둥실 떠다니면서 말을 자아냈다.

그것은 나에게 말하는 것 같기도 했고, 혼잣말 같기도 했다. 참 신기한 목소리였다.

'하지만 아침 해……라고 했지. 어둠의 화신이라서 혹시 아침이 되면 사라지나?'

가능성은 있다. 그보다는 제발 그러길 바랐다.

나는 그 목소리에 벌벌 떨면서 그저 앉아만 있었다.

할 수 있는 게 없었다. 정령술을 과도하게 연습한 바람에 저 목소리의 주인을 부른 것 같아서였다. 그녀는 내가 자신을 불렀다고 인식한 듯했다. 짐작 가는 바는 정령술 말고는 없었다.

'정령술은 정령한테서 힘을 빌려서 사용하는 술식인 것 같으니 말이야…….'

어쨌든 이제는 아침이 오기만을 기다리는 수밖에 없었다. 다행히도 결계석은 오후 2시 반까지 유지된다. 나는 뜬눈으로 아침 해를 기다렸다.

어둠의 주인은 줄곧 주변을 둥실둥실 날아다녔다. 그런데 3시 반이 지났을 즈음에 변화가 생겼다.

—아쉬워. 정말로 아쉬워. 귀여운 당신과 하나가 되고 싶었는데.

—그래도 적어도, 적어도 이렇게 만났으니 뭔가 선물을 줘야겠네.

—기다려줘. 당신이 뭘 원하는지 나는 뭐든 알아.

—또 만나길 기대할게…….

그 말을 남기고서 목소리가 어디론가 사라졌다.

나는 휴, 하고 가슴을 쓸어내렸다. 그런데 잠시 뒤 어둠의 화신이 무언가를 땅바닥에 질질 끄는 소리와 함께 나타났다. 그리고 이번에야말로 목소리의 주인은 흔적도 없이 모습을 감췄다.

정적에 지배됐던 숲에 벌레 소리와 나무들의 술렁임이 점차 돌아왔다. 생명의 기운이 느껴지자 비로소 목숨을 건졌음을 깨달았다.

'……뭘 놓고 간 거지?'

어둠의 화신이 사라졌지만 어둠은 아직 짙었다. 그녀가 가져온 것은 아직 무언가의 덩어리로밖에 보이지 않았다.

이윽고 아침 해가 얼굴을 드러내고, 빛이 어둠을 씻어내듯 주변

경치가 선명해졌다.

"윽……! 이건…….."

그것은 붉은 덩어리였다.

작은 언덕만큼 커다란 그것은, 나를 그토록 벌벌 떨게 했던 거대 원숭이의 변질된 모습이었다.

두 팔, 두 다리, 그리고 머리가 절단되어 아무렇게나 쌓여 있었다.

거대 원숭이뿐만 아니라 새끼 두 마리도 같이 시체가 되어있었다.

"그 녀석이…… 해치웠나."

어둠의 주인이 사라지고 질질 끌리는 소리가 들리기까지, 불과 10초인가 20초밖에 걸리지 않았다.

그 짧은 시간에 「그것」이 이런 엄청난 일을 해치웠다는 소리였다.

상식을 초월한 존재. 그 거대 원숭이는 마치 폭력을 구현한 것 같은 존재였건만, 이토록 쉽사리 도륙해버린 녀석이 있다.

아침이 밝아 사라졌지만 밤은 몇 번이고 다시 찾아온다. 더욱이 밤에는 걸어가야만 하는데……. 다음 밤을 생각하니 우울해졌다.

"어쨌든, 이제 어쩌지……."

어둠의 화신은 사라졌고, 거대 원숭이는 죽었으니 일단 위기를 면했다고 봐도 되겠지.

그 어둠의 괴물이 또 나올까봐 두렵지만, 낮 동안에는 괜찮을 것 같았다.

다만 결계석을 또 쓰고 말았다. 남은 시간이 많이 남았는데 어떻게 행동해야 좋을까.

지금 결계를 해제한다면 낮 동안에 걸어가야만 한다.

결계 효과가 다 끝날 때까지 기다린다고 쳐도 낮 2시 반에 사라지니 어차피 걸어야하는 건 매한가지다. 거대 원숭이가 없어진 뒤에 숲의 위협도가 얼마나 낮아졌는지 알 수 없었다.

"……결국 걸으면서 생각해볼 수밖에 없나. 그전에 이『선물』은 어쩐담."

어둠의 주인이 분명 「선물」이라고 했다. 이렇게 강렬한 시체를 대체 어쩌라는 걸까.

혼자 고민해본들 소용없었다. 나는 힌트를 쓰기로 했다. 지난번엔 힌트가 몹시 유용했다. 크리스털 한 개로 얻을 수 있는 것치고는 파격적인 정보를 획득할 가능성이 높았다.

스테이터스 보드를 열고서 크리스털 개수를 확인했다.

"……음? 또 늘었네."

크리스털 개수가 네 개에서 여섯 개로 늘어난 상태였다.

이력을 확인해보니 『【데일리 시청자 1억 명】을 달성』, 『【대정령과의 조우】를 달성』 업적으로 각각 하나씩 얻은 듯했다.

"데일리 1억 명은 그렇다고 치고……. 대정령과의 조우?"

내가 만난 존재라고 해봤자 그 거대 원숭이와 어둠이 구현된 것 같은 괴물뿐이었다.

그렇다면 그 암흑의 괴물이 「대정령」인가?

"어둠…… 어둠의 대정령이라……."

그렇게 생각하니 녀석이 했던 말들도 앞뒤가 맞아떨어졌다. 나는 어둠의 정령술을 거듭해서 사용했으니까.

어쨌든 크리스털을 받았으니 고마운 일이었다. 지금은 힌트가 우선이었다.

〈크리스털 한 개를 소비하여「생존 힌트」를 열겠습니까? YES · NO〉

YES를 선택하자 금세 답이 나왔다.

『『전리품을 획득하라.』』

전리품……? 싸워서 얻은 건 아니지만 시체는 시체. 저 시체에서 무언가를 얻을 수 있는 모양이었다.

예를 들어 가죽과 뼈, 어금니, 눈알과 내장. 그런 것들이 약이나 소재가…… 될지도 모르겠다. 그러나 나는 배낭조차 없기에 커다란 물건을 챙길 수가 없었다.

'몬스터 감정도 써볼까…….'

몬스터 감정이란 크리스털 한 개와 교환하여「직전에 만났던 몬스터」에 관한 정보를 알려주는 기능이다.

〈크리스털 한 개를 소비하여「몬스터 감정」을 하겠습니까? YES · NO〉

YES를 선택하자 거대 원숭이를 감정한 결과가 표시됐다.

어쩌면 그 어둠의 화신에 관한 정보가 나오지 않을까 싶었는데, 죽은 마물도「직전에」만난 것으로 쳐주는 듯했다. 혹은 대정령은 몬스터 범주에 들어가지 않는지도 모르겠다.

『불꽃 성성이 : (괴물체) 온몸에서 화염을 발하는 거대 원숭이. 완력이 세고 민첩하며, 입으로 파이어 브레스를 내뱉는다. 괴물체는 대부분 서식 지역의 정점 포식자다. 잡식성이며 활동 영역이 광대하다. 괴물체가 되더라도 새끼를 계속 키우는 특이한 성질이 있다.

해당 개체는 「괴물체 완성형」, 「섬멸 포식자」. 정령석 출현 확률은
불 20%, 혼돈 80%, 무구(無垢) 0%.』

　상당히 자세한 감정 결과가 나왔다. 그러나 잘 모르는 단어가 많
았다. 괴물체라니, 대체 무슨 뜻인지…….
　어쨌든 이 녀석이 강렬하게 강한 개체라는 것만은 알겠다.
　'그리고 정령석……. 그게 몸 어딘가에 있다는 소린가?'
　설명만 봐서는 전리품으로 챙길 만한 물건이 그것밖에 없는 것 같
았다.
　물론 어금니와 뼈, 체모 등을 가져가면 돈이 될 가능성이 있을 테
지만—.
　"훗. 하하, 무슨 생각을 하고 있는 거야."
　죽느냐 사느냐의 상황이건만 숲에서 빠져나간 뒤 돈이 될지 말지
를 따지고 있다니. 너무 바보 같아서 웃음이 자연스레 새어나왔다.
　그래도 이것이 삶일지도 모르겠다. 「미래를 생각한다」는 희망조차
잃어버린다면, 앞으로 나아갈 의지도 함께 잃어버리고 말겠지.
　"밖으로 나갈까."
　1포인트를 써서 새로운 결계석을 손에 넣은 나는 결계를 해제했다.
　이 원숭이가 이 지역의 정점 포식자라면, 아마 주변에 위험한 생
명체는 없을 터였다.
　이로써 6포인트가 남았다.
　"윽……!"
　밖으로 나가니 농밀한 피 비린내가 가득 감돌았다. 다른 육식 동

물들이 이 비린내에 이끌려 다가오지 않을까 불안에 휩싸였다. 얼른 「전리품」을 획득해야겠다.

그러나 거대 원숭이의 몸집은 4미터나 된다. 나는 날붙이조차 갖고 있지 않으므로 시체를 가를 수조차 없었다. 크리스털을 사용하면 나이프를 입수할 수는 있을 테지만―.

온기가 아직 남아 있는 새끼 원숭이의 목 절단면을 보니 투명한 보석 같은 게 엿보였다.

"이건가……!"

구역질을 참아내면서 손가락을 푹 집어넣어 꺼내보니 테니스공만한 투명한 돌이 나왔다.

수정처럼 생겼는데, 이런 게 몸속에 있다니 참 신기했다.

나머지 새끼 원숭이의 몸에도 마찬가지로 투명한 돌이 들어 있었다.

"이게 몸속에 있다……고 꼭 단언할 수는 없나."

확실하진 않았지만 그것보다 시간이 없었다. 이 자리에서 원숭이 시체를 손질하는 건 무리이며 도구도 없었다. 무엇보다 심리적으로 꺼려졌다. 이 시체들을 잘 묻어주고 싶다는 마음마저 들었다.

"거대 원숭이 쪽은…… 윽, 아직 따뜻하네."

뜨거울 정도로 체온이 남아 있는 절단면에 손을 집어넣는 건 꽤나 버거웠지만, 힌트는 절대적이었다.

살기 위해서 지금 돌을 챙겨두는 게 중요하겠지.

당장은 소용이 없을지도 모른다. 그러나 장래에 반드시 도움이 되는 때가 올 것이다.

"……이건가? 꽤 크네."

절단면으로부터 15센티미터쯤 들어가니 비로소 돌이 보였다. 그것은 투명하지 않고, 체모처럼 붉지도 않았다. 여러 빛깔들이 봉인된 것 같은, 주먹만 한 큰 보석이었다.

"뭐라고 하더라? 이런 보석이 있었는데……."

오팔이라고 하던가? 그것과 비슷한 것 같았다. 어쨌든 지금 얻을 수 있는 건 이 정도겠지.

현재 시각은 아침 6시.

나는 윗옷 소매를 찢어 구멍을 묶어서 간이 자루를 만든 뒤 그 안에 정령석 세 개를 넣었다.

휘두르면 간이 무기로도 써먹을 수 있을 것 같았다.

"다크니스 포그."

어둠의 대정령은 무섭지만, 정령술을 쓰지 않고 이 숲을 빠져나가기란 불가능했다.

나는 어둠으로 몸을 휘감고서 원숭이들의 시체를 그대로 방치한 뒤 걸어 나갔다.

남은 거리는 350킬로미터. 이세계에 온 지 4일차 아침이었다.

"헉…… 헉…… 배고파……."

거대 원숭이—「불꽃 성성이」의 영역 안이라서 그런지, 그로부터 몇 시간을 걸었지만 위험한 생명체와 만나지 않았다.

동물이나 새는 가끔 보였지만, 어둠의 정령술로 몸을 숨긴 채 지나쳤다. 섀도 러너도 몇 번 써봤는데 평범한 동물은 놀라서 달아났다. 이 술식으로 위험한 녀석인지 아닌지 구별도 할 수 있을 것 같았다.

어제부터 아무 것도 먹지 않은지라 체력이 꽤 소모됐다. 그러나 위험하지 않을 때 최대한 걷고 싶었다.

어느덧 숲에 서식하는 식물들의 종류가 조금씩 바뀌기 시작했다.

키가 작고, 먹어도 될 것 같은 열매가 열린 나무들이 드문드문 보였다.

특히 눈에 자주 띄는 나무에는 체리처럼 생긴 붉은 열매가 풍성하게 달려 있었다. 저걸 먹을 수 있다면 굳이 크리스털을 소비하지 않고도 칼로리를, 경우에 따라서는 수분도 채울 수 있을 것이다. 거대 원숭이 둥지에도 과일들이 잔뜩 굴러다녔으니 아마 먹을 수 있겠지……. 아니, 마물이 먹을 수 있다고 해서 사람도 먹고서 멀쩡하리라는 법은 없나…….

"냄새가 달콤해……."

나는 휘청거리면서도 그 나무에 이끌리듯 다가가 열매를 하나 따봤다. 참기 어려운 위험한 향기가 감돌았다. 나에게는 「독 내성」이 있다. 운에 맡기고서 먹어보는 것도 한 방법인데…….

나는 스테이터스 보드를 열어 아이템 감정을 선택했다.

크리스털 한 개는 아깝지만, 이걸 먹을 수 있다면 한동안 식량 문제가 해결된다.

『산고스구리 : (통상) 링그필 대륙 동부에 자생하는 식물. 열매는 식용이 가능하지만, 대량으로 섭취하면 배탈이 난다. 폭넓게 재배

되는 작물이며, 그대로 먹든지 잼으로 가공하여 이용한다. 해당 개체는 딱 먹을 시기다.』

나는 그 내용을 읽고서 곧바로 열매를 입에 넣었다.

달콤새콤한 맛이 입안에 퍼졌다. 생각해보니 닷새 만에 처음 먹는 단 음식이었다.

"맛있어⋯⋯! 야생 열매가 이렇게나 맛있다니⋯⋯!"

달콤하면서도 미묘하게 떫었다. 과즙도 풍부해서 온몸이 촉촉해지는 느낌이었다.

지금껏 걸으면서 이 산고스구리가 종종 눈에 띄었으니, 한동안 식량 때문에 골치 아플 일은 없을 것 같았다. 대량으로 먹으면 배탈이 나는 모양이지만, 질병 내성과 독 내성을 모두 갖고 있으니 괜찮겠지. 괜찮으리라 믿고 싶다.

거기에 매일 크리스털이 최소한 한 개는 늘고 있다. 데일리 시청자 1억 명 업적이 얼마나 난이도가 높은지 모르겠지만⋯⋯. 지구 인구가 대략 78억 명 정도라고 배운 기억이 있다. 실제로 방송을 보는 사람의 비율이 얼마나 될까—. 아마 절반쯤 되겠지. 그렇다면 39억 명이다.

데일리 1억 명이라고 했으니 총 시청자 중 39분의 1이 본다는 계산⋯⋯인가?

그러나 현실은 그렇게 어설프게 계산할 수 있는 게 아니었다. 며칠 전부터 6억 명 전후로 안정됐다.

어째서 모두들 그렇게 나를 주목하는 걸까? 그야 물론 랜덤 전이를 당하여 느닷없이 생사가 걸린 모험을 시작했기 때문일 것이다. 다른 전이자들은 착실히 헤쳐나가고 있거나, 모험 따윈 하지 않고 평범하게 직업을 구하여 생활을 시작한 사람들이 많은지도 모르겠다.

그러나…… 전이자가 1000명이나 된다. 여러 명을 동시에 시청하는 사람도 있을 테지만, 그래도 6억 명이나 나를 본다는 건 이상하다고 할 수 있다.

나를 제외하고도 무작위 전이를 선택한 사람이 나름 있을 것이다. 시청자수 증가를 의식하고서 아슬아슬한 모험을 해나가는 전이자도 틀림없이 있겠지.

그렇게 생각한다면 6억 명이라는 숫자는 으스스하다. 역시 갑자기 나타난 전이자라서 그럴까?

"……생각해봤자 답은 나오질 않나."

지금은 죽지 않고 숲을 탈출하는 것이 우선이었다. 그 이외에 나머지는 사소한 일이었다. 시청자수가 묘하게 많은 게 마음에 걸렸지만, 크리스털을 얻을 수 있으니 상관없었다. 남들이 지켜보고 있다는 걸 의식하지 않고 여기까지 왔으니. 일단 나는 산고스구리를 네 알쯤 먹은 뒤에 셔츠의 나머지 소매를 찢어서 묶은 뒤 최대한 담았다. 오른쪽에는 거대 원숭이의 정령석과 결계석, 왼쪽에는 과일.

"가방이 얼마나 중요한지 뼈저리게 느끼게 해준 하루야……."

1포인트를 쓰면 배낭과 교환할 수 있지만, 지금은 그런 것에 포인트를 쓸 수는 없었다.

어차피 현재 무언가와 싸울 수도 없으니 이걸로 족했다. 두 손은 피곤했지만.

다크니스 포그와 섀도 러너를 활용하면서 걷다보니 어느덧 일몰

시각이 됐다.

하루에 30킬로미터쯤 걸을 수가 있다. 꽤 나쁘지 않은 속도였다.

앞으로 열흘쯤 계속 나아가면 숲을 빠져나갈 수 있으리라.

"……하지만 문제는 앞으로 어떻게 하느냐인데."

당연하지만 사람은 잠을 자야만 한다. 계속 걸어갈 수는 없다.

배고픔은 산고스구리를 먹으면 어떻게든 달랠 수 있다. 영양 편중을 따질 상황도 아니니 일단 걷는 데 필요한 힘만 채울 수 있으면 족했다.

그러나 수면만은 어찌할 도리가 없었다. 지금까지는 결계석을 깨서 안심하고 잘 수 있었지만―.

"밤이 되면 그 어둠의 대정령이 또 나올 가능성도 있으니……."

그게 나온다면 결계를 깨는 것 말고 다른 선택지는 없다.

그러나 안 나올 가능성도 있다. 오늘은 구름도 없으니 달빛이 그런대로 광원이 되어줄 듯했다. 그 끈적끈적한 어둠은 그것이 출현한다는 징조겠지. 그리고 내가 구사한 어둠의 정령술이 그 상황을 빚어냈으리라 확신한다.

어쨌든 결계석은 위험이 코앞에 닥치기 전까지는 아껴두고 싶었다.

이제 6포인트밖에 남지 않았다. 목숨이 여섯 개밖에 남지 않았다고 달리 표현할 수도 있다.

결국 걸으면서 잠을 자는 데 적합할 것 같은 나무를 찾기로 했다.

솔직히 걷기만 한다면 밤이 더 안전할 테니 낮에는 자고 밤에는 걷기로 계획을 조정하고 싶었다.

현재 시각이 19시이니, 20시 정도에서 새벽 2시까지 잔 뒤에―.

나는 계획을 대강 세운 뒤 적당해 보이는 나무에 기어올랐다. 그러고는 나뭇가지에 걸터앉아 줄기에 몸을 기댔다. 잠에 깊이 빠져든 동안에 떨어지면 죽을 우려가 있기에 큰마음을 먹고 크리스털 두 개를 써서 로프와 교환했다. 로프는 얇은 삼끈이었다. 그럭저럭 튼튼해 보였다.

그걸로 몸을 간단히 동여맸다. 이로써 떨어질 염려는 없겠지.

일단 다크니스 포그로 주변을 은폐하고서 눈을 감았다. 술식의 유효 시간이 대략 10분쯤이지만 아무 것도 안 하는 것보다야 낫겠지.

"……잠이 안 와."

결론부터 말하자면 잠을 잘 수가 없었다. 몸은 피곤하건만 한동안 꾸벅꾸벅 졸다가 눈이 떠졌다. 역시 나무 위에서 자는 건 현실에 맞지 않았나?

현재 시각은 23시. 그래도 네 시간쯤 쉬었다.

하늘에는 달이 휘영청 빛나고 있었다. 달빛이 숲속으로 새어들면서 환상적인 풍경을 만들어냈다.

주변 환경을 보니 어둠의 주인도 아마 나타나지 않을 것이다.

"걸을까."

지도를 확인하니 300킬로미터쯤 남았다.

어영부영 43킬로미터나 걸어왔다. 풀 마라톤 1회 거리다.

"다크니스 포그."

어둠을 두르고서 걸었다. 어디에 무슨 위험이 도사릴지 알 수 없어서 술식을 최대한 쓰고 있다. 위험한 생명체와 한동안 맞닥뜨리지 않아서인지 경계심이 점점 느슨해지고 있음을 자각했다. 그 거대 원숭이 같은 화려한 위협만이 위험의 전부는 아니다.

어디서 화살이 날아올지도 모른다. 마물 무리와 맞닥뜨릴지도 모른다. 깊이를 알 수 없는 늪에 빠질지도 모른다. 독초에 스쳐 피부가 썩어들어 갈지도 모른다. 군대 개미들에게 산 채로 물어 뜯길지도 모른다. 갑자기 나타난 절벽 너머로 발을 헛디딜지도 모른다.

가능성은 얼마든지 있다. 이곳은 낯선 땅, 낯선 세계. 뭐가 있는지 전혀 모른다.

"……그렇긴 한데, 마물이 통…… 안 나오네."

출현하지 않는 게 당연한데도 아무 것도 나오질 않아서 되레 불안감만 커져갔다.

그 거대 원숭이 같은 강대한 마물과 또 조우하지 않을까 불안했다.

그렇다고 해서 발을 멈추지는 않을 테지만.

"보름달……인가. 달의 변화는 지구랑 동일한가?"

「신」이 『지구와 흡사한 세계』라고 했다. 적어도 다른 세계에서 온 우리 「전이자」가 어느 정도 생존할 수 있을 만큼 비슷하겠지.

기온이나 대기 성분, 중력은 말할 것도 없고, 달조차도(그리고 아마도 태양도) 크기가 동일한 듯했다. 또 다른 지구라고 할 수 있을 만큼 환경이 흡사했다.

물론 전이자들을 이 세계로 보내면서 육체를 개조했을 가능성은 있다. 스킬이나 기프트, 스테이터스 보드도 그렇다. 이것들은 지구에서는 상상할 수 없는 은혜다. 『지구에 살았던 나』와 『이 세계에 사는 내』가 동일인물인지 솔직히 의심스러울 지경이었다.

"다크니스 포그."

말 한 마디에 깊은 어둠을 더욱 깊은 어둠이 뒤덮어갔다. 이런 조화를 부릴 수 있는 이유가 「세계」에 있을까? 아니면 「개인」에게 있을까? 아마도 양쪽 모두일 테지만, 어쨌든 나 자신이 정령력을 다룰 수 있는 존재로 탈바꿈했다고 받아들이는 편이 자연스럽겠지.

어둠 속을 걸었다. 소리조차 차단하는 이 어둠의 안개 속에 있으니 마치 꿈속을 걷는 듯했다. 어느 순간에 마물에게 잡혀먹을지도 모른다는 현실이야말로 꿈처럼 느껴졌다.

'감각이 마비되기 시작했어……. 이 이상한 사태에…….'

그러나 나는 아직 살아 있다. 그 「힌트」는 더할 나위 없이 유효한 「생존을 위한 실마리」였다. 아마도 「신」 입장에서도 전이자가 금세 죽어버리면 재미가 없을 것이리라.

이 숲에는 확실히 밤에 행동하는 마물이 적은 듯했다. 지금은 그저 부적처럼 어둠의 마법을 쓰고 있을 뿐이었다. 거대 원숭이를 만난 이후로 거의 아무 위험 없이 걸었다.

물론 그저 운이 좋았을 뿐일 가능성도 있지만…….

그런 생각을 하면서 계속 걸어가다 보니, 달빛이 환상적으로 새어 드는 숲속에서 빛을 희미하게 발하는 지점이 있었다. 달빛을 반사한 게 아니라 자체로 발광하고 있는 것 같은 빛이었다. 파직파직 빛나는 것이 마치 막대불꽃을 보는 듯했다.

"뭐지……? 반딧불……?"

하지만 다가가보니 아니었다.

"꽃……?"

커다란 나무 옆에 딱 하나. 하나의 줄기에 각각 파랗고 하얀 두 송이의 꽃들이 피어 있었다.

그리고 그 꽃이 신기한 빛을 발했다.

"……이런 꽃이 낮에 있었던가?"

어디선가 마물이 튀어나올지도 모르니 바짝 긴장하면서 주변을 꽤 예의주시하며 걸어왔다. 그러나 이런 꽃을 본 기억이 없었다. 이 꽃은 밤에만 피나?

"빛나는 꽃이라……. 꺾어두면 나중에 팔 수 있으려나."

숲을 무사히 빠져나간다고 쳐도 앞으로 생활을 꾸려나갈 생각을 하니 기분이 암담할 따름이었다. 포인트는 결계석으로 교환하는 데다 써버릴 게 뻔하고, 무일푼에다가 무기도 없었다.

그걸 생각하니 이 숲에서라도 생활에 보탬이 될 만한 것들을 챙겨 둘 필요가 있을지도 모르겠다. 결계석을 팔 수 있을지 모르겠지만, 몇 개나 남을지 감도 안 잡히니까.

……죽느냐 사느냐가 걸린 상황에서 그런 고민을 해본들 소용없을지도 모른다. 그러나 틈틈이 주울 수 있는 사물이라면 줍더라도 손해 볼 일은 없다.

"……근데 독이 있을까? 독 내성을 갖고 있더라도 몸 상태가 조금이라도 무너지면 궁지에 몰릴 수도 있으니 신중하게 갈까."

다행히도 토양이 부드러웠다. 주변에 떨어진 나뭇가지로 파서 캐냈다.

신기하게도 흙에서 뽑아냈는데도 꽃이 여전히 빛을 발했다. 덜덜 떨리는 손으로 꽃을 만진 그 순간―.

『축하합니다! 당신이 이세계 전이자 중 최초로 특급 레어 소재를 입수했습니다. 첫 달성 보너스로 3포인트를 부여합니다.』

갑자기 목소리가 머릿속에 울렸다.

"깜짝이야……. 심장이 멎는 줄 알았네……."

목소리가 느닷없이 들리면 심장에 좋지 않다. 하물며 이런 한밤중 숲속에서는 더더욱.

스테이터스 화면을 여니 3포인트가 늘어났다. 아마도 이 꽃이 「특급 레어 소재」라서 특수한 보너스가 발생한 듯했다. 사전에 이런 보너스가 있음을 듣지 못했으니 숨겨진 요소라고 봐야 할까?

"3포인트……. 진짜로……?! 크리스털이 아니고?!"

이런 식으로 포인트가 늘어날 줄은 상상조차 못했다.

크리스털로 치면 90개 분량이었다. 아주 경품이 호화로웠다.

어쨌든 3포인트는 무척이나 컸다. 지금 나에게는 목숨 그 자체라고 할 수 있다.

예상치 못하게 3포인트를 얻은 건 좋지만, 이 꽃이 무엇인지 모르겠다. 특급 레어 소재라고 하니 어떤 효과가 있는 게 분명했다. 이 효과가 유용하다면 다행이겠지만, 어쩌면 해를 끼칠 가능성도 있다.

'생각하고 싶진 않지만, 마물을 끌어들일 수도 있으니까.'

나는 크리스털 한 개를 소비하여 『아이템 감정』을 쓰기로 했다.

아이템 감정을 통해 정보를 얼마나 얻을 수 있을지 시험해보자는 목적도 있다. 미래를 생각한다면 이 투자는 반드시 필요했다. 스테이터스 화면에서 아이템 감정을 선택하고, 크리스털 한 개를 사용해보았다.

『창월은사초(蒼月銀砂草) : (통상) 깊은 숲에 보름달이 떴을 때만 출현하는 쌍둥이바람꽃. 하얗게 빛나서 어둠 속에서도 눈에 잘 띄는 편이다. 하지만 정령력이 국지적으로 변화해야만 발생하기에, 발견하는 것 자체가 지극히 어렵다. 정령력으로 인해 빛을 발하는 성질이 있다. 땅에서 뽑아내더라도 시들지 않고, 불사의 상징으로서 호사가들 사이에서 고가에 거래된다. 흐트러진 정령력을 가다듬는 효능이 있으며, 뿌리를 달여서 먹으면 정령골계색실조성 마비(精靈骨繫索失調性痲痺)에 특효약이 된다. 특급 레어 소재.』

즉, 약재로 쓰이는 진귀한 풀인 것 같았다. 시들지 않을 뿐더러 값이 꽤 나가는 모양이다.

나는 셔츠 소매로 가공한 자루에 꽃도 넣었다.

산고스구리는 이미 다 먹어버렸기에, 틈날 때 다시 조달해야만 했다.

"엇, 구사할 수 있는 술식이 늘었어!"

어둠의 정령술을 쓰면서 이동해서인지 정령술의 숙련도가 꾸준히 올라갔다. 결계 안에서 썼을 때보다 상승 속도가 느리긴 하지만, 위계가 올라갔기에 상승률이 떨어진 것이라 생각했다.

【어둠의 정령술】

제1위계 술식

· 암견(闇見)【나이트 비전】숙련도 66

· 암화(闇化)【섀도 러너】숙련도 87

· 암허(闇虛)【셰이드 시프트】숙련도 0

· 암납(闇納)【섀도 백】숙련도 0

제3위계 술식

· 암현(闇顯)【다크니스 포그】숙련도 66

새로운 술식「암허」와「암납」을 쓸 수 있게 됐다.

"셰이드 시프트……는 잘 모르겠지만……. 섀도 백……. 백이라고!"

술식을 탭해 설명을 보자, 섀도 백은 말 그대로 자신의 그림자에 물건을 수납할 수 있는 술식인 것 같았다. 두 손으로 짐을 든 채로 계속 걸어서 두 팔이 저려오는 상황에, 진심으로 구세주라고 해도 과언이 아닌 술식이었다.

"섀도 백!"

내 그림자에 입구가 열렸다.

시험 삼아서 근처에 굴러다니는 돌을 넣어봤더니 슥 빨려들어갔다. 섀도 백에 무언가가 들어있다는 게 어쩐지 느껴졌다. 그림자에 손을 집어넣으면 내용물을 꺼낼 수 있는 듯했다.

나는 돌을 빼낸 뒤에 줄곧 들고 다녔던 정령석 세 개와 로프, 어제 딴 꽃을 섀도 백 안에 집어넣었다. 용량은 보스턴백 하나 정도. 지금 내 처지에는 차고 넘칠 정도였다.

"근데 이거, 정령력이 얼마나 소비되는 거야……?"

정령력을 한계를 넘어 과도하게 사용하면 의식을 갑자기 잃을 수 있으니 항상 주의할 필요가 있다.

섀도 백은 아마도 상시 유지할 수 있는 술식일 것이리라. 그렇지 않다면 굳이 이런 술식이 있을 이유가 없다.

"……으음~."

미묘하게…… 아주 조금이지만 정령력이 계속 소모되는 것 같은…… 느낌이 들었다. 다크니스 포그를 썼을 때처럼 확 줄어드는 느낌은 아니지만, 가끔씩 줄어드는 것 같다고 해야 할까…….

"아직은 정령력에 대해서 가늠하긴 어렵네……."

어디까지나 「느낌」이었다. 피로를 정량화할 수 없듯, 정령력 감소도 구체적으로 확인하기 어려웠다.

「왠지 줄어든 것 같다」거나, 「왠지 원래대로 돌아간 것 같다」 정도의 인식에 불과했다.

도시로 나가 잘 아는 사람에게 물어본다면 정령력을 확인할 수 있는 다른 방법이 있을지도 모르겠다.

어쨌든 지금은 섀도 백을 계속 유지할 수 있을 것 같았다.

"셰이드 시프트도 시험해볼까. 설명을 봐도 잘 모르겠으니."

설명은 이랬다.

『당신의 바로 옆에 그림자 분신이 출현한다. 밝은 곳에서는 효과가 줄어든다.』

—너무 대략적이었다.

뭐, 술식 사용법을 알아서 깨우치거나, 도시에서 설명을 들으라는 의도일지도 모르겠지만…….

"셰이드 시프트! ……오오!"

설명만 봤을 때는 무척이나 수수할 것 같았는데, 나와 닮은 그림자로 된 분신이 출현했다. 만질 수는 없고, 그저 눈에 보이기만 했다. 그러나 상대를 현혹하기에 충분할 것 같았다. 그림자로 만들어졌다고 해도 완전히 검은색이 아니라 어렴풋하게 음영이 져 있어서 입체감이 느껴졌다. 환한 곳에서는 가짜임이 바로 들통 나겠지만, 어두운 곳에서는 어느 쪽이 본체인지 구분하기 어려울지도 모르겠다. 위계가 올라가면 정밀도가 더욱 상승하겠지.

"드디어 전투할 때 써먹을 수 있을 것 같은 녀석이 나왔구나. 줄곧 보조적인 기술들만 나왔는데……."

당장 싸울 예정은 없지만, 전투 수단이 있으면 마음이 든든해진다.

정령력에 여유가 있다면 이 술식도 숙련도를 올려나가야겠어.

섀도 백 덕분에 두 손이 자유로워졌다. 더욱이 도중에 발견한 것들을 집어넣을 수 있게 돼서 이동이 조금 즐거워졌다.

이 세계의 특징인지, 아니면 사람의 손을 타지 않은 숲이라서인지 곰곰이 살펴보니 먹을 수 있을 것 같은 것들이 꽤 보였다.

마음에 여유가 조금 생겼다. 정령술 레벨도 순조롭게 오르고 있고, 위험한 생명체와도 만나지 않았기 때문이었다. 분명 어떻게든 될 거야. 섀도 백도 입수했고, 포인트도 아직 여유가 있다.

……그래서 내 몸 상태를 미처 눈치채지 못했다.

피로와 수면 부족—. 정령력이 부족하다는 느낌은 없었지만, 육체

변화를 알아차리지 못했다.

─헉 헉.

─헉 헉 헉.

"……윽?! 커헉! 뭐, 뭐야?! 으앗!!"

거대한 개가 내 팔을 덥석 물었다.

짐승 냄새가 코에 들러붙었다. 더러운 어금니가 피부 속으로 파고
들어 마냥 뜨겁기만 했다.

어떻게, 언제? 왜 이렇게 됐는지 이해가 안 됐다.

재빨리 뿌리치려고 했지만, 개는 엄청난 힘으로 팔을 뜯어낼 기세
로 고개를 휘저으며 저항했다.

"큭, 다크니스 포그!"

주변에도 대형견 여러 마리─ 아니, 늑대들이 있음을 확인하고서
곧바로 술식을 영창했다.

내 팔을 문 늑대가 순간 움츠렸지만, 팔을 놓을 생각은 없는 듯했다.

그래도 주변에 있는 늑대들을 견제하는 데엔 성공했는지, 다른 늑
대는 다크니스 포그 범위 밖으로 달아나 어둠의 바깥에서 상황을
이리저리 살폈다.

깨물린 쪽의 팔이 타오를 듯 뜨거웠다.

눈앞의 짐승은 늑대였다. 잿빛 털이 뒤덮인 곰처럼 거대한 늑대.

아무래도 나는 피로와 수면 부족으로 정신을 잃었던 모양이다. 그
렇지 않고서는 설명이 되질 않았다.

"이거 놔! 이 자식이……!"

멀쩡한 쪽의 팔로 늑대를 때려봤지만 효과가 전혀 없었다.

늑대는 크고 힘도 강해, 내 주먹이 털끝만큼도 통하지 않는 듯했다.

오히려 늑대가 침착하게 나를 어둠 밖으로 질질 끌어내리려고 했다.

"헉, 헉, 헉……! 빌어먹을……!"

별안간에 습격을 당한 바람에 나도 모르게 냉정함을 잃었다.

무기도 없고, 경험도 없고, 체력도 없었다.

하다못해 어둠의 정령술에 공격 수단이 있었더라면 지근거리에서 공격할 수 있었을 텐데……!

"그, 그래! 결계석……!"

나는 30미터쯤 질질 끌려간 뒤에야 비로소 결계석의 존재를 떠올렸다.

그러나 줄곧 쥐고 있던 결계석을 어딘가에 떨어뜨렸는지, 내 손 안은 텅 비어 있었다.

급히 주변을 둘러봤지만 보이질 않았다. 그러는 사이에도 나는 점점 밖으로 끌려 나갔다.

"큭……! 젠장……!"

이런 상황에서도 스테이터스 보드를 열 수 있었다. 나는 새로운 결계석을 교환한 뒤에 즉석에서 깼다.

그 순간 돌을 기점으로 얇은 막으로 된 결계가 전개됐다.

"끄아아아아아아악……!"

그러자 늑대와, 늑대가 깨물고 있던 내 팔의 살점마저 결계 밖으로 튕겨졌다. 내 왼쪽 상완부에 뼈가 그대로 드러났다. 아무리 봐도 움직이긴 어려운 상태였다.

감각은 진즉에 소실됐다. 온몸에서 식은땀이 줄줄 흘렀다.

응급조치를 하지 않으면 팔 하나를 잃는 것으로 끝나지 않는다.

머지않아— 죽는다.

피가 쉴 새 없이 흐르면서 매초마다 생명이 깎여나갔다.

"크, 큰일이다. 실화냐고……! 미치겠네—."

어떻게든 해야만 한다. 지금 당장.

나는 스테이터스 보드의 아이템 란을 고속으로 슬라이드했다.

세차게 뛰는 심장 박동에 맞추어 팔에서 혈액이 흘러넘쳐, 대지를
검붉게 물들여갔다.

시야가 급속도로 좁아졌다.

"헉! 헉! 헉!"

땀범벅, 피범벅이 된 채로 나는 겨우 찾아낸 그 아이템을 떨리는
손가락으로 탭했다.

『치유의 스크롤 (대) – 3포인트』

설명문을 읽을 여유도 없었다. 스테이터스 보드로부터 스크롤이
튀어나왔다.

나는 마지막 힘을 쥐어짜내어 봉인을 뜯었다.

제대로 사용한 게 맞는지 불안했지만, 봉인을 뜯은 순간 효과가
발생하는 아이템인 듯했다. 푸르스름한 불꽃과 함께 두루마리가 소
멸하더니, 부드러운 빛이 내 몸을 감쌌다.

"오……오오……."

나는 뼈까지 다 드러난 팔이 꾸물꾸물, 그러나 확실하게 원래 상
태로 복구되는 광경을 숨을 삼키며 지켜봤다.

완전히 나을 수 있을지 불안했다. 3포인트짜리 스크롤이니 이토록 심한 부상은 어려울지도 모른다— 그러나 그 걱정은 기우였다. 생각해보니 마물이 존재하는 세계의 「회복 아이템」이다. 외상을 극적으로 치료하지 못한다는 건 이치에 어긋난다.

다행이게도 몇 분이 지나자 전부 원 상태로 돌아왔다. 통증은커녕 피를 많이 흘렸는데도 빈혈조차 느껴지지 않았다. 무시무시한 효과였다.

"하, 하하……. 뭐야. 이럴 줄 알았으면 2포인트짜리 스크롤도 괜찮았을지도……?"

마음에 여유가 생긴 나는 그제서야 스크롤 설명을 찬찬히 확인해봤다. 1포인트짜리 「소」로는 베인 상처를 회복할 수 있고, 2포인트짜리 「중」으로는 골절이나 깊은 상처를 회복할 수 있다. 3포인트짜리 「대」로는 신체 결손마저 회복한다.

이미 끝난 일이지만, (중) 스크롤로 이 부상을 치료할 수 있었을지 판단하기가 어려웠다. 팔의 살점이 절반이나 뜯겼고, 기능을 완전히 상실한 상태였다. 2포인트짜리 스크롤로 효과를 보지 못했을 때를 고려해본다면 (대) 스크롤을 선택한 게 정답인가?

"하아……. 근데…… 맥이 다 빠지네."

빛나는 풀을 채집하여 입수했던 3포인트를 순식간에 소비해버렸다. 숲을 빠져나가려면 상당한 거리를 더 걸어가야만 할뿐더러, 늑대들까지 득실댔다.

결계 너머에서는 늑대들이 아직도 땅바닥을 쿵쿵거리며 어슬렁거렸다.

진짜 늑대는 살면서 처음 봤다. 개와는 달리 체격이 컸다. 지난번 거대 원숭이와 맞닥뜨렸던 때만큼 절망스럽지는 않지만, 대적할 수 없다는 의미에서는 매한가지였다. 더욱이 녀석들은 떼를 지어 움직이는지 시야에 여덟 마리나 보였다.

거기에 나에겐 5포인트밖에 남지 않았다. 결계석과 치유의 스크롤을 획득하는 데 4포인트나 써버렸다.

"하, 하하…… 이제 될 대로 되라며 운명에 맡길 수밖에 없겠네."

숲을 빠져나가려면 아직도 수백 킬로미터나 더 걸어야만 했다. 이런 내 처지에 포인트는 목숨의 숫자나 마찬가지였다. 5포인트는 절망적인 숫자라고 할 수 있다.

"……잠이나 잘까."

결계가 발동 중일 때는 휴식 시간이라고 육체가 학습한 것인지, 급격히 졸음이 쏟아졌다. 상처가 급속도로 나은 반동인지, 아니면 단순히 스크롤로 체력까지는 되돌리지 못하는 건지는 잘 모르겠다.

어쨌든 지금은 자는 수밖에 없었다. 수면 부족이 이 사태를 초래한 게 틀림없으니까.

나는 타이머를 설정해두고서 그 자리에 벌러덩 드러누웠다.

일어났을 때 늑대들이 사라지기를 기대하고서.

"아직 있잖아……."

일곱 시간 후, 나는 눈을 떴다. 늑대들은 아직도 어슬렁거리고 있었다.

 결계 안에 있는 내 모습이 보이지 않을 터이지만, 내 고기를 조금 맛본 것으로 인간의 맛을 깨달았는지, 아니면 원래부터 근성이 끈질긴 편인지는 모르겠다. 어쨌든 결심할 할 필요가 있을 듯했다.

 크리스털 한 개를 사용하여 늑대에 대한 정보를 획득했다.

『링그필 늑대 : (통상체) 링그필 대륙 전역에 분포하는 늑대. 무리를 지어 행동하고, 대형 괴물을 사냥하기도 한다. 작은 동물이 주식이지만 잡식성이 진행됐는지 나무 열매 등도 먹는다. 보통은 여덟 마리에서 스무 마리가 한 무리를 이루는데, 때로는 쉰 마리가 넘는 경우도 있다. 괴물체가 된 개체는 자신의 무리마저 먹어치운 뒤 다른 괴물에게 죽임을 당한다. 드물게 섬멸 포식자가 된다. 해당 개체는 통상체. 정령석 출현 확률은 물 30%, 무구 70%.』

 "지난번 거대 원숭이 때도 나왔었지.『괴물』이란 건 대체 뭐야…….”
 이 수수께끼의 단어를 안다는 전제에서 쓰인 설명문이라 의미가 잘 와닿지 않았지만, 요컨대 늑대라는 소리였다.

 특히「대형」이라고 적히지 않은 것으로 보아 저 크기가 일반적일 것이다. 그 거대 원숭이처럼 4미터가 족히 넘는 생물도 있을 정도니 조금 큰 늑대는「보통」범주에 들어갈지도 모르겠다.

 나는 일어서서 결계 범위 안에서 주변을 확인했다.
 "……보이는 범위에는 없나.”
 최우선 사항으로는 떨어뜨렸던 결계석을 회수해야만 했다. 그건 애지중지하던 1포인트로 교환했고, 이 근처에 떨어져 있을 것이다. 결계석 효과 시간이 아직 남아 있으니까 당연히 밖으로 나가지는 않겠지만, 어떻게 행동할지 결정해둬야만 했다.

결계석을 쓴 시각은 아침 8시였다.

언제부터 정신을 잃었는지 모르겠지만, 동이 틀 때까지 걸었던 기억이 남아 있었다. 다시 말해 새벽에 기절해서 여덟 시간 전에 습격당한 거겠지. 늑대들이 아침밥을 구하려고 왔을지도 모르겠다.

그리고 지금은 오후 세 시가 지났다. 결계석 유효 시간이 열두 시간이니, 밤 여덟 시까지는 버틸 수 있다.

"밤이 되면 빠져나갈 수 있을까……?"

늑대들이 나처럼 낮 동안에 자고 있었을 것 같지 않았다. 24시간 행동할 수 있을 리도 없거니와, 해가 지면 둥지로 돌아갈 터이다. 습격 받았을 때도 늑대들이 다크니스 포그 안으로 들어오지 못했으니 어떻게든 되겠지……. 분명히 그「힌트」도 아직 유효할 것이다.

나는 시간이 허락하는 동안, 어둠의 정령술을 연습했다.

결계 안에서 다크니스 포그를 쓰다가「어둠의 대정령」이 또 출현하기라도 하면 무서우니, 어둠이 지나치게 농밀해지지 않을 것으로 보이는 섀도 러너와 셰이드 시프트를 주로 연습했다.

그러는 사이에 해질녘이 됐다. 다행히 예상대로 늑대들은 어디론가 가버렸다.

밤 여덟 시.

결계가 풀린 뒤에 주변을 수색하다 떨어뜨렸던 결계석을 발견했다. 그러고 나서 나는 어둠을 두른 채 걸어 나갔다.

역시 밤에 행동하는 생물이 적어서인지 순조롭게 걸을 수 있었다. 몇 시간마다 한 번 정도는 산고스구리 군락지를 발견해, 식량도 문제가 없었다.

전투 기술이 있으면 커다란 다람쥐나 새 따윌 사냥할 수 있을지도 모르겠다. 그러나 현재는 무리였다. 뭐, 배부른 소리를 하고 있을 상황이 아니긴 했다.

그로부터 시청자수가 매일 꾸준히 6억 명을 유지하는 상황이 이어졌다.

믿기지 않는 숫자였다. 이런 게 가능할까?

나는 이렇게 어둠에 숨어들어 걷고 있을 뿐이었다. 마물과 맞닥뜨리긴 했어도 거대 원숭이와 늑대뿐이었다. 더욱이 싸우지 않고 그저 결계 안에 틀어박히기만 했다.

6억 명이나 되는 시청자들을 끌어들일 만한 요소가 도저히 보이지 않았다.

굳이 가능성을 꼽자면 느닷없이 나타난 전이자가 삶과 죽음의 갈림길에서 허덕이는 모습을 즐기고 있다든가, 혹은 필사적으로 발버둥치는 모습을 보며 응원해주고 있다든가.

다른 전이자들은 어떻게 하고 있을까. 정작 전이자가 얻을 수 있는 정보는 너무 적었다.

아, 그러고 보니 『누계 시청자수 20억 명 돌파』도 달성했다.

전이자는 1000명이나 있고, 한 사람이 볼 수 있는 인원수에는 한계가 있다.

즉, 아무리 생각해도 나는 상위권······. 사람들이 꽤나 주목하는 편에 속한다고 봐야겠지.

"지금도 화면 너머에서 날 지켜보는 사람이 있겠지······."

6억 명이나 되는 사람들이 나를 보고 있다는 게 상상이 잘 되질 않았다.

아니, 그야 당연한가. 살아남기에 급급해서 다른 생각은 애써 피하고 있기도 했다.

그러나 이렇게 한밤중에 홀로 걷고 있으면 불현듯 잡생각이 떠오르는 법이었다.

"다들······ 어떻게 보내고 있으려나······."

부모님과 두 여동생을 생각했다. 지금 내가 이러는 광경을 가슴 졸이면서 보고 있을까?

달이 밝은 밤이었다.

보름달에서 조금 이지러졌지만, 그래도 달빛은 밤이 깔린 숲을 부드럽게 비추고 있었다.

나는 조금 환한 곳을 발견하여 멈춰 섰다.

이 광경을 어떻게 방송하는지 모르겠다. 카메라 같은 건 어디에도 보이지 않았다. 혹시 저 머나먼 상공에서 초 망원으로 촬영하고 있을까?

그러니 이 목소리가 닿을지는 모르겠다. 그래도 전해두고 싶었다.

"······아빠, 엄마, 세리카, 카렌. 제 자신도······ 왜 이런 신세가 됐는지 모르겠는데, 어떻게든······ 살아가고 있어요. 제가 여기 온 건 사고 같지만······ 돌아갈 수 있을지 없을지, 모르겠지만, 되도록 살아서 돌아가고 싶어요."

허공을 향해 메시지를 전하는 건 난생 처음 겪는 경험인지라 횡설
수설하고 말았다.

나나미와 함께 살해당했다는 것, 범인의 정체 등 여러모로 하고
싶은 말들이 있을 텐데도 일방적인 방식으로 어떻게 전해야 좋을지
모르겠다.

"나나미도 여기로 왔을 테니 찾아 합류해서……. 그 뒷일은 모르
겠지만, 아마도 어떻게든 될 테니, 걱정하지 말아요. 지금, 숲에서
나가는 데 시간이 좀 걸릴 것 같지만 괜찮아요. 포인트도 남았고,
밤에 이동하면 별로 위험하진 않은 것 같으니까."

허세였다. 여동생들이 보고 있다고 생각하니 약한 소리만 내뱉을
수 없었다.

사실은 울고 싶었다. 식구들에게 얘기하고 있다는 그 사실이 마음
의 약한 부분을 자극했다.

실은 나나미도 어떻게 됐는지 모르겠다.

어쩌면 그대로 죽어버렸을 수도 있다.

아저씨와 아줌마도 그 남자에게 살해당했을 수도 있다.

다른 전이자도 모른다.

나 말고는 전부 죽어서 다들 나를 보고 있는지도 모른다.

이 세계에 대해서도 모른다.

황폐한 도시밖에 없는 죽음의 세계일지도 모른다.

나는 이런 숲속에서 이세계에 오직 나 혼자밖에 없을지도 모른다
는 불안감에 시달렸다.

그래서였을까. 나와 나나미를 죽였던 가해자도 생각조차 하지 않았다.

아는 게 무엇 하나 없었다. 알아낼 수단도 없었다.

내가 할 수 있는 일이라고는 그저 가족에게 일방적인 메시지를 보내는 것뿐이었다.

"이 메시지도…… 닿을지 어떨지 도무지 알 수 없고…… 모두들, 날 보고 있는지도 모르겠고. 그래도 시청자들이 많아 유용한 크리스털을 받을 수 있으니 고마워요. ……감사합니다."

나도 내가 무슨 말을 하는지 모르겠다. 나는 이른바 음침 캐릭터라서 수많은 사람들에게 말하는 건 젬병이었다. 내 의견을 말하는 것도, 내 자신의 이야기를 들려주는 것도.

불현듯 눈물이 왈칵 솟아서 나는 다크니스 포그를 발동하여 어둠에 숨어들었다.

나는 혼자가 아니다. 그렇게 믿으면 살아갈 기력이 용솟음칠 것 같았다.

2: 지구의 무명 씨
지금까지 알아낸 것.
· 전이 할 때 나이를 조작할 수
있다.
· 특수한 스킬을 획득하려면 그
에 상응하는 높은 포인트가 요구
된다.
· 스킬은 육체와 마법에 관한 버
프가 대부분.
· 포인트 교환 아이템은 효과가
뛰어남.
· 3p짜리 스크롤은 육체 결손조
차 복구가 가능.
· 마법은 불, 바람, 땅, 물, 빛,
어둠 속성 마법(각각 10p)이나
회복 마법(50p).
· 전이 장소는 완전 랜덤이 기본
설정. 안전한 장소를 선택하면
30p나 뜯겨서 무작위를 선택한
전이자들이 속출했고, 대부분은

사망.
· 초기 아이템 세트 내용물은
17p에 상당한다.
· 불리한 요소는 포인트가 대폭
플러스. 상세한 내용은 밝혀지
지 않았지만, 아이나 반려동물
을 데리고 온 사람은 이 불리한
요소를 선택한 모양.
상세한 내용은 다른 사이트에서.
(링크)

4: 지구의 무명 씨
전이자가 플립보드로 다양하게
설명해줘서 좋네. 이제 번역만
진행되면 될 듯.

6: 지구의 무명 씨
이세계 언어를 습득하지 않았던
전이자가 극도로 과묵했으니 말
이야. 그 사람이 전이 시 상황을

설명해줬더라면 아무도 고생하
지 않았을 텐데.

9: 지구의 무명 씨
완전 과묵한데다 제멋대로 자급
자족 스타트를 했다가 끌려가 버
린 걸 보면 흔히 말하는 사회부
적응자일지도?

11: 지구의 무명 씨
자동 번역 기능이 전이자가 쓴
글에도 적용될 줄이야. 큰 함정
이었죠. 게다가 본인은 모국어
로 썼다고 하더라고요. 뭐, 그래
도 플립보드를 이용하여 설명해
준 덕분에 숫자를 금세 번역할
수 있었지만.

42: 지구의 무명 씨
야, 번역 소프트α판이 공개됐대!

45: 지구의 무명 씨
너무 빠른 거 아냐?!

46: 지구의 무명 씨
이세계 언어는 여러 종류라면서?

48: 지구의 무명 씨
성명문에 따르면 신이 나타난 다
음 날부터 프로젝트를 시작했다
나봐.

50: 지구의 무명 씨
그 다음 날부터라니……. 프로젝
트란 게 그렇게 금방 시작할 수
있던가……?

51: 지구의 무명 씨
그거, 지인이 참가했었는데 두
일본인 위저드가 활약한 덕분에
순식간에 완성했대.

52: 지구의 무명 씨
뭐야, 일본인 위저드라니. 그 나
라에는 마법사라도 있어?

54: 지구의 무명 씨
뛰어난 프로그래머라는 거겠지.
근데 번역이랑 프로그램이 관계
있어?

56: 지구의 무명 씨
맞아, 링그필 대륙어뿐이지만.

57: 지구의 무명 씨
발표회를 인터넷으로 하겠대.

58: 지구의 무명 씨
어디 보자, 두 시간 뒤인가?

299: 지구의 무명 씨
보고 왔어.
발표회, 자막이 들어가서 이해
가 잘 되던데.

301: 지구의 무명 씨
거기에 투자한 기업은 꽤나 벌
겠네.

304: 지구의 무명 씨
선발대들 수익은 헤아리지도 못
하겠네.
천벌이 있으니 해적판을 쓰는 건
위험하고.

310: 지구의 무명 씨
「개발하는 데 막대한 공헌을 해
준 Celica&Karen에게 감사를
표한다」고 하던데, 그게 전에 말
했던 일본인 위저드인가?

315: 지구의 무명 씨
무슨 기업이나 팀인가? Celica
&Karen은 들어본 적이 없는데.

320: 지구의 무명 씨
그 남자애 여동생이랑 이름 같지
않음?

321: 지구의 무명 씨
우와~. 요즘에는 번역도 AI를
쓰는구나.

324: 지구의 무명 씨
근데 아직 미완성인 것 같더라.
완벽하게 번역하기까진 시간이
상당히 걸릴 듯.

326: 지구의 무명 씨
그야 전이한 뒤로 아직 일주일하
고도 조금밖에 안 지났잖아? 단
어 샘플이 압도적으로 부족할 테
니 관용구 같은 게 섞이면 그야
말로 의미불명이지.

330: 지구의 무명 씨
고대어 번역이랑 달리 지구 단위
프로젝트라고 생각하면 이 속도
도 이해 못할 건 아니지.

333: 지구의 무명 씨
고대어는 몇 명이서 끙끙대는 이
미지니깐.

340: 지구의 무명 씨
의외로 지구의 언어와 비슷해서

난이도가 그렇게까지 높지 않았
다고 발표했는데, 대체 어떤 기
준으로…….

345: 지구의 무명 씨
고대어는 한정된 문자 정보만으
로 해독해야하니 이번 프로젝트
와는 비교가 안 되지.

350: 지구의 무명 씨
왜 링그필어부터 번역하기 시작
한 거지?

352: 지구의 무명 씨
모르겠지만, 구사자가 많아서
그런 게 아닐까?

355: 지구의 무명 씨
일본 유튜버인 이카킨이 링그필
쪽에 있는 것도 이유 중 하나겠
지. 그의 플립보드 덕분에 번역
이 얼마나 진척됐던지.

360: 지구의 무명 씨
샘플 번역이 몇 개 나왔는데 그
남자애의 독백을 선택했더라.

362: 지구의 무명 씨
진짜로? 일본에서는 폭동에 가
까운 소동이 벌어졌다고 하던
데, 잠재우려고 그러나?

364: 지구의 무명 씨
오히려 불에 기름만 붓는 꼴 같
은데.

367: 지구의 무명 씨
그냥 가족한테 보내는 메시지였
어.
내용은 별 거 없었어.

370: 지구의 무명 씨
여친 얘기는?

374: 지구의 무명 씨
언급하지 않았어. 근데 아무리 봐

도 개는 범인이 아닌 것 같은데?

377: 지구의 무명 씨
결국 범인은 밝혀지지 않았지
만, 일본인한텐 무죄추정주의도
통하지 않는 모양이야.

380: 지구의 무명 씨
그 소동을 누군가가 선동하지 않
았을까? 난 그 소년을 응원해.

382: 지구의 무명 씨
나 일본인인데, 보도 방식이 잘
못됐어.
완전히 그 사람이 범인인 것처럼
묘사하는 자극적인 보도만 마구
내보내더라고.

385: 지구의 무명 씨
소꿉친구를 죽이고서 그 사람은
이세계로 전이했다는 결과에만
중점을 두고 있는 것 같아. 전이
자의 권리가 옮겨지는지 어떤지

진실은 제쳐두고서 무조건 「그가 범인」이고, 법의 처벌로부터 달아난 게 문제라고 주장들을 하고 있지. 법이 응징할 수 없다면 자기네들이 응징하겠다며 씩씩거리고 있어……. 어쩌자는 건지 원.

400: 지구의 무명 씨
주제에서 슬슬 벗어나고 있어. 스킬 이야기나 하자.
번역 샘플로 「불리한 요소」에 관한 자세한 내용이 올라왔던데, 그거 믿어도 될까?

402: 지구의 무명 씨
「사랑스러운 자」라. 신도 악랄하네.

405: 지구의 무명 씨
아니, 기억 상실 쪽이 더 위험해.
전이자 중에 딱 한 명 기억이 없는 것처럼 행동하는 남자가 있는데, 설마……?

407: 지구의 무명 씨
독일인 말이지? 그걸 택했겠지.

410: 지구의 무명 씨
사랑스러운 자, 이거 완전 장난 아니지 않냐?
신이 사랑을 정량화한 거나 마찬가지라고.
복붙할게.
『가장 사랑하고 보호받아야만 하는 자를 이세계로 데려갈 수 있다. 12세 미만의 남녀, 혹은 동물이 해당된다. 또, 보호받아야만 하는 자는 포인트로 강화할 수 없으며 표준 이세계 언어 능력만 부여된다. 가산 포인트는 보호받아야만 하는 자의 연약한 정도 및 전이자의 애정치로 산출된다.』

413: 지구의 무명 씨
미치겠네. 신은 좀 더 아가페가 넘치는 존재 아니었냐고. 사랑을 포인트로 환산해버리는 건 역시 좀…….

415: 지구의 무명 씨
신이든 악마든 우주인이든 뭐든 상관없어.

418: 지구의 무명 씨
그야 자식을 데려가고 싶어 하는 전이자도 있을 것 같지만, 그래도 말이지…….

420: 지구의 무명 씨
사랑을 포인트로 수치화하다니, 역시 녀석은 악마나 비슷한 뭔가 아냐?

421: 지구의 무명 씨
과연 자비인건지 아닌지 알 수가 없네.

422: 지구의 무명 씨
어차피 각 종교의 신은 사람이 창작한 거잖아.
그나저나 다른 불리한 요소는?

430: 지구의 무명 씨
· 정령술 소질이 없다 : 30p 추가
· 기억 상실 : 50p 추가
· 먹보 : 50p 추가

434: 지구의 무명 씨
먹보를 택한 전이자라, 짐작 가는 사람이 있네.

436: 지구의 무명 씨
맥스는 틀림없지.

440: 지구의 무명 씨
기억 상실이 정말로 기억을 잃어버린다는 거라면 자살이나 마찬가지잖아?

446: 지구의 무명 씨
정령술 소질 없음을 과연 누가 선택할까?

모처럼 이세계에 갔는데 마법을 부리지 못한다니, 그런 강경한 선택을 하는 전이자는 없겠지.

447: 지구의 무명 씨
아니, 그것도 짐작 가는 사람이 있어…….

449: 지구의 무명 씨
나도 엄청난 파워를 지녔지만, 마법에는 전혀 흥미를 보이지 않는 여자애를 봤어…….

455: 지구의 무명 씨
자자, 잔느 이야기도 주제 이탈이네.

460: 지구의 무명 씨
특별한 스킬 쪽은?

461: 지구의 무명 씨
그쪽은 아직 번역이 안 나왔어. 아직 시간이 더 걸리든가, 아니

면 의도적으로 정보를 숨기고 있는 걸지도.

481: 지구의 무명 씨
그 세리카&카렌은 역시 쿠로세 히카루의 여동생이래.

484: 지구의 무명 씨
뭐? 거짓말이지?
히카루는 아직 청소년쯤으로 보이던데.
아니면 나이를 건드려서 젊어졌나?

490: 지구의 무명 씨
열두 살짜리 쌍둥이 여동생이 있대.

491: 지구의 무명 씨
애잖아?

494: 지구의 무명 씨
오빠와 관련하여 무슨 회견을 한

다나봐.
지금 일본 쪽 SNS에서 난리가
났어.

500: 지구의 무명 씨
번역 과정에 참여했다는 Celica
&Karen과는 다른 사람이겠지?
이름만 같은 거겠지. 난 안 속아.

505: 지구의 무명 씨
여동생들이 용기를 내서 회견을
한다니 어쨌든 봐보자.
난 히카루의 팬이야.

밤 동안에는 별 위험 없이 걸을 수 있었다.

남은 거리를 헤아려보면 숲을 빠져나가는 데 못해도 여드레는 필요했다.

그리고 남은 포인트는 5.

"아까까지 9포인트가 있었으니 낮에는 결계를 펼쳐두고서 자고, 밤에 걷는 과정을 반복했다면 탈출할 수 있었을까……?"

결국 나는 냉정하게 판단하지 못했다는 뜻이다.

결계석은 12시간 동안 유효하니 아침에 깨면 저녁까지는 유효하다.

"새삼스레 후회해본들 소용없나."

이미 지나가버린 일이다. 미련을 가져본들 아무 도움도 안 된다.

크리스털을 거의 사용하지 않았지만 그렇다고 많이 쌓이지도 않았다. 어차피 1포인트에 해당하는 30개까지는 모으지 못하겠지. 그렇다면 탈출을 목표로 크리스털을 쓰는 게 현실적이라는 생각이 든다.

현재 시각은 저녁 여섯 시. 어제는 밤새 걷다가 아침에 결계석을 깼다.

슬슬 날도 저물기 시작했다. 출발할 시간이었다.

낮 동안 크리스털로 교환할 수 있는 물건 중에 현실적으로 쓸 만한 아이템을 추려봤다.

「체력 회복 포션 ─ 크리스털 3개」

「스태미나 포션 ─ 크리스털 3개」

체력 회복 포션은 피로를 날리는 약인 듯했다. 에너지 드링크와 비슷하려나. 역시나 부작용은 없을 것 같지만……

스태미나 포션은 지구력을 늘려주는 듯했다. 이 역시 에너지 드링크와 비슷하지만, 크리스털을 세 개나 요구하니 실제로 효과가 강력할 것이다.

솔직히 체력 회복 포션과 스태미나 포션은 써먹을 만하다고 생각됐다. 크리스털은 식량과도 교환할 수 있고, 자질구레한 아이템도 입수할 수 있으니 귀중하다고 하면 귀중하지만, 틈틈이 두 포션과 교환하자고 마음먹었다.

현재 크리스털은 14개 남았다. 일단 스태미나 포션을 하나 교환했다.

화면을 탭하니 오렌지색 주스가 도자기 컵에 담겨 나왔다.

"설마 즉석에서 마시는 타입일 줄은……."

교환한 포션을 보관해둔다는 건 염두에 두지 않은 듯했다.

뭐, 다른 용기에 옮겨 담으면 될지도 모르겠지만 지금은 어쩔 도리가 없었다.

마셔 보니 맛이 꼭 오렌지 주스 같았다. 지구인의 입맛에 맞췄는지도 모르겠다. 어쨌든 단순히 입이 즐거워진다는 의미에서도 달가웠다.

지구력이 올라갔다는 자각은 없지만, 효과가 있길 믿어보자.

나는 결계를 해제하고서 다크니스 포그를 영창했다.

새카만 어둠 속. 나는 어둠에 섞여 달려나갔다. 그래봤자 잔달음질 수준이었다. 애당초 타고난 운동 신경이 있는 것도 아니기에 무리하게 달리다가 어딘가가 고장 날까 봐 무서웠다.

그래도 걷는 것보다는 거리를 벌 수 있겠지.

"—기필코 살아남는다. 살아서 이 숲을 빠져나가는 거야."

나는 어둠으로 변해 밤을 달렸다. 숲을 빠져나가기까지— 남은 거리는 260킬로미터.

순조로웠다. 나는 사흘 동안 밤마다 계속 달렸다.

스태미나 포션과 체력 회복 포션이 제 역할을 톡톡히 해줬다. 스태미나 포션을 마셔 한계까지 달렸고, 그 후에 체력 회복 포션을 마시고서 다시 한계까지 달렸다.

하루에 50킬로미터나 달린 날도 있었다. 낮에도 달릴까 했지만, 쉽지 않았다. 도중에 어디선가 꼭 마물이 나타났다. 마물은 결계석을 쓰면 알아서 자리를 떴지만, 밤이 아닌 시간대에 걷는 건 꽤 위험하고 무리였다. 등장하는 마물은 늑대뿐만이 아니었다. 그 불타는 거대 원숭이의 소형 버전 같은 마물도 나왔고, 묘하게 호전적인 사슴이 나온 적도 있었다.

거대 원숭이의 영역 안에서는 마물이 그토록 적었건만, 그 기억이 마치 거짓이었던 것처럼 숲에는 죽음이 넘쳐흘렀다.

곰곰이 보니 여기저기에 동물 뼈가 흩어져 있다. 반면, 근처에는 나무 열매와 과일이 잔뜩 열려 있다.

삶과 죽음이 공존하는 이 숲은 기묘했다. 혹은 이게 이세계의 모습인 걸까?

그리고 어느덧 마지막 포인트로 결계석을 교환하여 깨고, 나는 마지막으로 힘을 짜내어 숲을 질주했다.

남은 포인트도, 크리스털도 0.

만약에 이러고도 숲을 빠져나가지 못한다면 어떻게 해야 할지…….

"헉……! 헉……! 80킬로미터 남았구나……! 젠장!"

출구와 가까워질수록 숲은 더 깊어지고 초목들로 울창해졌다.

나무와 나무 사이가 좁고, 삐져나온 나뭇가지 때문에 대단히 달리기 어려웠다.

깊은 어둠 속에서는 마물에게 습격당할 우려가 거의 없었다. 이 숲에는 인간을 습격할 만한 야행성 동물이 거의 서식하지 않는 모양이다. 이따금씩 눈동자가 형형히 빛나는 고양이과 맹수에게 습격을 받을 뻔했지만, 다크니스 포그로 완벽하게 달아날 수 있었다.

어둠 속에서라면 나는 무적에 가까웠다. 그렇기에 이 밤에 탈출하고 싶었다.

그러고 싶었건만.

"날이 환해지고 있어……. 큰일났다……. 젠장……!"

아침 해가 매정하게 얼굴을 내밀며 숲에 선명한 빛깔을 입히기 시작했다. 서둘러 지도를 열었다. 남은 거리는 42킬로미터.

풀 마라톤 1회 분량이었다. 이 거리는 절망적이었다.

밤새 달렸기에, 당연히 피곤했다. 그러나 이제 자는 건 불가능하다.

앞으로 나아가는 수밖에 없다.

데일리 시청자수는 마침내 10억 명을 돌파했다. 내가 포인트를 모두 소진했음을 아는 거겠지.

다들 응원해주고 있을까? 아니면 내가 무참하게 죽는 광경을 잔뜩 기대하고 있을까?

10억 명에게는 10억 개의 마음이 있겠지만—.

데일리 시청자수 10억 명을 돌파하여 크리스털 세 개를 받았다.

바로 체력 회복 포션으로 교환하여 즉석에서 마셨다.

이제 나에게 남겨진 무기는 공격 능력이 전무한 어둠의 정령술과 이 빈약한 육체뿐이었다.

"다크니스 포그."

숲속에서도 최대한 어두운 곳을 골라서 달렸다.

여기까지 왔다. 절대로 죽고 싶지 않았다.

나나미와 재회하기 위해서라도. 가족을 위해서라도.

……그리고 응원해주고 있을 시청자들을 위해서라도.

"빌어먹을……! 너희들한테 절대로 안 먹힐 거야……!"

도중 늑대 무리를 발견했다. 다크니스 포그가 끊어지지 않도록 연속으로 사용하는 한편, 섀도 러너를 미끼로 상대의 시선을 끌면서 계속 달렸다.

"한 마리뿐이었다면 그나마 나았을 텐데……!"

저 무리는 처음에 만났던 녀석들과 다른 무리일까? 아니면 같은 무리일까? 그건 모르겠다.

한 가지 말할 수 있는 건, 저 녀석들은 덩치가 크고 빠르고 강력했다. 머릿수는 열다섯 마리 정도.

숫자를 정확히 헤아릴 만한 여유가 없었다. 어쨌든 도망칠 수 있을 만한 숫자가 아니라는 것만은 확실했다.

"다크니스 포그……!"

정령력이 고갈되는 느낌이 들었다.

온몸이 뜨거운 듯했다. 연속으로 더 사용하다가는 위험하다고 몸이 호소했다.

다행히도 늑대는 어둠 속으로 들어올 만큼 무모하지는 않은 듯했다. 다크니스 포그가 발동된 동안에는 그저 먼발치에서 상황을 엿보기만 했다. 다만 가깝지도, 멀지도 않은 거리를 계속 유지했다.

다크니스 포그의 숙련도가 또 100을 넘겨서 제4위계까지 올라갔다.

어둠은 더욱 깊어졌고 효과 범위도 넓어졌다. 술식의 효과도 4분쯤 지속되는 듯했다. 그러나 한 번에 고작 4분이다.

"다크니스 포그……!!"

술식이 끊어지는 짧은 틈새마다 상대의 눈엔 내 모습이 비쳤다.

그리고 녀석들은 그 짧은 빈틈마저 재빠르게 포착하여 나를 덮치려고 했다.

밤이었다면 이렇게까지 연속으로 사용할 필요는 없었다.

더욱이 섀도 러너를 쓸 일도 별로 없었을 테니 정령력에 여유가 있었겠지.

……아니, 아니지.

밤은 「어둠」이다. 그 말인즉슨, 어둠의 정령술을 쓸 때의 소모 정도가 다르다. 화창한 대낮에 어둠을 생성할 경우, 몸에 가해지는 부담이 밤보다 몇 배는 더 심하다— 그런 기분이 들었다.

지도를 확인할 여유는 없었지만, 아마도 아직 30킬로미터는 남았을 것이다.

아니, 30킬로미터는 가장 가까운 요새까지 남은 거리였던가? 그렇다면 숲을 빠져나가기까지 20킬로미터? 아니면 10킬로미터? 안타깝게도 세계 지도에는 그렇게 정밀한 정보까지는 담겨 있지 않았다.

"다크니스…… 포그……!"

빛 속을 가르는 어둠의 안개. 마치 질량을 가진 것 같은 어둠이 느닷없이 솟구치자, 주변을 마구 돌아다니던 늑대들도 감히 접근하지 못했다.

그러나 한계가 곧 가까워진다.

달리면서 스테이터스 보드를 확인했다. 크리스털 세 개가 들어왔다. 눈에 비친 이력을 힐끔 보니 『통산 시청자수 50억 명 달성』이라 적혀 있다. 곧장 정령력 회복 포션과 교환하여, 단숨에 비웠다. 몸에서 열기가 빠져나갔다.

"좋아……! 이젠……!"

달렸다. 숲을 빠져나갈 수 있는 방위로. 일직선으로.

다행히도 숲의 환경이 달리기 편하도록 점점 바뀌어갔다.

어쩌면 이 부근부터는 사람의 손을 탔는지도 모르겠다.

"다크니스 포그……!"

그로부터 얼마나 달렸을까? 체력은 이미 진즉에 한계였다.

옷은 위아래 모두 나뭇가지에 걸려 뜯어져 너덜너덜했다. 온몸도 죄다 긁혀서 피투성이였다.

그래도 살아 있다. 고통도 신경 쓰이지 않을 정도로 뇌가 달궈졌

다. 오직 지금과 미래의 삶을 손에 거머쥐기 위해 최대한 발버둥을
쳤다.

원래는 이렇게까지 달리지 못한다.

죽음이 눈앞에 아른거리면 사람은 숨겨진 힘을 발휘하는 모양이
었다.

……그러나 이제 한계였다.

숲은 아직도 이어지고 있다.

……아니. 빛이 보였다. 희미하게나마 숲 저편에 펼쳐진 초원이
보였다. 조금만 더. 조금만 더 가면.

……아니, 어느 쪽이든 마찬가지인가. 숲을 빠져나간다고 해서 느
닷없이 안전해지지는 않는다.

확 트인 장소로 나가면 지금보다 더 불리해질지도 모른다.

결국, 늑대는 나를 포기하지 않았다. 수십 마리나 되는 늑대들이
침을 질질 흘리며 코앞까지 닥쳐왔다.

그러나 이제 단 한 걸음도 못 움직일 것 같다. 이 마지막 어둠의
안개가 걷히면 그야말로 속수무책이다.

"……하, 하하. 상대가 늑대니 어디 나무에라도 오를 걸 그랬네……."

새삼스레 그런 생각이 떠올라서 웃음이 치밀었다. 물론 나무에 오
를 만한 체력은 남지 않았다.

체력도, 정령력도 텅텅 비었다. 불을 쬐고 있는 것처럼 온몸이 화
끈거렸다.

내 몸이 마치 내 것이 아닌 것처럼 열기에 취했다. 정신을 잃지
않은 게 기적이었다.

"앗!"

섀도 백에 수납해뒀던 짐이 그림자 밖으로 굴러 나왔다. 정령력이 고갈되면서 술식을 더는 유지할 수가 없게 된 것이다.

정령석 세 개와 빛나는 꽃, 로프, 셔츠 소매. 포션이 담겼던 도자기 컵.

그렇구나. 정령력이 다 떨어지면 수납했던 물건들을 모조리 토해내는구나. 그렇게 냉정하게 생각하는 스스로가 우스웠다.

"……난…… 죽는 건가."

이 암흑의 안개가 가셨을 때가 내 인생의 최후겠지.

이 영상을 부모님도 보고 있을까?

두 여동생도 보고 있을까? 그리고 눈물을 흘릴까?

나나미는 아는 사람이라곤 아무도 없는 이 세계에서 홀로 살아갈수 있을까?

불과 얼마 전까지만 해도 내가 죽으리라 몽상조차 안 했는데.

이렇게 아무도 없는 숲속에서 죽는 건가.

다크니스 포그의 효과는 아직도 이어지고 있다.

어둠의 건너편에서 대형 늑대들이 침을 질질 흘리며 어둠이 걷히기를 이제나저제나 고대했다.

"싫어……. 죽을 수 없어……. 죽고 싶지 않아……!"

영혼의 밑바닥에서 그런 감정이 용솟음쳤다.

진정 사지에 내몰리지 않으면 평생 이 감정을 알 수 없었겠지.

이곳이 이세계인 것과는 전혀 관계가 없었다. 그냥 죽고 싶지 않았다.

원시적인 갈망. 어쩌면 이것을 본능이라고 부르겠지.

결말이 가까워졌다는 걸 늑대들도 본능적으로 감지했는지, 내 주변을 빈틈없이 에워쌌다.

이제 곧 어둠이 사라진다.

나는 조금이라도 무기가 될까 싶어 거대 원숭이의 척추에서 뽑아냈던 정령석을 들었다. 물에 빠진 사람이 지푸라기라도 잡는 심정이었다. 지금 나에게 그 지푸라기가 눈앞에 굴러다니는 정령석이었다.

정령석은 크고 단단해서 현재 수중에 있는 물건 중에서 가장 무기에 적합했다. 늑대 아가리에 처박으면 한 마리쯤은 쓰러뜨릴 수 있을지도 모르겠다.

의미는 없을지도 모르겠지만, 하다못해 앙갚음이라고 해주고 싶었다. 그 이외에 무기가 될 만한 것은 포인트나 크리스털이다. 그 두 가지는 어떤 특전으로 느닷없이 들어오는 경우가 있다. 그것들을 활용하는 게 현재 생존 확률을 가장 높일 수 있는 방법이었다. 스테이터스 보드를 열었다.

"크리스털이 한 개 들어왔어!"

이력을 보니 「데일리 시청자수 탑」을 달성한 것으로 받았다. 이건 과거에 두 번 받은 적이 있다. 드디어 내가 절체절명의 상황에 내몰려서 주목도가 올라갔나 보다.

그러나 크리스털 한 개로는 현 상황을 타파할 수가 없었다.

나는 뾰족한 수가 없어서 손에 든 거대 원숭이의 정령석을 감정해 봤다.

수중에 있는 아이템들 중에서 가능성이 엿보이는 건 이 돌뿐이었다.

……어쩌면 본능적으로 느꼈을지도 모르겠다. 이 돌이 내포하고 있는 힘을 그리고— 가능성을.

『정령석 : (혼돈) 혼돈의 정령 결정은 괴물화한 동물의 체내에서 채취하거나, 마물을 죽이면 드물게 출현한다. 혼돈이란 정령들이 순수한 속성을 얻지 못한 채 뒤섞여 있는 상태다. 모든 속성을 담고 있기에 「마석」이라고도 부른다. 마왕으로부터 드랍 확률 100%. 통상 마물 및 괴물로부터 드물게 드랍되므로 귀중하다. 대형 정령석은 정령력의 원천으로서, 마도구의 에너지원으로서 고액에 거래된다. 해당 개체는 불꽃 성성이 괴물체에서 드랍한 것이다. LL사이즈. 레어 소재.』

괴물이니 마왕이니 잘 모르는 단어가 많았지만, 딱 하나가 눈에 걸렸다.

"정령력의 원천? 이 안에 정령력이 담겨 있나……?"

다크니스 포그의 효과가 끊어지기 시작했다.

어둠의 안개가 서서히 걷혀갔다. 생각할 시간이 없었다.

"제발……!"

나는 두 손으로 감싸듯 정령석을 들고서 아주 세게 쥐었다.

무엇에게 빌었는지는 모르겠다.

그러나 지금껏 정령술을 계속 써왔고, 정령이 살아 있는 무언가라는 실감은 확실히 들었다. 내가 술식을 구사하는 주체이긴 하지만,

여러 정령들의 힘을 빌린 결과로 어둠이 생겨나는 것이라고.

정령석이 정령의 결정이라면—.

"내게 힘을…… 살아남을 힘을 내려줘……!"

—우후후. 아하하…….

—꺄르륵…….

어디선가 목소리가 들렸다.

어둠의 대정령과 똑같은 것 같으면서도 더 천진난만하고 무구한 **무언가**의 목소리가…….

그 순간, 몸에서 열기가 싹 사라지는 게 느껴졌다.

내 바람에 호응했는지 내 몸에서 열기가 옮겨간 것처럼 정령석이 점차 뜨거워졌다.

그리고 돌이 살아 있는 것처럼 박동하기 시작했다.

몸에 정령력이 돌아왔다. 아니, 어디선가 공급해주는 것처럼 힘이 샘솟았다.

그런데 기껏 몸에 돌아왔던 그 힘이 어째선지 그대로 돌로 빨려들었다.

"뭐…… 뭐가 벌어지는 거야……? 정령력이…….'

다크니스 포그는 물론이고, 그 어떤 정령술도 이런 느낌이 아니었다.

마치 별개의 술식이 한창 발동되고 있는 것 같았다.

정령석에서 빛이 흘러넘치기 시작했다.

빛이 무수한 색채로 번쩍이며 아직 남아 있던 다크니스 포그를 없애버렸다.

돌 속에 박힌 별들이 그대로 빛이 되어 녹아내리는 듯했다.

늑대들도 이 현상 앞에서 덮칠지 말지 주저하는 듯했다.

색색의 빛이 돌에서 계속 흘러나왔다. 신기한 박동과 함께 돌이 점점 뜨거워졌다. 마치— 살아 있는 것처럼.

"앗, 뜨거! 뭐, 뭐야……?!"

정령력을 얻을 수 있으리라 상상했다. 아니, 분명 정령력을 얻었다.

그러나 상상을 초월한 사태가 지금 벌어졌다. 정령석이 화상을 입을 정도로 뜨거워지자 나는 참지 못하고 돌을 놓아버렸다. 흘러넘친 빛이 땅바닥에 데구르르 구른 돌에 집약되더니, 농밀하게 부풀어 올랐다.

복잡한 색채. 그것이 점점 빨갛고 붉은 형태를 빚어나가고—.

"그아앗!"

늑대 한 마리가 정령석에서 태어난 **무언가**에 들이박았다.

그 순간—.

그 늑대가 수십 미터나 떨어진 나무줄기에 쾅 처박혀버렸다.

"말도 안 돼……."

정령석에서 넘친 빛이 빨갛고 붉게 응축되더니, 뼈와 살과 피를 이루고— 이윽고 거대한 몸통을 형성했다.

그 과정은 마치 생명의 역재생을 보는 것 같았다. 어둠의 대정령이 갈가리 찢어버렸던 「불꽃 성성이」가, 붉은 화염을 뿜어내며 나를 보호하듯 섰다.

"그갸아아아아!"

© Niθ

거대 원숭이가 포효하자 늑대들이 순간 움츠렸다.

생물로서 격이 달랐다. 크기도, 힘도, 그리고 아마도 정령력조차 늑대와 거대 원숭이는 격이 다르겠지. 이 이세계에서도 늑대는 그 것을 민감하게 감지할 줄 아는 동물임에 틀림없다.

그 후로는 일방적이었다. 거대 원숭이가 한 번 움직일 때마다 늑대가 두세 마리씩 제압됐다. 통나무만 한 굵은 팔을 내려쳐서 한 마리를 으깨버렸고, 다른 한 마리는 파이어 브레스에 휘말려 죽었다.

그야말로 유린. 물어뜯고 발톱으로 할퀴는 것밖에 모르는 늑대들의 공격은 거대 원숭이에게 생채기조차 입히지 못했다.

나는 현실을 제대로 인식하지 못한 채 그 광경을 쳐다봤다. 그것이 아군인지 아닌지조차 모르겠다.

정령력이 거의 바닥을 드러냈다.

그러고 잠시 회복한 줄 알았는데 거의 대부분이 정령석에 빨려들었다.

저 돌이 내 바람을 이뤄준 걸까?

정령석이 원래부터 내포하고 있던 힘인지, 아니면 다른 무언가인지 모르겠다.

그 답이 묘한 곳에서 나왔다.

『축하합니다! 이세계 전이자인 당신이 가장 처음으로 「봉인됐던 제8의 정령술」에 눈을 떴습니다. 첫 달성 보너스로 3포인트를 부여합니다.』

"봉인됐던……? 뭐야…… 그게……."

어리둥절해하는 사이에 전투가 끝나버렸다. 이미 주변엔 움직이는 것 하나 남아있지 않았다.

거대 원숭이는 늑대들을 유린한 뒤, 명령을 기다리듯 내 정면에 서 있었다.

신기하게도 공포는 느껴지지 않았다. 자세히 보니 전체가 완전하게 복구된 것은 아니었다. 군데군데 살이 떨어져 나가고, 뼈가 보이는 부분도 있었다. ……마치 좀비처럼.

스테이터스 보드를 열었다.

【어둠의 정령술】

제1위계 술식

· 암허(闇虛)【셰이드 시프트】숙련도 11

· 암관(闇棺)【섀도 바인드】숙련도 0

· 암소(闇김)【서먼 나이트버그】숙련도 0

제2위계 술식

· 암견(闇見)【나이트 비전】숙련도 9

· 암화(闇化)【섀도 러너】숙련도 21

· 암납(闇納)【섀도 백】숙련도 6

제4위계 술식

· 암현(闇顯)【다크니스 포그】숙련도 1

특수 술식

· 암환(闇還)【크리에이트 언데드】숙련도 1

"……크리에이트…… 언데드……."

새로운 정령술이 싹텄다. 아마도 언데드…… 즉 좀비를 만들어내는 술식인 듯했다.

내 소망이 정령석에 닿아 이 술식을 깨닫게 된 걸까?

화면을 탭하여 설명을 봤다.

『각 속성마다 오직 하나밖에 없는 특수 술식. 어둠의 특수 술식은 언데드를 만들어낸다. 재료로써 「어둠의 정령석」이나 「혼돈의 정령석」이 필요하다. 만들어진 언데드는 그 돌의 생전 모습을 취한다. 그 술식으로 괴물이나 마왕 언데드도 만들어낼 수 있으나, 필요 정령력이 크므로 사용하는 데 주의가 필요하다. 숙련도가 올라가면 생성 시간이 단축되고, 유지 시간이 증가한다. 위계의 변동은 없다. 사용한 정령석은 사라진다.』

눈앞에 서있는 거대 원숭이를 쳐다봤다. 생전과 거의 똑같이 보였다.

늑대들을 순식간에 해치워버린 그 전투력도 변함없었다. 아마도 모든 면에서 생전과 거의 동일하다고 봐야겠지. 그렇다면 이 힘은 파격적인…… 아니, 너무 강대한 힘이었다.

소재가 필요하다는 조건이 제약이 될지도 모르겠지만…….

―꺄하하…….

―아하하하…….

목소리가 멀어져갔다. 아마도 정령들의 목소리리라.

어둠의 대정령처럼 형태는 없고, 이 세계에 흩어져 있는 작은 정령들의 목소리.

"……고마워."

허공을 향해 중얼거렸다.

크리에이트 언데드는 유지 시간이 있다고 했다. 위험이 아직 완전히 사라진 것은 아니었다. 서둘러야만 했다.

"원숭이, 늑대 시체에서 정령석을 뽑아낼 수 있겠어?"

"크흥."

거대 원숭이가 내 명령을 순순히 따랐다.

"윽…… 징그러워."

거대 원숭이가 늑대의 몸에서 씨앗을 짜내듯 정령석을 뽑아냈다.

원숭이답게 솜씨가 좋았다. 한편으론 늑대들이 조금 가엾게 보이기도 했다.

내 목숨을 그토록 노리긴 했지만, 그들에게는 딱히 죄가 없었다. 손쉬운 먹잇감이 나타나면 노린다. 그것은 자연의 섭리나 마찬가지이니까.

정령석은 대부분 새끼 원숭이의 정령석처럼 투명했다. 그리고 딱하나만 파랗게 빛났다.

그렇구나. 별을 박아 넣은 것 같은「혼돈」의 돌은 꽤 레어하구나.

돌을 뽑아낸 뒤에는 식량이 될 만한 과일을 따오도록 시켰다. 이제 곧 크리에이트 언데드의 유지 시간이 끝날 것 같은 느낌이 들었다. 과일 채집을 마친 뒤 거대 원숭이가 한 번 울부짖더니, 이내 반짝이는 입자로 변해 사라졌다.

나는 늑대의 정령석과 과일을 섀도 백에 넣고서 걷기 시작했다.

만약을 대비하여 1포인트를 새로운 결계석과 교환해두는 것을 잊지 않고서.

"밖…… 밖이다……."

다행이다. 살아서 숲을 빠져나왔다.

지도에 따르면 사람이 있는 가장 가까운 곳인 요새까지 아직 15킬로미터나 떨어져 있었다.

그러나 지명은 이미 「동쪽 마경」이 아니었다. 「링그필 대륙 라피드구(區) 북쪽 초원」이라고 나와 있다.

나는 그대로 휘청거리며 계속 걷다가 낮은 언덕을 올랐다.

뒤를 돌아보니 지금껏 걸어왔던…… 아니, 거의 대부분 달려왔던 대단히 광대한 숲이 펼쳐져 있었다.

"빠져나왔어……. 목숨을 건졌어……."

눈물이 자연스레 흘러나왔다. 아직 끝난 게 아니라 이세계 생활은 이제부터 시작이었다. 그저 그뿐이었다.

그러나 살아남았다. 시작할 수가 있다.

여기서부터. 여기서부터 말이다.

『딩동댕! 이세계 전이자 총 시청자수 랭킹 발표 시간입니다!』

머릿속에서 갑자기 목소리가 울렸다.

그 빛나는 꽃을 입수했을 때와 크리에이트 언데드를 익혔을 때와 동일한 목소리였다.

시청자수 랭킹……. 그런 걸 집계했나.

『축하합니다! 전이자 넘버 1000 「쿠로세 히카루」, 당신은 제1회 시청자 랭킹 제1위의 영예를 차지했습니다! 우승 상품으로 3포인트를 증정합니다!』

1위라고 해본들 「그렇구나」 하는 감정밖에 들지 않았다.

열흘이나 목숨을 걸고 여행을 해왔다. 다른 모험가들이 어떻게 살아가는지 모르겠지만, 내가 가장 비참한 꼴을 당했다고 확신했다.

『그리고! 오늘부로 지구의 시청자로부터 메시지를 받을 수 있게 됐습니다! 스테이터스 보드에 메일 박스를 추가해뒀으니 확인해주세요.』

시청자가 10억 명이나 되니 메시지가 엄청나게 들어오지 않을까 우려했는데, 「신」이 「절실한 마음」을 지닌 사람만을 선별했기에 감당하지 못할 수준은 아니라고 했다. 잘 사용하면 저쪽 상황을 알 수 있을지도 모르겠다.

스테이터스 보드를 여니 확실히 3포인트가 늘어난 상태였다.

이 특전이 조금만 더 빨랐다면……, 하는 생각도 들긴 하지만 결과적으로 나는 살아남았다.

요새 같은 건물도 저 멀리 보였다. 주변에 마물 같은 존재도 보이지 않고 바람이 상쾌했다.

"응……? 메일이……, 앗, 어어어."

메일 박스에 ①이라는 숫자가 퐁 떴다. 그 순간부터 메일 효과음이 연속으로 쇄도하더니, 순식간에 숫자가 수백까지 불어버렸다.

신이 선별했다고는 해도 분모가 워낙 크기에 숫자가 많아진 거겠지.

어디 보자. 어떤 메시지가 왔는지 한 번 볼까─.

─난 이때를 지금도 꿈으로 꾼다.

─성취감을 느꼈다. 370킬로미터나 되는 절망적인 거리를 살아서 돌파했다.

—시청자수도 1위였다. 모두들 나를 응원해준다.

—그렇게…… 믿었다.

—믿었건만.

별생각 없이 메일을 열었다.

연녹색 초원이 끝없이 펼쳐진 한적한 풍경.

푸르른 하늘, 부드러운 햇살, 따뜻하고 건조한 바람.

「이세계」의 풀어진 공기 속에서 나타난 것은 상상도 못 했던 「현실」이었다.

〈연인을 죽이고서 이세계를 만끽하다니 최악이네요. 어서 죽어버리시길. 왜 살아있는 거야?〉

〈연인의 일가족을 처참하게 죽이고서 이세계에서 자기 자랑? 같은 일본인으로서 수치스러워. 요즘에 HIKARU가 트위터 세계 트렌드의 단골손님인 거 알아? 나라의 굴욕이야. 작작 좀 해라.〉

〈나나미의 미래를 빼앗고서 얻은 힘으로 살아가는 이세계의 공기는 맛있더냐?〉

〈지옥에나 떨어져라. 아니, 넌 지옥조차 아까워.〉

〈산 채로 먹혀버렸으면 좋았을 텐데.〉

〈당신이 필사적으로 살려고 발버둥치는 모습을 볼 때마다 나나미도 얼마나 살고 싶었을까, 하고 안타까워합니다. 왜 그토록 삶에 집착하면서 타인의…… 그것도 연인의 목숨을 생각하지 않은 건가요? 당신은 악마예요. 증오해. 빨리 죽어.〉

─숨도 쉴 수 없었다.

어떤 메일을 열어보든 나를 저주하고 욕하는 내용만 적혀 있다.

모두들 내가 죽길 바랐다.

무슨 일이 일어난 건지 당장에는 이해되지 않았다.

〈배를 여러 번이나 찔러서 죽였다며? 그런 짓을 용케도 저질렀네? 짐승만도 못한 놈.〉

〈소꿉친구 가족을 모두 죽였으면서 그런 내색 하나 없이 용케도 이세계를 만끽하네? 네가 제일 괴물이야.〉

"나나미가…… 죽었어……?"

나나미는 오누이처럼 함께 자란 소꿉친구이지 연인은 아니다. 그러나 그딴 건 아무래도 상관없었다.

방금 메시지를 열어보고서 처음 알았다.

나나미가 죽었다는 사실.

그리고 어째선지 사람들이 내가 죽였다고 오해하고 있다는 사실─.

〈메시지 기능이 생겨서 잘 됐어. 네 앞으로 다른 전이자를 보낼 거다. 무조건 죗값을 치르게 할 테다. 벌벌 떨면서 자라고.〉

〈나였으면 포기했지. 용케도 태평하게 살고 있네?〉

〈가장 미운 전이자 투표도 하게 해달라고 「신」한테 요청했어. 미움받은 1위한테 확실한 페널티를 안겨줄 수 있도록 말이야. 페널티는 지옥행이 딱 좋겠네.〉

〈죽어죽어죽어죽어죽어죽어죽어죽어죽어죽어. 한시라도 빨리 괴로워하며 죽어.〉

〈인류사상, 가장 죽길 바라는 인간으로 뽑힌 기분이 어때? 넌 그만한 짓을 저질렀어. 깨달아. 깨닫고서 자결해.〉

모든 메시지가 나를 향한 적의로 넘쳐흘렀다.

손을 댈 수가 없는 최악의 살인자를 향한 정의의 철퇴.

영문을 모르겠다.

응원해주는 사람도 있을 줄 알았다.

반쯤 재미로 보는 사람도 있겠지만, 그래도 살아남은 것을 기뻐해주리라 믿었다.

"나나미가…… 죽었어……? 그대로……? 이쪽 세계에 안 왔어……? 아저씨도…… 아줌마도…… 죽었어……?"

믿기지가 않아서 정처 없이 중얼거렸다.

죽은 줄 알았던 내가 이세계에 온 것처럼 나나미 역시 이세계에 왔다.

그런 줄 알았다. 그러길 바랐다.

아는 사람이라고는 하나도 없는 이세계에서 그녀와 재회하는 것만이 유일한 목적이었다.

아저씨와 아줌마가 그날 나오지 않았던 이유는 이미 살해됐기 때문이라는 거야?

……그조차도 메시지를 보고서 알았다. 알게 되었다.

나나미가 이세계에 오지 않았다는 소식은 전 세계에 금세 퍼졌을 터였다. 집에 들어가 보거나, 그러지 않더라도 경찰을 부르면 무슨 사정인지 금세 알 수 있겠지. 그리고 집안에 나나미와 부모님의 시체가 있었고, 현관에는 내 신발만 남아 있었다. 진범은 교묘히 달아났거나, 나에게 죄를 뒤집어씌웠겠을 것이다—.

"커헉……!"

위 속 내용물이 역류했다. 사람들의 노골적인 악의에 여과 없이 노출되고, 나나미와 나나미의 부모님이 죽었음을 알았다.

그 두 가지 현실과 마주한 나는 땅이 뒤흔들릴 만큼 충격을 받았다.

서있을 수조차 없어서 제자리에 주저앉았다. 숨조차 제대로 쉴 수가 없었다.

사실은…… 알고 있었다.

나나미가 죽었다는 것. 나나미가 꼼짝도 하지 않는 모습을 봤으니까.

그러나 믿고 싶었다. 믿을 수밖에 없었다.

나나미도 이쪽에 왔음을 믿었기에 나는 이 숲을 빠져나올 기력을 유지할 수 있었다.

나도 눈앞에 닥친 위험에서 벗어나기에 급급했다.

앞을 바라보지 않았다면 여기까지 달려올 수 없었다.

〈네 부모도, 쌍둥이 여동생도 더는 일본에 발붙이고 살 수가 없어서 해외로 이민 갔어. 뭐, 해외에서도 금세 발각될 테지만. 죽음으로써 사죄하는 게 좋지 않겠냐?〉

〈네 쌍둥이 여동생, 머리가 무지 좋던데. 뭐, 이제 미래는 없을 테지만.〉

〈너네 집, 물리적으로 불탔지롱.〉

"왜…… 뭐야……! 이게 뭐냐고!"

눈물이 멈추지 않았다.

살아남는 데 정신이 팔려서 지구가 어떻게 돌아가는지 생각할 겨를이 없었다.

그래도 어쩔 수 없잖아! 나도 갑자기 이세계로 보내졌으니까!

나도 살해당했다고! 이러고 있는 것도 운이 좋았든가, 아니면 불운했기 때문이니까.

바라서 온 게 아니라고……!

하고 싶은 말들이 참 많았다. 그러나 그 말을 목소리에 싣지 않았다.

감정이 복받쳐 오르고, 또 다른 감정이 그 위를 덮어나갔다.

"내가 나나미를 죽였다니…… 그런 짓을 할 리가 없잖아……! 소꿉친구란 말이야……! 태어나고서 줄곧 함께 지냈던 친구를, 어떻게 죽이냐고……! 나도, 나나미도 살해당했어! 난 이런 데 올 생각이 없었어!"

정신을 차려보니 아우성치고 있었다.

"나나미한테 마지막 작별 인사를 하려고 갔어……! 그랬더니 모르는 동급생이 있었고 뒤에서 찔렸다고! 나나미는 내가 갔을 때 이미 살해당한 뒤였어……!"

의미 없는 변명이었다. 머리 한구석에서 그런 생각이 들었다.

인터넷을 중심으로 비난 여론이 타오르는 건 여럿 봤다. 비난 여론을 잠재우는 방법은 하나. 연료를 차단하는 것뿐이었다. 지금 내가 벌이는 행동은 연료를 계속 주입하는 행위나 마찬가지였다. 아마도 더욱 활활 타오르겠지.

"……가족은…… 가족은 관계없잖아……! 내 가족이 뭘 어쨌다고……!"

이 세계를 휩쓸어버린 이세계 전이는 결국 나와 무관하지 않았다.

우리 집과 나나미네 집. 두 가정을 파괴했다.

메시지 숫자가 계속해서 늘어났다.

저 안에 부모님이나 여동생들이 보낸 것도 있을까?

나는 차마 열어볼 용기가 나지 않았다.

"젠장……."

이제 사라지고 싶어졌다. 그러나 죽을 수는 없었다.

지독한 악의에 노출됐지만 370킬로미터나 되는 고난의 길을 살아서 돌파했다는 사실이 마음이 죽음으로 이르는 것을 막았다.

『「신」이 알립니다. 이세계에서 지참해온 아이템이 수납된 장소를 모르는 전이자가 몇 명 있는 것 같습니다. 스테이터스 보드의 지참 아이템 부분을 탭하여 실체화해주세요. 앞으로 닷새 동안 실체화하지 않으면 모두 소멸하니 주의하세요.』

「신」이 추가 안내 방송을 해왔다. 그러고 보니 지구의 물건을 챙기고서 이세계에 전이할 수 있다고 했었지.

나는 급하기 전이한 바람에 아무것도 준비하지 못했다. 물론 그 항목은 비어있을 것이다.

—그런데도 열어버렸다. 어떤 예감이 들었는지도 모르겠다.

스테이터스 보드의 「가져온 아이템」을 탭하니 앨범 한 권이 실체화하여 뚝 떨어졌다.

"……어……."

표지가 파스텔컬러로 꾸며진 사진 앨범.

나나미가 마지막으로 가슴에 품고 있던— 그리고 내가 마지막으로 만졌던 물건이었다.

나는 떨리는 손으로 줍고서 표지를 펼쳤다.

"나나미…… 이 바보야……. 이런 걸 이세계로 가져와서 뭘 어쩌자는 거야……."

초등학교 입학식 때 양쪽 부모님과 나란히 서서 찍은 사진.

디즈니랜드에서 내가 연못에 빠졌을 때 찍은 사진.

게임으로 대전하다가 지쳐서 잠들어버린 여동생과 나나미를 찍은 사진.

중학교 입학식 때 헐렁헐렁한 교복 차림으로 나란히 서서 찍은 사진.

창문 너머로 나와 대화를 나눴을 때 우스꽝스럽게 나온 사진.

물건 빌려오기 경주를 했을 때 「소꿉친구」로서 손에 이끌려 달렸던 모습이 찍힌 사진.

고등학교 합격 발표를 가족과 함께 보러 갔을 때 찍힌 사진.

사진 속에서 나나미는 웃고 있었다. 사진 속에서 나도 웃고 있었다.

"큭…… 젠장……."

—잃어버렸다. 사진을 보고 나서 그 현실이 선명해진 것 같았다.

지구에서 겪었던 기억들이 모두 거짓이었던 게 아닐까?

이세계라는 전혀 다른 세계에 있기에, 한순간이라도 그런 식으로 느낀 자신을 부정할 수 없었다.

그러나 원래라면 나나미가 가져갔을 이 앨범이 이곳에 있다는 것
은 나나미가 죽어서 오지 못했음을 증명하는 확고한 증거였다.

—아하하…….
—키득키득…….

울며 주저앉은 나를 보고 누군가가 웃는다.
호기심 어린 시선으로 나를 쳐다보고 있다.
자기가 죽여 놓고서 슬픈 척을 하고 있다며 웃는다.
자기가 죽였으면서, 하고 웃는다.
사진 속에서 나나미는 웃고 있었다. 사진 속에서 나도 웃고 있었다.

—아하하…….
—꺅꺅꺅…….

어딘가 멀리서 나를 보고 웃는 소리가 들렸다.
귓가 옆에서 나를 보고 웃는 소리가 들렸다.

—나는 이때 망가졌음에 틀림없다.
환한 곳에서는 자꾸만 시선이 느껴졌다.
적의와— 악의와— 그리고 호기심으로 가득한 시선.
"다크니스…… 포그."
실시간 시청자수 10억 명.

지구상에서 10억 명이나 되는 인간들이 나에게 적의를 보내고 있다.

내가 언제 실패할지 이제나저제나 즐기며 고대하고 있다.

내가 무참하게 땅바닥을 기면서 비명횡사하길 말이다…….

나는 어둠으로 그 시선들을 차단했다. 그 시선들은 이 깊고 깊은 어둠 속까지는 닿지 않는다.

스테이터스 보드를 닫고서 걸어나갔다. 요새로 갈 마음이 들지 않았다.

어딘가 깊고 깊은 어둠의 밑바닥에 가라앉고만 싶었다.

누구의 눈에도 띄지 않는 곳에서 숨을 죽인 채 살아가자.

이제 그 누구도 나를 상처 입히지 못하도록—.

57: 지구의 무명 씨
빌어먹을! 응원 메시지를 늦게 보냈어!

58: 지구의 무명 씨
안티들의 행동력이 굉장하지 않아? 나도 응원 메시지를 보냈는데 말이야.
살아서 숲을 빠져나갔을 때는 그냥 눈물이 나왔어.
안티들은 죽어라.

64: 지구의 무명 씨
엄청나게 낙담하는 모습을 보니 속이 후련해!

69: 지구의 무명 씨
그딴 걸로 후련해하면 안 되지. 죽을 때까지 실컷 닦달할 거다!

73: 지구의 무명 씨
무서워라. 히카루 범인설을 맹신하는 과격파가 메시지 보낸 거 맞지? 그 녀석들······.

77: 지구의 무명 씨
몇 번이나 말하지만, 히카루 말고는 범인이 없지? 경찰도 계속 수사 중이잖아? 일본 경찰은 우수하니 그런 중범죄를 일으킨 범인을 체포하지 못할 리가 없다고.
즉 이세계로 달아난 히카루가 범인.

78: 지구의 무명 씨
↑이 녀석 바보임.

80: 지구의 무명 씨
몇 번이나 말하지만, 전이자를 죽이더라도 권리를 넘겨받을 수 있는 게 아니거든?
그거랑 이건 따로 생각하라고.
그보다 히카루 본인이 자신도 제3
자한테 살해당했다고 증언했잖아.
저런 녀석들을 언급해봤자 좋을
거 하나 없지만, 진짜로 사회의
해악이야.

84: 지구의 무명 씨
그냥 가여웠어.
근데 우는 얼굴을 보니 가슴이
조금 울컥했어.

86: 지구의 무명 씨
아직 물증을 찾질 못해서 영장을
발부받지 못했을지도 모르고 말
이야.

90: 지구의 무명 씨
근데 범인은 어떻게 도망친 거
야? 근처에 매스컴도 있었잖아.

92: 지구의 무명 씨
검증 동영상을 봤는데, 나나미
네 집은 좁지만 교통량이 많은
골목에 있어. 게다가 집 뒤에는
좁은 도랑이 있어서 기회를 잘
노리면 달아날 수 있다네.

95: 지구의 무명 씨
그럼 수수께끼의 그 동급생이 범
인이잖아.
이제 그 수수께끼의 동급생이 범
인이나 마찬가지야!

100: 지구의 무명 씨
수업이 있는 날이었다면 등교하
지 않은 학생을 추려냈을 테지
만, 신년 연휴였으니……

102: 지구의 무명 씨
연휴였다면 주변 집들에 사람이
있었을 거 아냐. 도주하는 범인을
목격했다는 정보가 있지 않을까?

107: 지구의 무명 씨
경찰이 그 부분을 수사하지 않았을 리가 없지. 목격 정보가 없는 거 아냐?

110: 지구의 무명 씨
너희들, 까먹은건지 뭔지 모르겠는데 그때는 전이자들이 이세계로 전이하는 시간이었어. 그 시간에 TV이든 컴퓨터든 화면을 보지 않았던 인류가 존재하긴 해?

114: 지구의 무명 씨
이세계에 흥미가 없는 노인도 있었을 거 아냐.

115: 지구의 무명 씨
노인이 증언해봤자 신빙성이 떨어질 것 같아…….

119: 지구의 무명 씨
일단 히카루가 범인이 아니라고 쳐도, 누가 진범인지는 오리무중이야. 근데 이번에 히카루가 증언한 걸로 범인의 범위가 동급생으로 좁혀졌지. 체포는 시간 문제라고 본다.

123: 지구의 무명 씨
일가족을 참살한 범인이 검거되지 않은 사건이 적긴 해도 있긴 하니까.
물증이 꽤 있더라도 꼭 체포할 수 있으리라 장담할 수는 없어.
이번 범인도 꽤 주도면밀하게 범행을 벌였지.
혹은 단순히 운이 좋은 건지, 아니면 경찰이 무능한건지.

125: 지구의 무명 씨
히카루가 진범일 가능성도 있는데 말이야.

126: 지구의 무명 씨
근데 말이야. 진실이 뭐든 간에 이제 히카루를 판단할 수는 없어.

아무리 메시지를 보내 괴롭히더라도, 우린 전이자를 「보고 있을 뿐」이니까.

130: 지구의 무명 씨
아니, 그 악성 메시지가 효과가 꽤 있다는 게 문제인데……. 그 반응을 보고도 아직도 히카루가 범인이라고 생각하는 녀석은 인간이길 포기하는 편이 낫다.

138: 지구의 무명 씨
그 앨범, 미리 준비해둔 건가?

140: 지구의 무명 씨
몰라.
자기가 죽인 사람의 사진을 가져왔다는 거야?
훗날 돌이켜보면서 희열에 잠기려고?

143: 지구의 무명 씨
억지로 정신이상자설로 끌고 갈

필요는…….

144: 지구의 무명 씨
파스텔 색감으로 보면 나나미가 준비해둔 물건이겠지.

148: 지구의 무명 씨
어떻게 단언하냐?

155: 지구의 무명 씨
어둠의 대마도사가 그딴 걸 지참해왔을 리가 없잖냐.
현실적으로 생각해서 말이야.
중2병 다시 겪고 오시길.

157: 지구의 무명 씨
여동생이 준비했을지도 모르지.

160: 지구의 무명 씨
애초에 히카루가 이세계 전이자로 뽑힌 시기가 불명확하잖아.
앨범을 미리 준비할 만한 시간이 있었을까?

162: 지구의 무명 씨
여동생들도 몰랐다고 했으니 말이야.
숨겼을 가능성도 있긴 하겠지만.

165: 지구의 무명 씨
그렇다면 소꿉친구인 나나미랑 함께 전이할 작정으로 그 방에 있었을 가능성도 있나.

166: 지구의 무명 씨
역시 히카루 무죄설이 농후하네.
나는 원래부터 범인이라고 믿지 않았지만.

170: 지구의 무명 씨
아니, 아니, 아니, 너희들 제정신이야? 상황 증거들로 미루어 봤을 때 히카루 말고는 범인이 없잖아!

175: 지구의 무명 씨
수상한 녀석이네. 네가 범인 아냐?

방화범도 아직 찾지 못했고.

177: 지구의 무명 씨
난 격려의 메시지를 보내둘 거야.

179: 지구의 무명 씨
나도. 근데 다른 응원 방법은 없나?
시청 포인트 말고는 달리 길이 없으니 우리도 참 무력하네.

181: 지구의 무명 씨
이제 메시지 안 읽을걸? 어둠 속에 틀어박혔잖아.

183: 지구의 무명 씨
오히려 무지막지하게 괴롭혀주고 싶어졌어…….
어쩌지…….

184: 지구의 무명 씨
유튜브에 Hikaru의 여동생이 대량 발생해서 빵 터짐.

186: 지구의 무명 씨
친여동생의 방송이 충격적이었
으니까.
「히카루 여동생」으로 검색하는
녀석이 많겠지.

190: 지구의 무명 씨
근데 어째서 히카루만 마법을 저
렇게 팍팍 쓸 수 있는 거야?

194: 지구의 무명 씨
다른 전이자들은 연속으로 쓰면
기절하던데.

198: 지구의 무명 씨
초기에 취득할 수 있는 치트 능
력 중에 정령력과 관련된 게 있
었던 것 같던데, 그거겠지. 정령
력 회복량이나 정령력량 업, 정
령한테 사랑받는 스킬 중 하나.

200: 지구의 무명 씨
정령한테 사랑받는 스킬이라면

취득하는 데 포인트가 엄청나게
많이 필요하다고 이카킨이 언급
했던 그거?

206: 지구의 무명 씨
맞아. 뭐, 히카루가 그걸 취득했
는지 어떤지 모르겠지만.

208: 지구의 무명 씨
걔 말고도 마법을 팍팍 쓰는 사
람은 있었어. 뭐, 그 사람은 위
험지역을 빠져나오지도 못하고
죽어버렸지만.

215: 지구의 무명 씨
안전지대에서 체력 괴물로 시작
한 잔느가 옳았어.

217: 지구의 무명 씨
위험지역 스타트, 리스크가 너
무 높지……. 히카루도 간발의
차이였고.

220: 지구의 무명 씨
그 거대 원숭이를 소환하여 살아
남을 줄이야. 이 리하쿠[3]의 눈
으로도 읽을 수 없었다.

222: 지구의 무명 씨
드디어 죽겠구나 싶었을 때 「천
벌」이라는 코멘트로 도배가 됐으
니까.
난 그때 사람의 사악함을 살짝
엿본 기분이었어.
이걸 보는 게 신의 목적이었다면
너희들 언젠가 한꺼번에 된통 당
할 거다.

228: 지구의 무명 씨
히카루 영상 클립 봤어. 밤에 출
현했던 녀석, 전에 한창 시끄러
웠던 걔지? 그거 뭐야? 영상 봤
는데 방송 사고인가 싶을 정도로
캄캄해지던데.

235: 지구의 무명 씨
밝기를 높인 버전을 보고 공포에
떨어라.(링크)

249: 지구의 무명 씨
어? 어? 이게 뭐야? 밝기를 아
무리 올려도 어둠의 실루엣만 보
이는데?

255: 지구의 무명 씨
해외에서는 「미스 퍼펙트 다크」
라고 부르더라. 아마도 저게 어
둠의 대정령일 거야.

257: 지구의 무명 씨
어둠의 대정령이 왜 히카루를 예
뻐하는 거냐?
불꽃 원숭이 일가는 괜히 피해
본 셈이네.

260: 지구의 무명 씨
가족끼리 단란한 시간을 보냈을

#3 리하쿠 만화 「북두의 권」의 등장인물. 작중에서 주인공 켄시로의 실력을 과소평가한 것에 대한 반성을 담
아 해당 대사를 말했다.

뿐인데 보스급 정령한테 느닷없이 끔살을 당하다니. 단순히 운이 없다는 레벨이 아냐. 히카루는 무슨 사신이냐?

264: 지구의 무명 씨
정령한테 사랑받는다는 치트가 있다는 얘기가 나돌았으니, 히카루가 그걸 택했던 거겠지. 그리고 암시를 획득한 건 틀림없어.

266: 지구의 무명 씨
실제로 히카루가 나나미를 죽였다는 게 확정된 거야? 해명을 줄줄 쏟아냈고, 여동생이 했던 말과도 부합하고. 뭐가 뭔지 더 모르겠는데.

270: 지구의 무명 씨
상황 증거를 보면 히카루 말고 누가 범인이라는 거야.
수수께끼의 동급생?

274: 지구의 무명 씨
동급생 이름은 모르겠지만, 음침 캐릭터 업계에서는 흔한 일이니…….

280: 지구의 무명 씨
여동생들의 해명 덕분인지 해외에서는 비교적 히카루가 인기를 끌던데.

282: 지구의 무명 씨
시청자가 10억 명이나 되면 그중에 좋아하는 녀석도 있기 마련이지.

283: 지구의 무명 씨
죽였을지도 모르고, 안 죽였을지도 몰라. 나나미 본인이 성명을 발표하지 않는 한 무죄인지 아닌지 증명할 수단은 없어.

286: 지구의 무명 씨
아니, 진범을 찾아내면 OK잖아.

끝내 찾아내지 못하면 히카루가
범인이라는 뜻 아냐?

287: 지구의 무명 씨
↑이 녀석 바보.

290: 지구의 무명 씨
그놈의 바보바보 판정 좀 진짜
그만둬.

291: 지구의 무명 씨
반대로 왜 히카루가 범인이어서
는 안 된다는 분위기가 번져가는
거야?

293: 지구의 무명 씨
세리카랑 카렌이 오빠가 범인이
아니라고 하니까……

294: 지구의 무명 씨
여동생은 둘 다 초 천재인데 왜
히카루는 평범해?

297: 지구의 무명 씨
뭐가 평범하다는 거야. 어둠의
대마도사라고!!

300: 지구의 무명 씨
여동생 둘 다 천재에다가 귀엽기
까지 하니 치사해. 오빠를 사랑하
는 쌍둥이가 신변의 위험을 무릅
쓰고 유튜브로 해명 방송을 했다
고. 그것도 8개 국어라니까?! 괜
히 히카루가 더 미워졌어. 게다가
귀여운 소꿉친구까지 있으니 완
전히 인생의 승리자잖아. 그게 바
로 어둠 마법의 위대함이야. 솔직
한 눈으로 바라볼 수 있는 음침
캐릭터는 참 좋구나. 음침 캐릭터
의 스타야. 샘나 죽겠다.

302: 지구의 무명 씨
솔직해서 좋다. 나도 그 녀석이
샘나.
난 히카루가 되고 싶었다.

304: 지구의 무명 씨
세리카는 그냥 원고를 읽기만 했
던가?

310: 지구의 무명 씨
정면을 똑바로 보긴 했지만, 카
메라 옆에 큐 카드 같은 게 있었
는지는 알 수 없지.
내용 그 자체는 8개국 모두 비슷
했다고 하지만, 질문을 받고서
그대로 그 나라 언어로 대답했으
니 진짜 8개국어 구사자 맞는 듯.

315: 지구의 무명 씨
뭔 소리?
질문 내용에도 대본이 있었다는
거야?
열두 살짜리 여자애가 8개국어
를 구사하다니, 학습능력을 고
려하면 말이 안 되잖아.

319: 지구의 무명 씨
그걸 라이브로 방송했다고. 그

렇게 귀여운 여자애가 힌디어 질
문에 대답하는 모습을 보고서 화
들짝 놀라지 않은 일본인은 없다
구. 빨리 영상이나 보고 와.

325: 지구의 무명 씨
해외에서도 상당히 놀란 반응이
었어.
게다가 둘 다 아이돌급으로 귀여
우니까.
그 라이브 덕분에 히카루를 향한
악의가 줄어들었어.
일부에서는 더 심해졌을지도 모
르겠지만…….

330: 지구의 무명 씨
카렌도 3개국어를 구사하는 것
같던데.
진짜 천재 자매네…….

331: 지구의 무명 씨
히카루가 부러워.
미워…… 치사해…….

333: 지구의 무명 씨
인기인한테는 으레 안티가 붙기
마련이지.

335: 지구의 무명 씨
이 흐름은 뭐야. 더 팍팍 미워하
라고!

339: 지구의 무명 씨
어떤 의미에서는 더 미워하고들
있잖아.

344: 지구의 무명 씨
역시 집을 태운 건 억지였어. 어
느 쪽이 더 맛이 갔는지 냉정하
게 생각해봐.

349: 지구의 무명 씨
방화범은 아직 안 잡혔던가? 매
스컴이 밀착 취재하는 것 같으니
잘 좀 해라.

355: 지구의 무명 씨
매스컴이 범인이라는 설도…….
보통은 화재 징후가 보이면 조치
를 취해야 하잖아.

360: 지구의 무명 씨
가족들은 피해자이니까……. 용
케도 여동생들이 오빠를 미워하
질 않네.

364: 지구의 무명 씨
아니, 오빠가 밉지 않겠지. 천재
니까 자신들에게 올 피해를 최대
한 줄이기 위해서 움직인 거 아
니겠음?

367: 지구의 무명 씨
확실히 그 방송 덕분에 여론이
적어도 가족한테만은 동정적으
로 바뀌었지.

371: 지구의 무명 씨
나나미가 무언가에 찔려 죽었다

고 했던가? 히카루의 지문이나 흔적 같은 건 검출 안 된거야?

376: 지구의 무명 씨
그래, 그래. 나이프나 부엌칼에 찔려 죽었는데, 흉기는 발견되지 않았어.

380: 지구의 무명 씨
살해하자마자 전이했다면 흉기를 숨길 시간이 있었을 리가 없……나.

381: 지구의 무명 씨
여동생도 방송에서 그 부분을 지적했는걸.

384: 지구의 무명 씨
이세계로 가져간 거 아냐?

388: 지구의 무명 씨
표지가 파스텔컬러인 앨범을 지참했잖아. 똑바로 봐. 이세계로 가져갈 수 있는 건 딱 하나뿐이야. 나이프까지 가져왔을 가능성은 없어. 애당초 나이프를 갖고 왔다면 진즉에 꺼내서 썼겠지.

394: 지구의 무명 씨
애당초 연인 사이라면 지문도 방안 여기저기 묻어 있을 테니 말이야.

400: 지구의 무명 씨
그러고 보니 히카루의 증언을 믿는다면 해당 학년의 모든 학생한테서 지문을 채취하면 범인을 찾아낼 가능성도 있을 거 아냐.

401: 지구의 무명 씨
그거야!

404: 지구의 무명 씨
경찰이 그걸 할지 굉장히 불안하긴 하지만.

406: 지구의 무명 씨
아니, 동급생이라면 놀러 간 적이
있다고 말하면 그뿐이잖아…….
너희들, 바보지……?

409: 지구의 무명 씨
나나미의 몸에 지문이 찍혔을 경
우는?

413: 지구의 무명 씨
그럴 경우에는 체포지. 두 가지
의미로.

417: 지구의 무명 씨
너희들, 두 사람이 연인이라고
자꾸 단정하는데 여동생들이 아
니라고 강조했잖아. 그냥 소꿉
친구라고. 그 부분이 중요하지
않을까 싶은데, 솔직히.

422: 지구의 무명 씨
그 둘은 오빠 러브파니까…….

423: 지구의 무명 씨
이세계보다 더 판타지한 여동생
을 언급하지 마.

425: 지구의 무명 씨
여동생들은 아직 중학생이니까.
아직은 오빠를 좋아하는 나이라
고요…….

428: 지구의 무명 씨
평범한 중학생은 아니지만 말이야.
월반한 것도 모자라 느닷없이 해
외 대학에 편입한 쌍둥이가 어디
흔하냐.

430: 지구의 무명 씨
타고난 천재라는 거겠지.

431: 지구의 무명 씨
아까부터 여동생 얘기만 하고 있네!

436: 지구의 무명 씨
그야 히카루는 어둠 속에서 통

나오질 않으니……. 그나저나 마법을 연속으로 사용하다니 끝내주네. 농담이 아니고 진짜 어둠의 대마도사잖아.

439: 지구의 무명 씨
남은 전이자들 중에서 마법을 가장 잘 부리는 건 틀림없겠지…….

444: 지구의 무명 씨
「어둠의 불꽃 속에서 죽어버려」같은 대사 해주면 좋겠다.

446: 지구의 무명 씨
아직 고등학교 1학년이니까 기대도 돼.
어둠을 선택했다는 부분에서 소질이 보인다구.

449: 지구의 무명 씨
쓰레기 자식! 원래는 내가 거기에 있었어야 했어. 바로 내 자리였는데 그 녀석이 권리를 빼앗아

간 거. 정말로 죽여버리고 싶어.

452: 지구의 무명 씨
진정해. 무작위 선택이니 모두한테 권리는 있었어……. 우리는 선택되지 않았을 뿐. 그 얘기는 그걸로 끝이야……. 나도 선택됐다면 이 거지 같은 인생에서 탈출하여 이세계 생활을 만끽……. 윽…….

453: 지구의 무명 씨
그만! 그 술식은 내게 너무 잘 통해.

460: 지구의 무명 씨
아―, 흉기!
그래서 경찰이 끈질기게 찾았던 건가?

461: 지구의 무명 씨
참 새삼스러운 얘기네.

463: 지구의 무명 씨
흠? 그럼 히카루가 범인이 아
냐???

465: 지구의 무명 씨
범인! 범인! 히카루가 범인!

467: 지구의 무명 씨
처음부터 사람들이 정황상 범인
인 것 같다고 단정했을 뿐이야.
냉정하게 생각해.

큰 도시에 도착했다.

이 세계로 전이되기 전에 나나미에게 알려줄 작정으로 사전 정보를 수집했기에, 마치 중세 판타지를 고스란히 옮겨놓은 것 같은 도심 풍경을 보고서도 놀라지는 않았다.

사람들이 많고 이상한 냄새가 풍기며 큰소리들이 사방에서 들리는 도시였다.

활기와 생활감— 그 숲에서는 찾아볼 수 없는 느낌이었다.

그러나 나는 그것들에 감정이 동하지 않았다. 왜 이 도시까지 이끌려 왔는지 스스로도 모르겠다. 벌레들이 빛에 꼬이는 것처럼, 이 도시에는 무언가가 있었다.

—어둠의 기척. 그렇게밖에 표현할 수 없는 무언가가.

이곳에서는 남의 시선이 닿지 않는 어둠에 녹아들 수 있다. 내가 원하는 어둠의 밑바닥이 이곳에 있다. 신기하게도 그런 확신이 들었다.

이 도시는 정령력으로 가득했다.

이 세계에서 사람들이 모여 사는 곳은 다 이런 것일까? 사람에게도, 마물에게도 정령력이 깃들어 있다. 그것들이 모여서 이렇게 에너지가 넘치는 장소를 이루는지도 모르겠다.

보다 깊은 어둠을 찾아서 걷다가, 골목 안에 숨겨진 어느 만물상 같은 곳에서 가지고 있던 정령석을 돈으로 바꿨다. 늑대의 정령석과 새끼 원숭이의 정령석을 은화 수십 닢으로 바꿨기에 그 돈으로 옷과 외투, 그리고 단검을 구입했다. 고작 몇 개 사지도 않았는데 돈이 얼마 남지 않았다.

시세 따윈 모르니 어쩌면 밑지는 거래를 했을지도 모르겠다. 그러나 그런 걸 마음에 담아둘 만한 여유가 없었다.

싸구려 여관 위치를 물어 그곳에서 묵었다.

가장 저렴한 객실조차 금액이 나름 나갔다. 방 안은 더럽고 간소했고, 침대도 판때기 위에 보잘것없는 매트리스를 얹어놓은 수준이었다. 그래도 오랜만에 침대에 몸을 누일 수 있었다.

자각하진 못했지만 몸과 마음이 상당히 지쳤던 모양이었다. 놀라울 정도로 푹 곯아떨어졌다. 그럼에도 알람 소리에 눈이 번쩍 떠졌다.

심야 두 시. 나는 어둠 속을 흐르듯 도시 중심부로 향했다.

만물상 점주가 말했다. 이곳은 미궁의 도시라고.

도시 중심에는 대미궁이 있고, 그곳에서 얻은 자원 덕분에 이 도시가 윤택한 거라고.

미궁의 위치는 금세 알았다. 도시 중심에 나선형으로 꺾인 거대한 크리스털이 우뚝 솟아있기 때문이었다.

어제도 먼발치에서 봤다. 햇빛을 반사하여 마구 반짝이던 그 모습은 자신이 이 도시의 랜드마크임을 드높게 주장하는 듯했다. 그때는 설마 그것이 미궁일 줄은 몰랐지만.

높이는 80미터쯤 될까. 어떻게 만들었는지는 모르겠지만, 저 크리스털은 어쩌면 하나의 거대한 정령석일지도 모르겠다.

어쨌든 정령의 기척이 심상치 않게 느껴졌다. 이 도시 자체도 정령의 기운으로 가득하건만, 그보다 더 농밀한 기운이 미궁 입구로부터 넘쳐 나왔다. 그래서 위험하다는 이유로 도시 안에서 정령술

© Niθ

을 쓰지 못하게 하는 조치가 내려진 거겠지.

어둠의 정령술도 쓰기 꽤 어려웠지만, 미궁 근처에서는 오히려 반대였다. 지금이 밤이라는 이유도 있겠지만, 몇 배의 효과를 기대할 수 있을 듯했다.

크리스털의 밑 부분에 미궁이 입을 쩍 벌리고 있었다.

이 미궁은 지하로 계속 내려가는 타입인 것 같다. 여기서는 아래로 이어지는 커다란 계단밖에 보이지 않는데, 마치 시공이 일그러진 것처럼 저 앞이 모호하게 보였다. 암시를 지닌 나조차도 보이지 않을 정도이니 문자 그대로 미궁이란 다른 세계로 이어지는 입구일지도 모르겠다.

입구는 굉장히 컸다. 폭이 30미터, 높이는 10미터쯤 돼서 내부가 얼마나 거대할지 상상이 갔다.

미궁 입구에는 사람들이 몇 명 있었다. 여러 장비를 몸에 요란하게 착용한 것으로 보아, 미궁탐색자라는 걸 알 수 있었다. 그리고 화톳불을 등지고 서있는 파수병으로 추정되는 남자도 네 명 있었다. 미궁에 들어가려면 돈을 지불해야 하는지도 모르겠다.

저들의 눈에 띈다면 귀찮아진다.

"다크니스 포그."

다크니스 포그의 위계가 4까지 오르면서 어둠의 양을 조정할 수 있게 됐다. 최대 출력으로 쓰면 반경 10미터나 어둠으로 감쌀 수 있을 듯했다.

물론, 상황마다 다를지언정 대부분의 경우에는 오히려 눈에 띄겠지.

나는 약 1미터 범위로 술식을 행사한 뒤 어둠에 녹아들어 미궁으로 몰래 들어갔다.

　아무도 내 존재를 눈치채지 못했다.

　'진정해……'

　미궁 안에는 정령력으로 가득해서 정령술을 얼마든지 구사할 수 있을 듯했다. 폐쇄된 공간이라서 그런지, 아니면 어둠으로 가득한 장소라서 그런지는 모르겠다. 이곳에서는 시청자들의 시선이 느껴지지 않았다.

　물론 그건 순전히 내 느낌이겠지. 지금도 시청자들은 나를 보면서 어서 죽으라고, 미궁에서 명줄이 끊기길 바라고 있을 터였다.

　그러나 이렇게 어둠 속에 있으니 그런 잡념들이 떠오르지 않았다.

　불안함도, 외로움도. 밖으로 드러나지 않았다.

　"다크니스 포그."

　어둠 속에 있으면 아무도 눈치채지 못했다. 어둠이 깊은 미궁 속에 더욱 깊은 어둠이 깔린다면 사람도, 마물도 거들떠보지 않는다. 그런 거겠지.

　'……이게 미궁인가? 신기한 곳이야. 누가 만들었나?'

　—이 미궁의 이름이 멜티아 대미궁이고, 각 계층마다 이름이 붙어 있다는 것은 이때만 해도 몰랐다.

　제1층의 이름은 『황혼명부가(黃昏冥府街)』. 그 특징은—.

　'넓네……'

　미궁다운 좁은 길을 지나니 널찍한 공간이 나왔다.

　뻥 뚫린 야구장보다도 넓었고, 천장 부분은 마치 노을이 진 하늘처럼 붉게 물들어있었다.

땅바닥에는 돌로 된 폐건물들이 늘어서 있고, 그 안쪽에는 성처럼 생긴 건물도 보였다.

그리고 이 거리에 사는 주민은 달그락달그락, 독특한 소리를 내며 배회하고 있었다.

'스켈레톤……인가?'

맨손인 자, 검 같은 무기를 장비한 자, 커다란 자, 작은 자 등등 그 백골의 모습은 다양했다. 이곳은 스켈레톤의 거리인 듯했다.

이런 시간인데도 300미터쯤 떨어진 곳에서 탐색자 파티가 전투를 벌이는 광경이 보였다.

스켈레톤을 쓰러뜨려도 정령석을 얻을 수 있을까? 나에겐 압도적으로 정보가 적었다.

"다크니스 포그."

나는 어둠을 몸에 두르고서 스켈레톤 한 마리에게 조심조심 다가가 봤다.

다크니스 포그는 시각을 차단하는 술식이다. 소리는 들리고 냄새도 날 터이다.

스켈레톤이 무엇으로 상대를 인식하는지 모르는 한, 어둠 속에 있더라도 안전하지 않았다.

여차하면 전투도 불사할 각오를 했지만, 어차피 미궁 제1층에 나오는 마물이다. 그렇게까지 강렬하게 강하지는 않겠지. 어쨌든 돈을 벌지 않으면 며칠 뒤에는 무일푼 신세였다.

꽤 다가갔지만 스켈레톤은 나에게 반응을 보이지 않았다.

조금 떨어진 뒤에 술식을 한 번 해제하니까 한순간 반응한 걸 보아, 다크니스 포그에 시각이 차단된 게 틀림없는 듯했다.

상대는 아무것도 들지 않은 스켈레톤. 동작도 굼뜨고 별로 강할 것 같지 않았다.

의식하지는 못했지만, 이때 나는 처음 보는 던전에 들뜬 상태였을 것이다. 어둠 속에서는 시청자들의 시선이 느껴지지 않았다. 그래서 그런 생각이 들고 말았다.

"싸워볼까……."

ㅡ하하하.

ㅡ우후, 우후후.

ㅡ꺄하하…….

웃음소리가 들려왔다.

어디선가, 멀리 떨어진 곳에서. 혹은 바로 귓가에서.

온몸을 찌르는 시선. 누가 나를 쳐다보고 있다. 10억 개의 시선이 느껴졌다.

시청자들이 비웃으며 내 일거수일투족을 감시하고 있다.

이 이세계에서 오타쿠 소년이 하고 싶었던 걸 드디어 한다고.

염원했던 몬스터와의 첫 전투를 곧 치르려고 한다고.

호기심 어린 시선들이, 지구에서 무수히 많은 시선이 나를 쳐다보고 있다. 구역질이 치밀었다.

ㅡ우후후.

ㅡ꺅꺅.

ㅡ아하하.

시청자들의 비웃음이 들려왔다. 나를 보고 웃고 있다.

〈싸울 거냐? 어디 한 번 멋지게 몬스터를 퇴치해줘. 용사 양반(웃음).〉

〈빨리 싸우다가 죽어. 되도록 처참하게.〉

〈그렇지. 판타지 세계에 왔으니 마물을 퇴치하고 싶어지는 법이겠지(웃음). 스켈레톤을 쓰러뜨려서 네가 치트 캐릭터임을 증명해 보려고?〉

〈역시 이세계를 만끽하고 있잖아?〉

〈단검 한 자루를 들고서 어둠의 마법검사 흉내라도 내려고요? 우와, 짱 멋지네ㅋ. 토가 나올 것 같아ㅎㅎㅎ.〉

이것들이 모두 내 마음의 소리라는 건 알고 있다.

그러나 자의식 과잉이 아니라, 정말로 모두가 나를 보고 있다.

내 일거수일투족을. 내가 꼴사납게 싸우는 모습을. 내가 첫 승리에 도취되는 모습을.

모처럼 어둠에 녹아들어 그런 생각들을 애써 잊어버렸건만—.

"다크니스 포그……."

나는 구역질을 참고서 어둠에 틀어박힌 채 달렸다.

도저히 못 싸우겠다.

보이고 싶지 않았다. 잊어주길 바랐다. 내 존재마저 지워버리고서 사라지고 싶었다.

달리고 달렸다. 정신을 차리고 보니 어느덧 계단을 내려가 제2계층에 이르렀다.

제2계층은 제1계층보다 좁고, 그야말로 구조가 미궁처럼 생겼다.

나는 꽤 안쪽까지 나아간 뒤 어둠 속에서 몸을 웅크렸다.

작은 인간형 마물과 개처럼 생긴 마물, 요괴처럼 생긴 마물도 봤지만, 모두 어둠 속에서는 나를 발견하지 못한 듯했다.

이 깊은 어둠 속에서 더욱 깊은 어둠을 두르고 있으니 아무런 시선도 닿지 않았다.

아까까지 들리던 소리도 지금은 멎었다.

"헉……헉……."

지하수 같은 게 벽을 타고서 뚝뚝 떨어지는, 낡고 더러운 지하미궁이었다.

암시 능력이 없는 자는 이곳을 탐색하는 데 꽤 고생하겠지.

한동안 그 자리에서 웅크렸다.

별로 강해 보이지 않는 마물이 몇 번 스쳐갔지만, 나를 인식하지 못하고 그냥 지나갔다.

그다음 마물도 마찬가지였다. 또 그다음 마물도. 어둠 속에 나는 스스로의 존재를 없앨 수 있었다.

그렇게 한동안 어둠에 안겨 있으니 드디어 마음이 진정됐다.

'……저건?'

몇 시간쯤 지나고 나는 「그것」을 감지했다.

그만큼 냉정을 잃었기에 지금껏 알아차리지 못했던 것이리라.

마치 감옥처럼 생긴, 맞은편에 있는 작은 방 안에 흐릿하게 빛나는 무언가가 있었다.

나는 일어섰다.

다가가서 보니 탐색자가 벗어둔 물건인 듯했다. 조악한 가죽 갑옷, 외투, 가죽 장갑, 각반과 단화.

탐색자의 장비가 사람 형태를 유지한 채 쓰러져 있었다. 시체는 어디에도 존재하지 않았다. 원래라면 머리가 있어야 할 위치에 작고 붉은 정령석이 툭 놓여 있다.

마치 시체가 연기처럼 사라진 뒤 정령석만 남겨둔 듯했다.

'……죽었나? 육체는……?'

모르겠다.

미궁이라는 이상한 곳에서는 이상한 일도 벌어지는지 모르겠다.

검은 부러졌고, 방어구도 싸구려였다. 아마도 초보 탐색자였겠지.

나는 탐색자가 남긴 장비품과 짐을 섀도 백 안에 넣었다.

"……시체 뒤지기라……. 나도 갈 데까지 간 모양이네."

싸울 수 없으니, 돈을 얻을 수 있는 수단은 이것밖에 없었다.

모두 어둠 속에서 벌이는 행동이었다. 시청자들의 눈에는 보이지 않겠지.

신기하게도 스스로가 더러워져가는 것을 받아들일 수 있었다. 죽은 상대까지 걱정할 만한 여유도 잃어버렸다. 소꿉친구와 가족, 돌아갈 장소, 자신의 존엄성마저 잃어버린 나에게 이제 잃어버릴 것은 목숨밖에 없었다.

그래도 살아간다. 현재 나는 유일한 목적을 쫓는 것조차 급급했다.

―그렇게 오늘도 나는 이 미궁 도시에서 살아간다.

◇ ◆ ◆ ◆ ◇

나에겐 이 어둠이 아늑했다.

고요함과 죽음으로 충만한 이 미궁에 숨어들어, 말없는 해골로 변해버린 탐색자로부터 장비를 벗겨내 암시장에 팔아치우면 그럭저럭 먹고 살 수가 있었다.

죽음이 감도는 연도(羨道)에서, 현실(玄室)에서.

나는 몸에 어둠을 휘감고서 오늘도 그저 숨을 죽이고 웅크렸다.

아무에게도 보이지 않도록.

아무에게도 주목을 끌지 않도록.

그리고 모두가 나를 잊을 수 있도록—.

이세계 전이 종합게시판【나라별 · JPN-C】
6211th

1: 지구의 무명 씨
이 게시판은 이세계 전이 종합게시판입니다. 전이자 개개인의 관한 이야기는 개별 게시판에서!

43: 지구의 무명 씨
상상은 했지만, 모두 고생들 하고 있구나.

45: 지구의 무명 씨
특히 식사가 말이지……
일본인은 유리한 편일지도 모르겠네.
비교적 뭐든지 먹을 수 있으니까.

48: 지구의 무명 씨
「이딴 걸 어떻게 먹어!」라면서 내던져버리는 전이자들이 너무 많잖아.

52: 지구의 무명 씨
종교적으로 먹지 못하는 건 좀 불쌍해. 하지만 너무 투철한 것 같은 느낌도 드네.

55: 지구의 무명 씨
꽤 맛있어 보이는 음식도 있던데 말이야.
위생 관념 문제도 있어서 뭉뚱그려서 말할 수는 없지만.

58: 지구의 무명 씨
결국 문명인은 대도시까지 가서 비싼 밥을 사 먹을 수밖에 없다고 봐.

60: 지구의 무명 씨
이 세상에 생선구이를 먹지 못하는 녀석이 이렇게나 많을 줄은 상상도 못 했어.

62: 지구의 무명 씨
뭐, 당사자들은 조리 방법에 문제가 있어서 먹지 못하겠다는 의도로 그렇게 말했을지도 모르지. 뫼니에르#4나 프리터#5를 해주면 아마도 먹겠지.

64: 지구의 무명 씨
지구에서 특정 동물을 먹지 못했던 사람한테 「그쪽 세계에 있는 동물은 지구랑 똑같진 않잖아」같은 메시지를 보내는 게 유행하고 있대…….

68: 지구의 무명 씨
아아, 확실히 같은 종일 리는 없겠네.
이세계인걸.

70: 지구의 무명 씨
몸에서 정령석이 나올 정도이니.

72: 지구의 무명 씨
전이자의 몸속에서도 정령석이 나오나?

73: 지구의 무명 씨
아마도 나올 거야. 전이될 때 저쪽 세계에 적합하도록 신체를 고쳤다고 봐도 돼. 어차피 포인트를 써서 능력을 얻었을 테니 육체가 교체됐다고 생각해야지.

76: 지구의 무명 씨
채식주의자 같은 사람들은 어쩌나?

77: 지구의 무명 씨
의외로 채식으로 버티는 모양이야. 그쪽 세계에는 먹을 만한 채소가 꽤 있으니까.

80: 지구의 무명 씨
식량도 풍부하더라.

#4 뫼니에르 어패류에 밀가루를 묻혀서 냄비에 버터와 샐러드유를 넣고 지져내는 서양요리.
#5 프리터 조각낸 고기, 채소, 생선, 과일 등에 걸쭉한 반죽을 입혀 튀긴 요리.

상상했던 것보다 생존 난이도가 낮아.

83: 지구의 무명 씨
「랜덤」으로 전이했던 녀석들은 거의 전멸했지만…….

84: 지구의 무명 씨
걔네들은 스스로 불길 속으로 뛰어든 바보잖아. 바보는 살아갈 수 없다는 당연한 자연도태가 이뤄졌을 뿐이야.

85: 지구의 무명 씨
레벨 1에서 시작하니 전사든, 마법사든, 승려든 꾸준히 헤쳐나갈 수밖에 없다는 걸 왜 모를까.

86: 지구의 무명 씨
바보한테 잘 듣는 약은 없으니 어쩔 수 없지.

88: 지구의 무명 씨
표현들이 상당히 신랄하네? 랜덤 전이를 피하려면 꽤 큰 30포인트나 써야 하니 운에 한 번 걸어보자는 생각을 해볼 만도 하지. 랜덤 전이를 피했을 경우에 남은 포인트는 고작 30포인트 정도밖에 안 되니까.

90: 지구의 무명 씨
반드시 위험한 곳으로 날아간다는 보장도 없는걸.

91: 지구의 무명 씨
최초에 랜덤 전이가 기본 설정이고, 안전한 곳으로 전이하고 싶다면 30포인트를 지불해야 한다는 것 자체가 노림수였어. 신의 대단한 함정. 30포인트를 받는 것과 30포인트가 깎이는 건 숫자로는 같더라도 감각이 달라.

93: 지구의 무명 씨
이카킨조차 천천히 생각할 시간
이 없어서 당황한 나머지 랜덤
전이를 선택했을지도 모른다고
말했을 정도이니…….
94: 지구의 무명 씨
신은 역시 무서워. 신은 악마야.

98: 지구의 무명 씨
랜덤 전이를 선택한 것으로 추정
되는 전이자들 중에 생존자는 네
명뿐이지?

100: 지구의 무명 씨
전이하고 며칠 사이에 41명이
사망했으니까.
꽤 잔인한 숫자야…….
히카루는 정말로 용케도 살아남
았어.

103: 지구의 무명 씨
랜덤 전이를 선택했지만 위험하
지 않은 곳으로 날아간 럭키맨도

몇 명 있을 테니 본인이 밝히지
않는 한 불명확하긴 하네.

104: 지구의 무명 씨
모든 전이자들한테 배포된 책자
에도 「어디로 전이될지가 가장
중요하다. 최우선으로 안전을
선택해라」라고 명기됐는걸. 오
히려 경고까지 했는데도 굳이 무
작위를 선택한 사람들이 왜 있는
지 궁금할 지경이야…….

105: 지구의 무명 씨
책자라니, UN에서 발행했던 그
거?

106: 지구의 무명 씨
그래. 똑똑한 사람들을 모아서
제작한 이세계 참고서.
라노벨 작가까지 참가했다나 뭐
라나…….

125: 지구의 무명 씨
신은 어서 전이자들이 포인트를
어떻게 배분했는지 공개하라!

126: 지구의 무명 씨
진짜 궁금해.
잔느가 왜 강한지 그 비밀을 알
고 싶다구.

130: 지구의 무명 씨
그러고 보니 당사자들보다 「치유
의 스크롤 (대)」나 「젊음의 스크
롤」을 더 주목하는 시청자층도
많은 것 같더라.

132: 지구의 무명 씨
그야, 인류의 꿈인걸. 다시 젊어
지기.

134: 지구의 무명 씨
치유 (대)도 꿈의 아이템이야.

138: 지구의 무명 씨
언젠가 이쪽 세계로 돌아올 수
있는 옵션도 등장할 것 같아. 그
때 신이 「여행 선물」을 허락할지
말지가 관건이야.

140: 지구의 무명 씨
정령 마법을 이쪽 세계에서도 쓸
수 있으면 강할 텐데.

141: 지구의 무명 씨
정령 마법도, 스크롤도 정령이
존재하지 않으면 작동하지 않을
가능성이 높지 않나?

143: 지구의 무명 씨
회복 마법과 스크롤이 같은 구조
라면 기대하긴 어렵겠네.

145: 지구의 무명 씨
포션은?

147: 지구의 무명 씨
그것도 정령을 농축한 액체일지
도 모르니 알 수가 없어.

149: 지구의 무명 씨
액체로서 존재하니 육체에 작용
하는 것 자체는 가능하지 않나?

150: 지구의 무명 씨
정령이 지구인한테 해가 되는 존
재인지 어떤지 모르는데? 최악
의 경우에는 즉사할 수 있다고.

151: 지구의 무명 씨
근데 전이자들은 괜찮잖아.

154: 지구의 무명 씨
전이되면서 육체가 이세계인 표
준으로 개조됐다는 설이 유력하
니까.

155: 지구의 무명 씨
꿈이 있는 얘기인지 아닌지 잘

모르겠네…….

166: 지구의 무명 씨
지금 가장 화제에 오른 전이자는
누구?

169: 지구의 무명 씨
상당히 당돌하네.
난 기억이 상실된 그 독일 출신
슈퍼맨.

170: 지구의 무명 씨
히카루겠지.

171: 지구의 무명 씨
잔느 양.

172: 지구의 무명 씨
어둠의 대마도사 히카루.

173: 지구의 무명 씨
역시 이카킨.

174: 지구의 무명 씨
막시밀리안 마셜 님.

175: 지구의 무명 씨
루마니아 쌍둥이.

176: 지구의 무명 씨
잭 알렉산더 폭스.

177: 지구의 무명 씨
역시 보고만 있어도 기분이 좋은 잔느지.
마셜 님보다 파워감이 충만한 미소녀라니 최고야.

179: 지구의 무명 씨
잔느가 통나무로 좀비를 격파했을 때 최고로 흥분했어.

184: 지구의 무명 씨
정신력도 장난이 아니던데. 단련도 빼먹지 않고 말이야. 저런 수재가 어디에 숨어 있었던 거야?

185: 지구의 무명 씨
정령술에 전혀 흥미를 보이지 않는 점이 아주 늠름해.
육체적으로도, 정신적으로도.

187: 지구의 무명 씨
고찰 게시판에 따르면 잔느가 「정령 마법에 소질이 없다」 디버프를 취득한 것 같대.

190: 지구의 무명 씨
진짜? 정령의 힘으로 뭐든지 해결하는 세계에서 그걸 선택하다니 용기가 대단해.

193: 지구의 무명 씨
예상보다 전투하는 전이자는 적더라.
더 많은 전이자들이 전사가 될 줄 알았는데.

195: 지구의 무명 씨
마법사가 많긴 하지…….

197: 지구의 무명 씨
정령 마법을 익혔지만 몇 번밖에
쓰질 못해서 금세 질려버린 전이
자가 많지 않냐?
꾸준히 갈고닦겠다는 기개가 부
족해.

200: 지구의 무명 씨
결국 이세계를 동경했던 사람이
아니라면 다 그 모양이지 뭐. 살
아가는 것만으로도 벅찬걸.

204: 지구의 무명 씨
평범하게 빵집 견습 직원이나 농
사를 시작해버린 전이자를 봐도
별로 재미가 없는지라.

207: 지구의 무명 씨
결국 일부 버서커한테 시청자들
이 몰리는 건 어쩔 수 없어. 애
당초 전이자 스킬이 전투에 치중
되어 있는걸. 신의 뜻이라고 해
야 하나, 신이 시스템을 잘못 디

자인했다고 해야 하나.

210: 지구의 무명 씨
은둔 캐릭터 히카루 군도 분발해
줬으면 좋겠어.
전투를 하면 엄청 강할 거 아냐.
그 활약상 덕분에 정령 마법의
진면목이 엄청 알려졌는데.

211: 지구의 무명 씨
너희들 입으로는 전투 계열이 좋
다고 떠들어대면서, 실상은 야한
채널을 빼놓지 않고 보고 있지?

212: 지구의 무명 씨
당연하지!
보지 않으면 오히려 실례야!

215: 지구의 무명 씨
식사 이야기를 하니 떠올랐는데
정령석을 먹어도 살아갈 수 있다
던데.

216: 지구의 무명 씨

수행승 말고는 누가 그런 짓을
하겠어…….

자루 속에서 짤랑거리는 내용물을 구멍이 숭숭 뚫린 싸구려 여관의 탁자 위에 늘어뜨렸다.

'10……20……, 28닢인가…….'

소은화 28닢.

동화는 되도록 우선하여 쓰고 있으니, 다른 잔돈 지갑에 10닢쯤 들어있는 모양이다.

'여관비를 다음 주 치까지 지불하고, 식비를 따져보면 현재 페이스로는 곧 거덜이 나려나…….'

이 미궁 도시에 온 지 열흘. 결론부터 말하면 금전적으로 전혀 여유가 없었다.

생활하기 위해서 미궁에 숨어들었다. 잘 벌릴 때는 흑자를 보지만, 그렇지 않을 때는 현상 유지나 적자를 보는 상황이었다. 일단 위험한 일을 감수하는 것에 비해 수입이 적었다.

사망한 탐색자의 장비를 팔곤 했지만, 그런 걸 매일 찾아낼 수 있을 리가 없었다.

이따금씩 떨어진 정령석을 주워서 파는 게 주 수입원이었다.

암시장이라서인지 가격을 후려치는 것 같은 느낌도 들지만, 이것만은 어쩔 수 없었다. 나는 아직 사람과 적극적으로 어울릴 만한 마음이 들지 않았다.

'여관을 나와 집을 하나 빌리는 수도 있긴 하지만……'

장기적으로는 그게 더 싸게 먹힐지도 모른다. 이곳은 탐색자의 도시. 탐색자용 아파트 같은 거주용 건물이 있을지도 모른다. 그러나 가령 실제로 집을 빌리더라도, 여관에 묵음으로써 생략할 수 있었던 여러 문제가 생활을 짓누르지는 않을까? 식사는 노점에서 대충 때우더라도, 빨래, 물을 데울 만한 수단, 거기에 가구도 필요하다. 집을 빌리려면 최초에 보증금을 내야만 할지도 모른다. 목표로 삼는 건 좋지만, 현재로서는 돈이 부족해서 어려웠다. 더욱이 아파트 살이를 꼭 해야만 하는 이유도 없었다.

"그보다도 돈벌이를 더 늘리는 편이……."

결국은 돈이었다. 돈이 없으면 살아갈 수가 없었다. 자급자족 생활을 한다면야 모르겠지만, 나는 그 길을 택하지 않았으니까. 어둠 속에서 살아가기로 결정했으니까.

"……스테이터스 오픈."

내가 그렇게 말하자 눈앞에 컴퓨터 게임처럼 반투명 창이 떠올랐다.

이 도시에 온 뒤로 나는 며칠마다 딱 한 번만 스테이터스 화면을 보기로 했다.

지구를 잊고 싶으면서도. ……아니, 그렇기에 실시간 시청자수가 줄어드는지 알고 싶다는 욕구를 거스를 수가 없었다.

스테이터스 화면을 통해 여러 정보를 얻을 수 있었다. 요 열흘 사이에 표시 항목이 여러 개 늘었다.

「실시간 시청자수 4200만 명」

「누계 종합시청수 62억 8000만 명」

「북마크 등록 14억 6000만 명」

「총 획득 크리스털 49개」

「총 획득 포인트 10」

「전이자 수 723/1000」

「크리스털 소지수 21개」

「포인트 소지수 5」

시청자수는 예전에 비해 꽤 줄어들었다. 그래도 숫자 아랫자리가 생략될 정도로 많았다.

하루 대부분을 어둠 속에 숨어들고, 그렇지 않으면 여관에서 잠만 자는 생활이 뭐가 재밌을까.

—그런 줄 알았건만.

"젠장……."

아직도 시청자가 4000만 명이나 된다. 실시간으로 말이다. 하루 치를 집계하면 지금도 늘 1억 명이 넘는다.

전이자들도 이미 250명 넘게 죽은 모양이니 생존자들을 주목하는 숫자도 상대적으로 올랐을지도 모르겠다. 생존하면 할수록 주목도가 올라가고 만다.

나는 화면을 닫고서 한숨을 내쉬었다.

'뭐, 그래도 결과는 나오고 있어. 꾸준히 가자.'

어떻게 살아가든 지금 이대로 좋다고는 나도 생각하지 않았다. 그렇다고 해서 적극적으로 살아갈 이유도 보이지 않았다. 되도록 포인트나 크리스털을 쓰고 싶지 않았다. 포인트를 돈으로도 교환할 수 있을 테지만, 그러고 싶지 않았다.

나를 이 상황으로 내몬 「신」을 향한 사소한 반항심이었다.

'오늘은 이만 자고 돈 문제는 내일 생각할까.'

싸구려 여관일지라도 개인실은 비싸다. 싼 다인실에서 혼숙이라도 하면 될 테지만, 도저히 무리였다. 남의 눈이 신경 쓰이기도 하고, 사납고 거친 남자들이 득실거리는 그 다인실에서 잘 바에야 노숙하는 편이 나았다.

원래라면 나 같은 탐색자에게 개인실은 아직 이르다. 그것도 파티 단위가 아니라 혼자서 개인실을 점유하는 사람은 돈푼깨나 있는 중견 이상 탐색자가 아니면 별난 사람밖에 없다.

이 세계에서 내가 부리는 유일한 사치이자 고집이라고 할 수 있었다.

지금도 미궁에서 밖으로 나오면 시선이 느껴졌다. 어디선가 키득키득 웃는 소리가 들렸다. 그래도 나는 내일도, 모레도 살아가야만 했다.

침대에 느릿느릿 들어갔다. 싸구려 여관치고는 침대가 충분히 부드럽고 편안했다.

매트리스 안에는 정체 모를 유사 솜, 털, 깃털, 짚이 섞였다. 벌레가 굼슬굼슬 솟아날 것 같았지만, 독 내성과 질병 내성을 믿고서 괘념치 않기로 했다.

'밤중에 일어나서 다시 미궁에 숨어들까…….'

그런 계획을 어렴풋이 세우면서 알람을 설정한 뒤 눈을 감았다.

잠에 들락말락 하는 때에 방해하듯 문을 콩콩, 두드리는 소리가 들렸다.

나를 찾아올 사람이 있을 리가 없었다. 있다면 여관 직원 정도?

요금은 이미 지불했다. 빼먹은 게 없을 터인데—.

나는 힘을 쥐어짜내 몸을 일으킨 뒤 문을 끼이익 열었다.

"어~머, 꽤 귀엽게 생긴 애네? 너 혼자니?"

문 앞에는 얇은 천이라고밖에 표현할 수 없는 선정적인 붉은 옷을 걸친 빨간 머리 여성이 있었다.

여관 종업원 중에 저런 사람이 있었나?

"혼자인데요⋯⋯."

"오호, 그럼 네가 혼자 이 방을 빌렸니? 흐음⋯⋯ 행색은 말쑥한데, 어디 잘사는 집 도련님인가⋯⋯?"

여성이 탐색하듯, 혹은 값어치를 매기듯 내 온몸을 훑어봤다.

그리고 한 걸음 좁히고서 말했다.

"하룻밤 어떠니? 처음이니 저렴하게 해줄게?"

처음에는 무슨 말인지 이해하지 못했다.

여성이 요염한 자세를 취하며 대답을 기다렸다. 그러나 나는 목소리를 낼 수조차 없었다.

하룻밤⋯⋯? 저렴하게 해주겠다⋯⋯?

"그래, 오빠 정도라면⋯⋯ 은화 2닢만 줘."

또 한 걸음, 그녀는 나와의 거리를 좁히더니 요염하게 웃었다.

그녀는 자신이 누구이고, 무슨 용건으로 왔으며, 왜 은화 2닢을 운운했는지 확실히 말하지 않았다.

즉, 말하지 않아도 알지? 라는 뜻이겠지.

그녀는 미인이었다. 등까지 늘어뜨린 올리브색 머리카락은 살짝 곱슬했고, 얇은 천에 비치는 몸은 남자의 그것과는 달리 무심코 보고 싶어지는 매혹적인 곡선으로 이뤄졌다.

나는 여성과 사귀어본 적이 없었다.

고등학교 1학년으로서 평범한 일이었지만, 여성 친구들도 나나미 이외에는 없었다. 그 나나미는 굳이 말하자면 오누이 같은 관계였다.

두 여동생은 세 살이나 차이났다. 머리는 차원이 다를 정도로 영특하지만, 집에서는 그저 장난꾸러기 아이일 뿐이었다.

꼭 그런 이유 때문은 아니었지만, 이 상황에 대응할 만한 경험치가 부족했다.

딱 잘라 거절했으면 됐다. 그뿐인데도, 나는 「아, 아」 하고 한심한 소리를 내며 그저 당황하기만 했다.

코와 코가 닿을 것 같은 거리까지 여성과 근접해본 적이 없었다.

그래서 여성이 내 오른쪽 손목을 살며시 쥐었는데도 흐름에 휩쓸리고 말았다.

그리고 그녀는 그대로 내 손바닥을 자신의 가슴으로 가져갔다.

"아응, 어때? 꽤 자신 있는데?"

"아……, 웃……."

뇌에 전류가 흐른 듯했다.

일찍이 경험한 적이 없던 부드러움에, 무엇보다 아주 오랜만에 느껴보는 사람의 열기에 뇌가 마비되고 말았다.

"후후……, 경험이 없구나……? 귀여워라."

그녀가 내 손을 자기 가슴에 꾹 댄 채로 거의 끌어안듯 몸을 붙였다.

뺨에 닿는 숨결. 온몸으로 느껴지는 살아 있는 사람의 열기.

—지금 나는 분명 장승처럼 똑바로 선 채로 얼굴을 삶은 문어처럼

붉힌 아주 꼴사나운 모습이겠지. 그래, 냉정하게 자신의 모습을 위에서 바라본 순간이었다.

―아하하.

―꺄하하.

웃음이 들려왔다.

동시에 따끔따끔한 호기심 어린 시선들도.

전 세계 사람들이 나를 보고 있다.

소꿉친구를 죽였던 인간이 이세계에서 창부에게 거의 농락당하는 꼬락서니를.

기대하고 있다. 10억 명의 시청자들이.

―내가 창부에게 유혹당해 쩔쩔매는 모습을.

―내가 한심하게 지갑에서 은화를 꺼내는 모습을.

―내가 그녀의 가슴을 정신없이 빨아대는 모습을.

―내가 순식간에 절정하여 쓴웃음을 지으며 얼굴을 붉히는 모습을.

"이, 이거 놔!"

"꺅!"

나는 바로 여성을 밀쳐냈다. 여성이 문밖에서 엉덩방아를 찧었다.

나는 죄책감이 들어 순간 머뭇하다가 문을 닫고서 걸쇠를 채웠다.

"하! 멍청한 동정 놈 같으니!"

욕설과 함께 문을 차는 소리가 들리더니 창부가 그대로 발소리를 내며 떠나갔다.

—키득키득.

　—아하, 아하하.

　복도에서 새어들던 빛이 없어지고 어둠에 갇혀버린 방 안. 누군가가 나를 비웃었다.

　애써 뿌리쳤지만, 목소리는 실은 사람이 그리웠지? 하고 웃었다.

　—그렇다. 그게 속내였다.

　아무런 각오도 없었다. 나는 미래를 변변히 생각해본 적이 없는 15살짜리 학생이었다.

　그런데 아는 사람 하나 없는 이세계에 왔으니 불안하지 않을 리가 없었다.

　"윽......, 젠장...... 젠장......!"

　어둠으로 온통 도배해버린 진짜 감정이 파헤쳐진 것 같아서 눈물이 흘러나오고 말았다.

　이런 내 모습조차 시청자들에게는 즐거움을 위한 구경거리에 불과하겠지.

　우는 모습조차 콘텐츠로써 소비되겠지.

　그렇게 생각하면 할수록 눈물이 쉬지 않고 넘쳐흘렀다.

　"흑...... 뭐야......, 멈춰....... 젠장, 젠장......."

　싫었다. 나의 이 감정은 오직 나만의 것이다.

　알 수 있을 리가 없다. 안전이 보장된 바깥에서 구경이나 하며 멋대로 떠들어대는 녀석들에게 이해받고 싶지 않았다.

　그렇다면 오해나 계속 하라지. 나를 이해한다고 거들먹거리는 것보다야 몇 배는 낫다.

"······다크니스 포그."

정령력이 어둠의 안개로 변질하여 내 몸을 감쌌다. 빛이 새어들지
않는 방이 완전히 어둠에 뒤덮였다.

오직 어둠 속만이 안심할 수 있는 공간이었다.

어둠이여—.

넋두리도.

눈물도.

연약한 속내도.

모조리, 모조리 뒤덮어다오.

이튿날에는 이제 뭔가를 할 의욕이 솟질 않았다.

하루 종일 여관에 틀어박혔다.

누구와도 만나고 싶지 않았다. 사람과 얽히는 게 무서웠다.

안전지대에서 내 정신을 공격하는 적과 싸울 만한 방법이 어둠에
숨어 가만히 있는 것 말고는 떠오르지 않았다. 그렇게 어둠과 동화
함으로써 나는 이 세계에서 지워질 수 있었다.

이곳에는 그 시선들도 닿지 않았다.

안녕과 허무로 점철된 하루를 보내고 이튿날 아침.

나는 갑자기 머릿속에 울리는 안내음에 눈을 떴다.

『이세계 전이자 여러분, 오늘부터 포인트를 획득하는 새로운 수단
으로써「포인트 가불」과「재랜덤 전이」를 할 수 있게 되었습니다! 포

인트 가불로는 최대 3포인트까지, 재랜덤 전이를 통해 위험한 곳으로 간다면 대가로 10포인트를 증정합니다. 또한 「사랑스러운 자」도 선택할 수 있습니다. 신중히 고민한 뒤 이용해주시길—.」

그렇구나. 포인트가 전혀 없는 전이자를 구제하는 조치겠지. 나와는 관계가 없지만.

……그 중에는 랜덤 전이를 선택한 사람도 있을까?

역시 「신」. 꽤 악랄하다.

나무창을 여니 부드러운 바람이 뺨을 매만졌다. 아주 화창한 아침이었다.

—꼬르륵.

아무것도 하지 않고 시간을 보내도 배는 고파졌다.

상황이 어떻든 끼니는 늘 때워야만 하는 이 현실이 어이없어서 진절머리가 났지만, 죽음을 택할 용기가 있을 턱도 없었다.

스테이터스 보드를 여니 실시간 시청자가 1000만 명까지 줄어들었다.

아마도 이 시청자들도 무슨 움직임이 있을까 봐 화면을 열어두기만 했을 뿐, 적극적으로 시청할 리는 없……겠지. 화면에서는 내가 생활하는 자그마한 소음이 들리고, 어둠 속에 묻힌 방 윤곽만이 비칠 테니까.

그러나 반대로 내가 어떤 행동을 하면 그 순간 정보가 퍼져 눈 깜빡할 새에 시청자수가 폭증한다. 그런 시청 스타일이 확립됐으리라 쉬이 상상됐다.

긴장을 늦출 수 없었다.

'하지만 이대로는 무일푼이 돼서 여관에서 쫓겨나고 말 거야.'

역시 그 지경까지 추락할 수는 없었다. 나는 무거운 엉덩이를 들었다.

이른 아침의 거리에는 활기가 느껴졌다. 죽은 것 같은 심야의 거리와는 정반대였다. 날이 너무 환한 시간에는 밖에 나가고 싶지 않았지만, 음식만은 밝은 때가 아니면 조달하기가 어려웠다. 심야에 영업하는 점포 따윈 없었다.

그 대신에 사람들이 이른 아침부터 활동을 개시하니 시장이나 노점에서 식량을 조달할 수 있었다.

'이세계는 이세계구나…….'

큰 사람, 작은 사람, 고양이처럼 생긴 사람, 개처럼 생긴 사람, 귀가 뾰족한 사람…….

다양성의 용광로였다. 나도 이런 상황만 아니었다면 전혀 다른 이세계에 놀라워하며 여러모로 흥미를 보이면서 즐겼을지도 모르겠다.

그러나 지금 나에게는 모든 것들이 잿빛으로 비쳤다.

머리와 눈동자가 검은 일본인은 이세계에서 눈에 띈다— 일찍이 읽었던 소설에서 자주 등장하는 설정이었다. 그러나 이곳에서는 그리 눈에 띌 것 같지 않았다. 덕분에 주목을 끌지 않고 노점에서 식량을 살 수가 있었다. 시청자들도 이런 평범한 생활은 일일이 주목하지 않을 터였다.

어쩌면 이 거리에도 「이세계 전이자」가 있을지도 모르겠지만 만날 확률은 낮겠지. 게다가 나는 졸지에 전이자가 됐기에 상대가 나를 알고 있을 가능성도 매우 낮았다.

나는 잽싸게 식량을 구매한 뒤 도망치듯 시장을 뒤로 했다.

사람이 많은 곳은 거북하다는 의식이 생겨났다. 어쩌면 사람이 무서워졌는지도 모르겠다.

낮에는 여관에 틀어박혀 지냈고, 밤이 되면 여관을 나섰다.

미궁 입구에는 병사로 추정되는 네 사람이 꼭 감시하고 있다.

낮에 숨어들기란 어려울 테지만, 밤이라면 문제없었다.

"다크니스 포그."

여관에서는 술식이 잘 발동되지 않아서 어둠으로 그 방을 채우는 게 고작이었지만, 미궁 근처에서는 지나치리만치 잘 작용했다.

그러나 너무 거대한 어둠은 부자연스럽다. 나는 2미터 범위로 어둠을 두른 뒤 미궁으로 몰래 들어갔다.

어둠을 휘감은 채 제1층을 달려서 지나 제2층으로 향했다.

제2층은 시체 뒤지기를 하기에 안성맞춤이었다.

『마물이 떼로 나온다.』

『강해보이는 마물이 나온다.』

『1층에서 쉽게 올 수 있다.』

『1층에 비해 길을 헤매기 쉽다.』

『1층보다 훨씬 어둡다.』

이런 특징들이 있어서 탐색자가 전멸하기 쉬운 조건을 갖추고 있는 듯했다.

이 도시에 온 지 열흘째. 거의 매일 드나들었는데 사흘마다 한 번 꼴로 누군가가 죽어 있었다.

엄밀하게 말하자면 「죽은 것 같다」고 표현하는 게 맞겠다. 시체는 한 번도 본 적이 없었다.

그저 장비만이 떨어져 있을 뿐이었다.

그래서 나도 그것들을 챙기는 데 거부감을 느끼지 않았다.

물론 2층 전역을 돌아다니는 게 아니니 사망자가 매일 더 나올지도 모르겠다. 그렇다면 그 미궁은 얼마나 많은 목숨들을 빨아들이고 있단 말인가.

아직 탐색자들이 전멸당하는 현장은 접하지 않았다. 그러나 그것도 시간문제일지도 모르겠다.

나는 다크니스 포그가 끊어지지 않도록 주의하면서 미궁 안을 걸어서 돌아다녔다. 이 계층의 마물들도 어둠 속에서는 내 존재를 인지하지 못하는지 술식이 지속되는 동안에는 마음껏 걸어 다닐 수 있었다.

사망자의 장비를 벗겨서 파는 것도 돈이 되지만, 어째선지 정령석이 불쑥 떨어져 있는 경우도 많았다. 그런 걸 주워서 팔아도 돈벌이가 그럭저럭 됐다.

때때로 다른 탐색자와 맞닥뜨리곤 했지만, 나는 어둠 속에 숨어 스쳐 지났다.

"야! 척후가 앞장을 서질 않으면 어떡하냐! 얼른 살펴보러 가!"

"미, 미안해요냥. 근데 다리를 다쳐서……."

"신발을 안 신으니까 그렇잖냐! 신발 말이다! 나 참, 못 써먹겠구만."

"야, 이제 됐잖아. 그냥 놔두고 가자고."

"마, 말도 안 돼요냥! 이런 데 놓고 가버리면……."

가끔 보는 파티였다.

아마도 척후를 맡은 고양이 수인이 다쳐서 걸을 수가 없는 듯했다.

"우린 널 척후로서 고용했다! 도움이 안 되면 해고하는 게 당연하지. 넌 해고야, 해고. 그럼 이만!"

고양이 수인을 내버려두고서 세 탐색자들이 횃불을 한 손에 들고서 앞으로 성큼성큼 나아갔다.

수인도 낙오되지 않으려고 한쪽 다리를 질질 끌며 나아갔으나— 아마 불가능하겠지.

'아—, 진짜 뭣들 하는 거야…….'

고양이 수인은 체념했는지 그 자리에서 훌쩍훌쩍 울기 시작했다. 이곳은 제2층이지만, 여기서 1층까지 돌아가려면 수백 미터는 걸어가야만 했다. 마물과 한 번도 맞닥뜨리지 않고 탈출하기란 불가능하다.

1층까지 올라가더라도 그곳이 안전하리라는 보장도 없었다.

젠장. 차마 놔두고 갈 수가 없었다. 만약에 사람이었다면 무시했을지도 모른다.

그러나 고양이 수인은 정말로 고양이가 그대로 이족보행을 시작한 것처럼 생겼다. 그래서 보호해야만 한다는 마음이 싹튼 게 아닐까 싶었다.

나는 스테이터스 보드를 통해 크리스털 다섯 개를 상처용 포션과 교환했다.

크리스털 한 개짜리 포션은 찰과상밖에 치료하지 못한다고 설명에 적혀 있었으므로 크리스털 다섯 개짜리를 샀다. 얼핏 보니 그리 심하게 다친 것 같지는 않으니 스크롤은 필요 없겠지.

"그걸 써."

나는 어둠에 숨은 채로 포션을 수인의 발치에 놔뒀다.

"어, 어, 누굽니까?! 으냥?! 포션……?"

"다친 데에 뿌리면 잘 듣는대."

나는 상처용 포션을 써본 적이 없었다. 체력 회복 포션이나 스태 미나 포션은 마시는 형태라서 편했지만, 상처용 포션은 상처에 직 접 뿌리는 형태인 듯했다. 설명에 그렇게 적혔다.

수인이 포션을 쓰니 깊게 베였던 발……이라고 해야 하나, 고양이 젤리에서 흐르던 피가 서서히 멈춰갔다. 바로 완치된 것은 아닌 듯 했지만, 붕대 등을 둘러서 처치해두면 문제없겠지.

"이…… 이건 중급 이상의 포션……. 저, 전, 지불할 만한 돈이 없 어요냥……."

고양이 수인이 귀를 푹 숙이면서 그렇게 말했다. 의외로 빚을 철 저히 갚는 성격인가 보다.

"내가 그냥 멋대로 준 거야. 돈 따윈 필요 없어."

"왜, 왜요냥? 그럼 제가 뭘 해드려야……."

뭘 한다……라. 딱히 뭘 바라서 벌인 일은 아닌데.

두고 볼 수가 없어서 도왔을 뿐이니까.

"그렇지……. 뭐, 일단은 나갈까. 아니면 혼자서 모험을 계속할 거야?"

"아뇨, 혼자서 『기수지하감옥(飢獸地下監獄)』을 빠져나가는 무리 예요냥……. 1층조차도 불확실한데요."

235

기수지하감옥? 이 지하 2층의 이름인가? 저 아이 — 목소리를 들으니 여자애인 것 같다 — 에게 이 미궁 정보를 물어보는 것도 괜찮을 듯싶었다.

"붕대는 있어? 응급조치가 끝나면 가자."

일단 최소한의 용품은 가지고 있는 듯했다. 고양이 수인이 거즈를 붙이고서 붕대로 다친 곳을 칭칭 동여맸다.

"걸을 수 있겠어?"

"이, 이 정도라면 괜찮아요냥."

"그럼 잠시 동행할게. 날 따라와."

나는 어둠을 펼치고서 그녀의 손을 잡았다.

"냥냥냥! 새카맣다냥!"

느닷없이 고양이처럼 놀라서 나까지 놀랐다. 어쨌든 어둠 속에 있으면 마물과 맞닥뜨릴 일도 없다.

"조용히. 한 번에 1층까지 돌아갈 거야."

"냐, 냐앙~."

나는 고양이 수인의 손을 잡아 이끌면서 1층으로 향했다.

노 리스크……일지 아닐지는 모르겠지만, 척후 역할을 맡았을 정도니 이 미궁을 자세히 알겠지.

마물 옆을 몇 번쯤 지나가 1층으로 향했다.

1층은 거리처럼 생겼는데 아무도 오지 않을 것 같은 작은 건물들이 많았다.

"여기까지 왔으니 괜찮겠지. 포션 값 대신에 질문하고 싶은데, 괜찮을까?"

"냥······. 그건 상관없어요냥······. 오빠는 정령술사인가요? 이런 술식은 지금껏 본 적이 없어요냥."

"어둠의 정령술이 드물어?"

포인트로 교환할 때는 불·바람·땅·물·빛·어둠은 전부 가치가 동일했다.

딱히 어둠 속성만 희귀하지는 않을 것 같은데.

"별로 없는 것 같아요냥. 빛의 술사는 가끔 봤지만······. 제가 잘 모르는 것뿐일 수도 있으니 단언할 수는 없지만······."

흐음. 그렇다면 이 술식은 널리 알려지지 않는 편이 나을지도 모르겠다.

나는 눈에 띄는 걸 피하는 처지이니 이때 이런 정보를 알 수 있어서 운이 좋았다.

어둠을 유지한 채 알고 싶었던 것들을 고양이 수인에게 질문했더니 의외로 박식한지 여러모로 알려줬다.

정리해보면 이렇다.

우선 미궁에 관해.

세 개체 이상의 대정령을 한곳에 모아서 같은 간격으로 배치하면 중심점에 거대한 왜곡이 발생하는데, 그게 미궁으로 변한다고 한다. 이 도시의 미궁은 네 종류의 대정령을 모아서 만들었기에 규모가 꽤 크다냥?

그뿐만 아니라 미궁 도시는 대정령이 있기에 타국의 침략을 받을 가능성이 낮아서 안전하다는 것.

따라서 주변 도시로부터 사람들이 모여들어서 점점 커져간다는 이야기다.

"그럼 이 도시에는 대정령이 있다는 거야?"

"불과 물과 바람과 땅의 대정령님이 계세요냥. 저도 돈을 모아서 바람의 대정령님과 계약하는 게 목표랍니다냥."

"흐응……."

이쪽 세계에 온 뒤에도 정령술을 구사하게 해주는 수단이 있을 것 같다고 짐작은 했다. 그 수단이 대정령과의 계약인 듯했다. 뭐, 나와는 이미 관계없는 일이고, 대정령과 만나서 좋았던 기억이 없으니 굳이 다가가지 말자.

"아까 말했던 『기수지하감옥』은 뭐야?"

"제2층의 이름이에요냥. 누가 명명했는지는 모르겠지만 그렇게 불려요."

"그럼 제1층은?"

"황혼명부가."

"그렇구나……."

특징을 이름에 그대로 담은 거겠지.

1층, 2층이라고 부르는 것보다 받아들이기 쉬운가? 잘 모르겠다.

"그나저나 너, 왜 맨발이야?"

무심코 궁금해서 물어보고 말았다. 신발을 살 돈이 없나?

"척후는 발소리를 죽이고서 걷지 않으면 의미가 없어요냥. 근데 제2층이 어두워서 바닥에 떨어진 무언가에 발이 베인 바람에……."

"아아, 발소리를 지우기 위해서였구나."

물론 고양이 수인이라서 신발이 필요 없다는 이유도 있겠지.

어쨌든 발이 베이면 끝장이라는 소리는 비교적 납득이 됐다.

……뭐, 그런 환경이나 조건을 다 알면서도 맨발을 선택했으니 내가 굳이 참견할 필요는 없겠지만.

"앞으로는 동행할 상대를 잘 고르는 편이 좋겠어. 이번에는 그저 운이 좋았을 뿐이니까."

"저희는 척후인지라 손님을 고를 만한 입장이 아니에요냥."

"매정한 세상이네……."

미궁 안에서 갑자기 해고 통지를 받았을 정도였다. 큰소리를 낼 수 없는 처지라는 건 얼핏 보고 예상했지만, 그래도 잔인했다. 이번에는 우연히 내가 지나갔기에 도와줄 수 있었다. 어쩌면 수인들이 저런 식으로 희생되는 게 일상다반사인지도 모르겠다.

그 후에 그녀에게서 미궁 탐색에 관한 정보를 물었다.

미궁에 들어갈 작정이라면 당연히 알아야만 하는 지식인지, 내가 아무것도 모른다고 하자 그녀가 놀랐다.

모습을 드러내지 않고 이 지식을 알게 됐으니 운이 좋은지도 모르겠다. 묘하게 무지한 모습을 남에게 보였다면 이용당할 위험성이 있었다.

들은 내용들을 정리하자면, 미궁에서는 사람이 죽으면 육체를 남기지 않고 정령석만 남긴단다. 또한, 미궁에서는 정령력이 소용돌이처럼 지하로 내려가는 성질이 있어서 아래로 내려갈수록 마물이 강해진다는 것.

거기에 미궁에는 「마물」이 출몰한다. 마물은 동물과는 달리 정령력으로 빚어진 존재라고 한다.

마물을 쓰러뜨리면 육체가 아닌 정령석만 남는다. 다만 미궁 밖으로 나온 마물은 육체를 얻어 괴물로 변한다고 한다.

탐색자는 정령석을 팔아서 돈을 번다. 정령석 「발굴」 작업은 국가에서 주관한다. 또한 정령석 발굴 작업은 기본적으로 탐색자에게 일임된다.

왠지 그럴 것 같긴 했지만, 이렇게 직접 들어두는 건 중요했다.

"……근데 이런 걸 모르다니, 오빠는 탐색자가 아닌가요냥?"

"비밀이야."

"으~음, 그럼 모를 것 같아서 일러두겠는데요냥. 만약에 누군가가 보물을 발견했다면 그걸 절대로 가로채면 안 돼요냥."

그녀가 조금 강한 어조로 말했다. 보물 가로채기. 그게 그토록 금기시되는 행위인가? 윤리관의 문제일까?

"보물은 뭐야? 보물함이라도 있나?"

"그래요냥. 보물은 탐색자 개인한테 주어지는 포상. 리리무프는 그걸 가로챈 자를 용서하지 않는다고 해요냥."

"리리무프?"

"신수(神獸)예요냥."

요컨대 미궁에서 입수한 보물을, 신수가 발견자에게 내려주는 선물로 인식하는 듯했다. 미궁에서 나온 뒤에는 양도해도 되지만, 미궁 안에서는 주고받는 것조차 위험하다고 한다.

이 금기는 널리 침투되었고, 실제로 신수가 나온 것을 본 자는 거의 없다고 하는데—.

"알겠어. 뭐, 보물은 본 적이 없지만 조심할게."

"보물은 미궁 안에서는 동그랗게 생겼는데 밖으로 나오면 진정한 형태를 드러내요냥. 보면 바로 알 수 있습니다."

"그렇구나."

시체를 뒤지며 살아가고 있으니 언젠가 타인의 보물에 손을 댈 가능성도 있을 수 있다. 그러나 동그랗게 생긴 물건만 피하면 문제없겠지.

꽤 유용한 정보를 들었기에 나는 고양이 수인을 미궁 입구 근처까지 데려다줬다.

"그럼 이만. 이제 다치지 마."

"아, 저기!"

"왜 그래? 아직도 말해줄 게 남았어?"

"전, 그레이프푸르라고 해요. 고양이 수인 그레이프푸르. 오빠의 이름도 알려주세요!"

"……아니, 이제 만날 일도 없을 텐데. 앗, 나랑 만났다는 사실도 남들한테 말하면 안 된다?"

무슨 일이 생길지 모르니 일단은 입막음을 해뒀다.

그레이프푸르와 만난 뒤로 어둠에서 한 번도 나간 적이 없었으니 내 모습을 보지 못했다. 목소리만 듣고서 나를 발견하기는 어렵겠지.

오늘 벌어들인 수입은 아직 없었다.

나는 발걸음을 돌려 그대로 2계층— 아니, 기수지하감옥으로 돌아갔다.

'이렇게 보니…… 확실히 잡동사니들이 떨어져 있네.'

어둠에 섞여 가만히 있는 것도 좋지만, 생각해보니 시청자들은 어둠 속을 보지 못했다. 그렇다면 어둠 속에서 무슨 행동을 벌이든 알 수가 없다는 뜻이었다.

고양이 수인, 그레이프푸르가 발이 다쳐서 버림받는 비참한 광경이 떠올랐다. 나는 땅바닥에 떨어진 것들을 그냥 청소하기 시작했다.

장비품에서 떨어진 조각, 뾰족한 돌멩이, 나뭇조각 등이 곳곳마다 떨어져 있다.

이따금씩 정령석도 눈에 띄었다. 탐색자가 마물을 쓰러뜨리고서 줍는 걸 까먹었든가, 어둠에 가려져 그대로 방치된 거겠지. 그런 방치 정령석은 암시와 나이트 비전을 가지고 있는 나에게는 중요한 수입원이었다.

이토록 죽음의 기운으로 넘치건만, 뼈 같은 건 떨어져 있지 않았다.

사람도, 마물도 죽으면 돌이 되는 곳이니 뼈가 뼈로서 존재하는 게 어려울지도 모르겠다.

1층…… 황혼명부가에 있던 스켈레톤도 죽으면 돌이 될 뿐 뼈가 남진 않는다.

'이런 때는 새도 백이 편리해.'

손으로 모을 필요도 없었다. 잡동사니 아래에다가 새도 백의 입을 벌리면 알아서 수납됐다.

정령석도 가끔씩 발견되니 아르바이트 대가치고는 나쁘지 않을지도 모르겠다.

한동안 그렇게 걷다가 한 무리의 탐색자의 흔적을 발견했다.

'아―. 인과응보구나.'

그레이프푸르를 놔두고서 앞으로 나아갔던 탐색자들이 사이좋게 정령석으로 변한 것이다.

아마도 척후가 있던 동안에는 위험한 마물을 회피하면서 나아갔을 테지. 척후의 중요성을 간과하고서 나아갔기에 이런 꼴을 당한 걸까?

고작 셋이서 이 계층을 진행하려면 상당히 숙달될 필요가 있을 것이다. 내가 봤던 것 중에서 가장 규모가 큰 마물 떼는 스무 마리가 넘었을 정도이니까.

그들의 장비품과 정령석을 슬며시 수납했다.

죽은 것은 가엾지만, 3인분이라서 소득이 꽤 짭짤했다.

더욱이 동료를 버린 녀석들이라고 생각하니 죄책감도 들지 않았다.

그날은 그들 이외에 사망한 탐색자를 더는 발견하지 못했다.

미궁 내부를 청소하며 돌아다닌 것 같은 느낌이었다. 내가 보기에는 제법 깨끗해진 것 같았다.

이런 일에 즐거움을 느끼는 스스로가 우스웠다.

나는 해가 뜨기 전에 미궁에서 탈출했다. 아침 시장에 들러 배를 조금 채운 뒤 여관으로 돌아가 밤까지 잤다.

"……너냐? 오늘은 뭐야?"

그 상점은 골목 안에서도 꽤 복작복작한 일대에 있다.

내가 이 도시에 도착하고 이 가게를 발견한 것은 거의 우연이었다. 그러나 그 이후로 팔만한 게 생길 때면 늘 이용해왔다. 아마도 비밀이 많은 사람들이 이용하는 가게겠지. 주인이 아무것도 따지지 않고 매입해주기에 마음이 편했다.

매입 금액을 주인이 알아서 산정하는데, 나는 시세를 모르니 썩 마땅찮았다.

내가 멋대로 암시장이라 부르는데 그 정도로 음흉한 곳인지도 잘 모르겠다.

"이번에는 조금 많아."

나는 그렇게 말하면서 어젯밤 탐색자 시체에서 슬쩍해온 물건들을 늘어놨다.

장검 한 자루와 단검 두 자루. 가죽 가슴방어구, 가죽 모자, 조악한 팔보호대.

지금까지 겪어본 바에 따르면 2층에서 죽었던 탐색자들은 다들 비슷한 장비를 착용했다.

원래는 2층에 와서는 안 되는 사람이 무리하다가 죽었다는 인상이 풍겼다.

"흠……. 이런 장비라도 초보자한테는 수요가 있어. 매입은 해주겠지만…… 다 합쳐서 소은화 30닢쯤 되겠군."

"문제없어."

시체 한 구당 소은화 10닢. 목숨의 가치치고는 꽤 애달팠다.

참고로 대략 소은화 8닢으로 은화 1닢을 환전할 수 있다. 일상생활을 영위할 때는 가치가 너무 높아서 은화는 거의 쓰이지 않았다.

커다란 물건을 산다면 모르겠지만, 소은화와 동화가 있으면 생활하는 데 지장은 없었다.

"······그리고······ 이거 말인데."

나는 소은화 30닢을 챙긴 뒤 시체가 남긴 정령석을 매입대에 올렸다.

지금껏 시체가 남긴 돌을 여러 번 챙겨서 돌아왔지만, 파는 건 이번이 처음이었다.

나는 이 세계의 사정에 밝지 않아서 이「사망자가 최후에 남긴 돌」이 어떤 의미를 가지는지는 모르겠다.

어제 그레이프푸르에게 물어봤으면 좋았을 텐데 깜빡했다.

그래서 주인장이 어떻게 반응하는지 살펴보기로 했다.

"돌인가? 조그마하군. 이거, 스켈레톤의 돌인가?"

"······아니. 탐색자가 남긴 거야. 이걸 어떻게 취급해야 하는지 모르겠어."

나는 솔직히 말하기로 했다. 설마 사망자의 돌을 가지고 나오는 게 불법은 아닐 테지만, 마땅한 장소에 매장할 의무가 있다느니, 그런 풍습이 있더라도 이상하지는 않았다.

"아―, 탐색자라······. 이 크기로 보아하니 초보자겠군. 뭐, 문제없어. 사줄게."

"문제없나?"

"본인도 납득하겠지. 탐색자 업계에 몸을 담았으니."

"부모가 갖고 돌아간다든가, 이 돌을 무덤에 매장해야만 하는 관습이 있다거나······."

"음, 뭐……. 그런 녀석이 없는 건 아니지만, 탐색자가 그런 걸 신경 쓸 필요는 없어. 더욱이 1층이나 2층에서 죽는 녀석은 아무 데도 갈 데가 없는 녀석뿐이야."

생사관의 차이인가? 예를 들어 일본에서는 대부분 화장을 하니 의문을 느껴본 적이 없지만, 유럽이나 미국에서는 「시신을 태우다니!」라고 반응한다고 한다.

어쨌든 서양에서는 시신을 매장한다. 그러니 이 세계에서도 시신에서 나온 정령석을 무덤에 묻는다거나 어떤 처리를 할 줄 알았는데, 아마도 아닌 모양이었다.

"이런 작은 돌은 크게 써먹을 데가 없지만 말이야. 그래도 힘으로서 구사되어 세계를 순환하면 이 녀석의 영혼이 정화되는 셈이야. ……뭐, 남이 한 얘기지만."

"그렇구나……."

"그딴 건 신경 쓰지 마. 너도 참 별난 녀석이네. 이 도시에는 온통 이방인밖에 안 보이지만 넌 그중에서도 제일 특이하군. 뭐, 내 입장에서는 좋은 손님이지만 말이야."

주인장이 웃으면서 소은화 1닢을 탁자에 올려뒀다.

"전에 네가 가져왔던 크기라면 무구의 정령석일지라도 돈이 나름 나갔을 텐데 말이야. 오늘 내놓은 이 돌은 그것밖에 안 돼."

"사람마다 정령석 크기가 바뀌나?"

"미궁에 도전한다는 건 스스로를 마물이나 괴물로 바꿔나간다는 뜻이니까."

"그렇구나……. 금액은 그거면 됐어."

"매번 고맙다."

너무 깊숙이 파고드는 건 피했다. 그러나 중요한 사실을 알았다.

결국 정령석에 사람과 마물의 구별은 없다는 뜻이겠지⋯⋯. 적어도 겉모습만 봤을 때는 구별할 만한 차이가 없었다. 이 세계에서는 사람도, 마물도 동일한 존재라는 의미일지도 모르겠다.

주인장이 일찍이 사람이었던 정령석을 잡동사니들을 모아두는 자루에 휙 던졌다.

'정령석이 작고 투명하면 가치가 낮다⋯⋯. 스켈레톤을 열 마리쯤 쓰러뜨려봤자 고작 소은화 1닢밖에 안 되나. 모두 제1층에서 돈을 벌지 않고, 제2층을 목표로 하는 심정을 알 것 같네⋯⋯.'

"그나저나 탐색자 장비를 가져왔다면 인식증이 있었을 텐데? 그건 어쨌나?"

"인식증⋯⋯? 아아, 이거 말이야?"

나는 주머니에서 금속 재질의 파란색 네임태그를 여러 장 꺼냈다. 정령석 근처에는 꼭 목걸이가 떨어져 있었다. 누가 봐도 사망한 탐색자의 소속이나 개인정보를 나타내는 아이템임을 뻔히 짐작할 수 있으리라.

주인장이 지적하지 않았다면 그냥 넘어갈까 생각했는데ㅡ.

"그거 말이야. 길드에 가져가면 팔 수 있어. 뭐, 브론즈 태그는 동화 몇 닢밖에 안 되지만 말이야."

길드라면, 그 탐색자 녀석들을 총괄하는 곳인가?

어쨌든 별로 가까이하고 싶지 않은 곳이었다.

"그럼 이것도 사줘. 싸게 매입해도 되니까."

"응? 음, 너도 어지간히도 사연이 있는 것 같구만. 뭐, 좋지. 수수료만 제하고 소은화 1닢으로 쳐 주지."

"고마워."

솔직히 인식증은 돈이 안 되니 앞으로는 줍지 말고 입구 부근에 버려두기로 하자. 그럼 누군가가 주워서 길드로 가져가 주겠지.

어쨌든 이로써 당분간 묵을 여관비는 확보했다. 나는 남의 눈에 띄지 않는 곳에서 환금한 돈을 새도 백에 넣고서 미궁으로 향했다.

수수하고 어두운 삶이었다. 그러나 현재 나에게는 이런 삶이 편안했다.

미궁에 틀어박히는 나날을 보내면서 몇 가지 의문이 생겼다.

미궁에 틀어박혀 있으면 다른 탐색자들이 드문드문 보였다. 뭐, 그것 자체는 자연스러운 일이다. 미궁에는 마물도 많지만 탐색자도 많았다.

그러나 문제는 시간이었다. 나는 해가 진 뒤 밤 동안에만 미궁에 머물렀다가 해가 뜨기 전에 미궁을 나와 여관으로 돌아갔다.

그렇다면 이 사람들은 언제 자는 걸까? 다른 모험가와의 마물 쟁탈 경쟁을 피해서 한밤중에 탐색을 벌인다? ······뭐, 가능성이 없지는 않았다.

그러나 미궁은 넓고, 마물을 두고서 서로 경쟁을 벌일 정도로 탐색자가 많은 것 같지도 않아서 의문이었다.

지금도 나름 괜찮은 장비를 장착한 한 무리가 어둠에 숨어든 내 근처를 지나갔다.

'저들도, 이 늦은 시간에 탐색을 벌이나……?'

현재 시각은 밤 여덟 시. 저들은 올빼미형일까? 나는 거리를 두고서 미행해보기로 했다.

돌이켜보면 다른 탐색자들이 이 미궁에서 어떻게 보내는지 정보가 부족했다.

제2층인 기수지하감옥의 지도는 나름 머릿속에 담아뒀다. 거리를 꽤 벌리더라도 놓치진 않을 것이다. 만에 하나 내 정체를 알아차린다면 달아나면 된다.

지금껏 탐색자 파티를 여럿 봤지만, 지금 미행 중인 6인조 파티에게서는 꽤 견실한 인상이 느껴졌다.

'전사 셋에 척후 하나, 정령술사 하나, 그리고 나머지 하나는…… 짐꾼인가?'

우선 척후부터 살펴보자면 이 미궁에서는 대부분의 파티가 척후를 대동했다. 원체 그 역할에 적합한 종족인지 꼭 고양이 수인이 척후를 맡았다.

'저거, 그레이프푸르 아냐?'

푸르스름한 줄무늬 털에, 금세 부러질 것 같은 세검을 허리에 차고 있으며 가죽 몸통 갑옷만 착용한 모습이었다. 그 후로 무사히 탐색작업…… 정확하게는 척후 일을 계속하고 있는 것 같아 안심했다.

이번에는 비교적 강할 것 같은 파티에게 고용된 듯했다.

반대로 말하면 베테랑으로 보이는 파티도 척후는 고용한다. 그만큼 중요하다는 뜻이겠지.

어째서 척후가 중요할까? 전투를 한 번도 한 적이 없는 나도 안다. 미궁을 탐색할 때는 유리한 상황에서 유리한 상대와 싸우는 게 기본이기 때문이다. 강해 보이는 마물이나 도저히 감당하지 못할 마물 떼가 있다면 즉각 달아나는 게 상책이다. 그것을 판단하는 역할이 바로 척후다.

척후는 인간도 할 수 있을 것 같지만, 고양이 수인이라면 내가 어둠에 녹아들어 상황을 살피듯 은밀하고도 민감하게 정찰을 할 수 있겠지.

전사는 한 손에 횃불을 들고 있고, 장검과 방패와 미늘 갑옷으로 무장했다. 아주 잘 싸우게 생겼다.

탐색자의 실력은 장비를 보면 알 수 있다. 1층을 돌아다니는 신출내기는 대부분 가죽 갑옷조차 없어서 나무판을 철사로 엮은 것 같은 갑옷을 입고서 직접 깎아 만든 곤봉 같은 무기로 스켈레톤과 전투를 벌였다.

"저쪽에 오우거가 있습니다. 한 마리. 도끼로 무장했어요냥."

그레이프푸르가 적당한 마물을 발견하여 돌아왔다.

"오우거? 한 마리라면 해볼 만할까? 준비운동에 딱 적합하겠지."

"술식은 어쩌지?"

"위험해지면 각자 한 발 정도는 괜찮겠지."

"알겠어."

파티원들끼리 간단하게 의논한 뒤 나아갔다. 전투가 시작됐다.

오우거는 혼자, 혹은 둘이서 2층을 어슬렁거리는 덩치 큰 마물이다. 무기를 들고 있기도 하고, 맨손인 경우도 있다.

솔직히 무기 소지 여부에 따라 공략 난이도가 꽤 달라질 듯했다. 그런 부분도 포함하여 판단을 내리기 위해 척후가 일찍 발견해내는 것이리라.

이번 오우거는 무기를 들었다. 흉악한 도끼를 한 손으로 든 채 축 내린 상태였다. 저 도끼를 정통으로 맞는다면 사람 따윈 간단히 두 동강이 나고 말겠지.

상대가 알아차리기 전에 세 전사가 일제히 덤벼들었다.

정령술사로 추정되는 여성과 점꾼 소년은 그 자리에서 대기했다.

일단 소년도 단검을 휴대했다. 그러나 저 오우거를 어떻게 상대할 만한 분위기는 아니었다.

그레이프푸르는 주변을 경계하는 역할인 듯했다.

세 전사들은 호흡이 꽤 잘 맞는 연계 공격을 펼쳤다. 오우거가 휘두른 도끼를 교묘히 피하면서 치고 빠지는 식으로 대미지를 착실히 축적해나갔다.

그런데 전사 중 하나가 오우거의 도끼를 팔에 맞고서 전선을 이탈했다.

얇게 베인 듯했지만, 저래서야 장검을 능숙히 다룰 수 없었다.

"젠장, 술식을 쓴다!"

"부탁해!"

"이거나 먹어라! 그라벨 미스트!"

남은 전사가 정령력을 집중하여 오우거 주변에 모래와 자갈을 발생시켜 띄웠다.

느닷없이 발생한 작은 입자가 눈에 들어갔는지 오우거가 얼굴을 부여잡으며 고통스러워했다.

아주 평범한 수단이지만 눈은 명확한 약점이었다. 유효한 술식이었다.

'땅의 정령술인가? 다른 사람이 술식을 쓰는 장면은 처음 보네.'

아마도 어둠으로 치자면 다크 미스트에 해당하는 술식인 것 같은데, 상당히 실전성이 있었다. 저것에 비해 다크 미스트는 꽤 수수하다고 할 수 있다. 어쨌든 술식 덕분에 결정적인 빈틈이 생겼다.

나머지 두 전사가 장검을 든 채로 각기 다른 방향에서 격돌을 거듭하니 전투가 끝났다.

'그렇구나. 정령술은 강하구나……'

어둠의 정령술이 없으면 아무것도 못 하는 내가 할 소리는 아니지만, 설마 가장 먼저 배웠을 정령술로 결정적인 기회를 만들어낼 수 있을 줄은 몰랐다.

저 전사가 사용한 술식은 아마도 토현(土顯)이겠지.

뭐, 나도 암현인 다크니스 포그를 주구장창 쓰고 있다. 초기 술식이자 오의에 해당할지도 모르겠지만…….

"오~, 좋아. 땅의 정령석이다."

"이 정도 크기라면 은화 1닢은 받을 수 있겠네."

전사들이 전리품인 정령석을 주웠다. 마물은 죽자마자 육체를 잃고 정령석만 남겼다. 시체에서 일일이 뽑아낼 필요가 없으니 편할 것 같았다.

"그쪽은 어때?"

"응, 이 정도는 별거 아냐. 힐링 워터!"

여성 정령술사가 팔을 다친 전사에게 회복술을 읊었다.

저건 물의 정령술인가? 물 속성에는 회복을 해주는 술식이 있는 듯했다. 그 여성만 전투에 참가하지 않았던 이유는 회복 요원이기 때문이겠지.

곧바로……는 아니지만, 벌어진 상처가 봉합되어 갔다.

지난번에 그레이프푸르에게 건네줬던 크리스털 다섯 개짜리 포션과 효력이 비슷한 듯싶었다.

"소라. 떨어뜨리지 마."

"아, 예!"

전사 A가 전리품 정령석을 짐꾼 소년에게 건넸다.

그렇구나. 사실상 전투를 하는 사람은 여섯 명 중 세 명뿐이었다. 나머지는 백업 요원이었다.

공부가 꽤 됐다.

그 후에도 탐색자 파티는 마물을 피해 나아가다가 종종 편해 보이는 적하고만 전투를 치르면서 안쪽으로 계속 들어갔다.

"좋아, 그럼 오늘은 이만 야영하고, 내일 아침부터 3층 탐색에 돌입한다. 이의 없지?"

"오! 불침번은 순서대로?"

"앗! 저기요! 저, 아무것도 하질 못해서 불침번이라도…… 설게요! 밤새……!"

그들은 3층으로 이어지는 계단 바로 근처에서 야영하려는 듯했다.

그렇군. 밤에는 탐색하지 않고 도달한 지점에서 휴식을 취한 뒤에

만반의 상태로 3층 탐색을 시작한다……. 계획을 그렇게 세운 듯했다.

"바보 녀석, 제 역할도 아직 못하는 어린애한테 불침번을 어떻게 맡기겠냐. 내일도 따라올 수 있도록 얌전히 잠이나 자."

짐꾼 소년은 역시 미숙한 듯했다. 루키가 경험을 쌓을 수 있도록 베테랑 파티가 짐꾼 역할을 맡겼을지도 모르겠다.

뭐, 그렇다고 해도 저들이 죽는다면 저 소년도 죽을 테니 몹시 위험하다는 사실은 변함없었다. 그럼에도 얻을 것도 많은 일……이라고 할 수 있을까?

……아니, 미궁 탐색 자체가 하이 리스크 하이 리턴인가?

그들이 야영을 시작한 뒤에도 나는 어둠 속에서 그들의 모습을 살폈다.

장작이 따닥따닥 터지는 소리가 들렸다. 이따금씩 멀리서 마물이 모습을 드러냈지만, 몰래 섀도 러너를 써서 다른 방향으로 유도했다.

계단 부근에는 마물이 그다지 접근하지 않는 특성이라도 있는지 다섯 시간 동안에 다가온 마물은 세 마리 정도였다. 그 특성을 기대하고서 계단 앞에서 야영한 거겠지.

좋은 파티인 것 같았다.

그레이프푸르도 임시로 고용됐는지, 아니면 고정 파티원으로서 편입됐는지는 모르겠다. 지난번에 자업자득으로 죽은 3인조와 비교하여 이번 파티는 횡재한 듯싶었다.

되도록 모두 살아서 돌아오길 바랐다.

해가 뜨기 조금 전에 탐색자 파티가 일어나 제3층으로 내려갔다.

'야, 쓰레기를 방치하고 가는 거냐!'

탐색자 파티가 식량 부스러기와 다 타버린 장작더미, 장비품을 정비하면서 소모한 용품 등을 그 자리에 버리고 갔다.

　'하아……. 그래서 쓰레기가 많았구나. 청소하자.'

　나는 그들이 남긴 쓰레기를 회수한 뒤 서둘러 미궁을 나왔다.

　해가 뜬다면 어둠을 타고서 밖으로 나오기가 힘들어진다.

12: 지구의 무명 씨
설마 쌍둥이 여동생조차 클립 영상을 만들 줄이야…….
선전 활동에 너무 열심이잖아…….

13: 지구의 무명 씨
해설까지 들어가서 엄청 이해하기가 쉬워. 그야말로 신이야.

15: 지구의 무명 씨
전이 전 스토리를 재현하여 동영상을 제작한 게 포인트가 높아. 그 안에서 오빠가 누명을 썼음을 강조했고 말이야. 그 후에 이어지는 스토리도 아주 매끄러워.
Twin/SiS는 신.

18: 지구의 무명 씨
추가 음성으로 쌍둥이의 음성 해설까지 넣어놨지. 그 여동생들은 대체 뭐야?

20: 지구의 무명 씨
「오빠는 시청자수가 줄어들었다고 기뻐하고 있을 텐데 아쉽게 됐네요! 클립판 시청자수는 국내 탑인걸요?」, 「여유~.」

23: 지구의 무명 씨
몸서리칠 정도로 귀엽잖아, 세리카랑 카렌!!

25: 지구의 무명 씨
자신들의 상품 가치를 너무나도 잘 아는 쌍둥이.

26: 지구의 무명 씨
근데 이거 여동생이 복수를 벌이고 있다는 설도 있던데. 히카루는 우리 눈에 띄고 싶지 않아서 틀어박혀 있잖아? 근데 정작 여동생들은 마구 파헤치고 있잖아.

28: 지구의 무명 씨
……아니, 쌍둥이 여동생들의 입장에서 오빠는 재미난 장난감이지. 내게도 터울이 큰 여동생이 있어서 왠지 알 것 같아…….

30: 지구의 무명 씨
그 쌍둥이, 귀엽긴 하지만 머리가 무지 좋아서 무서워.

31: 지구의 무명 씨
세리카가 「우리 오빠가 이런 데서 죽을 리가 없잖아. 우리 오빠인걸!」 하고 말했지. 오빠를 향한 무한한 신뢰가 느껴져서 왠지 눈물이 났어.

32: 지구의 무명 씨
저 천재들이 얕잡아보지 않고 오빠 대접을 제대로 해주고 있어서

히카루의 신용도가 은근히 올라갔어.

33: 지구의 무명 씨
히카루가 죽으면 세리카랑 카렌은 어떻게 할까?

36: 지구의 무명 씨
모르긴 몰라도 얼굴이 무지무지 어두워지리라는 것만은 확실하겠지…….

38: 지구의 무명 씨
반대로 그 오빠 사랑이 시청자용 연기일 가능성도 있어.

40: 지구의 무명 씨
그렇게까지 달관했다면 무서운데.

46: 지구의 무명 씨
또 여동생 얘기들뿐이네!

50: 지구의 무명 씨

히카루의 미궁 청소편도 뭐, 재밌어.
역시나 너무 움직임이 적어서 편집판 동영상이 세리카와 카렌의 수다를 즐기는 용도로 변질됐지만.

52: 지구의 무명 씨
히카루를 보는 건지, 세리카와 카렌의 아이돌 영상을 보는 건지 점점 모르겠어.

55: 지구의 무명 씨
두 사람의 교묘한 세뇌에 걸려서 우린 히카루 친위대가 되고 말았다…….

59: 지구의 무명 씨
본질적으로 착한 오빠인 것 같아.

62: 지구의 무명 씨
동물 캐릭터 성애자가 아니냐는 의혹이 있긴 하지만.

65: 지구의 무명 씨
미소녀 쌍둥이가 찰싹 달라붙어서 키운 바람에 조금 이상해진 거겠지.
이해해(못 해).

68: 지구의 무명 씨
창부가 닥쳤을 때와 푸르를 구했을 때, 어느 쪽이 더 들끓었어?

70: 지구의 무명 씨
둘 다 꽤 시끄러웠어.

71: 지구의 무명 씨
뭐, 그래도 다들 클립 보고 있잖아, 솔직히?

72: 지구의 무명 씨
그레이프푸르를 또 보고 싶지만, 미궁에서는 목숨이 가벼운지라 「아, 그녀는 그저께 밤에 죽었어」라는 전개가 펼쳐질 것 같아 무서워…….

74: 지구의 무명 씨
히카루「이 정령석은…… 킁킁……
그레이프푸르의 냄새……!」

77: 지구의 무명 씨
암시장 아저씨가 히로인이 된다
는 설도 있어.
What will it be today?

79: 지구의 무명 씨
오늘도 어둠에 숨어들어 청소를
하나?
미궁 청소부로서 그 명성을 떨치
려고……?

80: 지구의 무명 씨
나도 그레이프푸르의 복슬복슬
한 털을 만끽하고파.

82: 지구의 무명 씨
히카루가 그녀의 털을 만끽한 적
이 없을 텐데…….

88: 지구의 무명 씨
편집본이 재밌어서 벌써 세 바퀴
째 정주행했어.
해설이 들어가서 너무 땡큐야.

90: 지구의 무명 씨
음, 뭐~. 그래도 그럭저럭 살아
가는 것 같아서 다행이야. 사람
과 접촉을 해나가다 보면 정신이
서서히 원래대로 회복되겠지?

95: 지구의 무명 씨
오랜만에 여길 와봤는데 왠지 흐
름이 바뀐 것 같은걸? 소꿉친구
를 살해한 범인이라고 흠씬 두들
기지 않았던가?

96: 지구의 무명 씨
후후후…… 그런 적이 있던가
요……?

100: 지구의 무명 씨
왜냐면 TwiN/SiS가 범인이 아

니라고 하고.
논리적으로도 앞뒤가 맞고.
저렇게 귀여운 쌍둥이의 오빠가
살인자일 리가 없고.

102: 지구의 무명 씨
세뇌됐어…….

106: 지구의 무명 씨
TV에서도 히카루가 범인이라는
얘기가 쏙 들어갔지. 세리카가
「나쁜 미디어는 쓱싹쓱싹 지워버
려야 해요~.」하고 말한 지 이틀
만에 말이야.

107: 지구의 무명 씨
무서워(강해).

108: 지구의 무명 씨
세리카가 뒤에서 무슨 짓을 했
나……?

109: 지구의 무명 씨
타블로이드 잡지에서는 아직도
히카루를 때리고 있지만, 역시
그런 매체는 다들 무시하지.

115: 지구의 무명 씨
인터넷 비난 여론이 고조되니 다
들 분위기에 편승하여 두들긴 적
이 있었지. 요컨대 약한 사람을
괴롭혔기에 세리카랑 카렌이라
는 초월적 인류가 표면에 등장했
고, 구인류는 얌전해질 수밖에
없었다.

117: 지구의 무명 씨
약자는 강자를 거역할 수 없다.
그것은 본능!

119: 지구의 무명 씨
카렌이 선뜻 말했지. 「내가 마음
만 먹으면 너희 안티들 신상을
터는 것쯤은 여유로운데요?」하
고. 그게 너무 무서웠지…….

124: 지구의 무명 씨
천하의 카렌도 신(神) 사이트만
은 해킹하지 못하는 듯하니 여기
에 글을 쓰는 건 안전.

127: 지구의 무명 씨.
반대로 여기 말고 다른 데에다가
허튼 글을 썼다가는 죄다 까발려
질 거다!

130: 지구의 무명 씨
갑자기 메일이 날아오면 무섭
지…….

131: 지구의 무명 씨
받았어?

133: 지구의 무명 씨
아니, 받진 않았지만 있을 수 있
는 일이잖아.

135: 지구의 무명 씨
또 여동생 얘기들뿐이네!!

작작 좀 해라!!

140: 지구의 무명 씨
우리 귀여운 히카루의 이야기를
하자.

143: 지구의 무명 씨
창부, 귀여웠지. 대박이야.
나도 이세계에 가고 싶어.

145: 지구의 무명 씨
가슴 큰 창부는 몇 번이든 등장
해도 좋아요.
발끈한 여동생들의 코멘트도 달
콤해.

148: 지구의 무명 씨
세리카「자, 자, 잠깐! 저 닮고
닳아버린 여자가 대체 무슨 짓인
가요?!」

149: 지구의 무명 씨
그때 세리카는 정말로 당황해서

좋았지~.
나이와 어울리는 느낌이라서.

151: 지구의 무명 씨
세리카는 오빠 러브를 숨길 생각
이 없나 봐. 카렌은 츤데레.

152: 지구의 무명 씨
그때 히카루가 왜 그토록 초췌해
졌는지 알 것도 같네. 방 앞에
느닷없이 창부가 들이닥치면 무
섭지……

155: 지구의 무명 씨
나였다면 저도 모르게 은화를 지
불했을 거야.
병에 걸릴까 봐 무섭긴 하지만.

158: 지구의 무명 씨
그 세계 말이야. 외모 등급이 높
던데…….

160: 지구의 무명 씨
다 끝난 뒤에 「뭐, 동정이 다 그
렇지」라는 소리를 듣고서 상처받
고파.

165: 지구의 무명 씨
오랜만에 이 게시판을 열었는
데, 왜 다들 태연하게 관전하는
거냐. 소꿉친구 살인범을!
재미만 있으면 뭐든 상관없다 이
말이냐, 너희들?

166: 지구의 무명 씨
재미만 있으면 뭐든 상관없다(단
호).

167: 지구의 무명 씨
아니, 보면 알 텐데. 걘 무고해.

168: 지구의 무명 씨
나도 미궁 청소를 시작했을 때부
터 확신했어요.
너무 착해.

172: 지구의 무명 씨
여동생한테서 히카루에 관한 일화를 몇 개 들었는데 도저히 범죄자 같진 않더라고요. 여동생들한테는 세계에서 가장 강하고 상냥한 오빠였어요. 그러니 나도 여동생이 되겠어요. 아니, 이미 됐어요.

175: 지구의 무명 씨
알아. 내가, 우리가 바로 히카루의 여동생이다!

178: 지구의 무명 씨
히카루의 팬 명칭을 「시스터즈」라고 하자.

180: 지구의 무명 씨
그만둬!(그만둬!)

185: 지구의 무명 씨
히카루 「여동생들아~! 잘 지냈어~?!」

시스터즈 「우오오오오오오! (걸걸한 목소리)」

189: 지구의 무명 씨
아니, 히카루는 여성 팬이 많아. 세리카랑 카렌이 모성본능을 간질이도록 편집을 한 덕분도 있겠지만.

193: 지구의 무명 씨
여동생의 말에 따르면 히카루는 이세계로 떠날 나나미가 죽을 정도로 걱정돼서 이것저것 조사하고 챙겨줬다고 하니까.

197: 지구의 무명 씨
근데 정말로 진범 체포가 너무 늦는 것 같네. 이렇게 미궁 속에 빠질 만한 사건인가?

200: 지구의 무명 씨
흉악 범죄일지라도 검거율이 100%는 아니니 말이야. 히카루의 증언을 수사에 참고할지 말지도 전제가 너무 부족해서 판단하기까지 시간이 걸리는 게 아닐까?

202: 지구의 무명 씨
경찰도 정황 증거 때문이라도 히카루가 범인일 가능성을 버릴 수 없는 노릇이니……. 진범을 찾아내지 못했으니 더더욱.

203: 지구의 무명 씨
그 의혹의 동급생은 어떻게 됐어? 전학생을 대상으로 지문 조사를 벌였대?

210: 지구의 무명 씨
나, 히카루랑 같은 학교에 다니는데 경찰이 온다느니 아니라느니 소문만 무성한 느낌이야. 그리고 이세계 전이가 시작된 이후로 등교하지 않는 애도 꽤 있으니 어쩌려나.

213: 지구의 무명 씨
지문 채취는 임의였던가?

220: 지구의 무명 씨
저기 말이야……. 지문을 채취하려면 영장이 필요하거든? 중대한 개인정보이니 한 학년 학생의 모든 지문을 채취하는 건 꿈같은 소리야. 어느 정도 혐의가 짙어진 용의자를 대상으로 지문을 채취하는 거야 가능하지만, 증언 하나만으로 수백 명의 지문을 마구 채취하는 건 사실상 불가능해.

223: 지구의 무명 씨
그럼 진범을 찾아낼 수 없다는 소리네.

225: 지구의 무명 씨
세리카랑 카렌이 진범에 관해 전혀 언급하지 않는 게 무서워. 히카루가 범인임을 눈곱만큼도 믿지 않는 눈치인데도 쓸데없는 수다만 떨잖아.

227: 지구의 무명 씨
카렌이 경찰의 수사 상황 같은 걸 해킹해서 아는 거겠지…….

230: 지구의 무명 씨
그런 게 가능해???

231: 지구의 무명 씨
아니, 모르지만 그럴듯하잖아. 컴퓨터 스페셜리스트이니까.

232: 지구의 무명 씨
해커에 대한 요상한 인식은 그만~.

235: 지구의 무명 씨
진범이 붙잡히지 않는 한 히카루가 진범일 가능성은 계속 남아 있으니까. 되도록 빨리 체포해 줬으면 좋겠어. 난 아무런 잡음 없이 세리카랑 카렌의 ASMR을 즐기고 싶어.

240: 지구의 무명 씨
알아. 나도 일을 그만뒀는데도 굉장히 비싼 헤드폰을 사버렸어.

250: 지구의 무명 씨
세리카가 암흑가 쪽 사람한테 돈을 주고서 진범을 고문한 끝에 처치했다는 소리가 들리더라도 난 하나도 안 놀랄 거야.

251: 지구의 무명 씨
터무니없는 열두 살이네.

258: 지구의 무명 씨
아아, 그것도 괜찮겠네요.
잔재주를 너무 부리다가 무심코 선을 넘어버리는 게 제 나쁜 버릇이죠.

259: 지구의 무명 씨
세리카……?

"후우. 꽤 깨끗해졌네."

나는 어째선지 2층을 계속 청소했다.

그레이프푸르가 가여워서— 처음에는 그게 이유였지만, 단순히 미궁이 깨끗해지니 성취감이 느껴졌다.

미궁 제2층인 「기수지하감옥」의 구조도 꽤 자세히 알게 됐다.

단순히 2층이라고 하기에는 꽤 넓지만, 이제 지도가 없더라도 길을 헤매지 않겠지.

마물 떼가 득실거리는 커다란 방과 욕실처럼 깨끗한 물이 나오는 곳이 있다. 감옥 밖으로 취급하는지 정원 같은 곳도 있다. 최소한 제1층과 넓이가 동일한 듯했다.

그토록 넓은 구역을 청소해나가는 건 거의 취미에 가까운 행위였다. 새도 백은 내용물로 인해 내부가 너저분해질 일이 없고, 기본적으로 수납한 물건을 개별적으로 관리할 수 있다. 어느 정도 내부가 차면 2층 안에서도 접근성이 좋은 작은 방에 쌓아뒀다. 어디에 버리면 되는지 잘 모르기도 하거니와 일단은 고양이 수인이 다치지만 않으면 되니까.

소 뒷걸음질 치다가 쥐 잡은 격으로 새도 백의 위계도^{레벨} 올랐다. 물건들을 자주 꺼냈다가 집어넣은 덕분이리라.

출현하는 마물도 대강 확인한 것 같았다.

요괴처럼 생긴 작은 마물은 고블린이라고 부르는 듯했다. 탐색자가 전투 중에 그렇게 부르는 걸 들었다. 개와 사람이 섞인 것 같은 마물은 코볼트. 곤봉을 든 요괴는 오우거. 돼지와 사람이 섞인 것 같은 마물은 오크라고 한다.

하나같이 어디선가 들어본 적이 있다. 그러나 그렇게 번역됐을 뿐인지도 모르겠다. 지구인이 시청하기에 지구에 맞춰서 번역이 된다. 이곳에선 흔한 일이다.

반대로 나는 그 마물들을 「이세계어」로 뭐라고 부르는지 알 도리가 없었다. 자동 번역은 대단히 편리하지만, 모든 게 멋대로 일본어로 번역되기에 학습할 수가 없었다.

만약에 「신」이 변덕을 부려 자동 번역을 중단한다면 마치 갑자기 바벨탑에 떨어진 것처럼 말이 전혀 통하지 않는 남자가 탄생하고 만다. ……뭐, 현재로서는 딱히 난처해질 일은 없을 것 같지만.

참고로 드물게 한 마리씩 출현하는 녀석이 가장 강력한 마물인 듯했다. 나도 두 번밖에 보지 못했다.

'오늘은 허탕인가…….'

시체가 없는 것 자체는 좋은 일이겠지만, 이러면 내 생활은 머지않아 위기를 맞게 된다.

그렇다고 해서 달리 살아갈 방법이 떠오르지 않았다. 결국에는 큰 결심을 하고서 마물과 싸워야만 하는 날이 올지도 모르겠지만, 하다못해 주목도가 조금 더 떨어져 사람들이 나를 잊어버리고 시청자 수가 격감할 때까지는 기다리고 싶었다.

시간이 얼마간 지나면 나보다 더 자극적으로 삶과 모험을 벌이는 전이자 쪽으로 시청자들이 몰리겠지.

그리 된다면 내가 마물과 잠깐 싸워본들 아무도 거들떠도 보지 않겠지.

─분명히…… 그럴 거야. 그러니 그때까지는 한동안 이 생활을 계

속 이어나가자.

'……응? 이런 데에 문이 있었던가?'

평소처럼 어둠에 섞여 제2층을 이동하고 있자니, 갑자기 눈앞에 흐릿하게 빛나는 문이 출현했다.

기수지하감옥은 그야말로 거대한 감옥이었다. 쇠창살이 없는 감방처럼 생긴 작은 방이 여러 개나 있지만, 문이란 건 존재하지 않았다.

—적어도 내가 봤던 범위 안에서는.

그런데 지금 내 눈앞에 이상하게 빛나는 문이 느닷없이 모습을 드러냈다.

'뭐야……?'

의문스러웠다. 대단히 수상쩍었다.

그러나 방치하는 것도 아깝다는 느낌이 들었다. 수상한 문이긴 하지만…… 열어보고 싶었다.

'……여기선 쓸까.'

그레이프푸르에게 포션을 쓴 뒤로는 크리스털을 사용하는 것쯤은 괜찮지 않을까 하는 기분이 들었다. 시청자들도 조금씩 줄고 있다. 그 현실이 내 마음을 조금 가볍게 했다.

메시지는 여전히 계속 늘고 있었다. 읽지 않음 알림이 『+999』라고 표시된 것을 마지막으로 더는 통지가 올라오지 않았다. 다 합쳐 얼마나 되는지 따윈 생각하고 싶지도 않았기에 메시지라는 존재 자체를 지워버리고서 보지 않으려고 했다.

잡생각을 떨쳐버리고, 크리스털 한 개를 사용하여 문을 향해 아이템 감정을 했다. 문이 아이템으로서 인식될 것인지 확신은 없었지만 다행히 잘 먹혔다.

『보물고의 문 : 신수 리리무프가 마음에 든 탐색자에게 선물하기 위해 설치한 문이다. 선물을 받을 자만이 문을 인식하고서 들어갈 수 있다. 안에 있는 주옥(珠玉)을 밖으로 가지고 나오면 문은 소멸한다. 주옥을 양도하면 신수의 분노를 산다. 부디 주의하여라.』

"보물이란 게 이걸 말하는 거구나!"

얼마 전에 고양이 수인 그레이프푸르에게서 들은 적이 있다.

그때는 보물함이 근처에 떨어지는 줄 알았는데 그렇지 않은 듯했다.

나는 설명을 보고 안심하여 문 안으로 들어갔다.

간소한 방의 중앙엔 탁자와, 그 위에 주먹만 한 구슬이 놓여 있었다.

'보석 같은 건 줄 알았더니…… 유리구슬 같이 생겼네.'

이곳에서는 내용물이 무엇인지 알 수가 없었다.

즉, 이 방 자체가 「보물함」인 것이다. 미궁 밖으로 가지고 나와야만 비로소 개봉할 수 있다고 했다.

"……고마운 일이네."

나는 돈에 허덕이는 처지이니, 내용물이 어떻든 소중한 보물이었다.

내가 미궁을 청소하는 모습을 보고서 신수가 포상을 내려줬는지도 모르겠다.

어떤 게 나올지 상상도 안 되지만, 이걸로 생활에 조금이나마 여유가 생기면 좋겠네.

'모처럼 보물을 받았으니 일단 밖으로 나갈까.'

아직 시간이 이르지만 괜찮겠지. 1층으로 이어지는 계단이 바로 근처에 있다.

어서 내용물을 보고 싶었다.

—챙!
—채앵!
—도망쳐! 당신들은 도망쳐요!

멀리서 날붙이가 맞부딪치는 소리와 절박한 외침이 들려온 건 바로 그때였다.

—연기구슬은?
—어제 전부 다 써버렸어요!
—악취 주머니도 없어! 어, 어쩌지, 어쩜 좋아?!
—챙! 끼이익!
—도망쳐요! 얼른! 오래 못 버텨—.
—하지만……!

'……이 근처야!'
그렇게 생각한 순간, 나는 이미 움직이고 있었다.
제2층인 기수지하감옥은 넓고 복잡해서 다른 탐색자가 마물과 싸우는 광경과 마주칠 일이 적었다.
드물게 만나더라도, 타인에게 발견될까봐 무서워서 되도록 피해왔다.
어둠은 은밀하게 행동할 수 있게 해줘서 강력하지만, 한번 발각되면 별 소용이 없어진다.

내가 가진 전투력은 제로에 가깝다. 그래도 내가 현장으로 간 이유는 들려오는 목소리가 너무나도 절박해서였다.

그레이프푸르 때처럼 뭔가 할 수 있는 일이 있을지도 모르겠다.

그런 생각이 자연스레 떠오른 내 자신이 이상했다.

내 앞가림도 제대로 못하는 상황이건만…….

"리프레이아 님, 도망치세요!"

"당신들이야말로 도망쳐요! 이 녀석은 내가 붙들어둘 테니까……!"

"하지만……!"

금속이 격렬하게 맞부딪치는 소리가 울려퍼졌다.

거대한 장검이 고속으로 휘둘러지고, 거무스름한 낫이 검격을 무난하게 받아냈다.

'하필이면 저 녀석이냐…….'

주변에는 마물의 정령석이 여러 개 흩어져 있었다.

아마도 습격한 마물들을 쓰러뜨린 직후에 저것이 출현한 모양이었다.

저 녀석을 보는 건 세 번째였다. 그러나 실제로 싸우는 모습을 본 것은 처음이었다.

제2층 최강의 마물, 「맨티스」.

사마귀 마물이라고밖에 표현할 수 없는 괴인으로, 팔 끝부분엔 예리한 거대 낫. 우락부락한 근육질 인간의 상반신은 곤충처럼 생긴 네 개의 다리가 지탱하고 있다. 2미터가 넘는 체격과 어우러져 척 봐도 위험해 보이는 마물이다. 2층에 나오는 다른 마물들과는 격이 다른 존재감을 자랑한다.

더욱이 저 녀석은 감각이 꽤 예리해서 다크니스 포그 안에 숨었는데도 나를 인식하고서 뒤를 쫓으려고 했다. 아마도 호흡하는 소리나 발소리에 반응하는 것 같았다.

그래서 나도 저 녀석과 만나면 일부러 1층으로 다시 돌아갈 정도였다. 마물은 계층을 넘나들 수는 없는지 계단을 오르면서까지 나를 추적한 적은 없었다.

"아무리 리프레이아 님일지라도, 혼자서 맨티스를 상대하는 건 무리예요……!"

"그럼 포기하자는 말인가요!! 아니, 그보다도 빨리—."

전투를 격렬하게 벌이는 와중에 한 여성이 일행들에게 도망치라고 지시를 내렸다.

마치 시종들과 공주로 보이는 무리였다.

시종으로 추정되는 세 여성들은 이미 만신창이에 가까웠다. 무기는 들고 있지만, 온몸이 상처투성이라서 싸울 수 있을 것 같지 않았다. 한 사람은 비틀거리며 서있는 게 고작이었다.

사마귀 마물을 상대하는 여성만이 장검을 휘두르며 약간 우세하게 싸우고 있었다.

시종들은 어찌할 바를 몰라 당황만 하고 있었다. 저 대검을 든 여성이 싸우지 않는다면 다른 수가 없는 거겠지. 등을 돌린 상대를 쉽게 놓아줄 정도로 맨티스는 호락호락한 상대가 아닌 것 같았다.

금속끼리 챙챙 맞부딪치는 소리가 울렸다. 원심력이 실린 대검의 일격이 맨티스의 낫을 깎아냈다.

그러곤 마치 팽이처럼 몸을 유연하게 돌리면서 필살의 일격을 연속으로 먹여나갔다.

나는 어둠에 숨어 그 싸움을 그저 바라봤다.

'—아름다워.'

긴박한 상황과 전혀 동떨어진 감상일 수도 있겠다.

그러나 나는 솔직히 그렇게 느꼈다.

그녀가 싸우는 모습이 아름다웠다. 그녀의 경쾌한 몸놀림에 맞춰서 살짝 곱슬거리는 플라티나 블론드빛 머리칼이 날개처럼 사르륵 퍼졌다. 사방으로 튀는 땀조차도 빛났다.

그녀가 공격할 때마다 그녀의 하얀 살결이 어둑한 공간에 잔상을 남겼다.

삶과 죽음이 뒤얽히고 금속과 금속이 맞부딪치는 매순간마다 생명의 화염이 활활 타올랐다.

나는 완전히 넋을 잃고 쳐다봤다.

'—저런 미인이 다 있구나.'

이 이세계에 온 뒤로, 나는 처음으로 감동했다.

어둠과 죽음이 지배하는 잿빛 공간에서 그녀의 색채만이 떠올라

© Niθ

찬란하게 빛났다.

"큭……! 당신들……! 그럼 원군을 불러와줘요! 내 말뜻, 알아들었죠?!"

그녀가 날카로운 기합과 함께 검을 계속 휘둘렀다.

그러나 그녀의 공격은 맨티스에게 잘 통하지 않는 듯했다.

맨티스는 그녀의 공격을 비웃기라도 하듯 흘려 넘겼다.

'서서히…… 기세가 밀리고 있네.'

언젠가 이 사투는 끝을 맞이하리라.

—그녀가 패배하는 결말로.

밖에서 보고 있자니 자연스레 알 수 있었다. 그리고 당사자인 그녀 역시 눈치 챘을 것이다. 도움을 요청하라는 그 명령은 갈팡질팡만 하는 시종들을 도망치게 하기 위한 방편임에 틀림없었다.

"아, 알겠습니다! 반드시 불러 오겠습니다……!"

"부탁해요……!"

시종들은 앞 다투어 달려 나갔다.

아마 그녀도 당장에라도 도망치고 싶었겠지만, 역할이나 입장 때문에 그러질 못했겠지.

계단까지 이어지는 길은 우연히도 내가 지나왔던 곳이었다. 마물의 모습은 보지 못했다.

별 문제없이 1층까지 올라갈 수 있겠지.

리프레이아라고 불린 여성이 시종들의 뒷모습을 보고서 부드럽게 웃었다.

"자, 저들이 완전히 도망칠 때까지…… 나랑 함께 춤을 춰줘야겠어요……!"

그녀가 더욱 힘을 실고서 힘찬 기합과 함께 대검을 날렸다.

서글프고 강력한, 죽음의 윤무곡^{론도}이 이어졌다.

나는 숨을 멈추고서 그 모습을 뚫어져라 쳐다봤다.

정확히 말하자면 호흡조차 잊을 만큼 그녀에게서 눈을 뗄 수가 없었다.

수십, 수백 합을 부딪친 끝에, 결국 그녀가 손에서 검을 놓쳤다. 맨티스의 흉악한 날 끝이 그녀에게 엄습하려던 찰나, 나는 거의 무의식적으로 움직였다.

시선도—.

비웃음도—.

아무 것도 들리지 않았다.

다크니스 포그를 해제하고서 한걸음 앞으로 나갔다.

내가 어둠 속에서 솟아나듯 나타나자, 맨티스가 그쪽으로 시선을 돌리려는 찰나에—.

나는 정령술을 발동했다.

"섀도 바인드."

맨티스의 그림자에서 생겨난 수십 가닥의 어둠의 촉수가 리프레이아에게 휘둘러지는 날을 칭칭 얽어맸다.

"서먼 나이트버그."

곧이어 손바닥을 펼쳐 다음 술식을 행사했다.

깊은 어둠에서 소환된 칠흑의 갑충들이 종횡무진 날아다니며, 꼼짝도 못하는 맨티스의 몸을 갉아먹기 시작했다.

맨티스가 명확히 나를 주시하는 모습을 보고서 즉각 다음 술식을 발동했다.

"섀도 러너."

그림자로 된 실루엣이 어느 방향으로 달려갔다. 나를 주시하던 마물은 순간 시선을 그쪽으로 돌렸다.

나는 그와 동시에 다리에 힘을 꾹 불어넣었다.

"셰이드 시프트!"

나는 그림자로 이루어진 분신과 함께 허리에서 단검을 뽑아든 뒤 달려 나갔다.

"다크니스— 포그!!"

섀도 러너에 정신이 팔려서 나를 시야에서 놓쳐버린 맨티스를, 한 치 앞도 볼 수 없는 칠흑의 어둠이 뒤덮었다.

이렇게 됐으니 뒷일은 간단했다.

저 여성과 그토록 격렬하게 충돌했으니 마물도 체력이 소모됐겠지.

나를 인식하지 못하는 상대를, 배후에서 척추를 향해 일격을—!

맨티스는 비명조차 지르지 못한 채 정령석으로 바뀌었다.

◇◆◆◆◇

'쓰러뜨렸어······.'

자신감이 있던 건 아니었다. 그 여성이 죽을 거라고 생각하니 몸이 자연스레 움직여졌을 뿐이었다.

'오오······?'

정령력이 몸속으로 들어오는 게 느껴졌다.

마치 쓰러뜨린 마물의 힘의 일부를 받아들이는 듯했다.

리프레이아라고 불린 여성은 엉덩방아를 찧은 채, 어둠 속을 — 아마도 그 안에 있을 나를 — 쳐다보고 있다.

일단은 위험에서 벗어났다고 봐도 되겠지. 나는 맨티스의 몸에서 나온 우주를 담은 것 같은 정령석 — 아마 혼돈의 정령석일 것이다 — 만을 섀도 백에 넣고서 조용히 사라지기로 했다.

내 모습을 거의 보지 못했을 것이다.

목소리와 시선을 전혀 느끼지 않고 마물을 쓰러뜨려서 성취감이 느껴졌다.

어쩌면 어엿한 탐색자로서 살아갈 수 있을지도 모르겠다.

—결국.

나는 어둠에 줄곧 숨어있기만 하는 「아늑한 지옥」에서 빠져나가고 싶었던 거라 생각했다.

맨티스를 쓰러뜨렸으니 이제부터는 시체 뒤지기를 하지 않고 살아갈 수 있을 것 같았다.

그런 희망을 가슴에 품고서 발걸음을 돌려 걸어갔다. 그녀의 실력이라면 1층으로 쉽게 돌아갈 수 있겠지.

마물을 쓰러뜨렸고 미인도 구해냈다. 아까 전에는 보물까지 입수했다.

오늘은 재수가 좋은 날인 듯했다.

"자, 잠깐만요……!"

그녀가 애원하는 목소리로 외치자 나는 발걸음을 멈췄다.

그녀는 전투가 끝난 지금도 아직 상기된 뺨을 발그레 붉혔다. 그 모습은 무서우리만치 아름다웠다.

깊이 얽혔다가는 묘한 일에 휘말릴 것 같은 예감이 들었다.

더욱이 시종들이 그녀를 리프레이아 님이라고 불렀다. 장비를 보니 그녀는 백금색 판금갑옷을 착용하고 있었다.

미궁으로 모여드는 산더미 같은 탐색자들과는 다른 인종임이 명확했다.

"다, 당신은 누군가요……?"

"그 누구도 아냐. 혼자서 돌아갈 수 있지?"

지나가는 길에 도와주긴 했지만, 그렇다고 해서 저 여성과 얽힐 생각은 없었다.

이러는 동안에도 지구인들이 호기심 어린 시선으로 계속 쳐다보고 있을 테니까.

그녀가 아름다울수록, 그녀 역시 그 시선에 노출되고 말 것이다.

"아, 아뇨……. 못 돌아갈 것 같아요……."

"당신의 전투력이라면 맨티스 외의 잔챙이들은 어떻게든 대처할 수 있지 않을까?"

"길을 헤매고 말 거예요……."

그녀가 고개를 숙인 채 조금 부끄러워하며 말했다.

이곳은 1층으로 이어지는 계단에서 비교적 가깝지만, 지도가 없다면 거리는 별 관계가 없을지도 모르겠다. 혼자서 실컷 헤매다가 체력이 다하는— 그런 패턴도 있을 법했다. 제아무리 강할지라도 오우거와 오크의 혼성 파티의 습격을 받는다면 도망치는 것조차 여의치 않겠지. 최악의 경우에는 맨티스와 또 맞닥뜨릴 가능성도 있다.

어쨌든 그레이프푸르 때와 동일한 패턴이었다. 시종이 지리에 더 밝은 모양이었다.

'별 수 없네…….'

이미 호랑이 등에 올라탔다.

어차피 내 존재도 알려지고 말았다. 다크니스 포그 안에 있으면 모습이 보일까봐 걱정하지 않아도 됐다.

여기에 방치했다가 마음이 찝찝해져서 잠을 설치는 것보다는 낫겠지.

"그럼 1층까지 같이 가줄게. 어서 정령석을 주워. 당신네들이 쓰러뜨렸지?"

"아, 아뇨. 도와주셨으니 돌은 드리겠습니다. 별 거 아닙니다만, 받아주시겠어요?"

"괜찮겠어? 그럼 받아둘게."

여기 저기 흩어진 정령석은 아마도 오크 떼의 것이리라.

개수는 열다섯 개 정도였다. 솔직히 꽤 고마웠다.

"그럼 갈까. 1층 계단까지만이야."

정령석을 새도 백에 집어넣고서 어둠을 두른 채로 그녀에게 다가가 손을 잡았다. 어둠 속에서는 이러지 않으면 이끌고 나갈 수가 없었다.

전투할 때 그 늠름했던 모습은 온데간데없이, 그녀는 멍하니 있다. 극한의 전투를 치른 직후라서 그렇겠지.

'뜨거워.'

한계까지 싸워서인지, 그녀의 손이 화상을 입을 정도로 열기를 발했다.

내 손이 닿자 그녀는 조금 놀란 표정을 짓더니 입가를 느슨히 풀고서 뺨을 붉혔다.

나는 그 모습을 못 본 척하기로 하고서 조금 억지로 걸어 나갔다.

2층에는 쓰레기가 떨어져 있지 않으니 어둠 속일지라도 뭔가에 채이지 않고 편히 걸을 수 있겠지.

마물을 무시하면서 걸어가면 1층으로 이어지는 계단까지는 금방이다.

그레이프푸르 때와 마찬가지로 그녀와의 인연은 거기서 끝이다. 그런 줄 알았다.

"아…… 저기……. 하다못해 이름만이라도 알려주실 수 없을까요……? 이 도시의 탐색자 맞죠……?"

가는 도중에 그녀가 머뭇머뭇 물었다. 그러나 나는 이제 더는 만날 일이 없으니까, 하고 거절했다.

미인이 이름을 물어봐서 무심코 대답할 뻔했다는 걸 부정하지는 않겠지만, 저쪽이 의도와는 달리 나에게 빚을 졌다고 느끼기라도 한다면 곤란했다. 어둠의 정령술도 보이고 말았으니 위험한 요소는 사전에 배제해두고 싶었다.

"만약에 굳이 보답을 하고 싶다면 나랑 만났다는 사실을 아무한테도 말하지 말아줘."

"아, 네! 반드시 비밀로 할게요!"

"······부탁할게."

일단 입막음을 한 것 같다고 안심한 나머지 긴장을 조금 풀었는지도 모르겠다.

1층으로 이어지는 계단까지 수십 미터밖에 남지 않았고, 다크니스 포그가 있으면 내 모습이 보일 가능성은 없다고 과신했다.

"다 왔어. 계단 앞이니까 이제 조심해서 돌아가. 이제는 무모한 짓 하지 마."

나는 그녀의 손을 놓고서 어둠을 두른 채 모습을 지울 작정이었다.

"저기······. 딱 한 번만, 모습을 보여주실 수는 없을까요?"

"응? 아니, 나 같은 건 잊어줘."

"**싫어요**. ······라이트."

그래서 그녀가 느닷없이 영창한 술식에 그만 반응이 늦어졌다.

허공에서 갑자기 광원이 나타나 어둠을 불식해나갔다. 나는 너무 눈부셔서 눈을 뜰 수도 없었다.

"뭐, 뭐야······?"

"다행이다······ 술식이 통해서. 그대로 헤어졌다면 저, 분명 평생 후회했을 거예요."

그녀는 내 앞에 서더니, 황홀한 표정으로 나를 똑바로 쳐다봤다.

허공에 두둥실 떠있는 광구가 주변에 깔린 어둠을 지워버리고서 주변을 부드럽게 비췄다.

"모르셨던가요? 이건 빛의 정령술인 『라이트』. 주변을 환히 비추기만 하는 시시한 술식이지만— 오늘은 최고의 역할을 해줬습니다."

나는 말문이 막혔다.

목숨을 건지게 해줬으니 이런 해코지를 할 줄은 상상조차 못했다.

"이름…… 알려주실 수 없을까요……?"

"못 알려줘……! 뭐야 대체…… 넌, 왜 이런 짓을 하지……?"

"왜냐면…… 이렇게라도 하지 않으면, 얼굴도 알 수가 없고…… 보답도 할 수가 없잖아요? 목숨을 구해주셨는데."

그녀가 선뜻 말했다.

어쩌면 얽혀서는 안 되는 유형에 속하는 사람에게 얽혀버렸는지도 모르겠다.

그런 예감이 들었지만, 그야말로 소 잃고 외양간 고치는 격이었다.

"무례를 범한 점은 사죄드립니다. 전 견습 빛의 성당기사인 리프레이아 애쉬버드. 은혜는 반드시 갚으라는 게 우리 애쉬버드가의 가훈이에요. 목숨을 구해주신 보답을 가까운 시일에 반드시 하도록 하겠습니다. 이름은…… 그때 알려주기예요?"

그녀가 윙크를 하며 그 말을 남긴 뒤 발걸음을 싹 돌렸다.

반짝이는 플라티나 블론드빛 머리칼을 휘날리며, 그녀는 1층 계단을 올라갔다.

나는 그 모습을 멍하니 지켜볼 수밖에 없었다.

전이자별 게시판 나라별 JPN 【No. 1000 쿠로세 히카루】 1973rd

35: 지구의 무명 씨
결국 세리카가 범인을 어떻게 한 거야……?

36: 지구의 무명 씨
그럴 리가 없잖냐. 고작 열두 살 이라고.

39: 지구의 무명 씨
아니, 평범한 열두 살은 아니지 않나??
대졸 정도는 여유롭게 능가하는 두뇌를 갖고 있으니까.

40: 지구의 무명 씨
세리카도 「하? 아무 것도 모르겠는데요?」 하고 능청떨듯 말했잖아!

43: 지구의 무명 씨
거짓말인지 진짜인지 엔터테인 먼트인지 이제 하나도 모르겠어.
천재가 무슨 생각을 하는지 조금도 상상할 수 없어.

46: 지구의 무명 씨
오빠를 좋아하는 여동생을 표방하고 있지만, 오빠의 뜻과는 달리 히카루의 주목도를 전 세계에서 쭉쭉 올리는 활동에 여념이 없으니까.

48: 지구의 무명 씨
아직 열두 살밖에 안 돼서 정신은 애기나 마찬가지야.

53: 지구의 무명 씨
번역판 쪽 게시판을 보니 히카루

귀여워! 불쌍해! 라는 반응들로
꽉 메워졌더라.

55: 지구의 무명 씨
클립 영상, 해외에서도 무지 인
기를 끌던데.
참고로 영어판에서도 세리카랑
카렌의 음성 해설이 들어가 있어.
내용도 일본판이랑 조금 달라.

57: 지구의 무명 씨
각 나라 버전의 자막을 손수 제
작할 수 있다니, 너무 강한 거
아냐?

60: 지구의 무명 씨
번역판 게시판에도 비교적 세리
카랑 카렌의 화제가 많이 올라
와. 바이노럴로 녹음된 두 사람
의 목소리에 난……! 음, 외국 남
성들이 몸부림치고 있어…….

63: 지구의 무명 씨
번역판에 광고가 나름 들어갔는
데, 재생수를 따져보면 엄청난
돈이 움직이고 있겠지?

65: 지구의 무명 씨
당연하지. 억만장자라고.
내가 걔네들 부모라면 웃음이 멈
추질 않을걸.

66: 지구의 무명 씨
너 말이야…….
장남이 살인 의혹이 씌워진 채로
이세계에서 사경을 헤매고 있다
고…….
사람의 마음을 좀 가져라…….

68: 지구의 무명 씨
여동생 화제는 쓱싹쓱싹 지워버
려요~.

75: 지구의 무명 씨
근데 너희들, 실시간으로 히카루

를 보지 않는구나……. 그 흥분
을 모르다니…… 안타깝다…….

79: 지구의 무명 씨
실시간판이 있었던가?
흐름이 너무 빨라서 쫓아갈 수가
없어서 포기했는데.

80: 지구의 무명 씨
갱신됐어.

81: 지구의 무명 씨
클립판 떴다!

145: 지구의 무명 씨
앗 앗 앗 앗(리프레이아 님이 뿜
어내는 빛을 쬐고서 소멸해간다).

146: 지구의 무명 씨
히카루! 그 한걸음을 내디뎠단
말이더냐……!

150: 지구의 무명 씨
앗 앗 앗 앗(어둠을 찢고 나타난
히카루의 모습에 영혼 바닥에 새
겨졌던 중2병균이 증식해간다).

155: 지구의 무명 씨
섀도 러너가 너무 수수해서 별
의미가 없는 술식인 줄 알았는
데, 미안해!

160: 지구의 무명 씨
어둠의 정령술, 너무 강하잖아
~~~~~~!!

170: 지구의 무명 씨
아니, 어둠을 택한 전이자가 그
밖에도 많은데 다들 엄청 약해.
「섀도 백이 본체냐(웃음)」라는
조롱을 들을 정도이니까.
바인드도 유효 시간이 고작 몇
초에 불과하고.

174: 지구의 무명 씨
히카루의 술식도 하나씩 따로 놓고 보면 약하다고 생각해.

180: 지구의 무명 씨
충분히 성장한 다크니스 포그의 성능이 너무 흉악하던데…….

187: 지구의 무명 씨
기껏 어둠을 선택하고 시작했는데 추후에 다른 속성을 재계약하는 전이자도 많은걸.

190: 지구의 무명 씨
히카루는 술식을 연발할 수도 있어서 대단해.
역시 어둠의 대마도사예요.

192: 지구의 무명 씨
어둠 속에 있어서 잘 보이진 않았지만 용케 단검으로 죽였네.

196: 지구의 무명 씨
정령력의 명맥을 끊어버렸겠지.
히카루가 어떻게 그걸 알아냈는지는 모르겠지만.

204: 지구의 무명 씨
잘 모르더라도 일격으로 죽일 생각을 했다면 대개 그 부분을 노리지 않겠어?

208: 지구의 무명 씨
목 부분이니까 〉 정령력의 명맥.

210: 지구의 무명 씨
섀도 하이추[6]!
누가 어떻게 보든 NINJA!

216: 지구의 무명 씨
나, 실시간으로 봤는데 정말로 어둠에서 느닷없이 출현하더라고. 어? 하고 놀란 몇 초 사이에 사마귀 인간을 처치해버렸거든.

#6 섀도 하이추 게임 「엘더스크롤4」의 도적 길드에서 자주 쓰는 말인 「Shadow hide you」를 줄인 표현.

엄청 놀라서 두근거림이 멎질 않았어.

220: 지구의 무명 씨
이건 반할만 해. 반했다.

226: 지구의 무명 씨
히카루……!
동물 캐릭터 성애자가 아니었던가……!

230: 지구의 무명 씨
목소리를 듣고서 달려가 리프레이아 님이 싸우는 모습을 발견한 히카루.
카메라가 완전 고정이었지.

235: 지구의 무명 씨
카렌이 「오빠, 너무 넋을 놓고 보네」하고 말했지.

241: 지구의 무명 씨
나도 넋을 놓고 봤어……. 멋있고

아름다워…….

245: 지구의 무명 씨
도움을 받고서 멍하니 있는 모습이 뭔가 에로했지.

246: 지구의 무명 씨
어두운 미궁 속에서 어둠에 녹아든 상태였던 히카루. 그야말로 「그림자가 네 모습을 덮어 가려 주고 있다」.

253: 지구의 무명 씨
라이트!! 빛의 정령술사였어!!

255: 지구의 무명 씨
강렬한 빛으로 음침 아싸의 어둠을 걷어내는 건 그만둬ㅋㅋ

258: 지구의 무명 씨
음침 아싸는 공벌레처럼 어두운 돌 아래에 있어야만 안심하는 생물이야! 함부로 돌을 치워서 그

모습을 드러내는 건 중죄야! 명
랑 캐릭터는 그걸 몰라! 빛의 정
령술을 택할 만한 명랑 캐릭터는
말이야!

263: 지구의 무명 씨
히카루, 엄마가 방에서 커튼을
갑자기 확 걷었을 때랑 똑같은
표정을 지었어.

265: 지구의 무명 씨
그거 제대로 된 비유야????

270: 지구의 무명 씨
카렌이 「뭐야, 저 여잔……. 오빠,
괜찮을까? 이상한 여자한테 끌리
는 타입인데……」하고 걱정했더
니 세리카가 「저 사람은 괜찮아
보여」하고 단언했지.
세리카의 눈에 대체 뭐가 보인
거야…….

276: 지구의 무명 씨
이상한 여자한테 끌린다니, 그
거 완전히 부메랑 아냐???

280: 지구의 무명 씨
둘은 가족이니까 노카운트 아냐?
즉, 나나미가 이상한 여자라는 뜻?

283: 지구의 무명 씨
카렌도, 세리카도 보통이 아닌
건 매한가지야…….

288: 지구의 무명 씨
세리카는 오빠가 처한 상황을 죽
을 정도로 걱정했잖아. 저런 형
태라도 사람과 얽혀서 기뻐하는
거 아니겠어? 제멋대로 떠들어대
도 되는 우리랑은 처지가 달라.

291: 지구의 무명 씨
세리카는 명랑 캐릭터의 정점 같
은 사람이잖아.
아마도 그 장면에서 세리카는 라

이트를 쓰는 쪽일 거야.

295: 지구의 무명 씨
에둘러서 카렌을 음침 캐릭터로
취급하지 말아줄래!

302: 지구의 무명 씨
히카루만 나왔다하면 넋을 놓아
버린다는 점에서는 그럴지도.

306: 지구의 무명 씨
진짜로 그 도시에서 아는 사람이
라고는 암시장 아저씨랑 여관 아
저씨밖에 없는 상황이니까…….
이런 형태로 정체가 밝혀져 억지
로 지인이 생길 줄은 예상치 못
했겠지.

317: 지구의 무명 씨
세리카의 입장에서는 오빠의 현
상황을 타파해줄 만한 존재가 드
디어 나타난 거지.
죽음이 늘 도사리는 미궁에서 청

소부나 해봤자 별 의미도 없고.

322: 지구의 무명 씨
뭐, 다들 이대로는 안 된다고 생
각하긴 했겠지.

328: 지구의 무명 씨
리프레이아 님이 미인이라서 부
럽기도 할 정도인데, 어떤 사람
인지 모르지?
위험하지 않나?

333: 지구의 무명 씨
그것만은 상황을 지켜볼 수밖에
없어.
최악의 경우가 벌어진다면 히카
루에게는 포인트와 결계석도 있
으니까.

339: 지구의 무명 씨
히카루, 너무 어렵게 생각하지
말아줬으면 좋겠는데…….
그 도시에서 나가겠다는 소리를

할지도 모르겠어…….

347: 지구의 무명 씨
마음의 상처가 아직 다 낫진 않았
겠지만, 그 미인이 위로해준다면
동정은 단박에 치유되지 않나???

355: 지구의 무명 씨
평범한 동정의 시선에서 생각하
면 안 돼.
그 쌍둥이의 오빠라고.

360: 지구의 무명 씨
>>347
치유가 될지 어떨지는 모르는 일
인데…….

374: 지구의 무명 씨
리프레이아 님이 전투하는 모습
이 굉장히 좋았네. 목숨을 걸고
싸우는 사람은 실제로 볼 일이
없으니까. 그것도 아름다운 여
성이라면 더더욱.

380: 지구의 무명 씨
히카루, 또 사람을 구했어. 이러
쿵저러쿵 해도 착한 마음씨는 완
전히 버리지 못했구나……. 어서
메시지를 열어봐줬으면 좋겠어.
사람들이 이렇게나 응원하는데.

386: 지구의 무명 씨
히카루가 어둠에서 나오자 세리카
랑 카렌이 한목소리로 「오빠!」 하
고 외쳤던 대목에서 눈물이 났어.

390: 지구의 무명 씨
오랜만에 새로운 등장인물이 나
타났으니까.
같이 파티를 꾸렸으면 좋겠어.
순수한 전위 캐릭터이니 히카루
랑 상성이 좋겠지.

395: 지구의 무명 씨
리프레이아 님의 그 뜨거운 시선!
이건 사랑이에요!
사람이 사랑에 빠지는 순간을 처

음 봤어요!

401: 지구의 무명 씨
연애 두뇌는 이래서…….

404: 지구의 무명 씨
아니, 보통은 보면 알잖아.
모르는 사람은 동정인 히카루를
포함해 몇 명 없을걸.

408: 지구의 무명 씨
우리를 에둘러서 디스하지 마!

410: 지구의 무명 씨
흔들다리 효과인지 뭔지 그거겠지.

411: 지구의 무명 씨
「큭, 날 죽여라」 하고 체념하는
장면도 보고 싶었는데.

415: 지구의 무명 씨
사마귀 녀석은 그런 대사를 하기
도 전에 바로 죽여버리겠지…….

418: 지구의 무명 씨
그런 미인이 살해당하는 모습은
보고 싶지 않았으니 히카루 군,
굿 잡이에요.

420: 지구의 무명 씨
리프레이아 님은 좋은 걸 갖고
있네. 갑옷에 숨겨져 있어도 딱
알겠어.

424: 지구의 무명 씨
심안을 쓰는 놈까지 나왔어…….

430: 지구의 무명 씨
카렌은 「오빠한테 해충이…….」
하고 걱정했고, 세리카는 「뜬금
없이 정령술을 날린 건 도가 지
나쳤다는 감은 있어. 은혜를 갚
지 않으면 할복해야할 정도로 가
훈이 엄격할지도 모르고, 오빠
한테는 좋은 약이 될 것 같지 않
아?」 하고 가볍게 받아들였어.

433: 지구의 무명 씨
세리카는 8개 국어를 구사할 줄
아니까 다른 문화를 받아들이는
포용성이 있겠지. 일본에서는
적극적인 언동이 비난을 받곤 하
지만, 전 세계적으로는 꼭 그렇
지도 않지. 그리고 더 확장하자
면 아예 지구가 아니라 이세계에
서 벌어진 사건이니까.

438: 지구의 무명 씨
카렌「오빠, 미인 면역력이 없는
것 같으니 홀라당 속아 넘어갈
것 같은걸? 애당초 금발 캐릭터
를 좋아하기도 하고.」
세리카「반대로 생각해. 남들이 떠
받들어주는 대로 살아왔을 미인이
오빠를 상대할 리가 없잖아?」
카렌「그럴까?」
세리카「오빠의 매력을 아는 사
람은 우리랑 나나미 언니밖에 없
어. 저런 팔푼이가 뭘 알겠어.」
카렌「그런가…… 그럴지도…….」

그 대화가 묘하게 매력적이었어.

442: 지구의 무명 씨
둘 다 진짜로 오빠를 좋아해?

445: 지구의 무명 씨
진짜처럼 보이지만, 두 천재의
연기라는 설도 있어. 뭐, 난 오
빠를 사랑하는 판타지한 여동생
의 존재를 믿어…….

448: 지구의 무명 씨
그 두 사람한테 나나미는 어떤
존재였지? 소꿉친구 같은 언니
였겠지만, 오빠와도 꽤 친했을
테니.

450: 지구의 무명 씨
라스트 보스 아냐?

454: 지구의 무명 씨
라스트 보스는 쓰러져버렸잖
아…….

458: 지구의 무명 씨
고인에 대한 예의도 모르냐.

470: 지구의 무명 씨
뭐, 둘 다 오빠의 보호를 받으며
자라왔다고 했으니……. 히카루
가 어떤 사람인지 잘 모르겠어.
그냥 평범한 고등학생 아냐?

476: 지구의 무명 씨
내 이름은 히카루!
평소에는 평범한 고등학생으로
살아가고 있어!
하지만 그 진짜 모습은―.

480: 지구의 무명 씨
그레이프푸르. 그 사건 이후로
제대로 살아가고 있을까.

484: 지구의 무명 씨
탐색자의 목숨이 너무 가벼운
걸. 히카루가 모르는 곳에서 죽
더라도 이상하지 않아.

490: 지구의 무명 씨
빛의 정령술을 쓰는 리프레이아
님은 히카루한테는 천적 같은 존
재인가?

493: 지구의 무명 씨
은신이 발각되면 그냥 피라미이
니까.
육체적으로는 평범한 고등학교
1학년이니.

495: 지구의 무명 씨
육체 강화 계열도 선택하지 않은
것 같고 말이야.

496: 지구의 무명 씨
어떻게 그걸 아는 거야?

500: 지구의 무명 씨
카렌이 다른 전이자들의 움직임
과 비교하여 도출해낸 결론이
래. 움직임이 평상시와 비슷한
걸 보니 버프를 받지 않은 게 틀

림없대.

502: 지구의 무명 씨
너무 유능해.

505: 지구의 무명 씨
히카루의 다크니스 포그 말이
야. 숙련도가 꽤 올랐는데도 라
이트에 쉽게 캔슬되더라. 빛이
더 상위 술식이란 걸까?

513: 지구의 무명 씨
아니, 라이트는 최초로 익히는
빛의 정령술.
고찰 사이트에 따르면 기본 술식
은 나중에 발동된 쪽이 반드시
이긴대. 불은 물에 꺼지고, 물은
불에 증발돼.
땅의 모래는 바람에 휘날리고,
바람은 모래에 막혀.
빛은 어둠에 가려지고, 어둠은
빛에 불식되지.

522: 지구의 무명 씨
바람의 정령술의 초기 술식 말이
야. 안 그래도 밋밋한데 그라벨
미스트에 막혀버리다니 엄청 부
조리하지…….

526: 지구의 무명 씨
근데 윈드로 그라벨 미스트를 날려
버리는 광경은 상당히 멋있잖아.

530: 지구의 무명 씨
그라벨 미스트, 좋지~.
말로 표현 못할 정도로 좋아.

531: 지구의 무명 씨
리프레이아 님이 계단을 올라가
는 장면에서 딱 정지되고서 엔딩
롤이 흐르는데 배꼽 잡고 한바탕
웃었지 뭐야. 중학생이 떠올릴
만한 구도가 아니잖아!

537: 지구의 무명 씨
신의 카메라 워크도 말 그대로

신들렸어.
카메라를 당겨서 바로 앞에는 리프레이아 님, 저 안쪽에는 히카루가 쳐다보는 구도를 만들었어.

545: 지구의 무명 씨
멍하니 서있는 히카루가 좋은 조미료가 됐지.

558: 지구의 무명 씨
근데 히카루도 저런 미인이 보답하겠다고 하니 기분이 썩 나쁘지는 않을 거 아냐?

560: 지구의 무명 씨
리프레이아 님의 그 미소에 넘어가지 않을 동정은 없어!

566: 지구의 무명 씨
카렌「아~, 틀림없이 오빠의 이상형이네요. 음침 캐릭터라서 생명력이 흘러넘치는 유형을 좋아한다구요. 기분 나쁘네요.」

570: 지구의 무명 씨
그 부분에서 웃었어. 카렌, 독설이 심했어.

572: 지구의 무명 씨
아, 사랑이 느껴지는 독설이니 세이프……!

575: 지구의 무명 씨
소꿉친구이자 차고 넘칠 정도로 귀여운 나나미랑 사귀지 않았던 이유는 그 때문인가?

577: 지구의 무명 씨
음침 캐릭터끼리는 서로 끌리지 않지……. 세상사 뜻대로 되지만은 않는 법이야…….

583: 지구의 무명 씨
세리카가 괴물이나 마물에 관해 해설했는데 결국 그 설이 맞았나?

592: 지구의 무명 씨
「혼돈의 정령력을 『경험치』로서 축적하면 힘을 늘릴 수 있는 대신에 생명체로서의 이성 중 하나를 서서히 상실해간다. 그리고 결국에는 괴물이 된다」고 했던 말? 다른 데서도 비슷한 이야기가 나왔으니 틀림없지 않을까.

598: 지구의 무명 씨
그래서 그 괴물이란 대체 뭐야? 어둠의 대정령한테 살해당했던 그 불꽃 원숭이가 그거였지?

603: 지구의 무명 씨
요컨대 육식 짐승이나 잡식 짐승을 방치해두면 지역 최강의 개체가 출현하다는 의미인 것 같아. 이성 중 하나를 잃어버린다고 했는데, 대부분의 경우에 식욕의 한계가 사라진대. 그래서 짐승의 경우에는 먹잇감을 모조리 먹어치운 끝에 어이없이 굶어죽는대.

608: 지구의 무명 씨
사람이나 마물의 경우는?

612: 지구의 무명 씨
사람도 베테랑 탐색자는 엄청나게 먹어대. 알렉스 군이 그에 대해 설명했었더라.

615: 지구의 무명 씨
그래서 그 도시의 식당이나 시장이 묘하게 컸던 거구나.

618: 지구의 무명 씨
그 세계에 사는 생명체들이 모두 대식가인지는 모르겠지만, 식량이 엄청나겠네.

624: 지구의 무명 씨
여동생이 히카루가 빠져나왔던 숲도 분석해봤는데, 먹을 수 있는 열매가 지천에 열려 있는 걸 확인했대. 기후도 설산이 아니라서 재수가 좋았던 모양이야.

626: 지구의 무명 씨
히카루랑 알렉스가 서로 친해질
수 있을까?

630: 지구의 무명 씨
캐나다인 운동남이랑 아싸의 대
표격인 히카루가……?

631: 지구의 무명 씨
안 될 것 같네…….

635: 지구의 무명 씨
그 도시에는 전이자가 히카루랑
알렉스밖에 없나?

640: 지구의 무명 씨
현재로서는 그래. 링그필 대륙
전체에도 전이자가 약 150명밖
에 없어.

643: 지구의 무명 씨
개인적으로 봤을 때 다른 대륙이
나 섬과 비교하여 링그필 대륙은

쾌적한 편이지.

650: 지구의 무명 씨
기후가 좋으니까. 아무리 평화로
울지라도 사막이나 정글은 좀…….

655: 지구의 무명 씨
누가 히카루한테 벌을 내려달라고
잔느한테 메시지를 보냈다나 봐.

656: 지구의 무명 씨
그거 대체 언제적 뒷북이야.

660: 지구의 무명 씨
클립판에 그 장면에 들어가 있었
지. 잔느가 메시지를 읽고서 「용서
못해……」 하고 중얼거렸던 장면.

666: 지구의 무명 씨
잔느는 정의감이 투철하니까…….
그 후에 세리카가 「진실을 똑바
로 봐」라는 메시지를 보냈는데,
열기가 엄청났지.

673: 지구의 무명 씨
정의감이라고 해야 할지…… 성
실하다고 해야 할지…… 고지식
하다고 해야 할지…….
확실히 말하자면 근육 바보 같은
데…….

674: 지구의 무명 씨
그 이상은 안 돼!

675: 지구의 무명 씨
잔느 팬한테 살해당한다!

680: 지구의 무명 씨
알렉스는 향수병을 느낄 것 같은
사람이니, 둘은 친구가 될 수 있
지 않을까?
지구 이야기를 나눌 수 있는 사
람을 원하는 눈치였고.

685: 지구의 무명 씨
젊은 애는 비교적 향수병에 잘
걸리는구나.

693: 지구의 무명 씨
그 루마니아 쌍둥이가 특수한 경
우야.

695: 지구의 무명 씨
그건 특별 취급해야 해……. 히카
루의 두 여동생처럼 쌍둥이인데
도 성스러움과 사악함, 속성이
정반대…….

700: 지구의 무명 씨
알렉스한테 히카루가 범죄자라
는 메시지를 보낸 녀석이 있는
모양이야.
「어떻게 생겼는지는 몰라」 하고
일축하긴 했지만.

702: 지구의 무명 씨
만나게 된다면 알렉스가 단죄해
버릴까……?

704: 지구의 무명 씨
무슨 버서커도 아니고. 히카루

의 실제 모습을 보고서 어떻게
살인자라고 생각할 수 있겠어.

706: 지구의 무명 씨
캐나다는 총기 허용 국가였던가?
학교에서 총기를 난사했던 범죄
자들은 대개 히카루 같은 유형
아냐?

710: 지구의 무명 씨
뭐, 미식축구를 하는 운동남이
살해당하는 게 정식이긴 해.

712: 지구의 무명 씨
쓰레기통에 처박히는 히카루…….

715: 지구의 무명 씨
알렉스는 그런 유형이 아닌 것
같던데?
아니, 외모야 전형적으로 그런
느낌이 들긴 하지만.

720: 지구의 무명 씨
캐나다랑 미국은 총기 범죄 건수

가 꽤 차이 나는 걸로 알아.

725: 지구의 무명 씨
알렉스도 생긴 대로 착실하지.
탐색자이면서 돈도 모으고 있고.

729: 지구의 무명 씨
아니, 그 녀석은 포인트를 바보
같이 써.

730: 지구의 무명 씨
샌드위치 꽝클! 콜라 꽝클!

736: 지구의 무명 씨
명랑 캐릭터들한테 포위당해 사
면초가 신세에 몰린 히카루가 귀
여워, 불쌍해.

리프레이아가 사라진 뒤에도 나는 한동안 멍하니 있었다.

모습을 보이고 말았다. 내가 어둠의 정령술을 쓴다는 걸 아는 상대에게.

그레이프푸르의 말에 따르면, 이 부근에는 어둠의 정령술을 쓰는 사람이 없다. 척후로서 다양한 파티와 함께 활동해온 그녀의 말이니 사실이겠지.

이곳은 판타지 세계다. 최악의 경우에는 마녀사냥이 벌어지지 말라는 법도 없었다.

'젠장…… 어떡하면…….'

생각해본들 뾰족한 수가 없었다. 리프레이아가 비밀을 지켜주길 믿는 것 말고는.

거기에 모습을 드러내지 않도록 전보다 더욱 조심하는 것 정도다.

……최악의 경우에는 이 도시를 떠나는 방법도 있겠지만, 그건 최후의 수단으로 남겨두고 싶었다.

"다크니스 포그."

어둠의 안개를 다시 발생시켜 안에 틀어박혔다. 땅바닥에 앉아 이번에 획득한 전리품을 쳐다봤다.

"혼돈의 정령석……이라."

이걸 입수한 건 이번이 두 번째였다.

다른 단색 정령석과 달리, 색색의 빛깔들이 기름띠처럼 새겨져 있다. 오팔과 비슷하게 생겼다. 「크리에이트 언데드」를 구사하려면 혼돈의 정령석이나 어둠의 정령석이 필요하다. 즉, 이 돌을 사용하면 그 맨티스를 언데드로서 소환할 수 있다는 뜻이었다.

"잘 간직해둘까……."

만에 하나, 위험한 마물들에게 포위당했을 때 타개책이 있다면 마음에 여유가 생기는 법이다. 아직 가보지 않은 3층이나 4층에서도 통할지는 모르겠지만, 적어도 2층에는 맨티스보다 강력한 마물은 없다.

물론 이것만으로 꽤 고가에 팔 수 있을 테지만, 이번에는 오크의 정령석을 대량으로 입수했다. 한동안은 이 돌로 먹고 살 수 있겠지. 장비품을 살 만큼 금전적으로 여유로워질지도 모르겠다.

나는 한동안 시간을 죽인 뒤 리프레이아가 어딘가에 숨어 있지 않을까 전전긍긍하면서 미궁 밖으로 기다시피 나왔다.

오늘은 미궁 안에 그리 오랫동안 있지 않았기에, 아직 시간은 심야였다.

나는 여관으로 돌아가 리프레이아를 구해주기 전에 입수했던 보물—「주옥^{오브}」을 섀도 백에서 꺼냈다. 이건 미궁 밖에서 실체화된다고 그레이프푸르가 말했는데—.

그렇게 생각하며 탁자 위에 올려둔 주옥을 바라보고 있자니, 오렌지빛이 감도는 유리구슬처럼 생긴 그 물건이 흐물흐물 변모하기 시작했다.

……10초? 20초쯤 지나니 완전히 다른 형태로 변해버렸다.

'진짜냐……? 나랑 무지하게 딱 맞는 물건이야…….'

주옥은 칠흑의 팔 방호대로 바뀌었다.

미궁에서 입수한 보물은 신수가 개개인에게 내리는 선물이라고 했다. 즉 미궁의 신인지 뭔지 모르겠지만, 그 신수가 「나에게 맞는 아이템」으로서 이걸 줬다는 뜻이었다.

믿기지는 않지만, 신수가 왜 「보물을 가로채면 분노」하는지 알 것 같았다.

예전부터 살이 보이는 부분은 되도록 숨기고 싶었다. 그러나 글러브는 비쌀뿐더러 팔 방호대는 엄두조차 낼 수 없는 고가였기에 솔직히 기뻤다.

이 칠흑의 팔 방호대는 여러 겹이나 되는 금속 플레이트와 가죽 장갑을 덧붙인 명품이었다. 돈을 주고 사려면 금화가 필요할 수준의 장비였다.

'감정도 해볼까.'

모처럼 받은 물건이다. 나는 크리스털 한 개를 써서 아이템 감정을 했다.

『암야의 팔 방호대 : (신수의 선물) 빛을 반사하지 않는 특수한 금속과 가죽으로 만들어진 칠흑의 팔 방호대. 금속끼리 맞부딪치더라도 소리가 나지 않기에 은밀 행동에 적합하다. 대단히 가벼운 소재로 제작됐기에 무력한 사람일지라도 가죽 글러브처럼 다룰 수가 있다.』

'멋있어……!'

당장 장비해보니 그야말로 맞춤제작을 한 것처럼 딱 맞았다.

그렇구나. 2층에서도 이렇게 좋은 아이템이 나오는 모양이다. 옛날에는 보물 가로채기가 성행했겠지. 신수의 분노가 미신인지 아니면 사실인지는 모르겠지만, 이 횡재를 질투하는 사람이 생기리라 쉬이 상상이 갔다.

나는 암야의 팔 방호대를 착용한 채로 침대에 누웠다.

리프레이아가 내 비밀을 까발리지 않을까 걱정됐다. 그런데 곰곰이 생각해보니 이 세계에는 사진도 없으니 그리 쉽게 꼬리가 잡히지는 않겠지.

최악의 경우에는 도시를 떠나면 그만이라고 생각하니 마음이 조금이나마 편해졌다.

더욱이 맨티스에게 살해당할 뻔한 그녀를 구해준 것도 사실이었다.

비웃음도, 시선도 느끼지 않고 마물과 싸워서 쓰러뜨렸다는 사실도 마음을 가볍게 해줬다.

그리고 나는 오랜만에 푹 잘 수가 있었다.

정오가 지나고 눈이 떠졌다. 나는 기지개를 켜고서 나무창을 열었다.

나는 뒷골목에 있는 싸구려 여관의 객실을 빌렸다. 창문을 열면 바로 맞은편에 벽이 있어서 경관이 좋다고는 할 수가 없었지만, 그래도 이국이든 이세계든 지구가 아닌 어딘가에 왔음을 매번 실감할 수 있었다. 그만큼 이 경관은 지금껏 살면서 본 적이 없을 정도로 아주 이질적이었다.

"새도 백."

술식을 외치자 그림자가 칠흑 같은 입을 벌렸다.

나는 그 안에 손을 집어넣어 보관 중인 물건을 꺼내 침대 위에 늘어뜨려 나갔다.

이 세계에서 어둠의 정령술이 어떤 대우를 받는지 언젠가는 알아볼 필요가 있을 것 같았다. 어쩌면 금기의 술식이라 술자는 발견되는 족족 단두대로— 보내질 가능성도 없진 않겠지. 누가 뭐라 해도 중세 판타지 세계다. 마녀사냥 같은 박해가 벌어지지 않으리라는 보장도 없었다. 빛이 올바른 것이라면 어둠은 그릇된 것…… 그렇게 생각하는 사람이 많더라도 이상하지는 않았다.

"……하지만 도시를 떠나는 건 아무리 그래도 너무 신중한 판단이었나."

새도 백에서 물품을 나열해보았다. 창월은사초, 결계석, 혼돈의 정령석(맨티스), 단검, 로프…… 나나미의 앨범은 꺼내지 않고 그대로 다시 넣었다.

소지품을 펼쳐두면서 향후 방침을 생각했다.

맨티스를 쓰러뜨려서 자신감이 붙었다.

다른 탐색자 파티를 봐도 정령술을 구사할 수 있느냐 없느냐에 따라 난이도가 달라지는 듯했다.

어둠 속성에는 공격적인 술식이 없어서 여러모로 궁리해볼 필요가 있겠지만, 잘만 사용하면 마물과 비교적 안전하게 싸울 수 있을 터이다.

"무기는 단검뿐. 그리고 로프도 잘하면 쓸 수 있지 않을까…… 혼돈의 정령석은 비장의 패고…… 최악의 경우에는 결계석도 하나 있어."

원체 소지품이 별로 없지만, 무기류는 손가락으로 꼽을 수 있을 정도밖에 없었다.

빛나는 꽃은 틀림없이 비싸게 팔 수 있겠지. 아마 「무지무지 레어」한 아이템일 것이다. 이건 도시를 떠날 각오를 했을 때 팔아야할 것 같았다. 애당초 그 암시장에서 적정한 가격으로 사줄 것 같지도 않았다. 그만한 자본력은 없어 보였으니까.

탐색자 시체에서 슬쩍 가져온 장비류는 기본적으로 모조리 매각

해왔다.

직접 싸울 생각이 없었고, 남의 장비품을 사용하다가 덜미가 잡힐 가능성도 고려했다.

단검 같은 무기는 예비로 한 자루쯤은 갖고 다녀도 괜찮겠지만, 가장 비싸게 팔리는 아이템이 무기류였기에 결국에는 처음에 구입 했던 단검 이외에는 무기를 마련하지 않았다.

로프는 숲을 걸었을 때 나무 위에서 자려고 크리스털로 교환했던 물건이다. 버리기에는 아까워서 아직껏 섀도 백에 묵혀뒀다.

"단검으로 싸울 수 있는 마물⋯⋯. 스켈레톤보다는 2층 쪽이 더 낫나."

나는 마물과 싸우기로 결심을 굳혔다. 맨티스와 싸울 때 비웃음 도, 시선도 느껴지지 않았기에 어둠 속이라면 괜찮지 않을까, 하는 희망이 보였다.

리프레이아와의 만남 때문에 시청자수가 다시 늘어나지 않을까 우려도 했지만, 예상보다 변화가 없었다.

적어도 10억 명이 나를 보는⋯⋯ 상황은 벌어지지 않았다.

아마도 나보다 모험과 생활을 더 신나게 즐기는 다른 전이자 쪽으로 흥미가 옮겨갔겠지. 어둠에 숨기만 하는 나를 주목할 정도로 한 가한 사람만 있는 건 아니겠지.

'이대로 시청자가 줄어들면 겨우 한 명의 인간으로서 생활할 수 있겠네.'

지금은 이제 닿을 수 없는 지구에 남기고 온 것들⋯⋯. 부모님, 두 여동생— 당연히 마음에 걸렸지만, 그렇다고 해서 내가 무엇을 해줄 수 있는지 모르겠다.

메시지 박스에 들어온 모든 메시지가 나를 매도하는 내용인지는 모르겠다.

시청자가 줄고 있다. 아직도 봐주고 있는 사람은 나를 응원해주고 있을 가능성도 있다.

그러나 나는 메시지를 열어볼 용기가 나지 않았다.

나와 달리 똑똑한 두 여동생— 세리카와 카렌이라면 뭔가 좋은 아이디어가 떠올랐을지도 모르겠다. 그러나 나는 「어쨌든 계속 살아가는 것」 말고는 달리 떠오르지 않았다.

낯선 나라, 낯선 세계. 주소도, 신분증명서도 존재하지 않는다. 싸구려 여관을 거점으로 삼은 근본 없는 잡초 같은 인생이다.

하다못해 강해지는 것. 그것만이 지금 내가 할 수 있는 유일한 일이겠지.

"……좋아."

해가 저물자, 나는 여관을 나왔다.

스테이터스 보드를 보니 포인트와 크리스털이 나름 쌓였다. 이걸 쓰면 마물과 순조롭게 싸울 수 있겠지만, 쓰고 싶은 기분이 별로 들지 않았다.

물론 눈에 띄고 싶지 않다는 이유도 있다.

그러나 그 이상으로 「포인트를 남겨둔 덕분에 그 숲에서 빠져나왔던 성공 경험」이 크게 작용했다.

만약의 사태가 벌어졌을 때 포인트가 남아 있다면 타개할 가능성이 높아진다—.

그걸 알고 있기에 어떤 특별한 이유가 없는 한, 선뜻 사용할 마음이 들지 않았다.

골목과 골목을 넘나들며 던전 입구가 있는 도시의 중심부로 향했다.

입구에는 어느 때처럼 네 파수병이 심심해하며 화톳불 주변에 모여 있었다.

그리고 평소에 보지 못한 실루엣이 하나—.

'쟨 어제…… 리프레이아라고 했던가……? 뭘 하고 있는 거야?'

그곳에는 어제 만났던 빛의 정령술을 다루는 여전사가 있었다. 젊은 병사들이 힐끔힐끔 쳐다봤지만, 그녀는 시선을 완전히 무시하고서 미궁 입구를 수호하듯 정면을 바라보며 우뚝 서있었다.

'설마, 날 기다리나……?'

순간 그렇게 생각했지만 자의식 과잉인 것 같아 민망해졌다. 무슨 이유가 있겠지.

비밀을 지켜줬는지 물어볼까, 생각도 했지만 긁어 부스럼이 될 것도 같았다.

어쩌면 나 같은 건 벌써 잊어버렸을지도. 그래주는 편이 나도 마음이 편하다.

결국 그녀를 무시하고서 어둠을 두른 채 미궁 안으로 스르륵 잠입했다.

미궁 내부는 평소와 다를 게 없었다. 어둠 속에 있으니 안심조차

됐다.

나는 제1층 「황혼명부가」에서 싸우는 초보 탐색자를 거들떠보지 않고, 서둘러 2층 계단으로 향했다.

스켈레톤은 내 능력이나 무기와 상성이 별로 좋지 않았다.

아니, 실제로 싸워본 적이 없으니 단정할 수는 없지만, 상대는 뼈로 이루어져 있으니 곤봉으로 때려 부수는 게 정답일 것 같았다. 내 수중에는 싸구려 단검밖에 없었다.

"다크니스 포그."

2층에 도착한 뒤 나는 어둠에 녹아들어 홀로 있는 마물을 찾아다니기 시작했다. 그러는 도중, 단검을 뽑아 시험 삼아 휘둘러봤다.

'무겁고…… 휘두르는 거, 더럽게 서투르구나.'

직접 다뤄보고서 느낀 솔직한 감상이었다.

굳이 생각할 필요도 없이 당연했다. 검을 써본 적이 없으니까. 내가 들고 있는 단검은 애당초 대량으로 제작된 싸구려였다. 표면이 울퉁불퉁하고 도신이 40센티미터쯤 되는 검으로, 억지로 날만 세워놓은 것인지 칼날은 꽤 얇았다. 조금 험하게 다루면 날이 쉽게 나가거나 부러지겠지.

잘 쳐봐야 호신용품에 불과한 물건이었다. 그래도 이 세계에서는 철 자체가 꽤 고가로 거래되는지 결코 저렴하지는 않았다. 생각해보면 지구에서도 이런 검을 구입하려면 돈을 제법 줘야겠지. 수백 엔이나 수천 엔으로는 살 수 없다. 당연한 일이다.

붕! 붕!

단검을 허공에 휘둘러봤다. 중량은 1킬로그램쯤 나가는 듯했다.

힘도, 속도도 부족했다.

맨티스를 쓰러뜨렸을 때처럼 일격으로 치명상을 입히는 수밖에 없을 것 같다.

전사로서 싸우기에는 근력이 너무 부족했다.

'상당히 뻐근하네……'

몇 분 동안 단검을 연속으로 휘둘렀을 뿐인데도 금방 숨을 헐떡였다.

이게 장검이었다면 어떻게 됐을까? 이 단검보다 열 배쯤 무거워 보이는 대검을 마구 휘둘렀던 리프레이아의 힘은 대체 무엇일까…….

'뭐, 됐어. 가장 약할 것 같은 마물을 노리자.'

2층에서 가장 약한 마물은 고블린이다.

키가 100센티미터쯤 될까 말까한 작은 요괴로서 집단으로 행동한다.

마물은 「생물」치고는 꽤 이질적이라, 딱히 하는 일 없이 어슬렁거리기만 할 뿐이었다. 사람을 보면 습격하지만, 왜 그런 생태를 갖게 됐는지 잘 모르겠다.

미궁이 이상한 곳이라는 증거일지도 모른다.

'아, 찾았다. 두 마리인가…….'

잠시 걸으니 고블린 두 마리를 발견했다.

고블린은 최대 열 마리가 넘는 집단을 이루니 따로 떨어진 개체는 사냥하기에 딱 적합했다.

다크니스 포그를 발동하더라도 너무 가까이 다가가면 내 존재를 알아차릴 것 같은 낌새였다.

무서워서 더 가까이 다가가본 적은 없지만, 어쨌든 정령술은 만능이 아니다.

하물며 두 마리다. 한 마리가 쓰러지면 나머지는 반드시 내 존재를 인식하겠지. 그렇게 됐을 때 어떻게 싸우느냐가 문제다.

여러 파티들의 전투 방식을 관찰했지만, 어둠의 정령술을 구사하며 싸웠던 자는 없었다.

스스로 생각해가며 실천하는 수밖에 없었다.

'실천…… 실험인가.'

암시와 나이트 비전 효과 덕분에 다크니스 포그 안에서도 나는 거의 대낮처럼 볼 수가 있다. 꼭 그게 아니더라도 다크니스 포그는 내가 구사한 술식이기에 내 눈마저 가려버리는 본말전도의 결과는 초래하지 않았다.

나는 어둠을 최대출력으로 증폭했다. 어둠이 소리 없이 퍼져나갔다.

제4위계 다크니스 포그는 반경 10미터를 어둠으로 감쌀 수가 있다.

어둠에 휩싸이자 고블린들이 갑자기 갸갸, 하고 소란을 떨기 시작했다.

나는 발소리를 내지 않고, 숨을 죽인 채 고블린의 배후로 돌아 들어갔다. 그리고 무방비한 경추를 향해 일격을 가했다.

내가 휘두른 허연 칼날이 빨려 들어가듯 고블린의 뒷덜미를 도려냈다. 맥없게도 덩그렁— 하는 소리와 함께 마물이 투명하고 작은 정령석으로 바뀌었다.

'다음—!'

남은 고블린은 아직 상황조차 이해하지 못한 채, 갸갸 소리만 질러댔다.

무기를 휘두르지도, 도망치지도 않았다.

나는 차분히 두 번째 고블린의 배후로 돌아가 마찬가지로 경추를 향해 단검을 휘둘렀다.

전투를 끝내고 보니 김이 샜다.

다크니스 포그만으로 완벽하게 이겼다. 다른 술식을 쓸 필요도 없었다.

'오……. 이 감각이 또.'

맨티스를 쓰러뜨렸을 때도 느꼈던, 정령력이 몸 안으로 들어와 일체화되는 것 같은 감각. 지난번에 비해 미미하긴 했지만, 이건 대체 뭘까. 언젠가 암시장 주인장에게 물어보는 게 좋을 것 같았다.

나는 그 후에도 적당한 마물을 찾아내고서는 검증을 하며 싸웠다.

고블린 다섯 마리쯤은 「서먼 나이트버그」만으로 쓰러뜨릴 수 있다.

서먼 나이트버그는 10센티미터쯤 되는 칠흑의 곤충 열 마리 정도가 마물을 공격하는 술식이다. 지금은 아직 숙련도가 낮지만, 잘 키워나가면 내가 가진 술식 중에서 직접 공격력이 가장 강력한 술식이 되리라 기대가 됐다.

섀도 바인드는 현재 숙련도로는 오크조차 몇 초밖에 붙들어두지 못했다. 더욱이 팔은 어느 정도 움직일 수 있기에 조금 미덥지 않았다.

다만 맨티스에게도 어느 정도 통했음을 돌이켜본다면 쓰기 나름일지도 모르겠다.

한 번에 한 마리밖에 통하지 않으므로 여럿을 상대할 때는 연속으로 사용할 필요가 있다. 숙련도가 올라가면 더 유용한 술식이 된다……는 말인가?

섀도 러너는 분신을 달리게 함으로서 오크와 고블린이 모두 격앙하여 쫓아가서 공격하도록 이용할 수 있었다.

내 모습을 보인 상태에서는 시선이 그쪽으로 쏠리거나, 근접했을 시 공격하는 등 반응이 다양했다. 이 술식도 숙련도를 더 올리지 않으면 아주 짧은 빈틈밖에 만들지 못하겠지.

……뭐, 극한의 전투 중일 때는 그 「짧은 빈틈」이 중요한 의미를 가질 테지만.

셰이드 시프트를 사용하니 공격을 받을 확률이 절반으로 줄어들었다. 그러나 애당초 전사처럼 정면승부를 하질 않아서 현재로서는 써먹을 길이 없었다.

그리고 무엇보다— 다크니스 포그가 너무 강력했다.

무시무시한 암현. 기본기이자 필살기임을 증명하기라도 하듯, 칠흑의 어둠 속에서는 고블린과 오크 모두 거의 무력했다.

마물들은 이 어두운 미궁에서도 문제없이 행동할 수 있을 정도로 암시 능력을 갖고 있는 듯했지만, 다크니스 포그 내부는 약간의 빛조차 들지 않는 칠흑 그 자체였다.

그러니 마물들이 당황하여 속수무책으로 당하고 말았다.

나는 그저 뒤에서 조용히 다가가 목숨을 거둘 뿐이었다.

다른 술식이 나설 차례를 주지 않는 단순하면서도 강력한 술식.

적어도 고블린과 오크를 상대할 때는 다크니스 포그만으로도 완벽하게 이겼다.

다만 그 이상의 마물…… 오우거나 맨티스를 상대하는 것은 자신이 없었다.

내가 어둠에 숨었음을 상대가 알아차리고서 얻어걸리라는 식으로 마구 휘두른 공격에 단 한 번이라도 당했다가는 죽을 가능성이 있으니까.

과신도, 방심도 하지 않는 편이 좋다.

내가 고블린과 오크만 상대하는 이유는 단순히 설령 반격을 당하더라도 일격에 치명상을 입힐 만한 공격력은 없으리라 짐작했기 때문이었다.

뭐, 마물과 전투하는 건 오늘이 첫날이다. 어차피 시간은 얼마든지 있다. 착실히 조금씩 성장해나가도 된다.

결국 그날은 견실하게 약한 마물만 사냥했다.

정령석은 투명한 것 스무 개, 색이 있는 것 네 개를 입수했다.

아침 해가 뜨기 전에 나는 미궁을 빠져나왔다.

입구에선 리프레이아의 모습이 보이지 않았다. 역시 밤새 입구를 지킬 리는 없을 테니 용무를 마치고서 떠났겠지. 혹은 그곳에서 누군가와 합류하여 미궁에 들어갔는지도 모르겠다.

그런 생각을 하면서 어둠에 편승하여 여관으로 돌아가려고 했다. 그런데 길 반대편에서 리프레이아가 어젯밤에 봤던 모습 그대로 나타났다. 나는 반사적으로 나무 뒤에 숨었다.

다크니스 포그를 사용하여 어둠에 녹아들었다. 아직 일출 전이니 들킬 리가 없다.

실제로 리프레이아는 나를 알아차리지 못하고 그대로 미궁 쪽으로 걸어갔다.

'설마, 오늘도 또 미궁 앞에 버티고 있을 셈인가?'

마음에 걸려서 조금 돌아가 보니, 예상한 대로 그녀는 미궁 입구에 서 있었다.

무슨 용무가 있는지는 모르겠지만 어쨌든 나와는 관계가 없겠지.

만에 하나, 나를 기다리는 것이라고 해도 이제 그녀와 얽힐 마음은 없었다.

나는 여관으로 돌아와 뒤쪽 수로에서 물을 길러와 몸을 씻었다. 이 도시에는 수로가 나 있는데 물이 워낙 깨끗해서 그대로 마셔도 될 정도였다. 이게 다 물의 대정령의 은혜 덕분이라나?

"오, 돌아왔나? 매일 찬물만 끼얹으면 몸이 차가워질 텐데. 욕탕에는 안 가나?"

때마침 뒷문에서 나온 여관 주인장에게 들키고 말았다.

역시 수십 일씩이나 한 객실에 머물렀으니 내 얼굴을 익힐 만도 하겠지. 저 주인장은 쓸데없는 참견을 하지 않는데, 욕탕이라······. 욕탕이란 대중목욕탕을 가리키는 거겠지. 김이 피어오르고 있어서 위치는 금방 파악했지만, 나는 한 번도 가본 적이 없었다.

흥미가 있기도 하고 일본인으로서 매력도 느껴졌지만, 나는 24시간 촬영을 당하는 처지였다. 낮에는 쓸데없이 움직이지 말자고 스스로 주의하고 있으므로 적극적으로 이용할 마음은 들지 않았다.

"이렇게 이른 아침부터 운영하던가요?"

"그래. 욕탕은 휴일 없이 영업한다고. 뭐, 밤중에는 안 가는 편이 좋겠지만 말이다!"

마물과 싸워서 정령석이라는 소득을 거뒀다. 그래서인지 다양한 일에 도전해보고 싶다는 마음이 강해졌나 보다. 대중목욕탕에도 도

전해보고 싶은 기분이 들었다.

하지만…… 그와 동시에 아무런 지식도 없이 그런 곳에 돌격할 만한 배짱은 없었다.

몸을 씻을 만한 도구는 있나? 비누는? 욕탕 온도는? 애당초 욕탕은 물에 몸을 담그는 형태인가? 아니면 증기를 쐬는 형태? 몸을 닦을 수건은 있나? 커피 우유는 사먹을 수 있나?

일본의 목욕탕과는 다르겠지. 물통이 있을지조차 의심스러운 환경이라고 봐야할 것이다. 수건은 100% 없다고 봐도 된다. 비누도…… 없겠지.

나는 여관 주인장에게서 그런 정보들을 속속들이 물어본 뒤에 여관을 나섰다.

예상한 대로 물통도, 비누도 없었기에 사전에 크리스털을 사용하여 「통」과 「수건」과 「비누」와 「샴푸」를 입수했다.

……크리스털을 여섯 개나 써버렸지만, 생필품이니 아깝지는 않았다.

아침 시장에서 가볍게 꼬치구이를 먹은 뒤 대중욕탕으로 향했다.

이 도시는 「물」, 「불」, 「땅」, 「바람」의 대정령이 모여 있는 도시로 현재 내가 있는 이 일대는 「물의 대정령」의 영역이다. 도시 전역이 어떻게 이뤄졌는지까지는 모르겠지만, 물의 대정령의 영향력 아래에서는 깨끗한 물이 펑펑 쏟아서 사람이 가장 살기 편해서인지 인구밀도가 높은 듯했다.

반대로 바람의 대정령의 영역이나 땅의 대정령의 영역은 인구가 적고 농원이 많다나?

불의 대정령의 영역에서는 제련업이 활발하다는 이야기도 들었다.

"여긴가……."

대중욕탕은 불의 대정령의 영역과 인접해있었는데, 규모가 꽤 컸다. 그야말로 일본의 대형목욕탕처럼 생겼다. 이곳에서 대량으로 소비되는 뜨거운 물은 대정령의 힘으로 만들어낸다고 한다. 우선 물의 대정령의 힘으로 깨끗한 물을 생성한 뒤, 불의 대정령의 힘으로 끓이는 방식이라 들었다.

이 세계에선 생활 속에서 정령의 힘을 자연스럽게 이용하고 있다. 대중욕탕이라서 가격도 저렴했다.

시간이 아직 일러서인지 욕탕에 온 사람이 적은 듯했다. 주변이 한산했다. 아직 6시 반이니 당연한지도 모르겠다. 그래도 낯선 시설에 들어가려면 용기가 필요했다.

나는 탐색자 파티로 추정되는 무리에 섞여 안으로 들어갔다.

욕탕 이용 시엔 남녀 구분이 되어있었다. 요금은 동화 15닢. 이 정도 가격이라면 매일 다닐 수도 있겠지.

나는 탈의실에서 옷을 재빨리 벗고서 비치되어 있는, 나뭇가지를 엮어 만든 바구니에 넣었다.

귀중품은 없었다. 아니, 소지품을 전부 섀도 백에 수납해뒀다. 비누와 샴푸는 진즉에 꺼내서 통 안에 넣어뒀다. 이제 빠뜨린 것은 없다.

'오오……!'

욕탕은 목재를 주로 사용해서인지 일본에서 볼 수 있는 구조와 유사했다. 목욕실에는 수도조차 없는데, 통으로 뜨거운 욕탕 물을 떠와서 쓰는 모양이었다. 욕조는 꽤 넓어서 한 번에 서른 명 정도 들어갈 수 있을 만한 규모였다.

전 세계에 중계되고 있지만 다른 전이자들도 욕조에는 들어가겠지. 새삼스레 내가 욕조에 몸을 담가본들 별 화제도 되지 않을 것이다.

물론 내가 나나미를 죽인 범인이라고 확신하는 인간들은 살인자 주제에 무슨 목욕이냐며 비난할지도 모르겠지만……

나는 눈에 띄지 않는 가장 구석에 자리를 잡아 몸과 머리를 재빨리 씻고서 욕탕에 몸을 담갔다.

'오, 오오오오……. 피로가 녹는다……!'

욕탕에 몸을 담근 건 이 세계에 오고 처음이었다.

따끈따끈한 물이 몸의 중심부까지 열기를 전했다. 그 열기가 몸뿐만 아니라 마음까지 데워주는 듯해서 저도 모르게 눈물이 나와버렸다. 얼굴을 와푸와푸 씻어서 얼버무렸다.

어디까지 방송될지 전혀 모르겠지만, 이제와 신경써본들 소용없었다. 목욕 같은 평범한 일상 활동을 할 때면 어둠 속에 숨지 않더라도 시선이나 비웃음이 느껴지지 않았다.

따뜻한 물에 몸을 푹 담그고 있으니 서로 친해 보이는 한 무리가 왁자지껄 욕탕 안으로 들어왔다.

덩치 큰 남자가 세 명이나 들어오자 욕조에서 물이 촤악 흘러넘쳤다.

"크아, 아침 목욕은 기분 좋구나!"

"좋지! 이렇게 큰 욕탕은 이 일대에 여기뿐이야."

"아아. 내 고향에서는 샤워만 할 뿐이라서 그동안 이렇게 좋은 걸 모르고 살았구나, 하고 경악했어. 온천 같은 곳도 있다지만 난 가본 적이 없으니."

입구에서 함께 들어왔던 청년 탐색자들이었다. 나는 구석 쪽으로 슬금슬금 이동했다.

"샤워가 뭐냐, 알렉스?"

"으음……. 뭐라고 설명해야 좋을까. 어쨌든 비처럼 쏟아지는 뜨거운 물을 몸에 끼얹기만 했다, 이 말이지."

"하하하, 이세계라고 했던가? 무슨 다른 세계에서 왔다느니, 이상한 소리를 하는 녀석이라니깐."

"야야, 내 말을 못 믿겠다는 거냐! 여기로 오기 전에는 꽤 진지한 학생이었다니까?"

나는 코 아래까지 몸을 물에 푹 담그고서 그 대화를 들었다.

이세계. 그렇게 말했다.

힐끗 보니 머리칼 색깔이 밝은 갈색에다가 콧대가 우뚝한 산뜻한 서양 미남이었다.

'이세계 전이자……! 이 도시에도 있었나!'

저 알렉스라 불린 명랑 캐릭터 청년은 얼핏 보기에 서양인처럼 생겼지만, 나처럼 이세계어를 구사할 줄 알았다. 말이 통하니 기묘함이 느껴졌다.

'그렇다면 저 녀석의 방송엔 내가 엑스트라처럼 찍히고 있나?'

카메라 각도에 따라서 내가 찍히겠지. 그리고 내 카메라에도 알렉스의 모습이 찍힐 테고. 나와 알렉스를 동시에 시청하는 사람이 있다면 「앗!」 하고 놀랄지도 모르겠다.

'왠지 불길한 예감이 드네……. 그만 나갈까…….'

실은 더 느긋하게 몸을 담그고 싶었지만, 전이자끼리 같은 장소—

그것도 알몸으로 욕탕에 있는 상황은 누가 봐도 너무 재밌다. 필시 불상사가 생길 게 뻔했다.

"걔, 오늘도 있을까?"

"오오, 입구에 있는 걔! 굉장한 미인이었어. 알렉스, 말을 걸어봤지? 걔가 뭐래?"

"지인을 찾는 것 같더라고. 밥이나 먹자고 했는데 차였어."

"진짜? 너, 그런 남자였구만."

"아니, 그렇게 귀여운 애가 눈에 띄면 꼬시는 게 보통이잖아."

그렇게 인싸들의 대화가 이어졌다.

입구의 미인이라면, 리프레이아를 가리키는 걸까? 지인을 찾는다고 했으니 나는 아니겠지. 왜냐면 나는 그녀의 지인은 아니니까.

나는 애써 태연하게 욕탕에서 나왔다. 그리고 그때였다.

"아, 메시지가 왔다. 어디 보자······?『거기 있는 검은 머리 녀석이 히카루』······?"

알렉스가 허공에서 무언가를 탭하고서 그렇게 말했다.

나도 무심코 알렉스 쪽을 보고 말았다.

시선과 시선이 부딪쳤다.

—키득키득.

—꺄하하.

지금껏 이완됐던 분위기가 확 돌변했다.

찌를 것 같은 시선과 비웃음이 어디선가 느껴지는 듯했다.

등에서 식은땀이 솟아났다. 알렉스의 파티 멤버인 두 사람도 이쪽을 의아하게 쳐다봤다. 저 녀석은 누구냐는 눈빛으로 쳐다보니 온

© Niθ

몸이 마비돼서 움직일 수 없었다.

나는 모르는 사이에 타인의 시선에 강렬한 공포를 느끼게 됐다.

현재 나는 우스울 정도로 온몸이 새빨개졌다가 새파래지기를 반복하고 있겠지.

뜨거운 욕탕에서 막 나왔는데도 온몸이 차가웠다.

손가락이 떨렸다. 도망치고 싶은데도 몸이 말을 듣지 않았다.

"히카루……? 히카루는 이름인가? 중국인?"

알렉스가 말을 걸어왔다. 나나미와 내 이야기를 메시지를 통해 보지 못했는지 표정이 그저 평범했다.

……아니, 상식적으로 생각하면 모를 리가 없다.

자의식 과잉일지도 모르겠지만, 나는 숲을 빠져나왔을 때 1000명의 전이자들 중에서 시청자수가 제일 많았다. 그 숫자가 순전히 나에게 호의적인 관심을 갖고 있는 사람들로 채워졌을 리가 없으니까.

그렇다고 해서 내가 먼저 그 화제를 꺼낼 용기는 없었다.

그 이전에 현재 나는 간단한 대답조차 하기 어려울 정도로 정신이 혼란스러웠다.

"……일본인이야."

내가 대답하자 알렉스가 기뻐하는 표정으로 첨벙첨벙 거리를 좁혀왔다.

"오호, 일본인! 전이자를 만난 건 처음이야! 난, 잭 알렉산더 폭스! 캐나다의 온타리오에서 왔어! 주로 알렉스라고 불려."

"그, 그래?"

"갑자기 이세계에 와서 뭐가 뭔지 몰랐어. 진짜로 영화 같은 세계라서 벌벌 떨었지. 히카루도 그렇지?"

"아, 아아⋯⋯."

"아는 사람도 하나도 없는 곳에 달랑 혼자라니. 오기 전에는 괜찮을 거라고 생각했지만, 꽤 힘겹더라. 그래도 친구가 길드에 들어가서, 새로 친구를 만들라는 메시지를 보내주기도 해서 그럭저럭 헤쳐나가고 있어. 히카루는 혼자야?"

"뭐, 그렇다고⋯⋯ 봐야겠지."

"흐응~. 일본인은 경건하구나."

알렉스는 쾌활한 남자였다.

저 싹싹한 웃음에서 같은 지구인과의 우연한 만남을 순수하게 기뻐하는 감정이 드러나는 듯했다. 그러나⋯⋯ 나는 이 상황을 솔직하게 받아들일 수가 없었다.

"지구에 사는 내 친구들 중에는 일본에 가본 녀석들이 많았어. 애니, 만화가 잔뜩 있다지?"

"아아⋯⋯ 뭐."

"응⋯⋯? 안색이 나쁜데 괜찮아?"

"아, 으응⋯⋯ 문제없어."

세 사람이 나를 보고 있다.

그리고 무엇보다도 알렉스의 시청자와 내 시청자도. 모두 합쳐서 수억 명은 되겠지.

모두가 이 만남을 흥미진진하게 바라보고 있다.

그런 생각을 하니 나는 적당히 말장구조차 쳐줄 수가 없었다.

"호오, 알렉스랑 동향이냐? 히카루라고 했던가? 저 녀석, 이세계에서 왔다고 하는데 진짜냐?"

동료까지 대화에 끼어들어서 나는 솔직히 한계였다.

"미안…… . 볼일이 좀 있어서 그 얘긴 다음에 해도 될까?"

"엇, 그래? 미안해. 갑자기 말을 걸어서. 여기에는 지구 이야기를 나눌 수 있는 녀석이 없으니까. 나, 종종 여길 오니까 또 대화하자고."

"…… 어어."

알렉스는 마지막까지 좋은 녀석이었다.

나는 스스로가 부끄러워서 도망치듯 공중욕탕을 뒤로 했다.

아니, 실질적으로 도망쳤다.

공중욕탕을 나온 나는 여관으로 돌아가 쓰러지듯 침대에 누웠다.

'더, 평범하게 대화해볼걸.'

알렉스가 말을 걸었을 때를 곱씹었다.

나는 나나미를 죽이지 않았다. 갑자기 이세계 전이자로 뽑혔— 아니, 휘말렸다는 표현이 더 정확하겠다. 확실히 말하자면 피해자인 셈이었다.

비굴해질 필요가 없었다. 그런데도 도망치듯…… 아니, 도망쳤다.

대화를 제대로 나눠볼걸. 내 처지를 알아줄지도 모르는데.

그런데도 나는 마치 켕기는 게 있는 것처럼 달아나버렸다.

"아아아아악!"

그냥 지나쳐버렸다. 모처럼 지구의 전이자를 만났는데. 처지가 같은 동료인데.

나는 말도 변변히 하질 못하고 그 상황을 흘려보내고 말았다.

왜냐하면, 무서웠다. 낯선 사람과 대화를 하려니 마음이 술렁였고, 무엇보다도 주목을 받은 순간, 내가 더는 내 자신이 아니게 돼버렸다. 낯선 사람들의 시선이 나에게 쏠린 순간, 눈앞이 흔들리고 머릿속이 새하얘졌다.

심장이 마구 뛰고, 머리에 피가 쏠리고, 손발이 저렸다. 그냥 서 있기만 했는데도 한계가 찾아와버렸다.

그 상태로 대화를 나누는 건 도저히 불가능했다.

그럼에도 억지로 입을 열려고 했다면 틀림없이 말보다 먼저 눈물이 나와버렸겠지.

마음의 준비를 해두지 않았던 게 화근이었다.

기습적인 만남이라서 겉치레조차 제대로 하지 못했다.

……싫었다. 환한 장소도. 올곧은 사람도.

이 세계에 오기 전에는 이러지 않았다. 더 평범했다. ……평범했는데.

저 녀석은 내가 소꿉친구 살해용의자임을 알고 있을 터였다.

그런데 그 녀석은 전혀 모르는 척 스스럼없이 말을 걸어왔다.

우연한 만남이었을까? 아니면 내 위치나 행동을 이미 메시지로 보고받고서 우연을 가장하여 내 모습을 보러 왔다?

좋지 않은 상상이 점점 부풀어갔다.

몇 마디밖에 주고받지 않았으니 진실 따윈 알 수가 없었다.

아무 것도 모르겠다. 잘 모르겠지만 나는 미움을 받고 있고, 그리고 모든 전이자들이 잠재적인 적이라는 사실만은 확실했다.

내가 비굴해졌음을 자각했다.

언제부터 이상해졌는지 지금은 잘 모르겠다.

숲을 빠져나오고 처음으로 악랄한 메시지를 읽었을 때부터였을까? 아니면 미궁에 잠입하여 시체에서 장비를 챙겨서 암시장에 팔아치웠을 때부터? 원래 인간이었던 정령석을 돈으로 바꾸고, 그 돈으로 식량을 구입했을 때부터?

아니면 원래부터 나는 그런 인간이었나?

어쨌든 다들 그런 나를 보고서 웃고 있다.

모두가 내가 실패하기를 바라고 있다. 내가 요상하게 웃는 것을, 내가 횡설수설 대답하는 것을. 내가 처참하게 죽는 것을. 히카루 주제에 무슨 대등한 척 대화를 나누는 거야, 하고 비난하며 웃고 있다. 넌 미궁에서 어둠에 숨어 남몰래 살아가는 게 고작인 하찮은 인간이고, 인생을 반듯하게 사람과는 다른 열등종이지? 하고 비웃고 있다.

······머리로는 알고 있다.

그것은 내 스스로가 만들어낸 부정적인 **망상**에 불과하다는 걸.

그런데도 마음속에서 자꾸 목소리가 들렸다.

『네가 열등한 건 그 어떤 말로 포장한들 「사실」이잖아? 그게 「사실」이 아니라고 아무리 아우성을 쳐본들 그건 「거짓말」에 불과하지 않나? 거짓말로 속여 넘길 수도 있겠지. 하지만 넌 분명 알고 있어.』

그렇게 나는 위축되고 만다. 새카만 무언가가 마음 깊은 곳을 휘감아버려서 그대로 꼼짝도 못하고 만다. 목소리조차 낼 수가 없게 된다. 마음속에 마왕이 살고 있는 것 같았다.

"우우우우우······!"

대화를 더 나눌걸 그랬다.

알렉스가 진지하게 들어줬을지도 모르겠다. 시청자들에게 설명해 줬을지도 모르겠다. 사건을 알면서도 나를 믿어줬을지도 모르겠다.

친구가…… 됐을지도 모르는데.

—아하하.

—우후후후.

……아니, 그런 사고방식이야말로 내 약점일지도 모르겠다.

함부로 믿었다가 상황이 더 나빠지면 어쩔 거야.

알렉스가 누군지 모른다. 초면이라서 괜찮은 녀석으로 보였을 뿐 인지도 모른다.

전이자는 포인트로 여러 가지를 강화한 상태다. 미궁 안에서라면 모르겠지만, 도시 안에서는 나 따윈 한줌거리도 안 되겠지. 나와의 만남을 계기로 메시지가 쇄도하여 내가 살인자임을 진심으로 믿고 서 다시 죽이러 올지도 모른다.

"……그럴 거야."

침대 위에서 약 한 시간 동안 몸부림을 쳤더니 점점 냉정을 되찾 았다.

그 정도면 됐다. 잘 대응했다.

이세계 전이자와 알고 지내는 건 위험하기만 할뿐이다.

사람이 그리워서 하마터면 그릇된 선택을 할 뻔했다. 나는 틀리지 않았다.

—하하하.

—키득키득키득.

어디선가 웃음이 들려왔다. 누군가가 내 어리석음을 보고서 웃었다.

좋아. 어디 마음대로 웃어보라지.

나는 어리석고 아무 것도 할 수 없는, 하찮은 쿠로세 히카루다.

8: 지구의 무명 씨
히카루, 걸핏하면 낙담하네. 괜찮은 건가?

10: 지구의 무명 씨
여동생도 걱정하며 메시지를 보낸 모양인데 본인이 열어보질 않으니…….

12: 지구의 무명 씨
기껏 마물과 싸울 수 있게 됐지만 정신은 아직 고등학생이지…….

19: 지구의 무명 씨
다크니스 포그가 너무 강하지 않냐?
마물이 어둠 속으로 사라지는가 싶으면 이내 히카루가 돌을 들고 나오는 그림이야.

22: 지구의 무명 씨
멋있네. 거의 재주에 가까워.

26: 지구의 무명 씨
꽤 안전하게 소득을 올리고 있어. 장남이라서 그런지 엄청 견실해.

30: 지구의 무명 씨
왠지 다들 실시간으로 보고 있는 것 같다?

36: 지구의 무명 씨
움직임이 생기면 세리카나 카렌이 실시간 실황을 해줘. TwiN/SiS 공식계정 정도는 팔로우해 둬. 클립 영상은 완성도가 높아서 재밌지만, 실시간은 뭐가 튀어나올지 몰라서 두근거리는 맛이 있다고.

40: 지구의 무명 씨
고마워, 팔로우해둘게.

41: 지구의 무명 씨
히카루의 팬인 건지,
세리카의 팬인 건지,
카렌의 팬인 건지,
이제 하나도 모르겠어.
그냥 오누이의 팬이 돼버린 것
같아.

45: 지구의 무명 씨
인터넷에서는 카렌의 인기가 더
높은 것 같아. 세리카도 무지 귀
엽긴 하지만, 너무 눈부신 나머
지 성스럽다고 해야 할까. TV에
나온 모습을 봐도 아이돌은 명함
조차 못 내미는 아우라가 감돌
아. 쌍둥이인데 저렇게나 다르
다니 신기해.

47: 지구의 무명 씨
이미 두 사람은 모두 아이돌이

잖아!

50: 지구의 무명 씨
과금 요소가 거의 없는 게 너무
아쉽지만, TwiN/SiS가 우리보
다 돈이 훨씬 많을 테니까…….

52: 지구의 무명 씨
세리카는 눈이 좋네……. 이 세
상의 모든 것을 꿰뚫어보는 것처
럼 눈빛이 강하고 자애로워.

53: 지구의 무명 씨
너, 뭐하는 녀석이냐…….

56: 지구의 무명 씨
너무 신격화하지 마라. 아직 열
두 살짜리 애라고……. 히카루
목욕편에서도 「우리, 전이 직전
까지는 욕조에 같이 들어갔는데
요?」하고 말했을 정도로!

61: 지구의 무명 씨
어라, 진담일까? 진담이겠지…….
아니, 뭐 1년 전까지만 해도 초
등학생이었으니…… 평범……하
다고 봐야 하나??

64: 지구의 무명 씨
부러운 금기라고 해야 하나, 열
두 살이라면 아슬아슬하게 평범
한 축에 속하는 것 같기도 해.

67: 지구의 무명 씨
쌍둥이가 무슨 생각으로 오빠랑
함께 욕조에 들어갔는지는 모르
겠지만 말이야. 시간을 아끼기
위해서? 머리를 감겨 달라 부탁
하려고?

70: 지구의 무명 씨
셋이서 들어갔을까? 히카루네는
일반 가정이지? 셋은 좁겠지…….

74: 지구의 무명 씨
꾹꾹 밀착하려는 전략일지도 몰라.

76: 지구의 무명 씨
여동생 얘기도 좋지만, 이쯤해
서 알렉산더 폭스와의 만남도 이
야기해보자.

79: 지구의 무명 씨
알렉스와의 만남은 산뜻했어.

81: 지구의 무명 씨
산뜻했다고 해야 할까, 히카루가
즉시 탈출했다고 해야 할까…….

83: 지구의 무명 씨
피어오르는 김이 제 역할을 해서
웃겼다. 신, 최고!

85: 지구의 무명 씨
온천 방송 같은 카메라 워크였지.
뭐, 모든 연령이 볼 수 있도록
대처한 거겠지.

90: 지구의 무명 씨
공중욕탕이 꽤 좋아 보였어. 그 도시는 밥도 맛있어 보여서 엄청 좋네. 던전까지 있고.

92: 지구의 무명 씨
거기서 알렉스랑 진득하게 대화를 나눴다면 길드에 대한 정보도 알 수 있었을 텐데.

95: 지구의 무명 씨
암시장에서 줄곧 착취만 당하니…… 거긴 시세보다 절반이나 후려치잖아?

96: 지구의 무명 씨
뭐, 아무 것도 묻지 않고 뭐든지 사주니 그건 어쩔 수 없어.

100: 지구의 무명 씨
알렉스는 히카루에 대한 정보를 모르는 건가?
왠지 아주 태연하게 말을 걸던데.

111: 지구의 무명 씨
강렬한 마음을 담지 않으면 메시지가 닿질 않으니까. 「히카루가 범죄자라는 사실을 어서 알렉스한테 전해야 해!」라는 강한 마음을 가진 녀석의 메시지만 보내진다는 거야. 도착 메시지 일람 사이트에서 알렉스가 받은 전체 메시지 중에서 「히카루」로 검색해 봤더니 모두 82건이 나왔어. 참고로 현재까지 알렉스가 받은 메시지의 총 개수는 1860통. 그리고 히카루와 관련한 메시지 82건 중에서 옹호하는 내용은 71건. 즉 히카루 안티가 보낸 메시지는 11건밖에 들어가지 않았다는 뜻이야.

115: 지구의 무명 씨
히카루를 지키고 싶다는 강한 마음이 그대로 반영됐다고 해야 하나…… 눈물 나네…….

117: 지구의 무명 씨
지구에서 보내줄 수 있는 명확한 응원은 현재로서는 메시지뿐인걸.

120: 지구의 무명 씨
시청자수도 그렇고 말이야.
예외이긴 하지만 히카루는 줄어 들길 바라는 눈치고.

125: 지구의 무명 씨
알렉스는 메시지를 통해 히카루를 알았지만, 범죄자라고 믿지는 않는 상태였나?

128: 지구의 무명 씨
그리고 애당초 정체 모를 녀석이 적은 괴문서도 들어오니 인기 전이자들은 가족이나 친구가 보낸 메시지 말고는 대충 읽는 경우가 많아.

131: 지구의 무명 씨
잠느는 꽤 귀찮아하면서 메시지를 읽던걸.

132: 지구의 무명 씨
그럼 알렉스는 적이 아니라는 건가.
히카루! 알렉스는 같은 편이야!!

134: 지구의 무명 씨
이 목소리가 닿았으면 좋겠어.

135: 지구의 무명 씨
참고로 리프레이아는 아군인지 아닌지 불명.

138: 지구의 무명 씨
그 소녀는 역시 히카루를 기다리는 걸까?

140: 지구의 무명 씨
그런 것 같긴 하지만 확신은 없네.

142: 지구의 무명 씨
부잣집 딸인 줄 알았는데, 홀로
계속 기다리는 걸 보면 꼭 그렇
지도 않은가?

148: 지구의 무명 씨
시종 같은 사람들이 있었으니
귀족 같긴 한데 말이야.

151: 지구의 무명 씨
상인의 딸일 수도 있고, 정체를
모르겠어.

156: 지구의 무명 씨
견습 성당기사라고 했잖아. 성
당기사는 신분이 어느 정도 확
실하지 않으면 시험조차 치를
수 없어. 신분이 낮은 사람이
시험을 치를 수 있는 방법은 탐
색자로서 미궁 고위계에 도달하
는 거겠지. 그러니 신분은 그리
높지 않은 것 같아. 신분이 높
은 사람이라면 굳이 미궁에 들

어갈 리가 없겠지.

160: 지구의 무명 씨
시종을 데리고서 미궁에서 놀던
방탕한 아가씨일지도 모르고…….

162: 지구의 무명 씨
단순히 돈을 벌려고 들어왔을 가
능성을 다들 잊어버린 것 같네!

165: 지구의 무명 씨
미남 인싸인 알렉스조차 차버린
리프레이아 님. 그냥 의리 때문
일까, 아니면……?

170: 지구의 무명 씨
단순히 의리 때문에 매일 기다
리겠냐. 알렉스 파티가 목욕을
끝내고서 미궁에 갔을 때도 있
었으니 적어도 이틀을 연달아
기다렸다는 뜻이야.

172: 지구의 무명 씨
솔직히 리프레이아랑 히카루가 얽히는 걸 보고 싶네.

175: 지구의 무명 씨
여동생들…… 아니, 세리카는 오빠가 절대로 상대하지 않을 거라고 장담하는 것 같던데…….

178: 지구의 무명 씨
저 녀석들은 오빠 러브파라서 개인적인 염원이 섞여 있다구.

180: 지구의 무명 씨
그보다도 히카루가 드디어 던전 공략을 시작했다는 걸 기뻐하자. 어둠의 정령술이 너무 강력해서 안에서 무슨 일이 벌어지는지 전혀 모르겠어.

182: 지구의 무명 씨
신에게 요청해뒀어. 이 점이 개선되지 않으면 마물이 어둠에 먹혀들고 잠시 뒤에 히카루만 나오는 중2병적으로 매력적인 장면 밖에 볼 수가 없어!

183: 지구의 무명 씨
매력적이면 된 거 아냐?

184: 지구의 무명 씨
싸우는 모습도 보고 싶잖아!

187: 지구의 무명 씨
다크니스 포그가 너무 강력해서 그렇지……. 그보다 히카루가 정령술을 연속으로 사용할 수 있게 도와주는 스킬이 너무 치트야.

190: 지구의 무명 씨
정령의 총애 말이지?
그거 취득하려면 30p나 필요하대.

193: 지구의 무명 씨
근데 그거 선택했던 전이자들 중에서 벌써 몇 명이나 대정령한테 먹혀서 죽었다?

195: 지구의 무명 씨
정령술을 계약하려고 했더니 먹
혀버렸다라. 이거 금세기 최대의
지뢰인걸……. 히카루는 포인트
로 정령술을 익혀서 다행이네. 재
수가 좋다고 해야 하나, 뭐라고
해야 하나.

199: 지구의 무명 씨
현지어로 사랑받는 자라고 했던
가? 현지인들도 드물게 능력이
발현된다는 스킬이지?

206: 지구의 무명 씨
정령에게 사랑받는 체질을 「사랑
받는 자」, 정령에게 미움을 받는
성질을 「미움받는 자」라고 해.

207: 지구의 무명 씨
딱 그대로네.

210: 지구의 무명 씨
아이가 태어나면 산파가 「이 아
이는 미움받는 자입니다」 하고
고지하나…….

211: 지구의 무명 씨
그거 너무너무 싫다…….

215: 지구의 무명 씨
대정령의 포식 장면은 너무 충격
적이었지. 감전사한 사람을 찍
은 동영상마냥 오싹오싹하고 징
그러워.

217: 지구의 무명 씨
전이자들 몇 명도 신전에 게스트
로서 붙잡혀 있어. 사랑받는 자
로서 말이야. 사실상 가택 연금
이지.

220: 지구의 무명 씨
왜 신전에서 사랑받는 자를 묶어
두는 거야?
정식으로 설명이 나온 적 있어?

225: 지구의 무명 씨
사랑받는 자는 신께 사랑받는 사
도라서 그렇다느니 뭐라느니 하
던데…….

231: 지구의 무명 씨
대정령한테 먹히지 않도록 보호
하는 건가?

233: 지구의 무명 씨
모르겠지만, 자유는 없는 것 같
아서 불쌍하다.

235: 지구의 무명 씨
자유롭게 활동하는 사랑받는 자
는 몇 명밖에 없어.

241: 지구의 무명 씨
히카루는 어째서 정령술을 연속
으로 쓸 수 있어? 현지인은 아무
리 애를 써봤자 하루에 몇 번 쓰
는 게 고작이잖아. 다른 게임을
하고 있는 것 같은 격차야.

242: 지구의 무명 씨
그러니까 정령의 총애 덕분이라
는 거야.

246: 지구의 무명 씨
어둠의 대정령과 맞닥뜨려서 포
식당할 뻔했으니 히카루가 「사랑
받는 자」임은 확정이야. 다른 정
령술 능력이었다면 포식은 당하
지 않아.

248: 지구의 무명 씨
히카루, 보통 사람보다 열 배는
태연히 쓰니까.

250: 지구의 무명 씨
거기에 숙련도까지 도입돼서 격
차가 점점 벌어진다고 해. 전이
자들 중에서 제8의 정령술에 눈
을 뜬 사람은 히카루뿐이니까.

256: 지구의 무명 씨
내용이 너무 농밀해서 잊어버리

기 쉬운데, 이제 막 시작한 참이
야! 앞으로도 무궁무진해.

260: 지구의 무명 씨
요 한 달은 인생에서 가장 농후
한 한 달이었어.
일을 그만두길 잘 했어.

263: 지구의 무명 씨
생활, 괜찮니……?

265: 지구의 무명 씨
토토를 해서 딸 거니까…….

269: 지구의 무명 씨
그러고 보니 해외 토토, 히카루
한테 건 사람 누구 있어?

274: 지구의 무명 씨
「다음에 이세계인과 성관계를 맺
을 사람은 누구?」라는 주제에 걸
었어……. 알렉스한테.

280: 지구의 무명 씨
알렉스의 최근 별명이 「헌팅남」
이니까. 리프레이아 님한테는
차였지만.

285: 지구의 무명 씨
히카루한테 안 걸었냐!

287: 지구의 무명 씨
「마지막까지 동정으로 남을 사람
은?」이라는 주제가 있다면 히카
루한테 걸었을지도.

288: 지구의 무명 씨
너무해.

299: 지구의 무명 씨
히카루, 목욕한 뒤에 혼자서 반
성 타임을 가졌어?

300: 지구의 무명 씨
아마도 그럴 거야.
친근감이 팍팍 들긴 하지만, 절

대로 보여주고 싶지 않은 모습이
지. 혼자서 반성하는 거.

302: 지구의 무명 씨
걔, 욕탕에서 엄청 안절부절못
하던걸.

306: 지구의 무명 씨
정령술을 그토록 연발할 수 있건
만 실상은 고등학생 그대로.

308: 지구의 무명 씨
신체 능력이 쓰레기나 마찬가지
라서 그렇겠지.
근육이 붙으면 자신감도 붙을
거야.

312: 지구의 무명 씨
히카루, 포인트가 상당히 쌓였
으니 언젠가는 쓰겠지. 어떻게
쓸지는 모르겠지만, 보통은 신
체 능력을 올리는 데 할애하지
않을까?

316: 지구의 무명 씨
정령력 업 계열에 투자해서 극
정령술 트리를 노리는 수도 있겠
지만, 최소한의 체력은 필요하
겠지.

320: 지구의 무명 씨
그 상태로 마물들을 계속 쓰러뜨
리다 보면 레벨 업하지 않겠어?
괴물화라고 했던가.

323: 지구의 무명 씨
그리고 장비도!
요전에 입수한 보물이 참 괜찮아
보였어.

333: 지구의 무명 씨
그 당시 히카루의 모습을 스크린
샷으로 남겨놨어.

337: 지구의 무명 씨
카렌도 똑같은 소릴 했지.
트위터에 그림까지 올리면서.

339: 지구의 무명 씨
히카루, 웃음을 흘린 모습은 무척 드무니까.

341: 지구의 무명 씨
히카루의 웃음 얘기를 하는 게 아냐!
팔 방호대 말이야, 팔 방호대!

345: 지구의 무명 씨
좋은 건 알겠지만…… 좀 심심하지.

350: 지구의 무명 씨
역시 무기야, 무기.
싸구려 단검에서 어서 졸업해줬으면 좋겠어!

352: 지구의 무명 씨
생활고에 허덕이는 히카루한테는 어렵지 않나?

356: 지구의 무명 씨
여관 객실을 혼자서 점거하고 있는 게 원인 아냐?
파티 멤버랑 함께 집 하나를 빌려 쓰는 알렉스의 사회 능력을 본받아야 해.

360: 지구의 무명 씨
그걸 지적하다니 너무 잔인하잖아.

368: 지구의 무명 씨
뭐, 열다섯 살인걸.

370: 지구의 무명 씨
알렉스도 동갑인데 말이야…….

371: 지구의 무명 씨
잔느도 말이지…….

372: 지구의 무명 씨
그 녀석들을 비교 대상으로 삼지 마라.

저녁 무렵에 나는 여관을 나섰다. 미궁에 가기 전에 정령석을 돈으로 바꾸기 위해서였다.

알렉스와 만난 것은 큰 미스였다. 현재 나는 그 누구보다도 다른 이세계 전이자에게 주의를 기울었어야 했건만 부주의하게도 대중욕탕 같은 곳을 간 바람에 그런 사단이 났다.

운 좋게 목숨을 건졌다. 그렇게 생각하는 편이 좋겠지.

보다 신중을 기하기 위해서 여관도 정기적으로 바꾸는 편이 좋을 것도 같았다. 그러나 역시 그건 너무 지나친 생각이라고 판단했다. 이세계 전이자가 메시지에 적힌 대로 나를 죽여본들 별 이득은 없을 테니까 말이다.

다만 나나미와 나나미의 가족, 그리고 나를 죽였던 그 바보처럼 이득이 불명확한데도 행동을 벌이는 인간도 있다. 경계해둘 필요는 있겠지.

그런 생각을 하면서 황혼에 물든 뒷골목을 지나 평소처럼 암시장에 도착했다.

암시장 주인장은 나에게 아무 것도 따지지 않고 매입해줘서 고마웠다.

이 세계에서 어떻게 살아가든 지금 나에게 가장 필요한 것은 돈이었다.

"오호. 이건 2층의 돌이군. 상당히 많아. 모아뒀나?"

카운터 위에 정령석을 올려나가자 주인장이 한쪽 눈썹을 치올렸다.

다 합쳐서 40개에 가깝다.

절반 이상이 투명한 돌이지만, 색이 들어간 돌도 있다.

"그런 셈이지."

"흥…… 여전히 귀여움이라고는 찾아볼 수가 없는 녀석이군."

주인장이 그렇게 말하면서 은화 네 닢과 소은화 일곱 닢을 카운터 위 작은 접시에 올려뒀다.

"네 덕분에 돈을 벌고 있으니 값을 조금 더 쳐줬다."

"고마워."

은화 네 닢은 대략 소은화 서른두 닢에 해당한다.

일본 돈으로 환산하면 얼마나 되는지 모르겠지만, 적어도 그 여관에서 보름 이상은 묵을 수 있는 액수였다.

고작 하루 동안 마물을 사냥했을 뿐인데 꽤 벌어들였다.

탐색자는 목숨을 거는 직업이라 그런지 돈벌이가 비교적 괜찮은 거겠지.

나는 뒷골목에서 나와 큰길에 들어섰다. 그리고 근처에 있는 탐색자용 상점에 들어갔다.

무기, 방어구, 탐색할 때 쓰는 도구 등이 진열된 커다란 가게였다. 단검과 옷도 이 가게에서 샀다. 구색을 잘 갖춰놓은 것 같지만, 전문점이 아니라서인지 품질은 평범한 수준인 듯했다.

그러나 어차피 고급품 따윈 살 수가 없었다. 신출내기이니 이 가게 상품만으로도 충분했다.

'이왕이면 창이 좋은데…….'

단검은 편리하긴 하지만, 조금 떨어진 위치에서 창으로 찌르는 편이 더 안전할 것 같았다. 다크니스 포그는 유효 범위가 나름 넓다. 무리하게 접근하여 단검으로 공격하는 건 너무 위험하다.

뭐, 창을 써본 적이 없으니 그저 상상에 불과하지만, 실제로 통할지는 구입한 뒤에 시도해볼 수밖에 없었다.

'비싸네. 창 가격이 이렇게나 나가는구나…….'

막대기 끝에 단검을 부착해놓은 조악한 창인데 은화 열두 닢이나 나갔다.

살 수는 있지만, 당장 필요한지는 미묘했다. 거기에 실물을 보니 예상보다 더 내키지가 않았다.

'이걸 쓸 바에는 단검이 나으려나.'

단검에는 단검만의 이점이 있다. 우선 휘두를 수도 있고, 찌를 수도 있다는 점. 공격할 수 있는 유형이 다양해서 상황에 맞춰 사용할 수 있다는 점도 중요하다. 또한, 임기응변에도 유리하다.

그리고 2층에서는 좁은 곳에서 싸우는 경우가 많다는 점. 단검을 쓰면 거치적거리지 않는다.

그리고 무엇보다도 여차할 때 방어하는 데 쓸 수도 있다. 창은 목봉으로 되어 있다. 방어했다가는 금세 부러지고 말 것이다. 부러진 창은 나이프만도 못한 무기로 전락한다.

그렇게 따지면 창의 우선순위는 낮은 듯했다.

'방어구는 어떨까.'

나는 주옥(오브)에서 나온 팔 방호대를 제외하고 다른 방어구는 갖고 있지 않았다.

전이하고서 처음으로 포인트로 교환했던 부츠도 아직 있지만, 다시 말해 그뿐이었다. 아무리 어둠에 숨어 있더라도 불의의 공격을 당하면 종잇장이나 마찬가지였다. 방어구가 있다면 더할 나위가 없겠지.

'가죽 갑옷조차 이렇게 나가다니⋯⋯!'

무두질한 가죽으로 된 갈색 몸통 갑옷이 은화 15닢.

가죽 가슴보호대도 은화 10닢.

미늘 갑옷은 은화 34닢. 철제 가슴보호대는 은화 42닢.

어쩌면 바가지를 씌우는 가게일지도 모르겠다. 어쨌든 지금은 살수 없는 금액이었다.

번듯한 철제 갑옷을 구입하려면 금화가 필요했다.

금화의 현재 교환비가 얼마인지 모르겠지만, 지난번에 암시장 주인장이 대략 은화 50닢에 해당한다고 했다. 금과 은의 금액 차가 얼마나 나는지 잘 모르겠지만, 어쨌든 금이 더 귀하다는 뜻이겠지.

'⋯⋯묘하게 「목보호대」를 많이 파네.'

개중에는 일부로 코너까지 따로 설치하여 판매하는 방어구가 있다. 바로 어깨와 목을 보호해주는 방어구다.

금액대는 소재에 따라 다양한데, 목을 노리는 마물이 많은 걸까? 가죽제가 많았지만, 철제도 많았다. 어느 쪽이든 살 수 있는 금액은 아니었지만.

도구 쪽을 보니 물통과 횃불, 불 피우는 도구 등을 팔았다. 그리고 아마도 도주 시 사용하는 것으로 추정되는 연기구슬, 악취 주머니, 육포. 아니, 육포는 단순히 휴대 식량일지도 모르겠다.

진열된 상품들을 살펴보다가 불현듯 숲속을 걷던 당시에 배낭이 필요했던 기억이 떠올랐다. 현재는 새도 백이 있어서 특별히 필요하지는 않지만, 위장용으로 하나쯤은 메고 다녀도 괜찮을 것 같았다.

'흐음~. 재밌네.'

예전에 왔을 때보다 이세계가 조금 더 친숙해져서인지 아이템을 잡다하게 파는 상점을 둘러보는 게 즐거웠다.

일본에서 파는 상품과 비교하여 잡화류는 품질이 조악해서 굳이 사고 싶은 마음이 들지 않았다. 그러나 본 적이 없는 물건들이 진열된 광경은 호기심을 자극했다.

시청자가 줄어들어서 마음에 조금 여유가 생겼는지도 모르겠다.

같은 전이자인 알렉스가 같은 도시에 있으니 주의할 필요는 있겠지만, 이쪽에서 먼저 접촉하지 않는 한 만날 일은 거의 없겠지.

결국 갈아입을 검은 옷을 구입하고서 가게를 나섰다.

속옷류도 필요했지만, 그쪽은 퀄리티 때문이라도 크리스털로 교환하는 편이 낫겠다.

이세계의 싸구려 속옷은 끈으로 싸매서 착용하는 형식인지라 솔직히 실용적이지 않으니까.

"앗! 겨우 찾았어요!"

가게에서 나오니 멀리서 방울이 구르는 것 같은 목소리가 들렸다.

그쪽으로 시선을 돌리니, 저녁놀에 붉게 물든 리프레이아가 이쪽으로 달려오는 게 아닌가.

두 뺨이 상기된 채로 투명한 머리칼을 휘날리며 부드러운 미소를 머금고 달려오는 그 모습은 그야말로 기습적이었다.

나는 곧바로 달아나지도 못하고 사람들이 많이 오가는 길 한가운데에서 멍하니 서 있었다.

"다행이야……. 저, 미궁 입구에서 줄곧 기다렸는데 나타나질 않아서……. 이제 만날 수 없을까 봐 걱정했는데."

리프레이아가 숨을 조금 헉헉 헐떡이며 내 곁으로 걸어왔다.

혹시 미궁 앞에서 나를 기다리는 게 아닐지 잠깐 생각했던 것은 사실이지만, 설마 정답이었을 줄은!

—미인이 큰소리를 내며 남자에게 달려간다.

그 바람에 주변 사람들의 시선이 나와 리프레이아에게로 거의 쏠렸다.

눈앞에 있는 여성보다 이 상황이 내 마음을 불편하게 했다.

다리에서 핏기가 싹 가시는 것 같은 감각이 느껴졌다. 등줄기에 차가운 것이 흘러서 나는 도망치기로 했다.

아무리 그래도 여기서 어둠의 정령술을 발동할 수는 없는 노릇인지라, 나는 그녀를 무시하고서 뒷골목을 향해 냅다 달렸다.

체면조차 내다 버린 행동이지만, 지금은 내 마음을 지키는 게 우선이었다. 귀족처럼 보이는 리프레이아가 뒷골목에 정통할 것 같지 않았다. 뿌리칠 자신이 있다.

'헉, 헉, 여기까지 왔으면…….'

"벌써 끝인가요?"

목소리에 놀라 뒤를 돌아보니 리프레이아가 시원스러운 얼굴로 서 있었다.

복잡한 뒷골목을 이리저리 달려서 빠져나왔는데 전혀 따돌리질 못했다.

"저, 이래 봬도 위계가 꽤 높아요. 간신히 찾았으니 절대로 안 놓칠 거예요?"

"젠장! 섀도 바인드!"

뒷골목에도 보는 눈들이 있다. 그러나 이런 곳에서 붙잡힐 수는 없었다.

모처럼 마물과 싸울 수 있게 됐다. 시청자도 줄어드는 추세였다. 간신히, 간신히 조금씩 앞으로 나아가고 싶다는 마음이 들려는 참이었다. 그것들을 물거품으로 만들고 싶지 않았다.

내 말에 정령들이 반응했다. 그림자에서 출현한 촉수가 그녀의 몸을 얽어맸다.

그녀가 비명을 살짝 질렀지만, 나는 그 틈에 다크니스 포그로 어둠에 섞여 달아났다.

바인드는 고작 수십 초밖에 효과가 없겠지만, 그 정도면 모습을 숨기는 데 충분했다.

나는 전속력으로 뒷골목을 달렸다. 이번에는 그녀를 뿌리치는 데 성공했다.

"허억…… 설마 날 찾았을 줄은…… 앞으로 어떡하지……"

나는 여관으로 돌아와 고개를 푹 숙였다.

그녀가 무슨 속셈으로 나를 찾았는지는 모르겠지만, 어차피 건전하진 않겠지.

어둠의 정령술사라고 신고할 셈인가? 아니면 빛으로 개종시키려고 하나? 나쁜 방향으로 생각하려니 얼마든지 상상할 수 있었다.

정말로…… 이 도시를 떠나야만 할 것 같았다.

그렇지만 현재 가진 돈으로는 어림도 없겠지.

지도가 있으니 이동하는 것 자체는 가능할 테지만, 미궁에서 먹고 살아갈 수 있겠다는 믿음이 막 생긴 참이었다. 이 삶을 간단히 놓아 버리고 싶지 않다는 마음도 있었다.

결국 그날은 심야에 미궁으로 들어가 고블린과 오크를 조금 사냥 했다. 그리고 주변이 훤해지기 전에 미궁에서 살며시 나왔다.

그런 일과를 며칠 반복했다.

심야에는 역시나 리프레이아가 미궁 입구에 없었다.

아직도 나를 찾는지는 모르겠지만, 도시 안에서 술식을 사용하면 서까지 달아났다. 내가 접촉을 피하고 있음을 그녀도 이해해줬을지 도 모르겠다.

그동안 쌓인 정령석을 팔기 위해서 암시장을 방문했다. 도시를 떠 나든 말든 돈이 없으면 아무것도 할 수 없었다.

"드디어, 찾아냈어요……!"

암시장 바로 앞에서 다크니스 포그를 해제하고서 가게 안으로 들 어가려던 차에 누군가가 내 팔을 붙잡았다.

어딘가 뒤에 숨었던 모양이다. 꾀죄죄한 뒷골목과는 어울리지 않 는 백금발을 길게 늘어뜨린 미인 리프레이아였다.

"엇, 너! 왜 여길?"

"흐흠~. 이 일대에서 정령석을 불법으로 사고파는 곳은 여기밖에 없으니까요. 등록된 탐색자 중에 해당되는 사람이 없어서 짐작을 해봤어요."

"계속, 여기서 기다렸어……?"

"네. 미궁 앞에서도 기다려봤지만, 통 나타나질 않았잖아요. ……뭐, 여기도 밑져야 본전이라는 마음으로 온 거지만요."

가게 안에 있는 주인장을 보니 짐짓 어깨를 들먹였다.

고객 정보를 지켜줄 만한 가게는 아니겠지. 은화 1닢만 쥐어줘도 술술 불게 틀림없었다. 안 그래도 머리칼과 눈동자가 검은 사람이 적건만. 하물며 나처럼 온몸을 검은색으로 도배한 사람은 더더욱 드물었다.

"드디어…… 드디어 발견했어요. 그러니 이번에는 도망치면 안 돼요?"

놀란 나머지 초동 대처를 하지 못했다. 리프레이이가 내 팔을 꽉 붙잡았다.

가느다란 손가락이 내 팔을 파고들었다. 외모와는 걸맞지 않은 그 억센 힘에는 그녀의 강한 의지가 실려 있었다.

—솔직히 아연실색했다.

나는 이 도시에서 거의 발자취를 남기지 않았다.

식사는 전부 노점에서 때우고, 애당초 낮에는 밖에 나가지 않았다. 모두가 자고 있을 밤중에 미궁과 여관을 오가기만 하는 생활을 해왔다.

그런데도 그녀는 나를 찾아냈다. 집념이 엄청나다고 해야 할지 뭐라고 해야 할지—. 그만큼 나를 찾아내면 그녀에게 이득이 된다……는 뜻이겠지.

내 팔을 쥔 리프레이아의 손에서 심상치 않은 힘이 느껴졌다. 그녀가 마음만 먹으면 그대로 팔을 으스러뜨릴 수 있을 것 같았다. 이

걸 뿌리치려면 나이트버그를 꺼내든가, 맨티스를 언데드 소환하든 가, 결계석을 깰 수밖에 없을 듯했다.

"……날 어쩔 셈이지?"

이 어둠의 정령술사를 어딘가로 끌고 갈 셈인가?

그녀는 방금 「등록된 탐색자」라는 말을 썼다. 나는 무면허 탐색자 다. 붙잡으면 포상금 같은 걸 받을 수 있는지도 모른다.

감옥에 들어가는 건 사양이다. 하물며 이런 데서 죽고 싶지도 않다.

"대답에 따라서는 전력으로 저항하겠어."

섀도 백 안에는 맨티스 정령석이 있다.

그걸 여기서 소환하면 온 도시가 공황에 빠질 테니, 확실히 도망 칠 수 있겠지.

언데드 소환한 마물은 내 명령을 따르기에 리프레이아만 붙들어 두라고 지시하면 아무도 목숨을 잃지 않는다. 나는 이 도시를 떠나 야만 할 테지만, 어쨌든 그런 사태가 벌어지면 이 도시에는 더는 있 을 수가 없다.

그러나 그녀가 내 예상에서 벗어난 대답을 했다.

"예? 어떻게 할 거라니요? 딱히……. 그저 목숨을 구해준 보답을 하고 싶을 뿐인데요?"

리프레이아가 천연덕스럽게 말했다.

관청 같은 곳에 넘길 생각이 없나? 아니, 방심한 순간 푹 찌를지 도 모를 일이다. 미인이지만 잘 모르는 상대다. 경계를 늦춰서는 안 된다.

"됐어. 이 손을 놔."

"안 돼요. 당신, 도망칠 거잖아요?"

"그러니까 보답 따윈 필요 없다고 했잖아. 이 얘긴 여기서 끝."

"당신은 필요 없다고 해도 전 그냥 넘어갈 수 없어요. 무슨 뜻인지 알죠? 잠깐이라도 좋으니 시간을 내주세요."

리프레이아가 생긋 웃었다.

이 녀석은 대체 뭐야. 남의 이야기를 전혀 듣질 않는데?

그러고 보니 어둠에 숨었던 나를 빛의 정령술로 까발린 녀석이었지.

그러나 이대로 질질 끌려가는 건 어리석은 짓이었다.

뒷골목에도 보는 눈은 있다. 아니, 뒷골목이기에 창문에서 히죽거리며 보는 사람, 지나가다가 대놓고 쳐다보는 사람들이 많았다. 그리고 리프레이아 본인도 나에게서 눈을 떼지 않았다.

언제 그 비웃음이, 그 시선이 느껴질지 몰라서 등에서 식은땀이 흘렀다.

"작작 좀 해! 내가 보답 따윈 필요 없다고 했잖아. 대체 목적이 뭐야?! 넌 목숨을 건졌으니 그걸로 된 거 아냐?!"

나는 팔이 붙잡힌 채로 그녀를 벽으로 밀어붙였다.

보답은 방편에 불과하겠지. 그녀가 거짓말을 했다고 단정할 수는 없겠지만, 왠지 위화감이 들었다. 아니면 이 세계에서는 이렇게 보답을 하나? 이 세계의 상식에 어두워서 잘 모르겠다.

그러나 설령 그렇다고 해도 나는 그녀와 얽힐 마음이 없었다.

"……어요."

벽에 밀쳐진 리프레이아가 얼굴을 새빨갛게 물들고는 떨면서 나직이 중얼거렸다.

내가 반격할 줄은 몰랐는지 그녀가 힘이 훨씬 더 강할 텐데도 저항하지 않고 그대로 있었다.

귀까지 새빨개진 것으로 보아 혹시 갑자기 발끈해서 공격할지도 모른다.

나는 팔에 힘을 줬다.

"……버렸어요."

그녀는 또 작은 목소리로 뭐라고 말했다.

부들부들 떨고 있다. 그럼에도 어딘가 기백마저 느껴졌다.

위험한 상황일지도 모르겠다. 내가 어떻게든 달아날 생각을 하고 있으니 리프레이아가 고개를 서서히 들더니 각오를 굳힌 표정으로 말했다.

"당신을, 좋아하게 돼버렸어요! 그래서—."

"어?"

그녀가 그렁거리는 눈으로 말했다. 나는 처음에 무슨 말을 했는지 이해하지 못했다.

좋아한다고……?

좋아한다고 말한 거야? 방금……?

"……보답하고 싶다는 말도…… 딱히 구실만은 아니었지만, 그래도 이유가 있으면 또 만날 수 있을 것 같아서……."

"무……무무……, 무슨 소릴 하는 거야, 당신?!"

"리프레이아. 절 그렇게 불러주세요."

그녀가 수줍어하며 에헤헤 웃었다. 마치 그녀의 눈에 나밖에 보이지 않는 듯했다.

암시장 주인장이 히죽거리며 재미있게 우리를 보고 있었다.

"자, 잠깐. 장소를 바꾸자."

"아웃."

"이상한 소리 내지 마."

억지로 손을 잡아끌고서 인적이 없는 곳까지 이동했다.

설마 이런 미인이 이토록 쉽게 반할 줄은 생각지도 못했다.

아니면 놀리는 건가?

……아니, 이렇게까지 연기를 할 이유는 없나?

"그래서…… 날 따라다녔던 이유가, 저기…… 좋아하게 돼버려
서…… 그렇단 말이야?"

"하지만 꼭 만나고 싶었어요. 스스로도 이상하다고 생각하지
만…… 멈출 수가 없어서…….

눈을 치뜬 채 내 눈치를 살피며 말하는 모습은 마치 정말로 사랑
에 빠진 소녀 같았다. 내 마음이 요동쳤다.

그 호의가 달갑지 않냐고 묻는다면, 당연히 기쁘다.

이런 미인이 나를 좋아하다니…… 아니, 이성이 나를 좋아한 적
자체가 없었다.

기쁘지 않다고 한다면 거짓말이겠지. 이렇게 단순한 자기 자신이
싫었다.

그러나 나는 그녀를 받아들일 생각이 없었다.

"당신이 왜 그토록 관심을 가졌는지는 모르겠지만…… 난 이 미궁
도시에 들러붙은 곰팡이 같은 존재야. 분명 난 그때 당신을 구하긴
했지만, 그저 지나가는 길이었어. 고작 그만한 일로 착각해서는 안

돼. ……게다가 내게 당신 같은 사람은 너무 눈부셔."

나와 모든 것이 다른 그녀에게 동경을 품었듯, 그녀는 자신과는 다르기에 나에게 흥미가 생겼을지도 모르겠다.

그러나 그것은 한때의 꿈에 불과하다.

목숨을 건졌기에 뇌가 잠시 착각을 일으킨 거겠지.

"착각 같은 게 아닙니다. 이런 기분은 처음이고……. 게다가…… 이제 도시를 떠나야만 해서 마지막으로 보답만이라고 하고 싶었을 뿐인지라."

"그, 그래?"

"……네."

지레짐작하고 말았다.

아마도 그녀는 자신의 마음을 밝히지 않고 보답만 하고서 떠날 셈이었겠지. 완고하게 거절하며 그녀의 속내를 끄집어낸 사람은 오히려 나였다.

일본의 학생도 아니니 서로 좋아하면 바로 사귀는 전개만 있는 건 아니겠지. 무심코 그런 상상을 하고 말았다. 되레 창피했다.

"……알겠어. 그럼 그 보답을 받으면 되는 거지?"

"받아줄 건가요?"

"응. ……나도 쓸데없이 고집을 부려서 미안해."

"그럼 우선…… 식사하러 갈까요! 특별히 싫어하는 음식이 있나요?"

"식사?!"

예상치 못한 권유였다.

보답이라고 해서 무슨 물건 같은 걸 주는 줄 알았더니 그게 아닌 모양이었다.

식사라면 금방 끝난다. 이제 곧 해가 진다. 이만큼 어두우니 눈에 띄지도 않겠지.

더욱이 그녀의 마음을 더 부정하려고 하니 마음이 아팠다. 나에게는 사정이 있긴 하지만, 그녀가 미궁 앞이나 암시장 앞에서 줄곧 기다려줬던 것 역시 사실이었다.

나는 이 세계의 상식을 잘 모른다. 누군가가 목숨을 구해주면 반드시 갚아야만 한다— 그런 관습이 있는지도 모른다. 그녀가 도시를 떠나는 날짜를 뒤로 미뤘다고 했으니 내가 고집을 부렸던 만큼 예정을 늦췄다는 뜻이겠지.

문득 뇌리에 시청자들이 스쳤다.

그러나 아무리 리프레이아가 미인일지라도 식사만 했다고 해서 시청자가 늘지는 않을 것이다. 다소 늘긴 하겠지만 한시적이라고 생각하니 마음이 편했다.

"싫어하는 게 딱히 없다면 제게 맡겨주세요. 맛있는 가게를 알아요."

리프레이아가 가슴을 활짝 펴고는 내 손을 잡고서 신나게 앞서갔다.

나는 그녀가 이끄는 대로 걸어갔다.

지구에 있을 땐 TV나 사진으로밖에 보지 못한 플라티나 블론드빛 머리카락을 뒤에서 바라봤다. 나는 흑발에다가 싸구려 검은 옷을 입었고, 더러운 부츠를 신었으며 키도 그리 크지 않았다. 나란 인간은 그녀와 전혀 어울리지 않았다.

'마치 공주님이랑 시종 같네.'

그런 푸념이 나올 정도로 그녀는 상식을 초월한 미인이었다.

아니, 내가 일본인이라서 공연히 그렇게 느꼈는지도 모르겠다. 판타지 게임 속 등장인물 같은 그녀에게 열등감을 느끼는 남자가 얼마나 될까.

미인과 함께 걷고 있다는 우월감 따윈 전혀 들지 않았다. 그저 마음만 불편할 따름이었다.

'날 좋아한다고……? 정말 사실일까……?'

리프레이아의 흔들리는 머리칼을 바라보면서 멍하니 생각했다.

여친이 없는 세월＝나이인 나에게 그야말로 마른하늘에 날벼락 같은 존재였다.

느닷없이 이세계로 보내졌을 때와 거의 비슷한 비현실적인 상황.

……상황은 제쳐두더라도 그녀가 도시를 떠난다고 했다. 그렇다면 그녀와 어울리는 건 오늘, 딱 오늘뿐이다. 깊이 생각하지 말자.

리프레이아가 나를 데려간 가게는 고급 식당이 아니라 평범한 식당이었다.

석조 건물, 투박한 목제 탁자, 부부가 둘이서 운영하는 것 같은 아담한 식당이었다.

리프레이아는 공주님처럼 고상하니, 고급 식당에 데려가지 않을까 내심 불안했는데 솔직히 안심했다.

"그쪽에 앉아주세요. ……이제 도망치면 안 돼요?"

"여기까지 와놓고서 어떻게 도망치겠어."

리프레이아가 드디어 내 손을 놔줬다.

열기가 남아 있는 손을 괜히 문지르면서 의자에 앉았다.

여주인이 주문을 받으러 오자 리프레이아가 익숙하게 여러 음식을 주문했다.

'생각해보니 식당 안에 들어온 것도 처음이네.'

숲속에서는 음식이라고는 과일뿐이었고, 도시에 온 뒤에도 모든 끼니를 노점에서 때웠다. 여관에서는 식사를 제공해주지 않았다. 그렇다고 해서 혼자서 이세계 식당에 들어갈 만한 용기도 없었다.

양초가 밝혀진 식당 내부는 꽤 어둑했다. 주변에 있는 몇몇 손님들이 나와 리프레이아…… 아니, 주로 그녀를 본 뒤에 나를 쳐다봤지만, 그 정도 시선쯤은 괜찮았다.

잠시 뒤 음료수가 나왔다. 내가 딱히 음식 취향을 밝히지 않아서 알아서 주문한 모양이었다.

뭐, 맡겨두라고 했으니 이 세계에서는 원래 이런 법인가 보다.

"그럼 다시 한번, 목숨을 구해주셔서 감사합니다. 건배."

"거, 건배."

어색한 손놀림으로 잔을 짠 맞부딪치고서 오렌지 주스 같은 음료수를 입에 넣었다.

'음?!'

산미와 달콤함, 무엇보다 그 특유의 향…….

"이거…… 술이야?"

"예? 안 돼요? 여기 맛있죠?"

"아니, 맛있긴 한데…… 으음~."

아니, 이제 와서 술을 못 마실 이유는 없었다. 없나?

로마에 왔으니 로마법을 따라야겠지.

한 모금 더 마셔봤다. 달콤해서 마시기 좋았다. 도수가 그렇게 높지는 않은 것 같았다.

애당초 술을 거의 마셔본 적이 없어서 잘 모르겠지만…….

"저기, 지난번에 이름을 제대로 듣질 못해서 이름…… 알려주겠어요?"

"히카루야. 쿠로세 히카루."

어라? 뭐지? 이름을 밝히지 않는 편이 낫지 않나?

……아니, 딱히 상관없나. 이름 정도는.

"히카루……. 좋은 이름이네요."

"그런가? 난 여자애 같아서 별로 좋아하진 않는데."

가뜩이나 체격도 좋지 않고 나긋나긋한데 이름까지 여성스러워서 줄곧 싫었다.

자동차에서 이름을 따온 여동생들보다는 나은 편일지도 모르겠지만.

"히카루는 이 지역 출신이 아니죠? 전 실티온 출신이고…… 아, 빛의 대성당이라고 말하는 편이 더 알기 쉬울 것 같네요."

전혀 모르는 곳이지만, 아마도 대정령 같은 존재를 모시겠지.

"흐음~. 그래서 빛의 정령술을 쓰는구나."

"그렇습니다. 전, 이래 봬도 견습 성당기사인데요?"

그녀가 엣헴, 하고 가슴을 활짝 폈다. 그게 굉장한 것인지 잘 모르겠지만…….

"그토록 강한데도 견습이야?"

"네, 정령술을 능숙하게 구사하지 못하면 정규기사시험은 꽤……."

빛의 대성당을 지키는 기사이니 모두가 빛의 정령술에 정통하지 않으면 안 된다 이 말인가?

그럼 나는 어둠의 성당기사가 될 수 있을 것 같다. 아니, 어둠과 성당은 걸맞지 않으니 암흑기사?

후후.

"잠깐, 왜 웃는 건가요? 전 견습치고는 나이가 들었고, 정규기사 시험을 통과하지 않으면 슬슬 미래가 없는 건 확실하지만!"

"아아, 미안. 리프레이아를 보고 웃은 건 아냐. 그냥 웃긴 게 떠올라서."

왠지 머리가 알딸딸해서 기분이 좋았다.

지구도, 시선도, 비웃음도 아무렇지 않았다. 찬란한 빛 그 자체 같은 사람과 함께 있어서일까. 그런 사람이 나를 좋아한다고 말해 줘서일까.

잠시 뒤 요리가 나왔다.

큰 접시에 가득 담긴 고기! 야채! 빵!

모두 오븐으로 구웠는지 그윽한 향이 감돌아서 식욕을 자극했다.

"양이 엄청나네. 맛있어 보이긴 하지만."

"어어~? 히카루도 제법 먹잖아요? 위계가 높죠?"

"위계라니, 뭐가?"

"어엇?! 왜 모르는 거예요? 히카루는 참 수수께끼 같은 사람이에요. 어둠의 정령술을 구사하는 것만으로도 신기한데."

고기와 야채를 와구와구 먹으면서 그녀의 설명을 들었다. 위계란 마물을 쓰러뜨리고서 받아들인 정령력으로 얼마나 강화됐는지를 나타내는 지표라고 했다.

"레벨 같은 개념인가? 그럼 나, 엄청 낮아. 마물을 쓰러뜨린 경험이 거의 없고."

"레벨이 뭔지는 모르겠지만, 위계가 낮다니 거짓말이죠? 순식간에 맨티스를 죽였잖습니까? 저, 감동했는데요?"

"그건 리프레이아랑 싸우면서 약해졌기 때문이야. 운도 좋았고."

"운으로 맨티스를 어떻게 쓰러뜨려요. 오우거보다도 훨씬 강한데요? 원래는 4층에서 나올 만한 마물이니까."

"그럼 상성이 좋았던 거겠지."

그녀가 추천한 곳답게 요리가 맛있었다.

과일 향이 느껴지는 달콤짭짤한 소스에 육즙 가득한 어느 동물의 고기. 야채도 단맛이 풍겨서 맛있었다.

노점에서 꼬치와 만두 비슷한 음식밖에 먹어본 적이 없어서이기도 하겠지만, 왠지 엄청 맛있게 느껴졌다. 여동생들이 「이세계에는 품종 개량한 식물 따윈 없으니까 필시 맛없는 것뿐일 거야. 다만 어패류는 제외하고」라고 말했는데 아마도 그 추측은 빗나간 것 같았다.

"……이렇게 제대로 된 음식을 먹는 건, 오랜만이야."

"그런가요? 여기, 그렇게 비싼 가게가 아닌걸요?"

"돈도 없지만…… 나 혼자라서. 그렇구나, 사람이랑 식사하는 것조차 여기에 온 뒤로 처음이구나."

누군가와 함께 식사한다. 일본에 있던 때에는 당연한 일이었다.

늘 어려운 이야기만 주고받는 두 여동생. 부모님이 안 계신 적도 많았지만, 나나미가 우리 집에 와서 함께 먹은 적도 있었다.

이쪽에서는 맨날 혼자였다. 잡담을 나눌 만한 상대조차 하나도 없었다.

지구에서 나를 보는 시선에는 악의가 가득 담겼고, 누군가가 늘 나를 비웃었다.

맞은편에 앉아 술기운 때문인지 뺨을 조금 붉힌 리프레이아가 부드럽게 웃으며 고개를 갸웃거렸다.

적의 따윈 티끌만큼도 느껴지지 않는, 친애조차 감도는 저 눈빛.

"자, 잠깐만요. 히카루?! 왜 우는 건가요?! 어, 어어?"

"내가 운다고? 아…… 미안, 진짜네. 하하, 왜 이러지?"

저도 모르게 눈물이 흘렀다.

거의 모르는 타인 앞에서 이런 식으로 울고 말다니 스스로가 한심스럽고 싫었다.

그러나 한 번 흐르기 시작한 눈물은 좀처럼 그쳐주지 않았다.

"미안. 이렇게 사람이랑 밥을 먹는 거…… 진짜 오랜만이라서. 요리도 맛있고…… 나, 당신이 권해줘서 기뻤던 것 같아. 처음에 달아나버린 내가 이런 말을 하는 것도 이상하지만."

"어, 응. 그건 딱히……. 먼저 도움을 받은 건 제 쪽이고…….

"처음에는 보답 따윈…… 필요 없다고 생각했지만……, 고마워. 기뻐."

자연스레 웃음이 흘러나왔다. 마치 일본에 있는 것처럼 편안한 기분이었다.

"앗, 아하하. 그렇다면 다행이에요. 좀 덥네요, 이 가게."

리프레이아가 손으로 얼굴에 파닥파닥 부채질했다.

듣고 보니 조금 더운 것도 같았다. 술을 마셔서 그런가?

그 후에도 담소를 나누면서 식사를 계속했다. 술도 맛있어서 여러 잔이나 마셔버렸다.

정말로 오랜만에 사람으로 되돌아간 것 같은 기분을 느낀 시간이었다.

가게를 나설 즈음에는 밤의 장막이 완전히 드리워졌다. 오가는 사람도 뜸해졌다.

평소였다면 미궁에 있을 시간이지만, 기분이 좋았다. 아마도 술에 취한 것 같았다. 그렇구나. 어른들이 술을 마시고 싶어 하는지 그 기분을 알 것 같았다.

불쾌한 일을 잊어버리니 왠지 기분이 즐거웠다.

"그럼 리프레이아. 이제 만날 일은 없겠지만, 오늘은 정말로 기뻤어. 성당기사라고 했지? 시험, 열심히 준비해."

나는 리프레이아에게 작별을 고하고서 걸어나갔다.

저런 미인과 둘이서 식사를 할 기회는 이제 두 번 다시 없겠지.

이런 나를 좋아한다고 해줬다. 목숨을 살려준 고마움과 기쁨에서 비롯된 한때의 미몽일지라도 여기서 헤어지면 그 기억은 줄곧 내 가슴속에 남게 된다.

내일부터 또 어두운 미궁을 돌아다니는 나날이 시작되겠지만, 좋은 추억이 생겼다.

"자, 잠깐, 잠깐만요! 히카루, 기다려요. 아직 보답은 안 끝났어요. 오히려, 이제부터가 진짜라고요. 이제부터, 이제부터!"

그녀가 팔을 홱 잡아당겨서 그만 고꾸라질 뻔했다.

뒤를 돌아보니 그녀가 어색하게 웃고 있었다. 술에 취해 실실거리는 것처럼도, 긴장해서 무리를 하는 것처럼도 보였다.

제법 취했는지 귀까지 붉어져 있었다.

"이미 충분히 받았어. 더는 받을 수 없어."

"아뇨, 아뇨. 우리 애쉬버드가의 가훈이 『받은 은혜를 반드시 갚아라』예요. 목숨을 구해주셨는데 식사만으로 어떻게 보답이 되겠어요."

"그렇게 말한들……."

그녀가 말하면서 억지로 꾹꾹 잡아당겼다. 어딘가로 데려가려는 듯했다.

순간 머릿속에서 밥을 먹여 방심케 한 뒤에 관청 같은 곳에 넘기는— 그런 스토리가 스쳤다. 그러나 그녀에게만은 속아도 될 것 같은 기분조차 들었다.

그녀가 데려간 곳은 예상 밖의 장소였다.

"응? 여관?"

"아, 예. 여관인데요."

그녀가 데려온 곳은 본인이 묵는 여관이었다.

응? 왜 여관에?

"이쪽이에요, 이쪽. 여관 직원의 눈에 띄기 전에 얼른 들어가 버리죠."

리프레이아가 엄청난 힘으로 내 팔을 쥔 채로 계단을 성큼성큼 올라갔다.

나는 이끄는 대로 따라갔다. 머리가 얼큰해서 상황이 잘 이해되지 않았다.

어쩌면 그녀도 취했는지도 모르겠다.

그녀가 끝에 있는 객실 문을 열고서 나를 집어넣으며 안으로 들어간 뒤 뒷손으로 문을 잠갔다.

이 객실은 내가 빌린 방보다 등급이 약간 높은 것 같았다.

리프레이아가 부자처럼 보였는데 실제로는 그렇게까지 부유하지
않을지도 모르겠다.

그녀가 방 안에 있는 램프에 불을 붙이고서 침대에 걸터앉았다.

한들한들 흔들거리는 덧없는 등불이 리프레이아의 아름다운 몸을
요염하게 부각했다.

"……보답……이라고 했지만, 실은 저 돈이 별로 없어요."

"그, 그래? 그럼 무리하지 않아도 돼."

"아뇨, 보답은 하고 싶어요. 그래서…… 저기…… 이런 거밖에, 떠
오르질 않아서……."

리프레이아가 말하면서 셔츠의 단추를 하나씩 풀어나갔다.

그녀가 주저하면서 셔츠를 벗자 얇은 명주 슬립만 걸친 모습이 드
러났다.

하얗고 풍만한 가슴의 굴곡이 노골적으로 보이자 나는 눈길을 돌
렸다.

설마 이렇게 전개되리라 상상조차 못 했다.

취기가 급격하게 깨는 듯했다. 기쁨보다는 당혹스러움이 앞섰다.

"리프레이아. 난 여기에 온 지 얼마 되지 않아. 여기서는 으레
이렇게 보답을 해?"

"아뇨…… 일반적이지는…… 않을 거예요. 하지만 이 행위에 가치
가 있다는 건 어렴풋하게 알고 있으니……. 앗, 그래도 경험은 없어
서 저기…… 잘 할 수 있을지 모르겠지만……."

리프레이아가 눈동자를 그렁거리며 말했다.

목소리도, 어깨도, 손가락마저도 떨면서도 내 쪽으로 몸을 돌리고는 각오를 한 것처럼 유혹했다.

"분명 가치는 있겠지. 리프레이아가 상대라면 금화 몇 닢이라도…… 아니, 가치 따윌 매길 수가 없잖아."

"그, 그렇게까지 가치는 없을 텐데……. 근데 그렇게 생각해주다니, 기뻐요……. 게다가 저, 히카루라면, 해도 좋다고 생각한 건 진짜이니까."

리프레이아가 슬립 어깨끈에 손가락을 걸고서 눈을 감았다.

나는 그녀의 옆에 앉아 그 손을 제지했다.

"……애당초 말이야. 그때 난 그저 변덕이 일어서 리프레이아를 구했을 뿐이야. 구해달라는 부탁을 받은 것도 아니고……. 구해주기는커녕 남이 전투를 벌였던 마물을 가로챘다고도 할 수 있어."

사냥감 가로채기는 게임에서는 매너 위반이라고 할 수 있는 행위다. 당연히 이 세계는 게임이 아니지만, 억지 논리라도 필요했다.

"아, 아뇨. 전 시종들한테도 도움을 요청하라고 부탁했고, 히카루가 구해준 건 틀림없는 사실이니까요."

"그럼 가령 내가 당신을 도와줬다고 치자. 그럼 앞으로도 남이 구해주면 이런 짓을 계속할 거야? 이번에는 나였기에 망정이지, 다른 남자였다면 주저하지 않고 당신을 안았을 거야. 넌 탐색자 아냐? 이런 창부 같은 짓을 하다니……."

"마, 말도 안 돼요…… 창부라니……!"

"당연히 아니지. 하지만 네가 하는 행동이 그것과 뭐가 달라?"

이세계에서 남에게 설교를 다 하다니―. 그런 생각이 들었지만, 이 말만은 꼭 해줘야만 했다.

그녀는 바보다. 겉모습은 영특해 보이지만, 아쉽게도 생각이 짧고 얄팍하며 자의식 과잉이다. 그리고 무엇보다 한심할 정도로 호인이었다.

나는 두뇌와 겉모습 모두 성장이 빨랐던 두 여동생의 대담한 행동을 보면서 늘 속을 태웠던지라 저런 아이를 내버려 둘 수가 없었다.

겉모습은 어엿한 성인일지도 모르겠지만, 그렇기에 꼭 말해줘야만 했다.

무엇보다도 나는 열 받았다.

"……하지만…… 달리 떠오르는 게 없는걸요. 게다가…… 저, 히카루라면 괜찮겠다 싶었고……. 어둠에서 불쑥 나타난 모습이…… 멋졌으니까……."

리프레이아가 고개를 숙인 채 중얼중얼 변명했다.

목숨을 구해준 상대이기에 조금 좋게 보였던 것뿐이겠지. 원체 어두웠기도 했고.

그녀가 등을 구부리니 가슴골이 강조되어 마음이 요동쳤다. 그러나 그녀를 확실히 깨우쳐주고 싶었다.

"리프레이아. 탐색자란 돕기도 하고 도움도 받으면서 해나가는 직업이야. 일일이 마음의 빚을 느낄 필요는 없어. 만약에 꼭 보답하고 싶다면 아까 얻어먹은 식사로도 충분해."

실은 탐색자의 마음가짐 따윈 모른다.

그러나 미궁이라는 전장에서 사람들끼리 서로 돕는 건 당연하겠지. 우리가 하는 행위는 「사냥」이다. 사냥꾼끼리 서로 돕는 건 지극히 보통일 것이다.

"그래도…… 받은 은혜는 반드시 갚으라는 가훈이……."

"그러니까 그 은혜를 갚는 수단을 말하는 거야. 몸으로 갚는 건 정신 나간 녀석이나 할 법한 발상이라고. 만약에 당신이 어떤 탐색자를 구해줬는데…… 그 녀석이 미소년이었고, 몸으로 보답하겠다고 한다면 어쩔래?"

"냅다 차버릴 거예요……."

리프레이아가 그대로 고개를 푹 숙인 채로 입을 다물었다.

이런 설득은 어렵다. 진정한 의미에서 내 말뜻을 이해해줬는지도 모르겠고, 내가 반드시 옳은 것도 아니다. 어디까지나 내 가치관을 억지로 관철시키려고 하는 측면이 더 강했다.

"……나도 남자라서 마음이 흔들리지 않느냐고 묻는다면 당연히 흔들려. 리프레이아는 예쁘고 매력적이니까. ……하지만 이런 형태로 보답하는 건 기쁘지 않아."

이제 내 스스로도 무슨 말을 하는지 모를 지경이었다.

리프레이아가 고개를 숙인 채 말이 없었다.

나는 심호흡을 하고서 스테이터스 보드를 열었다. 머리를 식힐 필요가 있다.

'시청자가…… 늘었어. 이 장면도 사람들한테 노출되고 있구나…….'

실시간 시청자수가 어느샌가 2억 명이 넘었다.

최근 수준과 비교하여 열 배쯤 늘었나.

리프레이아와 보낸 시간은 즐거웠다. 그녀가 미인이었기에 즐거웠다기보다 단순히 사람이 그리웠겠지.

혼자는 외로웠다. 함께 웃어줄 사람을 원했다.

그러나 그것은 연약함이다. 지금은 아직 취기가 가시지 않아서 이 상황에 현실감이 느껴지지 않지만, 내일 아침에는 자신이 벌인 언동을 후회할 게 뻔했다.

나와 얽히면 리프레이아 본인도 남에게 노출되고 만다. 그것은 그녀의 존엄조차 짓밟는 짓이다.

"……어쨌든 난 리프레이아랑 식사를 한 것만으로도 마음이 충분히 채워졌어. 탐색자를 계속할 생각이라면 이런 짓은 두 번 다시 하지 마."

실제로 그녀가 바뀔지 어쩔지는 모르겠다.

다만 이로써 그녀와의 인연도 끊어지리라는 확신만은 들었다.

그 후로 그녀는 입을 줄곧 다물었다. 분명 화가 났겠지. 이런 설교를 듣고 싶은 사람은 아무도 없다.

결국, 나는 나 하나 편하자고 그녀에게 상처를 줬을 뿐이겠지.

그래도 됐다. 애당초 사는 세계가 다른 상대다.

나는 침대에서 일어섰다. 이대로 떠나버리면 그걸로 끝이다.

"……기다려."

떠나려고 하니 손이 붙잡혔다.

쉽게 뿌리칠 만한 연약한 힘으로.

뒤를 돌아보니 그녀가 고개를 들었다.

두 뺨이 상기됐다. 눈동자가 그렁그렁거렸다. 그리고 뜨거운 눈빛으로 나를 올려다보고 있다.

그 모습이 내 심장을 확 움켜쥐고 말았다.

"히카루…… 가지 마. 더 혼내주지 않으면 나, 잘못을 저지를 것 같으니까……. 더 혼내줄래?"

그녀가 당장에라도 눈물을 터뜨릴 것처럼 애원했다.

리프레이아는 화내지 않았다. 화를 내지는 않았지만…… 이건 예상치 못한—.

"히카루가 이대로 돌아가 버리면 진짜로 실수를 범할지도……. 어제도, 미궁 입구에 있었더니 여러 사람이 말을 걸어와서…… 꽤 끈질기게 굴면 끝내 뿌리치지 못할지도……."

"그거, 협박이야?"

"이렇게 말하면 남아줄 거잖아? 히카루는 상냥하니까."

나는 백기를 들 수밖에 없었다.

머리를 긁적이고서 다시 침대에 앉았다. 일찍이 우리 여동생들도 비슷한 방식으로 상황을 무마한 적이 있었다. 여자의 필살기일까?

"리프레이아…… 너, 몇 살이야?"

"어? 왜 갑자기? 열여섯 살. 히카루는?"

"난 열다섯…… 아니, 열일곱 살이야."

"흐음, 연상이었구나."

"무슨 의미야……."

육체 나이를 두 살 올렸을 뿐이니 정신적인 연령은 열다섯 살 그대로다. 그러나 나는 가족들을 여러모로 고생시켰다는 죄책감 때문인지 여기서는 제 나이보다 더 많게 보였다. 동안인 편이라고 생각하지만, 고생이 얼굴에 뱄는지도 모르겠다.

그나저나 리프레이아는 열여섯이구나. ……더 위일 줄 알았다.

"열여섯이라면 이제 스스로 생각해야만 하는 나이잖아. 남자가 꼬셨을 때 네가 따라가든 말든 내가 이러쿵저러쿵 참견할 의리도, 권리도 없어."

"그럼 따라가도 되는 거야?"

그녀가 나를 똑바로 쳐다보며 그렇게 물었다. 그녀는 비겁하다.

"싫어."

"어째서? 아까 의리도, 권리도 없다고 했으면서."

"……리프레이아가 예쁘니까. 됨됨이도 모르는 그런 남자한테 더럽혀지는 건 싫어."

"~~~~으!"

"잠깐, 야."

그녀가 옆에서 나를 갑자기 끌어안고는 그대로 침대에 쓰러뜨렸다.

"나…… 히카루라면 좋아. 아니지, 히카루가 아니면 싫어. ……이런 기분은 처음인걸……. 있잖아? 이러고 있으니 마음이 계속 기쁘다고 노래를 불러. 당신과 살을 맞대고 온기가 전해지는 것만으로도 감정을 주체할 수가 없어."

여자가 위에 올라타고서 뜨겁게 다가오는데 함락되지 않을 남자가 있을까?

나도 전 세계 사람들이 쳐다보는 상황이 아니었다면 어떻게 됐을지 모를 일이었다.

"진정해, 리프레이아. 너, 지금 술에 취했잖아—."

"너라고. 한 번 더 말해봐."

"어? 너, 너, 너."

"에헤헤헤. 너라고 부른 거, 히카루가 처음."

그녀가 또 나를 꼬옥 끌어안아 버렸다.

그녀의 뜨거운 신체를 온몸으로 느끼니 나까지도 열기에 취해버릴 것만 같았다.

방금 전까지만 해도 그나마 제정신이었건만.

"너, 진짜 술을 조심하는 편이 좋겠어. 반드시 실수할 거야. 아니, 이미 실수하고 있네."

"술에 취해서 이런다고 생각해?"

"그렇지 않으면 이런—."

내가 말을 채 끝내기 전에 리프레이아가 몸을 일으켰다.

얼굴이 새빨갰다. 그러나 그렁그렁한 저 눈동자는 술에 취한 사람의 눈빛과는 다른데—.

"……취한 척. 이러지 않으면 부끄러워서 어떻게 이런 대담한 짓을 벌이겠어."

"나 참……. 어쨌든 안 돌아갈 테니까 진정 좀 해."

"안 할 거야?"

"그~러~니~까! 안 한대도."

"그럼 딴 남자나 따라가 버릴까~. 히카루가 안아주지 않으면 딴 남자한테 안겨버릴까~."

"놀리지 말라니까……."

대체 나의 무엇이 그녀의 마음에 닿았는지 모르겠지만, 설마 이런 식으로 육박할 줄은 상상도 못 했다. 지구에서 보내는 시선이나 비웃음도 느껴지지 않을 정도로 나는 정신이 아찔했다.

"이거 봐……. 얼마나 두근거리는지 알겠지?"

"잠깐—."

리프레이아가 내 손을 쥐고서 자신의 가슴으로 가져갔다.

지난번 창부에 이어 두 번째 감촉이었다.

그러나 그때와 비교조차 할 수 없을 정도로 감미로워서 나는 마음이 녹아버릴 듯했다.

"나, 히카루를 며칠이나 찾아 헤맸어. 그동안에 줄곧 히카루만을 생각했어. 어떤 이야기를 할까? 어떤 표정으로 웃을까, 하고."

피부와 피부를 통해 전해지는 그녀의 심장 박동. 열기. 그리고 상냥함.

이 세계에서 생존하기 위해 몸부림쳐왔던 나에게는 저항하기 어려운 유혹이었다.

받아들이고 싶었다. 위로받고 싶었다. 편안해지고 싶었다.

"그래서…… 실은 말이야. 보답하고 싶다는 말도 핑계. 밥을 함께 먹으면서 즐겁구나, 진짜 좋구나, 하는 생각만 들었거든. 그치?"

"어……어어……."

그녀의 숨결이 귓불을 때렸다. 뜨겁고 촉촉한 입술이 뺨을 스쳤다.

귀에 걸쳐 있던 비단결 같은 머리칼이 사르륵 흘러내려 내 목을 간질였다.

마치 인력이 있는 것처럼 피부와 피부를 끌어당기는 그 뜨거운 육체를 더욱 밀착시키니 나는 이제 제정신을 차릴 수가 없었다.

닫혀 있던 나무창 틈새로 달빛이 아주 살짝 새어들었다.

흐릿하게 빛나는 등불에 하나로 겹쳐지고 있는 나와 그녀의 모습이 그림자로 드리워졌다.

두 사람의 숨소리만이 밀실에 뜨겁게 녹아갔다.

내가 그야말로 함락되기 직전이었을 때—.

『딩동댕~! 이세계 전이자 여러분들에게 알립니다! 내일부터 2주 동안 제1회 시청률 레이스를 개최합니다! 기간 중 시청자들의 주목을 끌어모은 전이자에게는 초호화 경품을 증정할 예정이니 분발하여 참가해주세요! 기념할 제1회 대회의 핵심 상품은 「망자 소생의 보주」입니다! 이건 지구에서도, 이세계에서도 절대로 구할 수 없는 특별한 명품! 제1회 대회의 영광스러운 1위를 노리고서 시청자들을 열심히 모아주세요!』

차가운 얼음 말뚝이 등에 꽂힌 듯했다.

뜨겁게 익어가던 머리를 순식간에 식혀버린, 뜬금없는 공지.

"앗, 그렇게 세게 주무르면— 어, 히카루……? 왜 그래……?"

"미, 미안……. 자, 잠깐만 기다려줄래?"

나는 급히 스테이터스 보드를 열었다.

리프레이아의 눈에는 느닷없이 허공에다가 손가락을 놀리는 괴짜처럼 비쳤을 테지만 상관없었다.

지금 안내 방송에서 뭐라고 했지?

최고 상품은 『망자 소생의 보주』.

―그렇게 말하지 않았나?

"저, 저기, 왜 그러는 거야, 진짜. 떨려서 그래……?"

"미안…… 조금만…… 조금만 기다려줘."

같은 말을 되풀이하면서도 내 심장은 아까 전과는 다른 의미로 격렬하게 뛰었다.

스테이터스 보드에는 시청률 레이스의 상세한 내용이 이미 올라왔다.

나는 떨리는 손가락으로 핵심 상품인「망자 소생의 보주」를 탭했다.

『망자 소생의 보주: (신기) 당신의 소중한 누군가를 저승에서 이승으로 다시 불러낼 수 있는 신의 보주. 지구에서 사망한 사람, 이 세계에서 사망한 사람, 어느 쪽에도 사용할 수 있다. 사망자는 죽은 장소에서 부활하니 주의. 당신이 소중하게 여기는 사람이 아니라면 되살릴 수가 없다.』

온몸이 땀에 젖었다.

심장이 터질 듯이 뛰었다.

시청률 레이스에서 1위가 되면 나나미를 되살릴 수가 있다―?

「신」의 힘을 새삼스레 의심할 여지가 없었다.

그 녀석이 사망자를 되살릴 수 있다고 했으니 가능하겠지.

「신」의 꿍꿍이가 무엇이든 간에 나나미를 되살릴 수 있다면 나는―.

"가, 갑자기…… 뭔가 이상하네? 어디 안 좋아? 앗, 꺅!"

나는 윗몸을 일으켜 리프레이아를 끌어안았다.

순식간에 결단했다.

1위를 차지한다. 어떤 수단을 쓰든.

—설령 악마에게 영혼을 팔지라도.

"—보답…… 역시 받아도 될까?"

"어, 어어? 응, 그럴 생각이었으니 괜찮은데…… 갑자기 왜 마음이 바뀐 거야?"

"……사정이 바뀌었어. 그래서 그 보답 말인데…… 저기…… 예약을 해도 될까?"

"예약? 오늘은 안 하겠다는 뜻이야?"

"어. 이상한 얘기이지만. 그래도 꼭 내가 받을 테니까 딴 남자한테 주지 말아줬으면 해."

최악이다.

나는 리프레이아를 이용할 생각을 했다.

내 힘만으로 1위를 거머쥐는 것은 불가능했으니까.

그러나 내가 최악이면 최악일수록, 나를 증오하는 시청자들은 나에게서 눈을 떼지 못하리라.

리프레이아는 조금 생각한 뒤에 조용히 입을 열었다.

"예약…… 그 자체는 상관없지만…… 그래도 나, 아까도 말했다시피 이제 이 도시를 떠나. 동료— 친가에서 일하던 애들인데, 슬슬 떠날 때가 돼서 미리 돌려보냈어. 나도 히카루한테 보답을 하고서 돌아갈 셈이었고."

"그럼 이제 탐색자를 안 한다는 말이야?"

"응. 혼자서는 무리고, 이제와 딴 사람들이랑 파티를 맺는 것도 그렇고……. 자의식 과잉이라고 여길지도 모르겠지만…… 다른 탐색자들은 날 음흉한 눈으로 쳐다보니까."

혼자서 다른 탐색자 파티에 들어가는 것은 허들이 높다.

완전히 자유로운 나도 그런 발상을 해본 적조차 없었다.

하물며 리프레이아는 빛나는 미인이다. 남자가 있는 파티가 들어 갔다가는 고생할 게 뻔하다.

"……그래서 보답. 되도록 오늘 받아줬으면 해. 실티온으로 돌아 가 버리면 이제 여기에 오기 어려워지니까."

그녀에게 나와의 인연은 여행지의 추억쯤일지도 모르겠다.

그러나 나는 그녀가 필요했다.

시청률 레이스에서 1위를 차지하여 나나미를 되살리기 위해서 절 대로.

"리프레이아. 내일부터 나랑 파티를 맺어주지 않겠어? ……네가 필요해."

"어, 어어어어어? 그, 그야 히카루가 파티를 맺어준다면 나도 기 쁘지만……. 진짜 왜 그래? 태도가 갑자기 돌변해서는—."

돌변했다. 그 말이 맞겠지. 지금까지는 시청자가 늘어나지 않도록 눈에 띄지 않게 살아왔다.

그러나 나나미를 되살리기 위해서는 정반대로 살아야만 한다.

남의 시선을 화려하게 끌어야만 한다. 시청자들이 미움을 받고 있 는 나를 반쯤 재미로 보고 있다면 철저히 악역을 자처하여 1위를 차 지하겠다.

나는 지금보다 더 큰 미움을 사게 되겠지.

리프레이아에게 동정 어린 시선들이 쏠리고, 다른 전이자가 『너, 속고 있어』 하고 알려줄지도 모른다.

그래도 상관없었다.

그 대가가 무엇이든 간에…… 1위를 차지할 수 있다면.

"일이 전부 끝나면 사정을 반드시 말해줄게. 그러니까 그때까지 나와 함께 해주지 않겠어?"

"으, 응. 나도 이렇게 어중간하게 친가로 돌아간들 뾰족한 수가 없거든. 히카루처럼 강력한 정령술을 구사할 줄 아는 사람과 함께 파티를 맺는다니 정말로 바라는 바야."

"고마워. 내일부터 잘 부탁할게. 아침에 데리러 올게."

나는 리프레이아의 뺨에 살짝 키스하고서 그녀가 넋을 놓은 사이에 방을 나왔다.

리프레이나는 빛나는 미인이다. 분명 시청자들의 시선을 끌어모아 주겠지.

내 목적을 달성하기 위해 그녀를 이용하려고 하니 죄책감이 들었다.

전부 끝난 뒤에 반드시, 은혜는 갚을 것이다.

그 대가로—.

목숨 따위, 기꺼이 바쳐주겠어.

전이자별 게시판 나라별 JPN【No. 1000 쿠로세 히카루】2522nd

3: 지구의 무명 씨
우오오오오오! 리프레이아 님께서 다시 등장하셨다!

4: 지구의 무명 씨
축제로구나~!

7: 지구의 무명 씨
「뭐어어어어어어?? 좋아해?? 뜬금없이 뭔 소리인가요, 저 여자?!」

10: 지구의 무명 씨
카렌, 갑자기 폭주해서 귀엽더라. 평소에는 성격이 차분한데.

13: 지구의 무명 씨
아니, 뭐, 아무리 봐도 스토커 같았으니까. 고백 정도는 당연히 하겠지.

14: 지구의 무명 씨
저런 슈퍼 미인한테 사랑을 받다니…….
지구에서는 우리와 다를 바 없는 평범남인데…….

18: 지구의 무명 씨
이세계에서도 평범남이긴 하잖아. 어둠에 묻혀 있다고.

19: 지구의 무명 씨
오오, 히카루가 드디어 다른 사람과 어울리다니……!

20: 지구의 무명 씨
히죽거리는 암시장 주인장 쪽으로 카메라를 살짝 돌리는 신들린 카메라 워크ㅋㅋ

22: 지구의 무명 씨
데이트다!

26: 지구의 무명 씨
카렌「이, 이건…… 비상사태! 세
리카를 좀 깨우고 올게요.」
비상사태를 선언했습니다.

30: 지구의 무명 씨
완전히 실황 게시판으로 변해버
렸네.

31: 지구의 무명 씨
밥 같이 먹은 것뿐이잖아?

39: 지구의 무명 씨
아니, 리프레이아 님이 기뻐하
는 표정 좀 봐. 저 세계의 여성
들은 스스럼없이 호텔로 유혹할
것 같은 사람들뿐이라고. 히카
루의 정조가 위험해!

41: 지구의 무명 씨
남녀평등사회(성적인 의미에서)
였어…….

44: 지구의 무명 씨
젊은 남녀가 그렇고 그렇게 될
확률이 엄청 높으니 위험해…….
그래서 세리카를 깨우러 갔을 테
지만.

50: 지구의 무명 씨
원시적인 사회에서는 그렇게 될
확률이 높은 게 보통 아냐? 지구
도 마찬가지잖아?

53: 지구의 무명 씨
너희들이 모르는 곳에서 젊은 남
녀들이 마구 뒹굴고 있거든.
너희들만 모를 뿐이지.

55: 지구의 무명 씨
남의 마음을 요상하게 후비지 말
아줄래?

56: 지구의 무명 씨
스크류 드라이버 같은 술을 먹였
어!!

57: 지구의 무명 씨
여기 예전에 카니벨과 잘다가 알
렉스를 데려가서 필름 끊기게 만
들어버렸던 가게잖아! 큰일 났다!

61: 지구의 무명 씨
알렉스, 그때가 음주 첫 체험이
어서 참 앳됐지.

67: 지구의 무명 씨
북미에서는 미성년자 음주에 꽤
엄격하니까.

70: 지구의 무명 씨
술이 들어가니 엄청 수다스러워
지잖아.
귀엽잖아!

75: 지구의 무명 씨
히카루한테 두근두근하는 리프
레이아 님, 귀여워.

76: 지구의 무명 씨
저 세계에서 흑발이 섹시하게 보
이는지도 몰라.

80: 지구의 무명 씨
「아아아아! 저 녀석, 오빠한테
감히 술을 먹였습니다!」

81: 지구의 무명 씨
세리카ㅋㅋ

84: 지구의 무명 씨
술에 취한 아버지가 히카루한테
술을 먹였던 날의 에피소드를 지
난번에 들려줬지. 헤롱헤롱거려
서 귀여웠다고 했던가. 여자의
기준을 잘 모르겠어.

85: 지구의 무명 씨
아니, 저 눈물에는 당할 수밖에
없잖아.
나도 당했고.

88: 지구의 무명 씨
여자라기보다 여중생이지만 말
이야. 근데 그 일화가 초등학생
때라고 했나?

90: 지구의 무명 씨
그 두 사람, 엄청 조숙하니까…….

94: 지구의 무명 씨
머리가 좋으면 그렇게 되나? 오
빠 앞에서만은 어린애처럼 굴 수
있었다고 했지만.

97: 지구의 무명 씨
초등학생 때 대졸자 수준의 학력
을 여유롭게 갖췄을 정도이니
까. 학교 선생님들도 신경을 바
짝 쓰지 않았을까.

100: 지구의 무명 씨
히카루, 독 내성이 있지 않았던가?
그에 비해 술에 취한 것처럼 보
이는데.

103: 지구의 무명 씨
독 내성이 있으면 술에 강해지지
만, 아예 취하지 않는 건 아니래.
취하더라도 여차할 때는 단숨에
해독된다고 하고. 검증 완료.

105: 지구의 무명 씨
독 내성 유능하구나.
뭐, 신이 만들어낸 힘이니 당연
한가.

108: 지구의 무명 씨
술에 전혀 취하지 않는다면 불이
익이 너무 크니까. 이세계에는
이렇다 할 오락거리가 없으니 술
에 취할 수 없다면 삶이 너무 고
단해.

110: 지구의 무명 씨
참고로 술에 강해진 게 저 정도
라면 히카루는 원래 술에 꽤 약
하다는 소리…….

198: 지구의 무명 씨
오, 가게에서 나왔어. 벌써 헤어
지나?

215: 지구의 무명 씨
리프레이아 님이 너무 당기잖
아. 부러워.

228: 지구의 무명 씨
세리카「오, 오빠————아!」
카렌「하지만 그 목소리는 닿지
않았다.」

240: 지구의 무명 씨
저거, 완전히 호텔로 가는 코스.

245: 지구의 무명 씨
여관에 들어가자고 하다니 너무

직설적이잖아!!!

251: 지구의 무명 씨
탐색자는 내일의 목숨조차 장담
할 수 없는 직업이니 이리저리
따지고 잴 겨를이 없어!

255: 지구의 무명 씨
큰일 났다!

267: 지구의 무명 씨
셔츠를 마구 벗기 시작한 리프레
이아 님.
장승처럼 서 있는 히카루.
그리고 2억 명의 관음증 변태
들…….

282: 지구의 무명 씨
세리카「오, 오빠가 육식녀한테
잡아먹히겠어!」
카렌「그건 내가 받을 작정이었
는데!」
세리카「어?」

카렌 「어?」
이 대화는 뭐냐ㅋㅋㅋ

288: 지구의 무명 씨
카렌한테서 갑작스런 애정 표현
이 나와서 파괴력이 있네.

290: 지구의 무명 씨
세리카는 기본적으로 늘 오빠 러
브 모드라 겉으로 보여주는 오빠
사랑이 아니냐는 의혹이 있으니
까.

294: 지구의 무명 씨
갑자기 여관에 가자고 꼬시다
니, 완전 대담해…….

299: 지구의 무명 씨
진짜 이런 전개가 벌어질 줄이
야……!
저 세계의 여성들은 육식!

301: 지구의 무명 씨
실제로 식당에서도 한 육식들 하
고 있으니 말이야.

312: 지구의 무명 씨
시청자수가 폭발하는 상승세 실
화야?ㅋㅋ
전 세계에 축제가 벌어졌다고,
이 전개는!

326: 지구의 무명 씨
순식간에 억을 돌파해버렸네 ㅋ
ㅋㅋ

330: 지구의 무명 씨
카렌 「저 세계에는 헤픈 여자밖
에 없는 거야!」
세리카 「아무리 오빠가 귀엽다고
해도 만난 지 5초 만에 반해버리
다니!」

335: 지구의 무명 씨
여동생, 어록을 만들 줄 아는

파. 완전 재밌네.

349: 지구의 무명 씨
리프레이아 님, 저 모습이 열여섯 살이라니 이세계는 굉장해.

354: 지구의 무명 씨
뭐가 굉장한지는 말하지 않겠지만, 굉장하네. 굉장해. 부러워.

367: 지구의 무명 씨
여동생들의 리액션이 요란해서 집중이 되질 않는데!

375: 지구의 무명 씨
응응응응응? 진짜?
설교하고서 밀쳐냈다????

378: 지구의 무명 씨
오빠!!!!

380: 지구의 무명 씨
대단해, 히카루. 용케도 괴물로

변하지 않다니…….
난 이렇게 보고 있기만 해도 괴물로 변해버렸는데…….

394: 지구의 무명 씨
「오빠의 설교는 우리만의 것이었는데! 저 도둑고양이!」
세리카는 영리하지만 바보구나.

400: 지구의 무명 씨
저 유혹을 뿌리치다니, 히카루 굉장해.
나였다면 1초 만에 달려들었다.

408: 지구의 무명 씨
「어떠냐! 저게 바로 우리의 오빠야!」
두 여동생의 마음이 이해가 돼.
……뭐, 온 세계에서 지켜보고 있을 관음증 변태의 시선을 확실히 의식했을 테지만.

413: 지구의 무명 씨
히카루!!! 차려진 밥상을 먹지 않는 자는 남자가 아니라는 말도 모르더냐!

417: 지구의 무명 씨
너무 고지식한데…….

420: 지구의 무명 씨
세리카랑 카렌이 말괄량이라서 그 반동으로 성격이 진지해졌다는 설이 있어.

426: 지구의 무명 씨
쌍둥이의 대화에서 엿볼 수 있는 부모의 위험한 성격도 관계가 있다고 봐.

431: 지구의 무명 씨
근데 리프레이아, 적극적이네. 스토커 기질도 있고. 혹시 얀데레?

449: 지구의 무명 씨
저쪽 세계의 여성들은 상당수가 저런 느낌이야.
정령력이 있는 세계라서 「힘」이라는 관점에서 남녀의 차별이 적어. 그래서 여자가 남자에게 먼저 접근하는 게 전혀 이상하지 않고, 여군도 평범하게 많아. 나라의 수장이 여자인 경우도 많고.

456: 지구의 무명 씨
나도 히카루 같은 남자애랑 만났더라면 인생이 이렇게 되지는 않았으려나…….

460: 지구의 무명 씨
느닷없이 무거운 얘기 하네…

470: 지구의 무명 씨
뭐, 보통은 안겠지. 안지 않을 이유가 없어.

486: 지구의 무명 씨
너 바보구나, 히카루. 실컷 안아주고서 SUL-GYO하면 되는 거야. 꼬맹이구만.

490: 지구의 무명 씨
지당하신 말씀. 남녀가 밀당할
때는 치사해야 하는 법이야.

503: 지구의 무명 씨
어라? 그냥 돌아가는 거야? 하
고 생각했더니 불러 세우고서 그
대로 올라타기……!

512: 지구의 무명 씨
이거, 틀렸군요. 동정 음침 캐릭
터한테는 치명타예요.

515: 지구의 무명 씨
나였다면 1초 만에 덥석 물었다.

520: 지구의 무명 씨
리프레이아 님이 얀데레가…….
아니, 처음부터 얀데레였나…….

547: 지구의 무명 씨
가슴!

556: 지구의 무명 씨
가슴가슴!

569: 지구의 무명 씨
저 상황에서 버텨낼 수 있는 남
자는 존재하지 않으니 어쩔 수
없어……! 그냥 휩쓸려……! 휩
쓸려버리는 거야……!

574: 지구의 무명 씨
이거 마지막까지 가겠구나…….
●REC

580: 지구의 무명 씨
신 카메라는 의외로 성행위에는
관대하니까.
에로스는 허용됐다.
●REC

587: 지구의 무명 씨
너희들은 진짜 구제불능이구나!
쌍둥이들이 슬퍼하고 있잖냐!
●REC

600: 지구의 무명 씨
주물렀드아!!

612: 지구의 무명 씨
어라, 아주 좋은 순간이었는데 히
카루가 이상해졌다. 왜 저러지?

623: 지구의 무명 씨
스테이터스 화면 따윌 보다니 지
금이 그럴 때냐!

635: 지구의 무명 씨
시청률 레이스래. 느닷없이 안
내 방송을 한 모양이네. 사이트
쪽에도 정보가 갱신됐어.

652: 지구의 무명 씨
1위 경품이 망자 소생 아이템인

가…….
그래서 히카루가 굳어버렸나……?

670: 신@공식
지구의 여러분에게 알려드립니
다! 내일부터 2주 동안 제1회 시
청률 레이스를 개최합니다! 기간
중 시청자들의 주목을 끈 전이자
에게 초호화 경품을 증정합니다.
기념할 제1회 대회의 핵심 상품
은 『망자 소생의 보주』입니다! 이
건 지구에서도, 이세계에서도 구
할 수 없는 특별한 명품! 대체 누
가 1등의 영광을 차지할 수 있을
것인가? 후원하는 전이자를 지
금보다 더 응원해주세요!

674: 지구의 무명 씨
이거 진짜? 찐임???

680: 지구의 무명 씨
망자 소생이라니, 역시 사신(邪
神) 아냐?

389

687: 지구의 무명 씨
세리카가 불쑥 「신……」 하고 중얼거렸어. 엄청 무서웠어.

693: 지구의 무명 씨
나나미의 죽음으로 히카루가 괴로워하는 걸 알고서 하는 건가? 뭐, 할지 말지는 선택이니까 〉 망자 소생의 보주.

702: 지구의 무명 씨
지나친 생각이지. 죽은 자를 살리는 것은 인류의 꿈 같은 것이니 파티 멤버가 죽었을 때도 쓸 수 있잖아?
요컨대 세계수의 잎 같은 개념?

711: 지구의 무명 씨
딱히 바로 쓸 필요는 없는걸.

715: 지구의 무명 씨
왕 같은 높은 사람한테 팔면 영지 같은 걸 받을 수 있는 수준이야.

720: 지구의 무명 씨
카렌이 「세리카. 시간」 하고 말하니 세리카가 「앗」 하고 무언가를 눈치챈 것 같은 표정을 지었는데, 왜 그런 거야?

724: 지구의 무명 씨
이거 진짜냐? 신은 죽은 사람도 살려낼 수 있는 거야???

738: 지구의 무명 씨
〉〉720
그리니치 표준시 12시에 정확히 고지됐어. 히카루가 있는 곳은 시차가 아홉 시간이라 일본과 동일해. 즉 오후 9시(21시)야. 시청률 레이스는 내일 표준시 0시부터 시작하니 히카루가 있는 곳에서는 아침 9시부터 시작한다는 뜻.

740: 지구의 무명 씨
【중요】TwiN/SiS입니다. 오늘부

터 2주 동안 클립 영상 갱신을 중지합니다. 그 대신에 세리카와 카렌 둘이서 24시간 체제로 히카루 본방송을 번역 실황하겠습니다. 나나미 언니는 저희에게도 가족이나 마찬가지. 오빠가 언니를 살리기 위해서 노력한다면 저희도 지원을 아끼지 않을 겁니다. 여러분, 본방송을 시청해주세요. 그리고 오빠의 시청자수를 1위로. 제발, 제발 부탁드립니다.

744: 지구의 무명 씨
쌍둥이가 강림했다!!!

745: 지구의 무명 씨
쌍둥이들의 상황 판단 속도가 너무 빨라. 역시 오누이라서 그런가.

750: 지구의 무명 씨
세리카가 너무 늠름해서 눈물이 났어.

오빠의 심정을 순식간에 헤아렸어.

752: 지구의 무명 씨
어? 무슨 소리???

755: 지구의 무명 씨
시청자 레이스 안내 방송이 나간 지 1분밖에 안 지났는데 태도가 확 변했어. 방금 전까지만 해도 「저 여자, 마운트 포지션을!」 하고 말했으면서.

770: 지구의 무명 씨
≫752
「시청자 여러분한테 일단 설명을 해둘게요. 이거, 오빠가 리프레이아 씨의 미모를 이용하여 1위를 차지할 생각인 것 같습니다. 그래서 갑자기 파티 멤버가 되어달라고 권했던 겁니다. 아마도 나나미 언니를 되살리기 위해서라면 뭐든지 하겠다…… 그런 생각을 하는 것 같습니다만, 워

391

낙 본성이 착해서 서로 꽁냥거리기만 할 것 같은 예감도 들지만…… 어쨌든 저희한테도 나나미 언니는 가족이나 마찬가지. 오빠가 1위를 목표로 삼았다면 저희는 지원을 아끼지 않을 작정입니다. ……너희들, 몽땅 따라와라?」

777: 지구의 무명 씨
세리카 사랑한다!
카렌도 물론 사랑한다!!

779: 지구의 무명 씨
히카루, 리프레이아 님을 바로 말로 꼬셔내다니 대단해. 그 장면에서 성관계를 갖지 않기로 결심하다니, 제법이야.

790: 지구의 무명 씨
방금 전까지만 해도 우물쭈물거렸는데 스위치가 갑자기 켜졌

네, 히카루.

793: 지구의 무명 씨
아아, 성관계는 시청률을 끌어모으기 위해서 예약해두기로 하고, 훗날을 위해 기대감을 키워놓은 건가? 바보네, 매일 성관계를 하면 시청률이 더욱 오를 텐데.

800: 지구의 무명 씨
동정한테 그건 어려운 일이고, 의외로 그렇게 해본들 시청률이 폭발하지도 않아. 잔느는 죽을 만큼 고집스럽게 플레이하는데도 줄곧 대인기를 끌잖아?

803: 지구의 무명 씨
잔느는 완전히 용사 플레이를 하고 있으니 너무 특별하다구…….
천연 미궁으로 변한 폐성에 혼자 들어가서는 「보레타리아#7를 떠올리지 마……」 하고 중얼거릴

#7 보레타리아 게임 「데몬즈 소울」의 배경이 되는 지역

수 있는 여자는 얼마 없어…….

805: 지구의 무명 씨
얼마 없기는커녕 아예 없겠지…….

812: 지구의 무명 씨
이걸 보고도 아직도 히카루가 나
나미를 죽였다고 생각하는 녀석
이 있다면 그냥 멍청이야.

820: 지구의 무명 씨
히카루, 떠나기 직전에 뺨에 입
을 맞췄네. 동정인 주제에 제법
이야.

827: 지구의 무명 씨
음침 캐릭터계의 스타인 줄 알았
더니 히카루, 실제로는 난봉꾼
아냐?

835: 지구의 무명 씨
그 쌍둥이의 오빠이니 말이야. 여
차하면 해낼 줄 아는 녀석이야.

843: 지구의 무명 씨
>>738
그렇구나. 타이밍이 나빴던 것
뿐인가. 히카루는 늘 때가 안 좋
네……. 메시지 기능도 마치 노
린 것 같은 타이밍에 추가됐지.
전이한 지 만 열흘이 지났을 때
였던가?

845: 지구의 무명 씨
「다음에 이세계인과 성관계를 맺
을 사람은 누구?」라는 토토 주제
에 히카루를 몰래 걸었는데 심장
이 터질 뻔했어. 근데 아주 좋다
가 말았네…….

850: 지구의 무명 씨
히카루한테 건 녀석이 있었냐?
ㅋㅋ

852: 지구의 무명 씨
이겼다면 몇 배였지?

861: 지구의 무명 씨
4588배. 나, 2천 엔 걸었으니까
맞았으면 917만 엔…….

864: 지구의 무명 씨
그거 사실상 최하위잖아.
100엔을 걸고서 45만 엔이나 딸
수 있다니.

870: 지구의 무명 씨
아니, 순위가 더 낮은 사람도 있
어. 단지 뭐, 역시 히카루가 그
렇게 살았으니까.

872: 지구의 무명 씨
배율이 엄청나네. 뭐, 단승일지
라도 700명 넘게 있으니 그렇게
되나…….
배율이 높다고 해도 히카루의 생
활을 직접 봤다면 이길 수 있는
확률이 진짜 개미눈물만큼도 안
된다는 걸 알 텐데…….

875: 지구의 무명 씨
다음으로 미뤄졌다는 게 중요
해. 가능성이 낮은 사람의 배율
은 뭘 하든 올라가기 마련이야.

877: 지구의 무명 씨
4500배라니.
그런 쓰레기 마권을 사는 인간이
있을 줄이야…….

880: 지구의 무명 씨
상위 녀석들은 종마이거든.

884: 지구의 무명 씨
역시나 레전드급 종마는 레이스
에서 제외됐어…….

889: 지구의 무명 씨
아쉽다. 하지만 아직 찬스가 있
어. 히카루한테 다시 한번 걸어
야지!

895: 지구의 무명 씨
나도 걸어볼까. 리프레이아 님
과 함께 다니게 됐으니 기회가
있을 거 아냐.

904: 지구의 무명 씨
기회는커녕 예약을 했잖아.
배율이 20배 정도까지 떨어지겠
지.

906: 지구의 무명 씨
아아아아아~. 히카루는 바보~!

910: 지구의 무명 씨
다들 클립 보고 글을 올리나?
클립은 아직 안 나왔지?

912: 지구의 무명 씨
오, 여기에 처음 왔니?
어깨 힘을 빼고서 TwiN/SiS로
구글링해봐.

914: 지구의 무명 씨
공식 방송이랑 TwiN/SiS 라이
브 방송을 동시에 보고 있어. 팬
들은 다 그렇게 해.

920: 지구의 무명 씨
그럼 무슨 말을 하는지 모르잖아?

923: 지구의 무명 씨
카렌이 동시 번역 소프트를 돌리
고 있어서 대체로 알아들을 수
있어.

927: 지구의 무명 씨
번역이 안 된 부분은 세리카가
주석을 달아주니 말이야.

933: 지구의 무명 씨
진짜로 그 둘은 스펙이 높아. 히
카루보다 그 두 사람의 팬이 됐
다고 해도 과언이 아냐.

940: 지구의 무명 씨
세리카는 어학 능력이 이상하리만치 뛰어나고, 카렌은 이상하리만치 기계에 강해. 그렇다고 해서 둘 다 나머지 분야는 젬병이냐면 그렇지도 않아. 카렌도 3개 국어를 평범하게 구사할 줄 아니 진짜 괴물이야.

947: 지구의 무명 씨
카렌은 그만큼 기계어를 구사하니까…….

954: 지구의 무명 씨
기계어로 떠들어대는 건 아냐. 프로그래밍이 전문가 수준이라는 뜻이지.

957: 지구의 무명 씨
유튜브에 올라왔던 카렌의 초급 프로그래밍 강좌, 전혀 모르겠습니다!

963: 지구의 무명 씨
고도의 수준이긴 하지만 내용은 꽤 알기 쉬웠어. 그토록 복잡한 처리를 몇 줄밖에 안 되는 심플한 코드로 정리해내는 그 수완은 역시 대단해. 근데 카렌이 가르치는 방법이 너무 독특해. 「이게 이렇게 돼서, 짜잔!」……. 참고로 한정 공개된 상급편은 진짜로 이해 불가능이니 그걸 보고서 숨이 턱 막히는 느낌을 느껴줬으면 좋겠어.

971: 지구의 무명 씨
그 쌍둥이, 히카루의 영상을 편집하여 올리면서 학교에도 다니고, 라이브 방송이니 뭐니 여러 일도 하고, 또 공식 사이트까지 해석하고 있다니까.

979: 지구의 무명 씨
음성 해설판은 라이브 방송 때 음성을 입히는 경우가 늘긴 했지

만 말이야. 뭐, 그쪽이 더 생생
한 반응을 느낄 수 있어서 이득
이긴 해.

980: 지구의 무명 씨
공식 사이트 해석이라니 그게 뭐
야?

985: 지구의 무명 씨
우리가 보는 이세계 전이 공식
사이트는 서버가 어디에 있는지
도 모르고, 어떤 구조로 표시되
는지도 몰라. 그런데도 「대부분
의 단말기」로 볼 수 있어. TV나
스마트폰으로도, 물론 컴퓨터로
도 말이지. 게다가 전 세계에서
수십 억 단위의 트래픽이 몰리는
데도 한 번도 다운되거나 버벅거
린 적이 없어. 신이 조화를 부렸
다고 한다면야 간단하겠지만,
모르는 게 생기면 역시 조사해보
고 싶은 게 연구자의 본성이지.
진척이 더딘 모양이긴 하지만.

999: 지구의 무명 씨
난 사실은 실체 따윈 없고, 전
인류가 집단으로 환각을 보고 있
다는 설이 유력하다고 봐.

1008: 지구의 무명 씨
나왔다! 집단 환각설! 뭐, 그 정도
로 어처구니가 없는 사건이긴 해.

1020: 지구의 무명 씨
TwiN/SiS는 얼마나 벌까?

1026: 지구의 무명 씨
아마도 월수입이 억 엔은 넘지
않을까? 히카루 클립 영상은 사
실상 TwiN/SiS판보다 더 나은
버전이 없으니 전 세계 사람들이
보고 있고, 번역판도 확실히 완
비되어 있지. 일본만 따져도 이
카킨과 어깨를 나란히 하는 국내
탑이니까.

1032: 지구의 무명 씨
성우를 고용하여 더빙판도 제작
중이라던데. 무서운 아이들…….

1040: 지구의 무명 씨
다른 업자들도 「이래서야 못 당
해내겠네」 하고 히카루 동영상
편집에서 손을 떼고 있으니까.
사실상 독점.

1044: 지구의 무명 씨
세계적인 대기업조차 승부를 피
했다아아아!

1050: 지구의 무명 씨
부모님도 갑자기 해외 생활을 하
게 됐지만, 돈이 그렇게 들어온
다면 불편하진 않겠네.

1053: 지구의 무명 씨
이 경우에 돈을 벌어들이는 사람
은 오빠라고 봐야 할까, 여동생
이라고 봐야 할까?

1055: 지구의 무명 씨
스펙을 따지면 저 쌍둥이는 오빠
가 없더라도 비슷하게 벌 수 있
겠지. 그만큼 수재야.

1062: 지구의 무명 씨
이세계 언어 번역 소프트 사용
권으로 몇 퍼센트씩 꾸준히 들
어온대.
동영상 사업을 안 해도 억만장
자야.

1068: 지구의 무명 씨
그 쌍둥이가 시청률 레이스에서
1위가 될 수 있도록 물심양면으
로 지원한다라…….
이제 어떻게 될까?

1079: 지구의 무명 씨
아마도 전이자 한 개인을 지원하
는 사람 중에서 가장 열의가 높
은 건 TwiN/SiS일 거야. 대기
업조차도 어느 한 개인을 위해서

돈을 뿌리지는 않을 테니까. 이
거 꽤 잘 풀리지 않을까? 안 그
래도 히카루가 예전에 1위를 차
지한 적이 있었으니까.

1085: 지구의 무명 씨
근데 상대는 세계야. 그렇게 간
단하진 않을걸?

1092: 지구의 무명 씨
적어도 난 협력을 아끼지 않을
생각이야. 본 영상을 쭉 틀어놓
는 것밖에 못 할 테지만.
1
099: 지구의 무명 씨
세리카랑 카렌은 아마도 억 단위
의 돈을 팍팍 투입할 것 같아.
그 둘이라면 그 정도는 할 것 같
다는 의문의 신뢰감이 들어…….

1104: 지구의 무명 씨
오빠는 천재일우의 기회를 놓쳐
버린 얼간이지만 말이야.

1111: 지구의 무명 씨
예약한다고 했지만.
의외로 이런 건 「다음 타이밍」이
찾아오지 않는 법이지.

1119: 지구의 무명 씨
뭐, 하지만 리프레이아 님은 야
했지.
영구 보존해야겠어요…….

1130: 지구의 무명 씨
어두워서 잘 모르겠던데. 다음
본방에 기대를 건다.

1139: 지구의 무명 씨
근데 나나미가 되살아나면 진범
이 입막음을 하려고 죽이러 오지
않을까?

1154: 지구의 무명 씨
아까 세리카가 말했잖아.
「제가 험악한 아저씨들을 대동하
고 가서 즉시 보호할 거고, 애당

초 나나미 언니네 집은 이미 제가 통제하고 있으니까」라고…….
(덜덜)

1157: 지구의 무명 씨
너무 강해…….

1158: 지구의 무명 씨
나, 세리카를 평생 따라다닐 거야…….

1170: 지구의 무명 씨
【중요】TwiN/SiS입니다. 오늘부터 2주 동안 클립 영상 갱신을 중지합니다. 그 대신에 세리카와 카렌 둘이서 24시간 체제로 히카루 본방송을 번역 실황하겠습니다. 나나미 언니는 저희에게도 가족이나 마찬가지. 오빠가 언니를 살리기 위해서 노력한다면 저희도 지원을 아끼지 않을 겁니다. 여러분, 본방송을 시청해주세요. 그리고 오빠의 시청

자수를 1위로. 제발, 제발 부탁드립니다.

1176: 지구의 무명 씨
나나미를 좋아했으니 꼭 되살아났으면 좋겠어! 최대한 지원할게요!!

1179: 지구의 무명 씨
잘 봐둬~. 나도 미력하게나마 협력할게! 히카루를 1위로!

1180: 지구의 무명 씨
히카루를 1위로!

1182: 지구의 무명 씨
히카루를 1위로!

끝 모를 어둠을 두르고, 그것은 나타났다.

전설로 들었던, 사람의 목숨을 거두고 다닌다는 죽음을 관장하는 신— 사신(死神).

무심코 가슴이 뛰었다.

생명에 위기가 닥쳤기 때문인지, 아니면 다른 이유 때문인지 판단할 수 없었다.

그러나 나는 무언가에 홀린 것처럼 그 인물에게서 눈을 뗄 수가 없었다.

그날, 나는 운명과 만나고 말았다—.

내가 이 도시— 미궁 도시 멜티아에 온 지 어언 1년이나 됐다.

돈을 벌려는 목적이 가장 컸다는 건 부정할 수 없었다.

적어도 나와 동행한 친구들의 목적은 그랬다. 나처럼 성당기사를 목표로 삼고 있진 않지만, 결혼 자금을 모을 수 있고 도시로 나오면 좋은 상대도 찾아낼 수 있다는 기대감을 안고서 내 여행에 함께 해 줬다.

실제로 나를 제외한 애들은 도시에서 알게 된 남자들과 나름 놀았던 듯했다.

나도 놀 수 있을 때 더 놀아야 한다며 자주 권유를 받았지만, 내키지 않아서 전부 거절했다. 그녀들의 눈에는 잘 어울릴 줄 모르는 사람으로 비쳤겠지.

미궁을 탐색하는 건 가혹한 일이었다. 마물을 쓰러뜨리고서 정령석을 모으는 게 전부 아니냐고 쉽게 말할 수도 있겠다. 아주 약간의 방심, 아주 약간의 판단 실수, 피곤, 수면 부족, 몸 상태 변화, 도구의 소모, 회복약 부족, 정령술의 사용 횟수, 연기구슬의 재고…….그런 사소한 문제들이 겹치면 순식간에 절망적인 상황에 내몰릴 수 있는 곳이 바로 미궁이었다.

그녀들로서는 찰나처럼 지나갈지라도 즐겁게 살아가려고 애쓰는 게 당연했겠지. 실제로 몇 번이나 위험한 고비를 맞닥뜨렸다. 우리가 1년 동안 살아남은 것은 틀림없이 행운 덕분일 테니까.

나를 포함하여 마물과 싸워본 적이 한 번도 없는 초보자들의 집단이 어떻게든 버텨낼 수 있었던 이유는 전직 탐색자인 내 어머니가 「반드시 지켜야 할 사항」을 확실히 알려주셨기 때문이었다. 무엇보다 전 샐러맨더급 탐색자였던 스승님의 가르침 덕분이다. 스승님께 검술을 배우지 않았더라면 나는 진즉에 죽었을 것이다. 전투를 벌일 때 여력을 남겨둘 수 있으니 모두가 여유를 유지할 수 있었다.

그 결과 우리 『홀리 글로리 버즈』는 불과 1년 만에 은 등급— 실베스트르급까지 올라갈 수 있었다.

신인치고는 꽤 경이적인 속도라고 했다.

그날도 여느 때처럼 평범한 하루였다.

우리는 주로 3층에서 사냥을 했다. 멜티아 대미궁 제3층 『무혹(霧惑)의 대정원』은 제2층과 달리 널찍하고 환해서 탐색자도 많았다. 서로 도울 수 있어서 위험을 줄일 수 있기에 멜티아 탐색자들 중 8할이 3층에서 주로 활동할 정도였다.

실제로 최강의 마물인 가든 팬서만 나오지 않는다면 그리 험한 꼴은 당할 일이 없고, 위험해지거든 도망치면 어떻게든 된다.

"그럼, 오늘도 힘차게 가자!"

나는 미궁 앞에서 멤버들을 향해 기합을 불어넣었다. 어쨌든 나에게 남은 시간이 적었다. 정령술이 개화하려면 매일 노력하는 게 중요했다.

"어―, 클로디아 씨, 그 남자 차버렸어요? 느낌이 괜찮아 보였는데."

"음, 뭐~. 놀 생각으로 사귀기에는 좋지만, 결혼까지는 아닌 것 같아서. 사샤도 빵집 도련님이랑 잘 지내잖아?"

"아―, 그 녀석, 실은 양다리를 걸쳐서……. 제가 발끈해서 뺨을 후려갈긴 뒤로는 통."

"우와. 최악. 역시 앤처럼 상대를 엄선하는 작전이 나으려나."

"……엄선하는 동안에 죄다 딴 여자한테 들러붙던데."

"아핫핫, 웃겨. 아니, 우리 전멸이잖아!"

우리 파티 멤버들이 긴장감이라고는 터럭만큼도 느껴지지 않는 대화를 나눴다.

그녀들은 남편감도 찾을 겸 멜티아에 왔기에 연애 이야기를 많이 나누곤 했다. 딱히 나무랄 생각은 없지만, 미궁으로 들어갈 때만은 집중해줬으면 좋겠다.

"잠깐, 전멸이라니. 이제부터 미궁에 들어가는 데 재수 없는 소리 좀 하지 말아줄래요?"

전위를 맡은 클로디아는 방패를 잘 다루고 우수하지만, 입이 가볍다고 해야 할까, 경박해서 사려가 깊지 않았다. 요 1년 동안 익숙해졌다고는 하지만 자칫 잘못하면 전멸…… 모두가 죽을 수도 있는 곳이 바로 이 미궁이건만.

"전멸당한 인원에는 리프레이아 님도 포함되는데요? 아니, 부전패인가."

"통 분위기 타시질 못하시네요, 리프레이아 님."

"쓸데없는 참견. 오히려 당신들이 왜 그리 결혼하고 싶어하는지 수수께끼예요. 차일 때마다 맨날 펑펑 울면서."

"리프레이아 님도 우리의 푸념을 들어주면서 술 마시는 걸 좋아하니 뭐 어때요."

"레야 님은 첫사랑도 아직 못해본 아이니까……. 이렇게나 자랐으면서."

"안 쓸 거면 나눠주세요!"

"진짜로. 신수의 보물을 열지도 않고 계속 들고 다니는 거나 마찬가지네."

"좋아서 이렇게 자란 게 아니잖아! 아이, 참!"

농담을 섞어가며 나를 놀려대는 게 그녀들의 버릇이었다. 그러나 동료들의 말을 들어본들, 실제로 나는 사랑이 무엇인지 잘 알 수 없었다. 멜티아에 온 지 1년이 지났지만, 마음에 쏙 드는 사람도 없었다. 남자에게 별 흥미가 없다고 할 수도 있겠다.

"어쨌든, 집중해서 가는 거예요!"

"노력하는 건 좋지만요, 리프레이아 님. 정령술은 어쩔 건가요~? 결국 아직 제2위계까지밖에 못 쓰죠?"

"사샤, 정령술은 쓰면 쓸수록 향상되니까 미궁에서 연습하는 거잖아. 난…… 뭐, 정령술이 좀 서투른 것 같지만, 일단 아직 포기하지 않았거든."

동갑인 전 메이드 사샤가 이동하면서 벌써 수백 번이나 더한 이야기를 꺼냈다. 나는 아직 포기할 생각이 없었다. 여동생이 중병을 앓고 있어서 성당기사에 복귀하는 건 아마 어렵겠지. 그렇다면 내가 성당기사 시험에 합격하지 않는다면 우리 가문은 끝끝내 길거리에 나앉는 신세가 되겠지.

"진짜 레야 님은 포기할 줄 모른다고 해야 할까, 완고하다고 해야 할까……."

"어차피 난 고지식한 사람이네요."

워낙 재능이 없었다. 벌써 천 번 넘게 정령술을 썼는데도 아직도 제4위계는커녕, 제3위계 술식조차 싹트지 않았다. 역시나 재능이 없다는 걸 스스로도 인정할 수밖에 없었다. 반골 정신으로 매달리는 데도 한계가 있다.

그러나 그것은 곧 성당기사 시험 불합격을 뜻했다. 빛의 성당기사가 되려면 제4위계 술식인 『포톤 레이』를 구사할 줄 아는 것이 절대적인 조건이니까.

검술 시험은 멜티아에 오기 전에 이미 합격했다. 나는 일단 견습

성당기사 신분이지만 술식 시험을 합격하지 않으면 견습 자격조차
잃고 만다.

그리고 시험에는 연령 제한이 있는데, 나에게는 이제 반년밖에 남
지 않았다.

"빛의 성당기사 시험은 열일곱 살이 되면 치를 수가 없지? 정령술
수행에만 전념하는 편이 낫지 않나?"

"그러니까 벌써 수백 번이나 썼잖아요. 재능이 없어요……. 어차
피 내 인생은 잿빛이니까."

"나왔다! 레야 님의 자학!"

"앤은 정령술이 능숙하니 내 마음을 몰라……. 그 재능을 나눠줬
으면 좋겠어요, 절실히……."

"전 레야 님의 외모를 나눠받고 싶은데. 제 겉모습이 저렇게 생겼
다면 남친 100명은 만들 자신이 있어요."

"그렇게도 남친을 잔뜩 갖고 싶나요?!"

천연덕스럽게 농담만 내뱉는 그녀는 물의 정령술사인 앤이다. 정
령술이 특기로 하루에 열 번 정도 술식을 행사할 수가 있다. 이 도
시에 오고 나서 대정령님과 계약을 맺었건만 이미 나보다 술식을
곱절은 더 쓸 수 있다. 그래서 나는 크게 낙담했다.

나는 아직도 하루에 다섯 번 정도밖에 쓸 수가 없었다. 앞으로 급
성장을 하여 포톤 레이를 쓸 수 있게 될 확률은 거의 제로나 마찬가
지겠지.

아직 고향에 있을 때라면 단순한 자학이겠지만, 현재는 그저 사실
일 뿐이었다.

나에게는 정령술 재능이 없었다. 빛나는 것 하나 없는 **잿빛** 리프레이아. 그것이 바로 나였다.

"왜 그렇게 어두운 걸까아. 리프레이아 님한테는 검술도, 가슴도 있으니 괜찮잖아요? 비록 술식은 젬병일지라도 제일 인기가 많으니까. 무서운 어머니나 표독스러운 여동생 따윈 잊고서 더 신나게 놀았어야 했어요. 기껏 멜티아에 왔으면서."

"맞아, 맞아. 플로라 님이 병에 걸린 건 가엾지만, 레야 님까지 속을 앓아본들 해결되는 것도 아니고요."

클로디아와 앤 모두 상인 가문의 차녀라서 무사태평했다.

나는 대대로 성당기사를 배출해온 「자칭」 명가 출신이라서 그런 식으로 간단히 떨쳐낼 수가 없었다. 스스로 제 몸을 얽매고 있다는 자각은 하지만……

"나 역시 사랑도 한 번쯤 하면서 가문 따윈 잊어버리고 싶다고 생각한 적은 있어요. 하지만 끌리는 사람이 전혀 없으니 어쩔 수 없잖아? 그렇게 좋은 사람은 없잖아요?"

"음, 뭐~, 확실히 레야 님과 잘 어울리는 미남은 없을지도요오~."

"그래도 누군가를 좋아하게 되면 그런 건 상관없어지잖아? 사랑이 식은 뒤에는 『어라~, 왜 저런 녀석을 좋아했지?』하고 실망하잖아?"

"그렇죠~. 결국 리프레이아 님을 사랑에 빠뜨릴 만한 상대가 나타나지 전까지는 안 된다는 겁니다."

"이거, 기나긴 싸움이 될 것 같아요."

은 등급이 돼서 3층도 별 위험 없이 사냥할 수 있게 됐고, 수입의 절반을 집으로 보내긴 하지만 생활은 고생스럽지는 않았다. 그래서 나도 상대만 나타난다면야 굳이 밀어낼 마음은 없었다. 그녀들이 그토록 푹 빠진 사랑이라는 감정에 흥미가 아예 없는 건 아니니까.

"어—쨌—든! 난 연애니 결혼이니 됐어요! 강해져서 정령술을 팍팍 쓰기 위해서 이리로 온 거니까."

나는 대답하면서도 부모님의 교육 때문에 편견이 생긴 게 아닌가 싶었다. 허울뿐인 명가이긴 하지만 나는 남자애와 거의 접촉하지 않고 자라왔으니까.

인접한 대성당에는 여성만이 종사하고 말이다. 남자에게 관심이 전혀 없는 건 아니지만.

"뭐, 여차하면 우리가 남자 정도는 소개해줄 테니까."

"맞아, 맞아. 근데 레야 님의 경우에는 어머니께서 맞선을 주선하지 않겠어요?"

"에엑—! 맞선은 싫다~. 역시 얼른 스스로 짝을 찾아야만 해요!"

그녀들이 내 이야기를 신나게 떠들어댔다. 그저 놀려대고 있을 뿐인지도 모르겠지만, 그래도 나에게는 둘도 없는 친구들이었다.

그녀들도 결혼 상대를 찾지 못한 실정이지만 그건 애교로 넘어가자.

"자! 잡담은 그쯤 해두고 집중! 사냥하러 가요! 고양이 수인^{링크스}님, 부탁해요."

"냥~."

고양이 수인^{링크스} 상조회에서 고용한 척후는 매번 수다에 끼지 않고 늘 주변을 경계했다. 무슨 생각을 하는지 모르겠다. 또한 각 개체를 구분할 수가 없어서 오늘 고용한 수인이 지난번 그 아이인지 아닌지도 모르겠다.

다만 제 역할을 확실히 수행해주기에 우리는 매번 척후를 고용했다. 척후를 고용하지 않는 파티도 있지만, 이내 리스크 관리에 실패하여 마물에게 당해서 멤버를 잃는 경우가 허다했다.

스승님도 척후를 반드시 고용해야 한다고 말씀하셨기에 나에게 그냥 넘어간다는 선택지는 없었다. 그녀들의 역할은 자칫 수수해 보이지만 미궁 탐색에는 빼놓을 수가 없었다.

3층을 탐색할 때는 경로를 대강 정하여 한 바퀴 돌면서 마물을 쓰러뜨리는 방식을 자주 채택한다.

탐색자가 많은 날에는 마물을 두고서 실랑이가 벌어지는 경우도 있지만, 대개는 평화롭게 대화로 해결했다. 그보다도 마물에 비해 탐색자 비율이 더 많은 편이 안전이라는 측면에서는 더 유리했다. 만에 하나 위험한 상황에 처했을 때 다른 파티의 도움을 받을 수 있다는 건 크다.

우리는 다행히도 그토록 위험한 상황에 빠진 적은 없었다. 반대로 다른 파티를 도와준 적은 몇 번 있었다.

"오늘은 탐색자가 많네?"

"그러게요오. 더 안쪽으로 갈까요?"

"그럴까요."

사람이 많을 때 사냥터를 옮기는 건 그리 드물지 않았다. 너무 깊숙이 들어가면 보급 물자가 떨어졌을 때 위험해질 수 있지만, 3층에서 그럴 확률은 적었다.

앤과 클로디아는 고향으로 돌아간다면 누가 결혼 상대로 적합할지 대화를 나눴다.

우리의 고향은 그리 큰 도시가 아니라서 비슷한 또래의 남자애들은 거의 다 지인이라고 할 수 있다.

미궁 탐색으로 돈을 나름 모았기에 그녀들은 말 그대로 남편감을 마음대로 고를 수 있는 처지겠지. 결혼하는 데는 돈이 들고, 결혼식까지 올린다면 더더욱 그렇다.

'그렇게나 결혼이나 연애가 좋은가……. 난 좀 이상할지도. 난 분명 어머님이 선택한 얼굴도 모르는 상대랑 결혼하겠지.'

그녀들의 이야기를 들으면서 나는 그렇게 생각했다.

―설마 그날 운명적인 만남이 나를 기다리고 있을 줄은 이때까지는 상상조차 못했다.

"레야 님. 앤은 슬슬 정령술이 바닥날 것 같아요오."

"나도 좀 위태로운데. 설마 협공을 당할 줄이야……."

"죄, 죄송합니다아……."

보통은 마물을 쓰러뜨리면서 외길로 나아가기에 협공을 당할 일은 적었다.

오늘은 익숙지 않은 경로를 택한 이유도 있겠지만, 여러 조건이 엇갈리면서 꽤 고전하고 말았다.

마물과의 전투는 보드게임 같은 것이다. 상대의 수를 차근차근 제

압해나가면 다치지 않고 승리할 수 있다. 그러나 무언가 하나가 어긋나면 그것만으로도 대혼전으로 내몰리게 된다.

운이 나빠서 좋지 않은 상대를 만났다. 정령술을 구사하는 그렘린을 포함한 트롤 파티였다. 마물은 어떻게든 쓰러뜨렸지만 포션을 다 써버렸고, 앤의 회복술도 이제 기대할 수 없었다. 나도 일단 회복술을 쓸 줄은 알지만 회복량이 미미했다.

척후 고양이 수인이 책임을 느꼈는지 귀를 축 늘어뜨렸다. 그러나 그녀에게만 책임을 물을 수 없었다. 제아무리 정찰을 잘 하더라도 마물이 느닷없이 튀어나오면 대처할 수가 없었다.

"어쨌든 계단까지 돌아가죠."

나는 무거운 대검을 둘러메고서 걸어 나갔다.

3층에서도 꽤 깊숙한 곳까지 들어왔다. 평소였다면 2층으로 이어지는 계단까지 가는 길이 그리 고역스럽지 않을 터였다. 전투도 열 번 정도만 치르면 되는데…….

중간까지는 순조로웠는데 계단이 얼마 남지 않은 지점에서 성가신 마물과 조우하고 말았다.

"싸우는 건 무리예요! 연기구슬이든 악취 주머니든 육포든 전부 써서 도망쳐요!"

설마 가든 팬서가 나올 줄이야.

가든 팬서는 몸에서 안개를 뿜어내어 모습을 감춘 채로 탐색자를 습격하는 거대한 맹수다. 5층 수준의 마물로, 일반적으로 은 등급 파티는 쓰러뜨리기가 어렵다고들 한다.

411

실제로 우리도 이 녀석을 쓰러뜨린 적이 없었다.

그나저나 운이 나빴다. 통상 3층을 탐색할 때 가든 팬서와 만날 확률은 한 달에 한 번 있을까 말까 한 수준인데.

팬서는 안개 속에서 느닷없이 출현하기에 첫 일격을 피하기가 어렵다.

앤과 클로디아와 사샤가 필사적으로 도망쳤다. 세 사람 모두 피로가 꽤 쌓였다. 평소였다면 진즉에 지상으로 나왔어야 할 시각이었다. 우리는 요 1년 동안 은 등급까지 올라갔지만, 탐색자 경력으로 따진다면 루키에서 갓 벗어난 존재에 불과했다. 돌발적인 상황들이 겹치니 이토록 약점을 노출할 줄이야.

"큭! 이걸로!"

나는 악취 주머니를 팬서에게 투척했다.

이 마물은 강한 악취를 질색한다. 악취가 밴 주머니가 팬서의 눈앞에서 터졌다. 팬서가 몸부림을 치며 거리를 벌리자 우리는 그대로 어딘가로 달려갔다.

"가, 간신히 피했나……. 다들 다친 데는?!"

"몸통박치기에 당해서 온몸이 아파……. 뼈는 부러지지 않은 것 같지만."

"크게 다치진 않았지만, 다음에 마물과 또 맞닥뜨린다면 제대로 싸울 수 있을지 의문이네요."

"피차일반. 정령술도 매진……."

도망치는 동안에 홉고블린 떼와 트롤까지 맞닥뜨려서 이제 우리는 완전히 만신창이였다.

나는 거의 없는 정령력을 쥐어짜내어 나와 몸통박치기를 당한 클로디아의 부상을 치유했다. 사샤와 앤은 그렇게 크게 다친 것 같지는 않았다. 고양이 수인도 철저히 도망치는 데만 집중했는지 전혀 다치지 않았다.

"리프레이아 님, 어쩌죠? 2층을 빠져나가는 건 어떻게든 가능할 것 같지만⋯⋯."

"무리는 금물이니 계단 앞에서 휴식을 취하고서 가죠."

실제로 조금 다친 것도 문제지만, 체력도 한계였다.

식량은 챙겨오지 않았지만, 미궁 안에 있으면 배고픔을 그리 느끼지는 않는다. 계단 앞에서 쉬면 마물이 오더라도 금세 달아날 수 있고, 쉬다 보면 정령력도 조금은 돌아오겠지.

우리가 조금 더 강한 파티였다면 2층 따윈 간단히 빠져나가겠지만, 우리는 2층 탐색이 아주 서툴렀다.

"역시⋯⋯ 슬슬 떠날 때인 것 같네요. 죽은 뒤에 후회해본들 모든 게 다 늦어버리니까."

사샤가 작게 중얼거렸다. 예전부터 종종 이런 이야기가 나오곤 했다.

"실은 조금 더 일찍 귀로를 잡았어야 했는데요."

"물러날 때가 중요하네요."

오랜만에 죽음이 눈앞을 스쳐서 마음이 조금 약해진 이유도 있었겠지.

원래는 반년 정도 돈을 모으고서 고향으로 돌아갈 예정이었다. 그런데 은 등급이 되기까지 이 도시에 눌러앉았을 줄이야. 솔직히 예상치 못한 것은 사실이었다. 뭐, 이 도시의 선배들도 잘 대해줬고,

그녀들은 이곳에서 연인도 만들어서 반년 전에는 고향으로 돌아갈 생각조차 하지 않았던 상태였지만.

"기사시험 기한도 앞으로 반년밖에 남지 않았죠. 우리도 이미 돈을 꽤 모았고요."

우리는 탐색자를 평생 직업으로 삼을 생각이 없으니 언젠가 끝이 오리라 생각은 했다. 그러나 오늘은 자칫 잘못하면 누군가가 죽더라도 이상하지 않았다. 가든 팬서에게 습격당하면 이토록 위험해진다.

은퇴할 만한 좋은 기회라고 여기더라도 이상하지 않았다.

나와 달리 친가로 돈을 보내지 않았던 그녀들은 차고 넘칠 만큼 돈을 모아뒀다. 어쩌면 나를 위해서 함께 어울려줬을지도 모르겠다.

"실은 여기서 괜찮은 사람을 찾을 수 있을 줄 알았는데, 역시 남자 탐색자는 내일 목숨도 장담할 수 없는 직업이더라. 금 등급 이상에 탐색자를 졸업할 수 있을 만한 우량 신랑감들은 대부분 다른 선배 탐색자들이 찜해뒀고."

크림슨 바이알

"맞아, 맞아. 그야 『진홍의 소병(小甁)』 정도 되면 남자를 마음대로 갈아치울 수 있을 테지만요. 거기까지 도달하기 전에 서른 번은 죽을 거예요."

"진짜, 진짜. 그건 괴물이야."

나는 그 대화를 멍하니 들었다.

나도 매달리다시피 탐색자를 계속해도 소용없다고 생각했다.

재능도 없는 정령술을 계속 쓰면서 정령님께서 내 바람을 들어주시길 바랐지만, 매번 실망만이 돌아왔다……. 이런 짓을 반복해봤자 아무 소용도 없었다.

나는 성당기사가 될 수 없다. 그렇다면 다른 삶을 고민해봐야만 하니까.

"……좋은 계기일지도 모르겠네요. 미궁 탐색…… 이번을 마지막으로 할까요. 어쨌든 나도 보고하기 위해서라도 집으로 돌아가야겠다 싶었고요."

"응응."

"그게 좋겠어."

"그렇게 해요, 해요."

내가 그 말을 쥐어 짜내자, 사샤와 앤, 클로디아가 환한 얼굴로 고개를 끄덕였다.

……실은 이렇게 어중간한 상태로 고향으로 돌아가는 건 바라던 바가 아니었다. 그러나 내 개인 사정만으로 이미 목적을 달성하여 모티베이션도 떨어진 그녀들을 계속 붙잡아둘 수도 없었다.

이로써 탐색자로서의 내 인생은 끝이다—. 그렇게 생각했다.

제2층을 빠져나와 숙소로 돌아가기만 하면 된다. 내일이나 모레에는 친가가 있는 실티온으로 출발한다.

그렇게 마음을 정하니 모두들— 나조차도 마음이 조금 들떴나 보다.

마음속 한편에서 탐색자로서 살아가는 건 더는 무리라고 여겼는지도 모르겠다.

1층으로 이어지는 계단이 얼마 남지 않았을 때였다. 어둠 속에서 별거 아닌 마물이 출현했다.

오크 떼. 꽤 대규모였지만 우리 실력으로 어렵지 않게 대적할 수 있는 상대였다.

그런데 전투가 한창 벌어지는 와중에 돌발 상황이 발생했다. 안쪽에서 맨티스가 출현한 것이다.

가든 팬서에게서 도망치기 위해 육포와 연기구슬, 악취 주머니까지 다 써버렸다. 설마 했던 2층 최강의 마물이 출현하자 우리는 몹시 동요했다.

맨티스는 가든 팬서만큼은 아니지만 거의 출현하지 않는 마물이었다. 하루에 팬서와 맨티스를 둘 다 맞닥뜨리다니 불운을 넘어서 최악이라고 할 수 있다.

어쨌든 여기까지 접근을 허용했으니 이제는 싸울 수밖에 없었다.

맨티스는 육포로 시선을 돌릴 수도 없어서 연기구슬만이 유효하다. 그러나 어쨌든 거리를 좁히기 전에 도망치는 게 중요하다. 상대가 우리를 인식하여 전투태세를 취한다면 때는 늦는다. 맨티스는 사냥감을 놓치지 않으니까.

다행히도 오크들을 모조리 쓰러뜨린 뒤였다. 그러나 가장 근처에 있던 클로디아가 공격을 받고서 크게 다쳤다. 나는 그녀를 보호하고자 맨티스 앞에 섰다.

사샤. 앤. 클로디아. 그녀들은 고향으로 돌아가면 1년 동안 모은 돈으로 결혼상대자를 찾을 수 있겠지.

나는 성당기사 시험에 합격하기 위해 필요한 정령술을 익히지 못했다.

여동생은 병에 걸렸고, 누군가와 결혼할 마음도 없었다.

그 집으로 돌아가서 대체 뭘 어쩔 수 있을까. 나는 뭘 하면 좋지.

이제 나에게는 아무 것도 없는데.

그래서 그녀들이 도망칠 수 있도록 내 몸을 미끼로 던지자고 쉬이 결단을 내릴 수 있었다.

나를 두고서 도망치라는 말에 그녀들은 주저했다. 그러나 나는 원군을 데리고 와달라고 부탁했다.

그녀들도 알 것이다. 이런 상황에서는 이제 목숨을 건질 수 없다는 것을. 누군가가…… 아니, 이 경우에는 내가 희생할 수밖에 없다는 것을.

나는 각오를 굳혔다. 내가 할 수 있는 일은 친구들이 완전히 도망칠 때까지 시간을 버는 것뿐이었다.

정면에서 검을 휘둘렀다. 남은 힘을 모조리 발휘하면 어쩌면 이길 가능성도 있다.

그러나 그런 내 희망을 비웃기라도 하듯 맨티스가 그 낫으로 내 검을 유유히 튕겨서 **흘려버렸다**.

상대도 나에게 공격을 가할 만한 여유가 없는 듯했지만, 체력 승부에 들어가면 내가 불리해지겠지. 당연히 등을 돌리고서 달아나면 순식간에 죽임을 당하리라.

그렇다면 한계가 오기 전까지 계속 치고받을 수밖에 없었다.

'사샤, 앤, 클로디아. 미안해. 마지막에 거북한 역할을 떠안겼네…….'

내가 죽는다면 그녀들은 친가에 보고해주겠지. 여동생이 병에 걸린 상황에서 나까지 죽는다면 역시나 어머님도 절망할까? 그러나 내가 이대로 돌아가 본들 별반 달라질 건 없었다. 그렇다면 적어도 친구를 위해서 죽을 수 있다면 의미가 있겠다는 생각이 들었다.

스스로도 놀랐을 정도로 나는 이 운명을 순순히 받아들였다.

맨티스의 낫이 내 검을 확 밀쳐냈다. 나는 꾹 버티다가 끝내 엉덩방아를 찧었다. 죽음을 각오했다.

—바로 그때.

어둠이 서려 있던 통로 안쪽.

멀리 날아가 버린 횃불이 희미하게 비추는 저 너머에서 검은 옷을 입은 흑발 소년이 갑자기 모습을 드러냈다.

맨티스가 그의 존재를 인식한 듯했다.

이제 싸울 수 없는 나를 놔두고서 그쪽으로 주의를 돌린 그 순간—.

소년이 나직이 「섀도 바인드」라고 중얼거리자 어디선가 출현한…… 아니, 맨티스의 그림자에서 나타난 칠흑의 밧줄이 팔과 낫, 몸통과 목을 휘감아서 마물을 제자리에 단단히 붙들어뒀다.

정령술. 그것도 밀리에스타스 대성당에서만 계약할 수 있는 속성—어둠.

"서면 나이트버그."

소년이 곧장 앞을 바라본 채 오른손을 뻗으면서 중얼거렸다. 이내 검은 그림자로밖에 보이지 않는 벌레 같은 무언가가 어둠 속에서 발생하더니 날개로 파닥파닥 날아다니며 맨티스의 몸을 물어뜯었다.

맨티스가 기긱기긱 불쾌한 소리를 내며 고개를 소년 쪽으로 돌렸다.

"섀도 러너."

소년이 계속해서 정령술을 구사했다.

어둠 속에서 어린애의 그림자가 어디론가 달려갔다. 나도— 맨티스조차 순간 그쪽으로 정신이 팔렸다.

"셰이드 시프트!"

"다크니스— 포그!"

오직 목소리밖에 들리지 않았다.

내가 시선을 다시 돌렸을 때는 눈앞에 칠흑의 어둠만이 깔렸기 때문이었다.

맨티스의 모습은 보이지 않았고, 지면을 박차는 발소리만이 들렸다.

'무…… 무슨 일이 벌어지고 있는 거야—?'

모든 것이 어둠 속에 갇혀버렸다.

어둡고 스산한 미궁에서 그가 생성한 어둠과 소리조차도 어둠에 갇혀버린 듯했다.

가슴이 아려올 정도로 세차게 뛰었다.

나는 숨을 쉬는 것조차 잊고서 그저 어둠의 저편만을 응시했다.

까랑.

그와 맨티스가 어둠 속으로 사라지고 거의 찰나의 시간이 지난 뒤 마물이 죽고서 정령석이 떨어지는 독특한 소리가 들렸다.

맨티스의 기척이 사라졌다. 단지 칠흑의 어둠만이 눈앞에 깔렸다.

무슨 일이 벌어졌는지 나는 아직도 정확히 이해할 수 없었다.

맨티스에게 죽임을 당하기 직전에 어둠의 정령술사가 갑자기 나타나 살려줬다.

　말로 표현하자면 그 정도겠지.

　그러나 나에게는 그런 단순한 의미가 아니었다.

　나는 여기서 살해당할 운명이었다?

　아니.

　그와 만나는 것이야말로 나의 운명이었다. 어째선지 모르겠지만 확신이 확 들었다.

　나는— 운명과 만나고야 말았다.

　어둠 속에서 소년의 발소리가 멀어져갔다. 나는 안달이 나서 그를 불러 세웠다.

　이대로 보낼 수는 없었다. 길드에서도 본 적이 없으니 이 도시에 새로 온 탐색자이겠지.

　아까는 다급했고 어두웠기에 얼굴을 제대로 보지 못했다. 더 자세히…… 얼굴을 보고 싶었다.

　내가 길을 헤맬지도 모른다고 하자 그가 손을 잡고서 이끌어줬다.

　차갑지만 부드러운 손. 생각해보니 아버지를 제외하고 남자의 손을 잡은 건 이번이 처음이었다. 어둠 속이니 얼굴뿐만 아니라 온몸이 빨개졌을 정도로 긴장했음을 눈치채지 못했겠지? 아니, 술사이니 그는 어둠 속에서도 볼 수 있을까? 그렇게 생각하니 점점 부끄러워졌지만, 나는 애써 태연한 척 굴었다.

　부끄러움을 많이 타는 성격인지 아니면 사정이 있는지 그는 어둠의 정령술을 해제하지 않고 오직 손을 잡고서 1층으로 이어지는 계단까지 데려가 줬다. 그러나 나는 그의 얼굴을 기어코 다시금 보고 싶었다.

그래서 괴롭힐 작정은 아니었지만, 그 술식을 읊었다.

"라이트."

나에게 빛의 정령술은 『실패의 상징』이었다. 종종 증오조차 솟는 그런 존재였지만, 그래도 오늘 이 순간을 위해서 익힌 게 틀림없다고 납득했다.

대(對)속성 덮어쓰기. 제아무리 강한 술식일지라도 이 법칙에서 벗어날 수 없었다.

그는 탐색자로 보이지 않을 정도로 얼굴이 말쑥했다. 아마도 밀리에스타스 대성당이 있는 로셰실 대륙에서 왔겠지. 이 일대에서는 보지 못한 이국적인 외모였다.

아마 나이도 나와 비슷할 것이다.

그가 꽤 동요했지만, 나 역시 가슴이 괴로울 정도로 심장이 뛰어서 어찌할 바를 몰랐다. 그래서 재회를 약속하고서 그곳을 떠나는 게 고작이었다.

내가 지금 어떤 상태인지 잘 모르겠다. 몸 깊숙한 곳에서 뜨거운 것이 스멀스멀 치밀었다. 도저히 몸을 가만히 놔둘 수 없게 만드는, 알 수 없는 충동이 온몸을 지배했다.

죽을 뻔해서 아직도 동요가 가라앉지 않았다? 위험한 상황에서 도움을 받아서 안도했다?

둘 다…… 틀렸다. 신기하게도 그런 확신이 들었다.

어차피 이 도시에서 활동한다면 그는 이 미궁에 다시 올 것이다.

입구에서 버티고 있으면 또 만날 수 있겠지.

목숨을 구해줬으니 반드시 보답한다.

내가 밖으로 나오니 사샤와 일행들이 위병에게 도움을 요청하는 중이었다.

"어, 어라아?! 리프레이아 님, 무사했어요?!"

사샤가 내 모습을 보더니 얼빠진 소리를 냈다.

"어어어어, 맨티스를 혼자서 쓰러뜨렸어?!"

"다…… 다행이야아…….'"

"으아앙, 죽었다고 생각했어! 걱정이나 끼치고, 진짜 애는!"

앤과 클로디아가 달려와서 끌어안았다.

아니, 나도 죽는 줄 알았고, 그때는 진심으로 그럴 각오였다.

그러나 지금은 그 절박했던 순간을 되새길 때가 아니었다.

"운명의 사람이 나타나서 구해줬어. 나…… 너희들이 그토록 푹 빠졌던 그 감정의 의미를 이제야 알아버렸어……."

"하아?"

"어, 어디 아파요?!"

"넋까지 놓고 있고……. 드디어 이상해져버렸나?"

내가 선언하자 그녀들이 무슨 가엾은 사람을 보는 것 같은 눈빛으로 쳐다봤다. 그러나 전혀 괘념치 않았다.

나를 고민케 했던 인생의 진퇴 문제.

성당기사가 되지 못했을 경우에 어떻게 살아갈지 그 답을 찾았으니까.

"어쨌든 난 함께 못 돌아가니까 먼저 돌아가요. 난…… 그 사람한테 보답하기 전까지는 안 돌아가."

이튿날부터 나는 미궁 입구에서 그가 나타나길 계속 기다렸다.

기다리는 동안에 줄곧 그를 생각했다.

그를 알고 싶었다. 이름이 뭘까? 몇 살일까? 무슨 음식을 좋아할까? 좋아하는 색깔은, 좋아하는 이상형은. 어떤 식으로 웃을까? 왜 탐색자로 활동하는 걸까?

그를 생각하는 것만으로도 주체할 수 없는 기분이 들었다.

혹시 연인이 있을까, 하고 생각했더니 가슴이 아파왔다.

그래도 훨씬 행복한 기분이 온몸을 가득 채웠다. 지금껏 살면서 이런 감정을 느껴본 적은 단 한 번도 없었다.

하루마다, 한 시간마다, 1분마다 감정이 강해져갔다.

단지 기다리고 있을 뿐인데도, 찾고 있을 뿐인데도 그래도 미칠 듯이 행복한 시간.

흘러넘칠 것 같은 이 기분을 안고서 나는 그를 계속 찾았다.

나를 어떤 식으로 보든지 상관없었다. 천박한 여자라고 생각하더라도 상관없었다.

그를 원하는 마음을 이제 멈출 수가 없었다—.

나는 사랑을 하고 있으니까.

■작가 후기

「나에겐 이 어둠이 아늑했다」를 구입해주셔서 감사합니다. 작가인 호시자키 콘입니다.

이 작품은 시리즈로 발간된 세 번째 작품입니다.

저는 겸업작가라서 한 번에 여러 이야기를 쓸 수가 없습니다. 여러 소재 중에서 제가 쓰고 싶은 것, 재미있다고 인정받을 수 있을 것 같은 것을 건곤일척의 심정으로 집필합니다.

이「어둠」도 그렇습니다. 『소설가가 되자』에 투고하기 전에 30만 글자(책으로 치면 2~3권 분량입니다)를 반년 가까이 집필해뒀습니다. 당연히 WEB연재라서 인기를 끌지 못하면 서적으로 발간할 수 없고, 그동안에 작가 수입은 없습니다. 주요 수입원이 있는 겸업작가이기에 가능한 방식이라고 할 수 있을지도 모르겠습니다.

당연히 인기를 얻을지 어떨지는 아무도 모릅니다. 만약에 널리 사랑받지 못했을 경우에는 못해도 일단락을 짓기 좋은 부분까지는 연재를 계속해야만 합니다. 앞서 언급했던 대로 겸업작가는 자유시간이 그리 넉넉하지 않으므로 적어도 1년은 상업적인 활동을 할 수가 없겠지요. 기획을 제안하거나, 인기를 끌지 못한 작품을 칼같이 중단하는 수도 있긴 합니다.

그래도 전 이 작품에 걸었습니다.

투고를 개시하자마자 순풍에 돛을 단 것처럼…… 화제를 모으지는 못했습니다만, 결과적으로 수많은 독자 여러분들의 사랑을 받아 이렇게 서적으로서 세상에 나올 수 있었으니 다행스럽기 그지없습니다. 만화화 확약도 받았고, WEB판 독자분 중 많은 분이 서적판을 예약해주셨고, 미려한 일러스트도 들어가서 근사한 서적이 완성될 수 있었던 것 같습니다. 사전에 집필해두던 시기에는 불안감이 가슴을 짓눌렀습니다. 그러나 목표 지점 중 하나, 출발 지점 중 하나로서 여기까지 이르게 돼서 작가로서 정말로 안도했습니다.

자, 어째서 제가 이런 위험한 수단을 썼는지 말해두고 싶습니다. 그것은 이 작품으로써 도달하고 싶은 곳— 즉 목표가 높았기 때문입니다. 최초 작품과 두 번째 작품으로 설정해뒀던 목표를 달성했던 저는 생각했습니다. 목표를 세우면 반드시 달성할 수 있는 게 아닐까…… 하고요. 그렇다면 다음 목표는 모든 라노벨 작가가 꿈꾸는 그것밖에 없겠지요. 그래서 이 작품의 목표는 「애니화」입니다. ……뭐, 혼자서 열을 내며 후기를 쓰고 있는 건 아닙니다만, 제 자신을 몰아넣기 위해서 투고를 개시했을 때부터 이 목표를 공표했습니다. 독자 여러분들께서도 저와 이 목표를 공유하고서 응원해주신다면 정말로 기쁘겠습니다!

마지막으로 감사 인사를 올리겠습니다. 이 작품을 『소설가가 되자』에 투고할 즈음에 수많은 조언을 해주셨던 츠다 선생님께 감사드립니다. 일러스트를 맡아주신 Niθ 선생님. 캐릭터 디자인이 매우 훌륭합니다. 한 장씩 받을 때마다 뜨겁게 흥분했습니다. 담당편집자 K 씨, 아주 사소한 부분까지 정성을 들여서 서적을 완성해주서서 정말로 기쁩니다. 앞으로도 잘 부탁드리겠습니다. 그리고 GA편집부 임직원 분들, 본 책을 제작하고 판매하는 과정에 참여한 모든 분들게 깊은 감사를 올립니다. 고맙습니다!

나에겐 이 어둠이 아늑했다 1

초판 1쇄 발행 2023년 2월 20일

지은이_ Kon Hoshizaki
일러스트_ Niθ
옮긴이_ 박춘상

발행인_ 신현호
편집장_ 김승신
편집진행_ 권세라 · 최혁수 · 김경민 · 최정민
편집디자인_ 양우연
관리 · 영업_ 김민원

펴낸곳_ (주)디앤씨미디어
등록_ 2002년 4월 25일 제20-260호
주소_ 서울시 구로구 디지털로 26길 111 JnK디지털타워 503호
전화_ 02-333-2513(대표)
팩시밀리_ 02-333-2514
이메일_ lnovellove@naver.com
L노벨 공식 카페_ http://cafe.naver.com/lnovel11

ISBN 979-11-278-6716-4 04830
ISBN 979-11-278-6715-7 (세트)

값 11,000원

거미입니다만, 문제라도? 1~16권

바바 오키나 지음 | 키류 츠카사 일러스트 | 김성래 옮김

분명히 여고생이었을 텐데 정신을 차리고 보니
「나」는 본 적도 없는 곳에서 《거미》라는 괴물로 전생해버렸다?!
어미 거미의 동족 포식을 피해 도망쳤지만 방황 끝에 도착한 곳은 괴물들의 소굴.
독개구리, 왕뱀, 거대 늑대, 심지어 용까지 설치고 다니는 최악의 던전.
힘없는 조그만 거미인 「나」는 이곳에서 무사히 살아갈 수 있을 것인가······?
으악, 되도 않는 소리는 작작 하란 말이야!
나를 이런 상황으로 몰아넣은 놈 누구야! 당장 튀어나와!!

수많은 인터넷 독자들이 응원하는
거미양의 서바이벌 생활, 당당히 개막!

스파이 교실 1~6권, 단편집 1~2권

타케마치 지음 | 토마리 일러스트 | 송재희 옮김

아지랑이 팰리스 공동생활 규칙.
하나, 일곱 명이 협력하여 생활할 것.
하나, 외출 시에는 진심으로 놀 것.
하나, 온갖 수단으로 나를 쓰러뜨릴 것.

—각국이 스파이로 그림자 전쟁을 벌이는 세계.
임무 성공률 100%, 그러나 성격에 난점이 있는 뛰어난 스파이, 클라우스는
사망률 90%를 넘는 「불가능 임무」 전문 기관 「등불」을 창설한다.
하지만 선출된 멤버는 실전 경험이 없는 소녀 일곱 명.
독살, 함정, 미인계— 임무를 달성하기 위해 소녀들에게 남은 유일한 수단은
클라우스를 속여 이기는 것이다!

1대7 스파이 심리전! 통쾌한 스파이 판타지!!

라이트노벨의 새로운 빛! L북스의 신간은 매월 20일에 발매됩니다. http://cafe.naver.com/lnovel11

헬 모드 1~2권

하무오 지음 | 모 일러스트 | 김성래 옮김

"로그아웃 중에도 저절로 레벨이 올라? 이건 쉬운 게임을 넘어 방치 게임이잖냐!"
야마다 켄이치는 절망했다. 열심히 플레이하던 온라인 게임은 서비스 종료.
몇만 시간을 쏟아부어 파고들 가치가 있는 작품은 거의 살아남지 못했다.
"어디 보자……. 끝나지 않는 게임에 당신을 초대합니다, 라고?"
그런 켄이치가 우연히 검색하게 된 타이틀 없는 수수께끼의 온라인 게임.
난이도 설정 화면에서 망설이지 않고
최고 난이도 「헬 모드」를 선택했더니 이세계의 농노로 전생해버렸다!
농노 소년 「알렌」으로 전생한 그는 미지의 직업 「소환사」를 능숙하게 다루며
공략본도 없는 이세계에서 최강으로 향하는 길을 더듬더듬 걸어 나아가는데ー.

라이트노벨의 새로운 빛! L북스의 신간은 매월 20일에 발매됩니다. http://cafe.naver.com/lnovel11

나는 모든 것을 【패리】한다 1~2권

나베시키 지음 | 카와구치 일러스트 | 김성래 옮김

재능 없는 소년.
그렇게 불리며 양성소를 떠났던 남자 노르는
홀로 한결같이 방어 기술 【패리】의 수행에 열중하며 살았다.
그러던 어느 날, 마물에게 습격당한 왕녀를 구하게 되며
운명의 톱니바퀴는 뜻밖의 방향으로 돌기 시작한다.
밑바닥 랭크의 모험가임에도 불구하고 왕녀의 교육자로 발탁되었는데…….
본인이 지닌 공전절후의 능력을 아직껏 노르 혼자만이 알지 못한다…….

무자각의 최강은 위기에 빠진 왕국을 구원할 수 있는가?

BOOKS